구국의 별 !

5성장군 김홍일

차례

프롤로그

평생을 조국에 바친 김홍일 장군
-개정판을 내면서-

2020년 6월 25일은 6.25 한국전쟁 70주년을 맞이하는 의미 있는 날이다. 70년 전 그날을 회상하면서 다시 한 번 애국심에 불을 댕겨보는 것도 자라나는 세대를 위해 필요할 것 같다. 특히 요즈음 한국전쟁 4대 영웅 지칭에 일부 혼선이 오는 것도 바로 잡아야 하겠다는 의도에서 오류를 정리하고 새롭게 되새겨야 할 필요성이 대두되어 글씨 한 자 한 자 정성껏 다듬었다.

김홍일 장군은 흔히 오성장군으로 불리운다. 그 연원은 항일전 당시 중국군의 2성과 한국군의 3성을 합한 별의 수에도 있지만 김홍일의 오성장군은 별의 숫자 개념보다 더 깊은 의미가 있다.

김홍일은 일본의 압제에, 반발 독립을 쟁취하기 위해 단신 대륙으로 건너가 조국의 독립을 위해 젊음을 바쳤다.

비록 중국군에 몸을 두고 있었지만 임시정부의 김구선생을 밀착 지원했다. 가령 1932년 1월 8일 관병식을 마치고 돌아오는 일왕 히로히토에 수류탄을 던져 세상을 놀라게 한 이봉창 의사의 수류탄과 1932년 4월 29일, 일왕의 생일날 행사장에 도시락폭탄을 던져 침략의 원흉들을 처단한 윤봉길 의사의 도시락폭탄도 바로 김홍일 장군이 제공했다.

　　해방을 맞은 조국에 귀국한 김홍일은 이승만 대통령에 의해 한국군 사상 단 한 사람 장군으로 임관, 육군준장의 계급장을 달았다. 태릉 화랑대 육군사관학교 교장으로 취임 4년제 정규 육사로 발전시키는가 하면 6·25전쟁이 발발하자 글자 그대로 구국의 위업을 달성하여 조국의 명운을 이어가게 한 청사에 빛나는 공훈을 세웠다.

　　38선에 연해 4개 국군의 사단이 북한군 대공세에 직면 괴멸 상태에 이를 때 한강선방어를 주장하며 시흥지구 전투사령관으로 그 소임을 다해 북한군의 남침전략에 일대 타격을 가했다. 나는 당시 정규 육사 생도 신분으로 김홍일 장군 휘하에서 한강방어작전에 참가했다.

맥아더 장군은 한국전쟁을 회고하면서 한국전쟁의 3대 기적을 인천상륙작전, 워커 장군의 낙동강 방어작전, 김홍일의 한강방어작전을 언급하고 있다. 특히 한강방어작전에 대해서는 미국의 군사개입을 가능케 한 직접 계기로 강조하고 있다.

1983년 10월 육군본부는 한국전쟁 4대 영웅으로 한국군 측 한강선방어작전의 김홍일 장군, 춘천전투에서 적의 공격을 일시 저지, 북한군의 남침전략에 타격을 가한 6사단장 김종오 장군, 미군 측의 인천상륙작전의 맥아더 장군, 낙동강방어작전의 워커 장군으로 정하고 첫 작업으로 한국군 측 두 장군의 전기소설을 만들어 국민들에게 널리 읽혀 홍보하도록 조치했다.

다음해 10월 1일 국군의 날을 기해 KBS 1 TV 저녁 골든타임에 五星將軍 김홍일이 3부작으로 3일간에 걸쳐 방영됐고 KBS라디오에서는 1년 동안 내 작품이 낭송됐다.

나는 당시 전역 후 전업작가로 창작에만 전념하고 있었는데 나에게 김홍일 장군의 전기 창작을 의뢰해 그때 쓴 작품이 '五星將軍 김홍일'이다. 당시 전두환 정권의 격동기여서 책 내용에 민감한 부분을 보류해달라는 제의를 받고 나는 수용해 상당 분량을 보류한 개작본을 세상에 내놓았다.

이번에 다시 펴내게 된 이 책은 당시 보류했던 민감한 부분을 보충하는 한편, 이형근 장군, 이한림 장군 등 6.25 당시 직접 책 내용과 관계있는 당사자의 자서전 감수를 하면서 이 책의 정확성을 강화했다.

특히 김홍일 장군 임종 전에 효창동 자택에서 직접 넘겨받은 장군의 육필기록을 첨가했다.

나는 전역 후 40년 간 전업작가로 또는 군사평론가로 작업을 계속하는 동안 김홍일 장군에 비견될만한 구국의 별이 없다는 결론을 내리고 감히 김홍일을 5성장군으로 호칭하기에 주저하지 않는다.

2020년 여름. 대전 유성자이 서재에서
개정판을 내면서 박경석

1. 소년의 다짐

민족의 정기어린 백두산의 울창한 계곡에서부터 멀리 서해를 굽어보면서 유유히 흐르는 압록강.

검푸른 파도는 넘실거리며 젊음의 맥박처럼 격동한다.

기나긴 역사를 통하여 얼마나 많은 사람들이 이곳을 넘나들며 갖은 사연을 뿌려왔던가. 그리고 대륙에서는 이 강산을 짓밟기 위하여 헤아릴 수 없이 많은 병마(兵馬)가 배로 혹은 뗏목을 타고 건너와 금수강산 방방곡곡에 떼 지어 다니면서 그 얼마나 많은 사람을 죽이고 한을 남겼던가.

지금은 침략자 일본 군대가 한반도를 석권하고도 모자라 대륙으로 대륙으로 침략의 야욕을 불태우기 위하여 압록강을 건넌다. 그러나 압록강 주변 정경은 마냥 평화롭고 아름답기만 하다. 어느 누가 이 풍경을 그림으로 그릴 수 있으며 수놓을 수 있단 말인가.

강변에서 우람스러운 강줄기를 보노라면 마음이 환하게 트이고 하늘로 날을 듯 낭만의 나래를 편다.

아… 아름다운 조국의 산하여!

　반만년 전, 아니 그보다 더 오랜 유구한 옛적부터 지금까지 변함없이 흐르는 저 푸른 물. 이 겨레의 삶과 죽음 그리고 흥망성쇠의 희비극을 바라보면서 오늘도 쉼 없이 곤곤히 흐른다. 나라 잃은 설움을 안고 압록강을 기약 없이 건너는 우국지사들. 그리고 조심스럽게 강변에 와서 일본군과 일경의 눈을 피해가며 나룻배로 혹은 뗏목으로 건넜다. 그리하여 무사히 건너 남쪽을 향하여 사랑하는 조국을 목메어 부른다. 실컷 울다 눈물마저 메마르면 그제야 조국을 뒤로하고 한을 간직한 채 대륙으로 대륙으로 정처 없이 떠난다.

　압록강 하구의 접경도시 신의주(新義州).

　뜨내기손님으로 득실거리지만 예사로운 사람들이 아니다. 흔한 장사치에서부터 시작하여 황금의 꿈에 부풀어 한몫 단단히 잡아보겠다고 벼르는 거상도 얼마든지 있다. 그 가운데 자랑스러운 한국군의 의병도 끼어 있다.

　강을 한눈에 굽어볼 수 있는 강변 주막은 언제나 바쁘다. 주모는 정신없이 수선댄다.

　"네— 갖다 올리지요."

　"네— 기다리세요."

　성급한 떼거리는 계속 소리 지른다.

　"빨리 줘—"

　"왜 이리 늦어!"

　온통 난리를 치르는 것 같다.

　한쪽 구석에는 대여섯 명의 젊은이들이 조용히 앉아있다.

딴사람처럼 조급히 서둘지 않고 큰소리로 말하지도 않는
다.

"김 선생님의 존함은 익히 들었습니다. 저희들을 이렇게
발 벗고 도와주시니 그 은혜 무엇으로 갚아야 될지 막막
합니다."

"별말씀 다 하시오. 여러분이야말로 겨레의 보배요, 이
나라의 기둥이 아니겠소. 여러분을 돕는다는 것만 해도
나로서는 행복하다오."

30대는 됨직한 점잖게 생긴 선비는 젊은이들을 보살피면
서 침식을 대주고 노자까지 마련하여 압록강을 건너게 한
다.

오늘도 남쪽에서 쫓기어 올라온 고 김덕제 의병대 소속의
의병 뒷바라지에 바쁘다.

"고맙습니다. 김 선생님과 같은 애국지사가 계시므로 우
리는 용기를 낼 수 있습니다."

"힘을 내야지요. 그리고 꼭 이 나라를 왜놈들 손에서 찾
아야 합니다."

"그렇습니다. 저희들은 꼭 김 선생님 기대하시는 것처럼
큰일을 해낼 것입니다."

"장하오. 그대들이야말로 이토를 처형한 안중근 의사와
같은 훌륭한 청년이오."

젊은 일행은 깜짝 놀랐다.

"넷? 이토라니 이등박문이 죽었습니까?"

"허허 아직도 모르고 있었구려. 작년 10월 만주의 하얼빈 역두에서 의사 안중근이 권총으로 사살했다오."

젊은이들은 너무나 뜻밖의 소식에 어안이 벙벙하였다.

"아— 그토록 악독한 침략의 원흉이 죽었군요."

"정말 못된 짓 많이 했지요."

"우리들의 고생도 그의 농간 때문이 아닙니까?"

"하긴 그렇군요."

강원도의 산간에서 북행길에 올라 굶주림을 참아가며 이리 쫓기고 저리 쫓기다가 정처 없이 헤매었던 것이 몇 달이던가. 그리고 함경남도, 평안남도, 평안북도까지 오는 동안 많은 의병들이 유명을 달리했다. 일본군과 일경에게 피해를 입은 것을 비롯하여 추위와 굶주림 그리고 병마에 얼마나 시달렸던가.

아 그런데 그동안에 이 겨레의 원수가 우리의 손에 죽었다니…… 꿈과 같은 일이었다.

"하느님이 계십니다."

제일 나이 많은 최병길 정교가 혼잣말로 중얼거렸다.

"그렇습니다. 천벌을 내리신 것입니다."

모두 들뜬 마음을 달랠 길 없이 감개무량하여 하늘을 올려다보았다.

지난날의 일들이 주마등처럼 떠올랐다.

김덕제 정위의 늠름한 모습, 민긍호 특무정교의 피 끓는 절규, 강원도 대화리에서 전사하면서 부하를 탈출케 한 김덕제 의병대장의 거룩한 부하 사랑. 그가 아니면 그때 때죽음을 당했을 것이라고 생각하니 더욱 그리웠다.

김안교 정교는 감개에 젖어 떨리는 음성으로 입을 열었다.

"전사하신 김덕제, 민궁호 두 의병대장님이 지하에서 얼마나 기뻐하실까요."

"그렇습니다."

모두 합창하듯 대답했다.

30대의 선비는 이들에게 좋은 소식을 알려주었는데 오히려 분위기가 어두워진 것 같아 몹시 신경이 쓰였다.

"자— 밥은 이따가 자시고 술이나 한 잔 합시다."

의병들은 몹시 기뻐했다.

"김 선생님 고맙습니다. 이 기분에 축배를 들어야 맺혔던 한이 풀릴 것 같습니다."

하하하하……

모두 통쾌하게 웃었다. 의병들로서는 참으로 오래간만의 시원스런 웃음이었다.

선비는 주모를 불렀다. 점잖은 목소리라 이 난장판에서 들리지 않았을 것이라고 모두 생각하고 있었는데 어떻게 알아듣고는,

"네……."

하고 간드러진 목소리로 대답하면서 쏜살같이 달려왔다.

"우리 일행에게 술을 듬뿍 주시오. 안주는 제육과 쇠머

리고기로 하고."

"영감님. 진지만 드신다고 하셨으면서……."

"음. 갑자기 술 마실 일이 생겼소."

하하하하…… 일행은 또 웃어댔다.

"영감님. 알았습니다. 금방 올리지요."

주모도 방실방실 거렸다. 그도 그럴 것이 영감은 이 주막의 으뜸가는 손님이요. 외상을 한 번도 달지 않는 점잖은 분이라 언제나 즐거운 표정으로 그를 대한다.

김진건(金振建)

그는 압록강 하류의 접경도시인 신의주와 용암포(龍巖浦) 사이의 소읍 양시(楊市)에서 가장 큰 집을 지니고 사는 덕망 높기로 소문난 사람이었다.

당시의 양시는 용천군(龍川郡) 내에서 제일 이름 있는 큰 장터였다.

객지에서 오가는 사람들의 내왕이 많아서 다른 고장에 비하여 물물교환이 번창했다. 게다가 의주와 용암포는 오래전부터 우리나라에 들어오는 외국의 문물을 제일 먼저 접해온 까닭에 이 지방 주민들은 다른 고을사람보다 훨씬 앞서서 민족적인 자각이 움텄다.

이 무렵 평북지방에는 외세가 여러 가지 구실로 깊숙이 파고들어 판을 치고 있었다. 미국은 운산(雲山) 금광에 채굴권을 가지고 있었고, 프랑스는 경의선 철도부설권을 차지하려고 야단이었다. 러시아도 압록강 유역의 산림채벌권을 독점하기 위해 안간힘을 썼다.

　양시가 소읍이라지만 외세가 각축을 벌이고 있는 이권의 복판에 위치하고 있었으므로 사람들이 자연히 영약해지기 마련이다. 더욱이 어느 지방의 소읍도 마찬가지이지만 장터를 중심으로 발전하는 고을인지라 시골사람들이 농산물이나 물건을 팔고 사기 위하여 장날이면 법석대고 모여들기 때문에 시세에 민감하고 정국의 변화에도 관심이 쏠린다.

　김진건의 집은 그 고을에서 양지바른 낮은 언덕배기에 스무 칸 기와집에다 벼 삼천석지기의 부농이라 그 지방 일대에서는 양가요 알부자로 소문나 있었다.

　김진건은 일찍이 민족의 자립이라는 문제에 눈을 뜨기 시작하였다. 조상대대로 내려오는 동안 침략의 길목에 살면서 민족의 수난을 지켜 본 집안으로서는 어쩌면 당연한 결과인지도 모른다. 여하간 김진건은 한말의 풍운에 비상한 관심을 갖으면서 조국을 위하여 헌신하는 독립운동가에게는 아낌없는 지원을 서슴지 않았다.

　그의 일과는 주로 학생들에게 글을 가르치고 자신이 신학문을 깨우치기 위하여 글을 읽는 것과 밖으로 나다니면서 독립을 위하여 애쓰는 젊은 사람들과 담소도 하고 돕는 일이 전부이다.

　따라서 소문이 널리 퍼져 어려운 처지에 있는 사람이면 그를 찾는다. 그러나 그는 냉철히 판단하여 놀고먹는 사람

은 돕는 일이 없었다. 오직 사회의 공익을 위하거나 독립운
동하는 사람에게는 금품을 아끼지 않았다. 이 날도 김덕제
의병대원이 곤경을 전해 듣고 스스로 신의주까지 찾아 나선
것이다. 만주와 용암포 사이를 내왕하면서 독립운동 자금을
수금하고 전해주는 일을 맡고 있는 김영손은 이 지방 출신
으로 김진건과는 먼 친척뻘이 된다. 그를 통하여 김덕제 의
병대와 민긍호 의병대의 소식을 듣고 알고 있어 의병들이
만주로 건너가는 데 대한 안전통행을 부탁 받은 것이다.

　산 속에서 살다 내려오는 사람들이라 누가 의병대원인지
알 수는 없었으나 김진건 자신이 직접 나다니면서 젊은 사
람들에게 접근하여 가려내기도 하고 푼돈을 풀어 줄을 놓아
찾기도 한다.

　그날은 모처럼 기분이 좋아 의병들과 마음 놓고 실컷 술
을 마셨다.

　"오늘은 기분이 좋은 날이구려."

　"그렇습니다. 저희들은 김 선생님을 만나 뵈오니 비로소
살 것 같습니다."

　"오늘은 편히 쉬고 내일쯤 이희성이라는 건달을 보낼
터이니 농사꾼이라고 말하고 따라나서세요. 그 건달에게
속은 주지 말고요."

　그는 돈이 들어 있는 듯한 봉투 한 장을 의병들에게 주고
일어섰다.

　양시에는 일본군 헌병이나 일경의 한국인 앞잡이가 더러 있었다. 쥐꼬리만 한 일본말 실력을 가지고 자기 세상 만난 듯 설치고 다니는 것이 몹시 못마땅하여 양시 사람들은 그들이 나타나면 슬며시 피한다. 앞잡이들은 신의주와 용암포를 내왕하면서 일본군 헌병과 일경의 심부름을 해주고 먹고 산다. 한편으로는 그들이 끄나풀이 되어 독립운동가나 일본인에게 적개심을 갖는 사람들을 일러 바쳐 잡아들인다. 그러나 앞잡이는 주체성이 없고 이해관계에 따라 붙어 다니는 철새들이기 때문에 돈만 많이 주면 무슨 일도 서슴지 않는다.

　당시 양시 사람들은 원래가 순박하고 모질지 않아 앞잡이가 없었다. 그런데 객지에서 떠돌이처럼 살던 건달들이 이사와 살면서 앞잡이가 되었다. 그런 연유로 해서 양시 사람들이 그들을 기피하는 현상은 당연한 것이었다.

　그러나 김진건에게는 때때로 그들이 필요한 존재였다.

　다음날 아침, 김진건은 사람을 보내어 일경의 앞잡이 이희성을 불러들였다.

　그는 김진건이 부르기만 하면 부리나케 달려온다.

　"영감님, 찾으셨습니까?"

　그는 언제나 김진건을 보면 큰절을 한다.

　"응, 찾았네."

　김진건이 뜸을 들인 다음,

　"젊은이 여섯 명을 강을 건너게 해야겠는데……."

이희성은 특유의 야비한 웃음을 지으면서 입을 떼었다.

"혹시 독립운동가는 아닙니까?"

"별소리 다하는구먼. 나는 정치는 몰라."

"그러면 장사꾼인가요?"

"아니야. 농사짓던 젊은이들인데 만주 땅에 농사지으러 가는 길이지. 일행 중에 친구 자제가 있어서 도와주고 싶네."

"네, 그렇다면 건너보내겠습니다."

"고맙네."

"어디에 그 사람들이 있습니까?"

"밤 나루터 석순네 주막집에서 최병길이를 찾게."

"그래서요?"

"최병길과 그와 같이 있는 젊은이들을 건너게 하면 되네."

"알겠습니다. 틀림없이 건너보내겠습니다."

김진건은 누런 봉투에 10원짜리 지폐 2장을 넣어 그에게 주었다.

그때 시가로 새끼 밴 돼지 1마리에 8원씩 할 때여서 20원이면 2마리를 사고도 남는 액수이니 적은 돈은 아니었다. 이희성은 돈이라면 눈이 뒤집히는 자이므로 재빨리 받아 쥐고 부리나케 나갔다.

한낮이 지나고 해가 질 무렵 그는 부지런히 용무를 마치고 돌아왔다.

"영감님, 영감님!"

대문 안에 들어가기가 무섭게 불러댔다.

사랑채에 있던 김진건이 그를 맞아들였다.

"어떻게 됐나?"

"네, 잘 모셔 건너 드렸습니다."

"잘했네."

"영감님 언제든지 절 부르십시오. 성심껏 도와드리겠습니다."

"그래그래. 그런데 말이야. 자네를 도와주는 일본인 순사가 누구라고 그랬지?"

"가또오다라고 합니다. 나이가 든 분이에요."

"한번 모시고 오게. 내가 대접을 잘 해 보낼 터이니."

"고맙습니다."

일경 앞잡이 이희성은 인사를 마치자 집을 나와 어디론가 바삐 걸어갔다.

김진건은 그가 나간 뒤 한숨을 푹 쉬었다. 안도의 한숨이었다.

김진건은 몇 년 전의 생각을 잊을 수 없었다. 지금 살고 있는 집이 러시아군의 연대본부가 되었다가 일본군의 대대본부가 되었던 때의 일이다.

노일전쟁이 발발하자 이 고장에는 푸른 눈을 가진 러시아군이 밀어닥쳤다. 용암포를 점령하여 군항으로 사용하면서 진주하기 시작한 병력이었다. 그때 김진건의 집은 제일 큰

집이었기 때문에 연대본부가 들어섰다. 피난 봇짐을 싸가지고 그곳을 떠나는 심사는 몹시 착잡하였다. 내 나라 땅에서, 아니 내 집에서 다른 나라 사람에게 집을 내어주고 쫓기어 나다니……. 그는 몹시 분하고 초라한 심정으로 떠나야 했다.

많은 사람들이 산속 깊이 피난가기도 했으며 또한 젊은 여자들은 서로 다투어 남장을 했기 때문에 언뜻 보아 이 고장은 노파를 제외하고는 여자가 없는 삭막한 고을이 되어버렸다.

대대로 내려오면서 외세 침략자가 들이닥칠 때면 젊은 여자는 그들의 노리갯감이 되었기 때문에 으레 이번 러시아군에 대해서도 관습적으로 변장을 하게 되었던 것이다.

러시아 군인들은 머리가 노랗고 눈이 파래서 고을사람들은 몹시 신기하게 생각했으며 겁을 먹었다. 심지어 물고기가 변하여 사람이 되었다고 믿고 있는 주민들도 있었다. 그래서 저들은 꼬리가 있을 것이라는 생각에 아이들은 변소를 기웃거리며 꼬리를 보려고 안달을 했다. 그런데 러시아인의 생식기가 어찌나 길었던지 그것을 보고 깜짝 놀란 아이들은 생식기를 꼬리로 착각하고 소문을 퍼뜨리니 어른들도 러시아인은 긴 꼬리가 있는 것으로 믿게 되었다.

또 우리나라의 생활양식을 잘 모르는 러시아 군인들은 민가에서 그릇과 함께 놋요강이나 사기요강 따위를 징발 해다가 음식을 담아 먹곤 했으니 그것을 본 동네사람들은 그들이 야만인라고 굳게 믿게 되었다. 그러나 신기하게도 러시아 군인들은 그리 악독하지가 않았다. 가축 정도는 간혹 잡아먹으면서도 부녀자들에게는 행패가 없었으니 고을은 비교적 조용하였다. 때로는 동네 아이들이 돌 장난을 하다가 러시아 군인들에게 날아갔을 때에도 화를 내지 않고 도리어 알사탕을 주면서 같이 어울렸다.

얼마 안 있다가 러시아 군인들은 부산을 떨면서 쫓기듯 북쪽으로 떠나갔다.

모두 이제 살게 되었구나…… 하고 안심하면서 피난 갔던 사람들이 내려오는 한편 김진건을 비롯한 집을 징발당한 사람도 오랜만에 정든 집으로 돌아왔다.

살림을 풀고 막 자리를 잡고 살려고 하니 다음날 느닷없이 일본군 대부대가 들이닥쳤다. 이번에는 김진건의 집이 일본군 대대본부가 되었다. 그런데 일본군은 러시아군보다 한층 성격이 포악하여 재물과 가축, 그리고 가재도구 등 닥치는 대로 저희들이 약탈하여 갔다. 또한 일본군은 모자라는 노동력을 충당하기 위하여 제멋대로 부락민을 끌어다가 부려먹었다. 더구나 어쩌다가 어린이들이 돌 놀이를 하다가 잘못하여 돌이 그들 쪽에 날아갈 때면 어린이를 잡아다 인정사정없이 두들겨 팼다.

김진건의 셋째 아들 홍일은 여덟 살의 나이로 돌 놀이하다 돌이 튀어 일본군 쪽에 떨어지자 일본군에게 붙들려 호되게 얻어맞았다.

매 맞고 울면서 돌아오는 홍일을 본 아버지의 마음은 아팠다. 그러나 김진건은 별 말이 없었다. 왜냐하면 왜놈들이 악독하다는 것은 익히 알고 있었기 때문이었다.

김진건은 풍곡제(楓谷齊)라는 사당을 학교로 고쳐 이를 경영하였다.

왜놈들을 이기는 길은 모든 사람들에게 독립심과 애국심을 불러 일으켜서 훗날을 기약해야 된다고 생각하고 있었던 것이다.

홍일도 그 학교에서 어린 시절을 보냈다. 이러한 개화운동은 한국군의 해산으로 다시 일어난 의병활동과 더불어 구국 운동의 기초가 되었다.

학교에서는 겨레와 조국에 대한 소중함을 가르쳤다.

그 무렵 학생 간에는 한창 노래가 유행 되었다.

대한제국 융희일월(隆熙日月)
부강안태(富强安泰)는
국민교육 보급함에
전재(全在)함일세
우리들은 덕을 닦고
지혜 길러서
문명개화(文明開化) 선도자가
되어 봅시다.

개화의 의지를 길러 앞날을 위하여 민족정신을 함양하겠다는 것이다. 따라서 언젠가는 꼭 왜놈의 압제에서 벗어나야 한다는 간절한 소망이 움트기 시작하였다.

누군가가 이 노래를 선창하게 되면 남녀노소를 가릴 것 없이 한마음 한 뜻이 되어 다함께 따라 부르며 애국의 정열을 불태웠다. 그리고 서글픈 현실을 개탄하면서도 내일의 희망을 잃지 않으려고 몸부림쳤다.

노일전쟁이 일본군의 승리로 끝나자 일본군은 의기양양하게 만주로 진격해 들어갔다. 전쟁의 회오리바람이 양시를 휩쓸고 지나자 이번에는 일본인 민간인들이 슬금슬금 떼 지어 들어오기 시작하였다. 처음에는 철도를 짓는다. 전신전화시설을 한다고 법석대더니 담배며 눈깔사탕 또는 세숫비누 따위 소잡화를 메고 와서 가게를 차리기 시작했다.

단옷날의 일이었다.

이곳에 풍습은 다른 날이면 모두 양시의 장터로 모여든다. 씨름판이다, 그네뛰기다, 하며 모두 한데 어울려 즐겁게 논다.

그 한가운데 일본 잡상인들은 고을 사람들의 주머니를 노리며 야바위판을 벌여놓았다.

바닥에 판을 깔고 고을 사람들의 눈을 끌기에 충분한 자잘한 잡화를 깔아놓고 소리를 질렀다.

"돈 놓고 돈 따기!"

"1전 놓고 5전 따기!"

"5전 놓고 10전 따기!"

고을 사람들은 신기해서 이것저것 다섯 군데나 깔려있는 야바위판에 몰려왔다

"우리 자— 한번 해보실까?"

이때 그들과 짠 한 사람이 1전을 내고 빨간 공을 굴리니 털양말 있는 쪽에 딱 멈추었다. 구경꾼은 일제히 환성을 올렸다.

"야! 정말 1전 놓고 5전짜리 털양말이 걸렸구나!"

그러자 뒷짐을 지고 서있던 고을 사람들이 너도나도 야바이판에 끼게 되었다. 처음에 20살 가령의 젊은이가 용기를 내어 1전을 주고 공을 굴렸다.

그는 털양말이 아니더라도 담배는 걸릴 거라고 생각하면서 기대 가득한 표정으로 공이 굴러 가는 곳을 열심히 바라보았다. 공은 털양말이나 담배 있는 쪽에는 가지 않고 눈깔사탕 있는 곳에 닿았다.

"이크 이게 뭐야?"

"눈깔사탕 하나이니다."

"뭐? 1전에 하나밖에 안 줘요?"

"그러쓰므니다."

1전을 내고 눈깔사탕 하나를 받아 가자니 억울하기 짝이 없었다. 그때 가격으로 1전에 3개였다. 그 젊은이는 부아가 나서 한 번 더했다 또 허탕이었다.

"여보시오! 이런 법이 어디 있소?"

"할 수 없으므니다."

"뭐! 할 수 없다고?"

"그러쓰므니다."

처음에 몇 사람까지는 설마 했지만 같은 피해자가 늘어나자 시비가 붙었다.

그러나 야바위판에서 시비가 가려질 리가 없는 것이다. 돈 잃은 사람은 눈깔사탕을 내던지며 내 돈 내놓으라느니, 일본인 야바위꾼은 못 준다고 하니 실랑이가 커져갔다.

분노한 고을 사람들은 일제히 달려들어 다섯 명밖에 안 되는 일본인을 때려 눕혔다. 평소 왜놈들에 대한 미움까지 겹쳐 마구 두들겨 패니 정도가 지나쳐 뻗어버렸다. 그 지경이 되자 모두 놀랐다. 그때서야 겁이 덜컥 났다. 왜놈들이 죽었으니 큰일 벌어졌구나. 모두 걱정을 하면서 슬금슬금 뒷걸음질 쳐 집으로 뿔뿔이 흩어졌다.

흥겨웠던 장터는 전혀 뜻하지 않았던 일인들의 속임수 때문에 폐허처럼 텅 비게 되었다.

다음 날에는 장터에는 고을 사람들이 얼씬도 안했다. 고을 사람들은 일본인 다섯 명이 다 죽은 줄 알았는데 한밤중에 겨우 정신이 들자 부러진 팔 다리를 질질 끌며 도망쳤다. 일본인 야바위꾼들은 신의주에 돌아가자 헌병 파견대에 가서 자기들 잘못은 전혀 입 밖에도 안내고 조선 사람이 일본인에게 폭동을 일으킨 것처럼 과장에서 신고했다

만 사흘 만에 헌병과 순사까지 합쳐 1개 소대 병력이 그

중 성한 야바위꾼 2명을 앞세우고 양씨 장터에 도착했다. 그들은 시장 한복판에 진을 치고 근처 집집마다 찾아다니면서 그때 매를 때린 사람과 비슷한 젊은이면 체포하였다.

　매 맞은 일본인 야바위꾼은 신이 나서 헌병을 앞세우고 이리저리 수색하기 시작하였다. 고을 사람 가운데 인상이 고약하고 자기 비위에 맞지 않으면 서슴없이 아무나 헌병에게 일러 바쳤다.

　헌병은 확인 할 생각도 않고 포승으로 꽁꽁 묶었다.

　"여보시오! 생사람 잡지 마시오! 나는 장터에 얼씬도 안 했소."

　너무나 억울하여 변명을 하게 되면,

　"닥쳐! 이 조선 놈의 새끼야!"

라고 소리치며 주먹으로 볼때기를 후려갈겼다.

　"나는 아니요! 절대로 아니요!"

　아무리 변명해도 들은 척도 않고 말대꾸 할 때마다 주먹으로 한대씩 때렸다.

　이리 뛰고 저리 뛰면서 부지런히 설치더니 스물 댓 명이 되어 '됐다'고 헌병소대장이 말하자 그들은 일제히 몰려와서

　"됐습니다! 모두 잡았습니다!"

하고 신나서 야단이었다.

　그들은 고을사람 26명을 체포하여 신의주로 돌아갔다.

　이렇게 애매한 사람을 잡아다가 모진 고문을 하여 자백을 받아 엉터리 재판에 붙여 그 중 5명에게 3년 징역을 선고

하였다. 죄목은 놀랍게도 살인미수였다. 그 때문에 양시 일
대는 눈물바다가 되었다. 이를 지켜보던 소년 홍일의 마음
속에서 무엇인가 꿈틀거리기 시작하였다. 내 나라 내 땅에
서 왜 우리가 남의 나라 사람에게 잡혀가 징역살이를 해야
되는가 아무리 생각해도 알 수 없었다.

홍일은 세상풍파가 거칠게 휘몰아치는 가운데 많은 것을
보게 된 탓으로 무엇인가 의문스러운 것이 자꾸만 쌓여갔
다.

우리나라가 대한제국인데 대한제국의 군대는 한 번도 본
적이 없고 청국 군인, 러시아 군인, 일본 군인들이 번갈아
가며 야단들이니 그 뜻을 알 수가 없었다. 아무리 힘이 모
자란다 해도 이 나라의 군대가 있어야 될 것이 아니겠느냐
고 물어보고 싶었다.

하루는 아버지에게 오늘만은 꼭 의문을 풀기로 작정하고
사랑채에 들어갔다.

때마침 아버지가 계셨다.

"아버지!"

"웬일이냐?"

"여쭈어 볼 말이 있어서 왔습니다."

"그래, 말해 보아라."

"우리나라는 군대가 없습니까?"

김진건은 당황하였다. 뭐라고 대답해 할까 막막하였다.

몇 해 전에 군대는 해산되었지만 의병이 곳곳에 일어나고

있었으므로 어떻게 말해야 될지 생각하였다.

"홍일아, 우리나라에는 군대가 없다."

"왜요?"

"왜놈들이 없앴단다.

"그렇다면 다 집으로 돌아갔나요?"

"아니다. 깊은 산중에 숨기도 하고 대륙으로 많이 건너 갔단다."

"왜요?"

홍일 소년의 생각으론 모든 것이 의문투성이였다.

"나라에 힘이 없으면 강한 나라가 모든 것을 차지한단 다. 약한 우리나라를 차지하려고 청국, 러시아, 일본 등 이 몰려왔으나 그들끼리 싸워 일본이 이겼단다. 그래서 홍일이 알다시피 청국군대가 왔다갔고 러시아 군대도 다 녀갔고 지금은 일본군이 판을 치고 있단다."

어린 소년이지만 분하다고 생각이 들었다.

"그렇다면 우리나라 군대는 다시 생기지 않나요?"

"그런 것은 아니다. 힘을 키워 나라를 찾아야 한다. 지 금은 우리나라가 없어지고 일본이 우리나라를 마음대로 차지하고 있지만 우리가 힘을 키워 독립을 한 다음 군대 를 다시 만들면 된단다."

"아버지! 알았습니다."

개운치 않았으나 대충은 알았으므로 총명하게 대답하고는 사랑채 밖으로 나왔다. 김진건은 고 녀석 참 영리하다고 중

얼거리며 제 형보다 낫다고 생각했다. 생김새도 뛰어난 데
다 머리 쓰는 것도 다르다고 느꼈다.

어느 날,

김진건은 신의주에 가면서 홍일을 데리고 갔다.

"홍일아! 오늘은 좋은 날이다."

"무슨 날인데요?"

"우리나라 군대를 보러 간단다."

"네? 우리나라 군대는 없다고 했잖아요."

"그랬었지."

"그런데 없다는 군인이 어디서 나왔나요?"

"가만히 보고만 있거라, 그러면 돌아올 때 이야기 하
마."

우리나라 군인을 보게 되었음을 생각하고 홍일은 가슴이
뛰었다. 야, 신난다. 우리나라 군인을 보게 되다니…….

홍일 소년은 자꾸만 조급한 마음이 들었다.

김진건은 홍일을 데리고 밤나루터 석순네 주막에 들어갔
다.

오늘따라 웬일인지 북적대지 않고 조용했다. 언제 보았는
지 주모가 반색을 하고 달렸다.

"웬일이십니까? 영감님!"

"웬일이라니, 내가 못 올 데를 왔나?"

"아닙니다. 오늘따라 도련님을 데리고 오셔서 누군가 하
구요."

"응, 내 셋째 놈이야. 압록강 물살을 보겠다기에 데리고 나왔지."

"영리하게 생겼습니다. 얼굴도 예쁘고요."

"응, 고마워, 주모! 손님 어디다 모셨지?"

"안방에다 모셨습지요."

"잘했어."

주모가 부지런하게 앞장서서 부엌을 지나 큰방에 다다르자 헛기침을 하고는 문을 열었다.

"들어가세요."

"고맙네 뭐 좀 가져오지."

"술도 올릴까요?"

"그럼 안주 좋은 것하고."

주모는 신이 나서 부엌 쪽으로 사라졌다. 김진건이 방안에 들어서자 젊은이 3명이 일제히 일어섰다.

"김 선생님!"

"오시느라 고생이 많았소."

"별말씀 다 하십니다!"

"앉으시오."

"네!"

"이 아이는 내 셋째에요. 따라 나서기에 데리고 왔소."

"잘하셨습니다. 아주 총명하게 생겼습니다."

"고맙소. …… 홍일아 이 분들께 인사 드려라!"

홍일은 넙죽 엎드려 젊은이들에게 큰절을 했다.

처음에 방안에 들어올 때는 밝은데서 어두운 곳을 보아 잘 보이지 않았는데 잠시 시간이 흘러가니 일행들이 잘 보였다. 홍일은 깜짝 놀랐다. 아니…… 무슨 군인 이런 군인도 있나…… 아무리 그렇다고 해도 거렁뱅이에 지나지 않았다.

온통 방안에 발고랑내가 나서 숨을 못 쉴 지경이었다. 아버지는 냄새가 나는지 모르는지 전혀 개의치 않고 신나게 이야기만 계속하였다.

술상이 들어오니 더 좋아라고 이야기꽃을 피웠다. 한심하구나…… 우리나라 군인이 청국군, 러시아군, 일본군은 멋이 있었는데…… 실망하면서 젊은이들을 살폈다.

청나라 군인은 촌스럽지만 우리나라 군인보다 훨씬 양반이라고 생각했다. 옷차림은 그대로 괜찮지만 모자가 만두를 쪼개어 반쪽을 뒤집어 쓴 것 같은데 꼭대기에 수박꼭지처럼 꼬리가 달려 우습다고 생각하였다. 러시아 군인은 푸른 군복에 빨간색 견장을 하고 옷에 달린 누런 단추가 유난히 빛을 내어 처음에는 무섭게 보였는데 그래도 제일 멋쟁이라고 생각하였다.

일본 군인은 색이 바란 누런 군복인데 경망스럽게 허벅다리 밑까지 헝겊을 잔뜩 동여맨 것이 보기가 싫다. 처음에는 얼굴이 우리와 비슷해서 정이 가는 편이었는데 소리를 잘 지르고 이리 뛰고 저리 뛰면서 지랄하는 꼴이 꼭 할아버지한테 들은 옛날이야기 속에 나오는 망나니같이 생각되었다.

더구나 일본 군인으로부터 얻어맞고 난 뒤로부터는 정이 십리만큼 달아나버려 마치 악마같이 무섭기만 했다.

그러나 방안에 있는 우리나라 군인보다는 멋이 있다고 생각하였다. 야, 이상하다. 우리나라 군인이 왜 거지일까? 아무리 생각해도 이해할 수 없었다.

"홍일아, 고기나 먹어라."

아버지의 말에 놀라 죄지은 사람처럼 움찔하며 얼굴이 빨개졌다.

"네, 먹겠습니다."

마음속으로라도 앞에 있는 우리나라 군인을 깔본 것이 어찌나 미안한지 얼굴을 제대로 못 들고 주는 고기를 받자마자 입에 넣고 열심히 씹었다.

아버지는 돌아오는 길에 아무 말도 없었다. 홍일은 궁금하여 견딜 수가 없었다.

"아버지! 아까 그분들이 우리나라 군인들이에요?"

"응! 그렇다."

"거렁뱅이 같은데……."

아버지는 무슨 뜻인가 알아차리고 조용히 타이르는 어조로 말을 했다.

"홍일아!"

"네!"

"저 군인들은 왜놈들이 우리 군대를 없앨 때 일제히 들고 일어나 왜놈과 싸워 힘이 부쳐 산속에 숨었다가 만주

로 가는 길이란다. 지금은 나라가 없어졌지만 저들이 만
주 땅에서 힘을 키워 일본군을 몰아내면 다시 우리나라
가 독립이 되고 훌륭한 군대도 생긴다."

"네, 그렇다면 그분들은 애국자네요."

"물론이지! 이 나라의 독립을 위하여 가족도 버리고 집
도 등진 분들이지."

"아버지!"

"응!"

정답게 대답해 주었다.

"저는 다음에 우리나라의 군인이 되고 싶어요."

"좋은 생각이야 홍일이가 군인이 되겠다니 기쁜 일이
야."

"고맙습니다. 아버지!"

부자간의 대화는 끝났다. 홍일은 보람 있는 나들이라고
생각하면서 아버지에 대한 믿음이 태산같이 커졌다. 훌륭한
아버지시다. 애국자만 만나고 애국자만 돕고 있구나……
그렇게 생각하고 있으니 머릿속에 번뜩 떠오르는 것이 있었
다. 일본순사 앞잡이라고 동네 사람들이 싫어하는 이희성이
란 자를 아버지는 가끔 만나고 있는 것이 이상했다. 글쎄
아버지가 그 사람을 왜 좋아하지? 언젠가는 일본인 순사를
데려와 명월관 기생까지 불러다 술대접을 하던데 몹시 궁금
하였다. 용기를 내가 한 번 더 물어보기로 작정하였다.

"아버지!"

"왜 그러느냐?"

"남들이 싫어하는 왜놈의 앞잡이를 왜 아버지께서 만나 주시는지 궁금합니다."

"이놈, 그것을 알 필요가 없다."

"네."

홍일은 무안하여 얼굴이 붉어졌다. 너무 속속들이 여쭈어 본 것이 곧 후회가 되었다.

그러나 마음이 걸리는 것은 우리나라 군인이라는 젊은 세 사람이었다.

너무나 행색이 초라하고 얼굴이 야위어 병든 사람 같이 보였기 때문이었다.

처음에는 냄새가 나고 더럽다고 생각하였으나 지금은 그렇지가 않고 동정이 같다. 내 나이 이제 13세, 아직 어리다면 어리지만 알만큼 안다고 생각했다. 왜놈들이 뭐 길래 이 땅에서 주인 노릇을 하는지 그것이 문제라고 생각했다. 따라서 나라를 되찾는 길은 공부를 많이 해서 실력을 쌓는 길이요. 힘을 길러 무력으로 몰아내는 길이라고 결론지었다. 어린 소년이지만 마음을 굳게 가지니 기분이 한결 맑아지는 것 같았다. 나도 아버지처럼 훌륭한 사람이 되자, 그리고 강한 군대를 만드는데 힘을 쓰자, 어른스럽게 가슴을 펴며 기지개를 켰다.

사흘이 지났다. 홍일은 여느 때와 같이 풍곡제에서 글공

부를 마치고 안채에 들어가던 중 일경의 앞잡이 이희성을
만났다. 그는 간사한 웃음을 띠며,

"오— 홍일아! 오랜만이구나!"

하고 말을 걸었다. 홍일은 남들이 미워함으로 싫어하지만
아버지가 부른 손님이기 때문에 어쩔 수 없다고 생각했다.
머리를 꾸벅 숙이고,

"안녕하셨습니까?"

하고 적당히 인사했다.

안채에 들어와 가만히 생각하니 아버지와의 만남이 몹시
궁금했다. 사랑채 앞에 가서 엿들을까? 그러나 용기가 나지
않았다. 두근두근 거리는 마음을 달래며 다시 생각해 보았
다. 아니다, 용기를 내고 엿듣자. 마음을 정하고 나니 안정
되는 것 같았다. 홍일은 사랑채 앞에서 듣는 것보다는 밖으
로 나가 길 쪽에 나 있는 창문 밑이 더 좋을 것이라고 생각
했다.

밖으로 빨리 나갔다. 그리고 창문 밑에 꾸부리고 앉았다.
흙장난하는 것처럼 보이기 위하여 손에 흙을 듬뿍 묻혔다.
아니나 다를까 가만히 말소리가 뚜렷하게 들려왔다. 말소리
가 들리는 순간 가슴이 두근거렸다. 아버지 말소리였다.

"이 사람아! 미안할 건 없어."

"아닙니다! 번번이 많은 돈을 받아서……."

"내가 돈이 있어서 주는 것이지 없으면 줄 수 있겠는
가?"

아버지 말에 앞잡이는 간사하게 웃었다.

"히히히히……."

아버지도 따라 웃었다.

"하하하하……."

다시 앞잡이의 말이 들려왔다.

"일전에 가또오다 순사에게 대접한 것 말입니다."

"그래서?"

"아주 고맙게 생각하고 있습니다."

"변변치 않은 것을 가지고……."

"아닙니다. 그가 감격해 하면서 영감님을 도울 일이 없느냐고 하더군요."

"내가 부탁할 일이 생기면 하지."

"네! 하셔야지요. 그리고 말입니다. 저는 몰랐는데 가또오다 순사에게도 용돈을 주셨더군요."

"어떻게 알았나?"

"가또오다가 술에 취해 나오다가 그 기생을 데리고 명월관에 가서 2차를 했습니다."

"응? 그랬나. 그날 꽤 술에 취했는데."

"그러게 말입니다. 저는 그날 얼마나 혼났는지 생각만 해도 끔찍합니다."

"그랬었구면."

"영감님!"

"말하게나."

"저는 명월관에서 고민이 컸습니다."

"무슨 고민이?"

"제가 술값을 내야 된다는 문제 때문이지요."

"응, 명월관은 술값이 비싸지."

"그래서 이 생각 저 생각 하면서 방법을 생각하니, 저야 뭐, 영감님밖에 믿을 곳이 더 있겠습니까? 벌떡 일어났지요. 그랬더니 가또오다가 왜 이러느냐 하기에 귀에 대고 영감님 댁에 술값 얻으러 가겠노라고 말했더니 호주머니에서 노란봉투를 꺼내더군요. 글쎄 봉투 안에서 무려 10장이 아니겠습니까? 거금 100원이라 저는 깜짝 놀랐습니다."

"허허… 그만한 돈 가지고……."

"아닙니다. 이거 우리 100원짜리 황소가 어디 있습니까? 황소를 사고도 돼지 대여섯 마리를 살 수 있는 돈인데요."

홍일은 기가 막혔다. 어린 소견으로도 금방 알 것 같았다. 아버지가 이자에게 얼마를 주었는지 모르지만 은근히 더 달라는 낌새인 것은 분명하다고 생각하였다.

"그래, 술값은 가또오다 순사가 냈나?"

"아닙니다. 제가 그 돈은 큰돈이니 헐어 쓰지 말고 외상으로 달아주면 제가 갚겠노라고 했더니 제 손을 덥석 잡고 고맙다고 하더군요."

"얼마나 되는데?"

"화대까지 18원입니다."

"그래? 내가 20원 더 얹어 주지."

홍일은 미칠 것만 같았다. 저런 도둑놈이 어디 있단 말인가. 꿩 먹고 알 먹고 한다더니 저런 놈을 두고 하는 소리라고 생각하며 치를 떨었다.

"고맙습니다. 이 은혜 잊지 않겠습니다."

"그 아까 부탁한 젊은 농사꾼 3명 말일세. 언제쯤 강을 건너 줄 셈인가?"

"지금 곧 가서 보내겠습니다."

"알았네! 빨리 가보게나."

방안에서 일어서는가 했더니 방문이 열리는 소리가 들렸다. 홍일은 뛰면서 대문 안으로 들어갔다. 재수 없게 또 앞잡이가 마주쳤다. 능글맞게 이번에는 손까지 흔들며 아양 떨었다.

"어허— 홍일이 또 만났네."

저런 도둑놈에게는 도저히 인사할 수 없다고 생각했다. 마음 같아서는 침이라도 콱 뱉어주고 싶었다. 모른 체하고 안채로 뛰어 들어갔다. 방안에 들어가 가만히 생각해보니 오늘 일은 정말 자기에게 엄청난 경험이었다. 어른들의 세계가 이렇게 더러운 줄은 몰랐던 것이다. 돈, 돈, 돈, 돈이 무엇이란 말인가? 돈을 받아내기 위해 아양 떨던 그자의 수작을 한 번 더 머릿속에 떠올려보았다. 앞잡이란 놈이 왜놈의 순사를 빗대어 눈 깜짝할 사이에 새끼 밴 돼지 몇 마리 값을 받아낸 것을 생각했다. 아까는 분했지만 지금은 웃음이 나왔다. 야, 어른들은 웃기는구나……

호호호호…… 하하하하……

한참 웃고 나니 머릿속에 번개같이 스쳐 지나가는 것이 있었다. 아버지와 며칠 전에 우리나라 군인들…… 그 애국자들을 만주 땅에 보내주기 위하여 앞잡이와 만나는 것을 알았다. 무엇인가 머리를 쾅 때리는 것 같은 충격을 받았다. 아— 훌륭한 아버지, 홍일은 눈물을 주르륵 흘렸다. 우리나라의 독립을 위하여 몸을 바친 젊은이를 위하여 자존심을 헌신짝처럼 버리고 이놈의 순사와 그 앞잡이한테 돈을 뿌려가며 애쓰시는 아버지.

간까지 빼어주는 것 같은 자세로 도둑놈이 웃기는 짓을 참아가며 벗 삼아 주는 아버지.

평소 느끼지 못했던 아버지에 대한 존경심과 아버지가 그토록 나라를 위해 힘쓰는 모습을 통하여 조국의 의미를 발견하였다.

나라가 있고 강하면 청국인, 러시아인, 일본인들이 마음대로 짓밟고 다닐 수 없을 테고 양씨 장터에서 일본인들처럼 대낮에 야바위 짓을 못할 것이라고 생각했다. 더구나 자기 멋대로 생사람 잡아다가 무더기로 교도소에 보내는 것도 있을 수 없을 것이라고 생각했다. 조국에 독립 그것이야말로 바로 내가 지향하는 목표로 삼아야 되겠다고 다짐 하는 것이었다.

그때까지만 해도 고을 사람들은 소작료와 호세(戶稅)같은 전통적인 세금 밖에 몰랐는데 통감부에서는 1909년 백일세(百日稅)라는 새로운 세제를 선포했다. 장터와 마을에 큰집 담벼락에는 새로운 세제를 알리는 공고문이 붙었다. 마을사람들은 무슨 일인가 싶어 공고문 앞에 모여들었다.

"백일세라, 그것 참 희한한 이름이구나."

"세금을 더 내라는 것인가?"

"아니야 종전까지 내던 세금을 백일세로 바꾸는 것일세."

"이 사람아 잘 읽어봐 지금까지 내던 세금 외에 더 얹혀 내라는 것이지."

"그래? 그럼 어떻게 산담. 지금도 죽을 지경인데."

"그러게 말이다. 왜놈들의 착취가 시작되는가 보다."

"나라 빼앗기고 돈 털리고 어떻게 살아간단 말인가."

마을사람들은 제각기 한숨을 푹 쉬면서 맥없이 흩어졌다.

백일세라는 것은 장터의 장꾼은 현장 거래액 가운데 그 100 분지 10에 해당하는 액수를 세리에게 공납하라는 것이다. 지금까지 내던 세금 외에 또 내야 되기 때문에 마을사람들은 이만저만 불평이 아니었다.

며칠 후부터 세리들은 헌병과 순서를 앞세우고 장터에 자리 잡았다.

그날은 양시의 장날이었다. 세리들은 눈을 부라리며 이쪽저쪽 찾아 거래되는 족족 손을 내밀었다.

"얼마 받고 팔았소?"

설마하고 주머니에 돈을 챙기고 장터를 빠져나가려고 하는 장꾼 등 뒤에서 세리는 날카롭게 쏘아댔다.

"당신은 누구요?"

"세무서 직원이요."

"무슨 참견이오?"

"참견이라니. 백일세를 내시오."

"못 내겠소."

생돈을 내주기는 아까운 마음이 들었다. 세리는 큰소리로 순사를 불렀다.

"오까모또 순사님, 이놈이 백일세를 안 내고 달아나려고 해요."

순사는 다짜고짜 멱살을 잡고 주머니를 뒤졌다. 주머니는 1원짜리 5장이 나왔다.

"백일세를 안 내다니. 5원이니까 50전 내시오."

기가 막혔다. 그러나 순사가 억박지르니 어쩔 도리가 없었다. 돼지 한 마리 가지고 한나절이나 흥정 끝에 5원을 받은 것인데 50전 내주면 4원 50전이 된다. 5원이 되어야 용암포에 있는 맏아들의 학비가 충당됨으로 마음속으로 걱정이 태산 같다.

"옜다. 잘 먹고 잘 살아라."

순사한테 빼앗겼던 5원이 세리의 손을 통해서 4원 50전이 되어 돌아왔다. 그는 축 처지는 기색으로 장터를 떠났다. 그렇잖아도 시끄러운 장터에서 헌병과 순사 그리고 세리까지 설치고 다니니 그야말로 난장판이었다.

어떤 부인네는 하얀 젖가슴을 풀어 제치며 그들에게 대들면서,

"나를 죽여라 이놈들 죽어도 세금은 못 낸다."
고 아우성쳤다.

홍일은 삼촌 따라 장터에 나와 이 모든 광경을 보고 있었다. 이쪽저쪽에서 싸움이 시작되니 드디어 싸움판이 크게 벌어졌다.

"내놔!"

"못 낸다."

"이놈아! 나라의 법이야."

"뭐 이놈! 이 왜놈의 앞잡이야!"

순식간에 젊은이들이 모여 세리를 두들겨 팼다. 헌병은 하늘에다 대고 탕, 탕, 탕 위협사격을 했다.

그래도 싸움이 가라앉을 기미가 안 보이자 이때 군수란 자가 나타났다.

"여러분!"
하고 소리를 높였다. 장꾼들은 일단 군수를 바라보았다.

"여러분, 오늘부터 당분간 백일세는 안 받겠습니다."

"잘했소."

"진작 그럴 것이지."

일제히 얼굴빛이 환해졌다. 그러자 먼저 세금을 낸 사람

들이

"내 돈 줘요!"

라고 말하면서 세리에게 모여들었다.

세리는 못마땅하다는 표정을 지으면서 받았던 세금을 도로 내놓았다.

군수는 또 장꾼들에게 큰소리로 말했다.

"여러분 조선 전체가 다 이 세금을 내면 그때는 난들 할 수 없지만 하여간 그때까지는 안 받겠소."

아주 없앤다는 뜻이 아니고 다음에 또 받겠다는 것이라고 투덜댔다.

장꾼들은 뿔뿔이 헤어지기 시작하였다.

홍일도 삼촌과 같이 장터를 떠났다.

그러나 사태는 이것으로 끝난 것이 아니었다. 그 다음날 새벽 동이 틀 무렵 헌병과 순사가 양시 일대를 습격하여 많은 사람들을 잠자리에서 체포했다. 온 마을은 집집마다 자지러질 것 같은 여인들의 곡성이 울려 퍼졌다.

새벽에 이 무슨 날벼락이란 말인가.

일본인 관헌을 폭행한 폭도라는 죄목으로 연행해간 것이다.

"아니, 기동이는 그날 장에도 안 갔는데 잡혀 갔어."

"그뿐인가 순일이도 그렇고 병태도 마찬가지지."

"이런 고얀 놈들이 있나!"

"안 되겠다. 들고 일어나자!"

"그래! 가만히 있을 수가 없다."

젊은 사람들의 의기가 투합 되자 두 주먹을 불끈 쥐고 큰 길가로 쏟아져 나왔다 그리고 누구의 지휘도 없이 용암포 경찰서로 향하여 30리 길을 단숨에 쫓아갔다.

싸움이 벌어졌다. 이쪽은 돌을 던지고 왜놈들은 공포를 쏘아댔다.

군중의 분노가 하늘을 찌를 것같이 드시게 나가자 또 군수가 나타났다.

"여러분! 이 다리를 넘으면 진짜 총을 쏩니다."

하고 위협했다. 이때 일본군 헌병이 군중 사이에 총을 쏘았다.

탕, 탕, 탕.

피융— 피융— 피융—

발밑에 먼지를 피우며 총알이 날아왔다.

"여러분 이 이상 난동을 하면 더 문제가 복잡해질 분 아니라 교도소에 갇힌 사람도 더 죄가 무거워집니다. 오늘 여러분에게 약속드리고 싶은 것은 그들을 곧 풀어주겠다는 것입니다."

군수의 말이 끝나자 누군가가 소리쳤다.

"언제까지 내줄테요?"

군수는 경찰서장과 귀엣말로 소곤대더니,

"사흘 안에 보내겠소."

"틀림없는 거지요?"

"군수를 믿으시오. 그리고 빨리 돌아가시오. 오늘 일은
불문에 붙이겠소."

그의 언질을 믿고 주민들은 돌아섰다.

"거짓은 아니겠지 그럼 군수가 약속한 건데……."

이들은 힘없는 걸음으로 양시로 돌아왔다.

사흘이 지나도 군수의 약속은 이행되지 않았다. 나흘째
연락이 왔는데 잡아간 사람을 모조리 신의주로 압송하였다
는 것이다. 참으로 원통한 일이었다.

혹시나 하고 기다리던 그들의 가족들은 발을 구르고 분해
했다.

그 후 이 백일세 사건으로 황국보, 송자현 등 14인은 초
심에서 3년형을 받았다. 너무나 엄청난 형량에 당사자는 물
론 그의 가족들은 하늘만 쳐다보고 한숨지었다.

그들이 교도소에 갇혀 재심을 받는 동안 교도소 안에서
의적(義賊)으로 널리 알려진 유상돈을 알게 되었다.

유상돈은 힘이 장사여서 그를 움직이지 못하게 하려면 장
정 대여섯 명은 있어야 하고 한 끼에 쇠고기 한두 근은 눈
깜짝할 사이에 먹어치우는 대식가였다.

유상돈은 일본인 앞잡이나 탐관오리 등 썩어빠진 관리들
의 집에 들어가 돈을 턴 다음 그 돈을 불쌍하고 가난한 집
에 찾아다니며 나누어 주기 때문에 당시 신의주, 용암포 일
대에서는 유상돈을 모르는 사람이 없었다.

교도소에 있는 동안 유상돈은 백일세 사건의 14명이 너

무 억울한 사람들이라는 것을 알게 되면서 그들을 도와주고
싶은 생각이 들었다. 하루는 유상돈이,

"여보시오! 당신들 가만히 있으면 3년 징역살이는 뻔한
건데 무슨 수를 써야 될 것 아니요?"

"무슨 수라니요?"

"탈옥합시다."

"네? 탈옥이라?"

"왜 그리 놀라시오?"

"아니……."

너무나도 뜻밖의 말에 말을 못하고 유상돈을 쳐다보았다.

"내가 적당한 시기에 눈짓을 할 터이니 간수가 나타나
면 때려눕혀 내방을 열어 주시오. 그 다음은 내가 여러
분을 책임지리다."

의적 유상돈은 유치장 안에 따로 철창을 만들고 자물쇠를
채워놓아 일반죄수와 격리시켰었다.

그의 말에 14인은 모두 솔깃했다.

왜놈 밑에서 3년 징역살이 하는 것보다 탈옥하여 만주 땅
에 가서 사는 편이 더 좋을 것이라고 생각하였다.

그리고 왜놈들이 계속 이 땅에 눌러앉아 있는 서글픈 생
활은 뻔한 이상 결단을 내려 유상돈의 말대로 탈출하는 것
이 보다 행복한 길이라고 판단했다.

"고맙소! 한번 생각해 봅시다."

먼저 14인의 대표격인 황국보가 말하였다.

"쇠뿔도 단김에 빼랬다고 오늘 당장 해야지. 그들이 눈치체면 이것저것 다 끝장이오."

그럴싸한 이야기였다.

"그럽시다. 그러면 우리들이 눈치를 보아가며 간수를 때려눕힐 터이니 그 후의 요령을 의논합시다."

"좋습니다. 나만 열어주고 곧 밖으로 나갈 작정이요. 그러면 모두 바짝 따라 오시오. 저녁때는 몇 명만 남고 모두 집으로 돌아가니 저녁식사 후 요절냅시다."

"그렇다면 담을 넘을 때는 어떻게 하지요?"

"담을 넘다니요. 곧바로 문지기를 쓰러뜨리고 정문으로 나가야지요."

"그래요?"

"그렇습니다. 내가 이곳이 두 번째인데 정문이 허술합디다. 문지기도 밤에는 한 사람 밖에 없어요."

"아, 그래요? 그럼 노형만 따르겠소."

"그럽시다."

모두 뜻이 맞았다. 이윽고 저녁식사 때가 되었다. 간수들이 콩밥을 가지고 나타났다.

"밥 먹으시오."

"네, 고맙습니다."

하고 밥을 받는 것처럼 하고 우르르 달려 들어 간수 두 놈을 한숨에 때려눕혔다. 간수의 허리춤에서 열쇠꾸러미를 빼앗아 유상돈의 철문을 열었다.

유상돈은 기운이 나서 펄펄 날뛰는 호랑이같이 앞으로 내 달았다.

"따라 오시오."

일제히 그의 뒤를 따라 뛰었다.

정문에 다다르니 문지기가 당황하여 어쩔 줄을 모르고 서 성댔다.

유상돈은 번개같이 달려가 그를 때려눕히고 쇠창살을 열 고 밖으로 나왔다.

어두컴컴한 저녁이니 도망치기에는 십상이었다. 무조건 북쪽의 나루터로 뛰었다. 만주 땅으로 건너기 위해서였다.

얼마가 지난 뒤 교도소에서 연락을 받은 헌병과 경찰은 요소요소를 차단하고 수색을 시작하였다. 멋모르고 뛰어가 던 일행이 헌병의 제지를 받았다.

"누구얏!"

"농사꾼이오."

대답을 하고는 검문하던 바로 옆에 있는 산으로 냅다 뛰 었다.

"사격개시!"

누군가의 구령에 따라 일제히 사격이 시작되었다.

탕, 탕, 탕, 탕……

1개 분대는 됨직한 병력인지라 벌겋게 섬광이 번쩍거리면 서 통탕거렸다.

이때 뒤에 처져있던 최영식, 조태국 두 사람이 그 자리에서 피살되고 네 사람이 관통상을 입었다.

이 소식을 전해들은 양시 마을은 또 슬픔에 젖었다.

유가족들의 곡성은 사람들의 가슴을 적시었다.

홍일의 건넛집이 조태국의 집이었으므로 홍일은 그 애절한 곡성을 들으면서 뼛속까지 사무치는 일본인에 대한 울분을 씹었다. 아— 답답하구나. 그는 밖으로 나와 밤하늘을 올려다보았다.

별이 빛나는 밤이었지만 하늘은 악마의 소용돌이 같은 그 무엇이 꿈틀거리는 것 같았다. 내 언제든지 한사코 왜놈에게 복수를 하고야 말 것이다. 소년 홍일은 별 아래서 굳게 맹세하였다. 이 때 하늘에는 유성이 밝은 빛을 그리며 지나갔다.

2. 시련과 탈출

신의주 쪽 압록강 변에서 건너편 만주의 안동을 넘겨다보노라면 널따란 섬이 있다. 그 이름은 중지도이다.

오랜 세월이 흐르는 동안 압록강의 물살에 실려 내려온 자갈과 모래들이 쌓여서 생긴 섬으로 이를테면 삼각주가 형성된 것이다.

신의주의 터는 축면산의 언덕 아래쪽에 자리 잡은 곳으로 홍수 때면 탁한 물이 넘쳐 농경에도 부적당한 강반의 갈대밭에 불과하였다. 그것을 제방을 쌓아 물을 막게 함으로써 시가지가 형성되기 시작한 것이다.

신의주는 압록강 하구로부터 25킬로미터나 내륙 쪽에 위치해 있기 때문에 바닷물의 피해는 심하게 입는 편이 아니지만 조석간만의 차가 심하여 토사의 퇴적이 많다. 따라서 삼각주인 중지도는 해마다 커져가고 있었다. 그리고 기름진 땅이라 농경에도 적합하여 많은 농산물을 수확하기도 한다. 그러나 이 국경선에 위치한 중지도는 그 생겨난 역사만큼 많은 애환이 같이한다.

백일세 사건으로 탈옥한 14인과 의적 유상돈은 강을 건너기 전에 두 사람을 잃었음은 먼저 밝힌바 있다.

이들은 될수록 상류 쪽의 강변에서 도강하려고 부상자 4명을 부축하고 죽을힘을 다하여 북동쪽으로 뛰었다.

사격을 집중하던 헌병도 한밤중 순간적으로 일어났던 일이었으므로 그들이 어디로 간 것을 알 수 없었다. 다만 막연하게 압록강을 건너 만주로 도망갈 것이라는 정도만 추측하고 강변 도강 예상지점 등에 잠복하고 있었다.

유상돈은 앞장서서 달리다가 일행을 정지시켰다.

"여보시오. 숨 좀 돌리고 갑시다. 그리고 부상자를 돌봐 드려야지요."

모두 숨이 헐떡거려 죽을 지경이었다.

그의 말을 듣고서야 바닥에 털썩 주저앉았다.

"그런데 안 오는 분이 있는지 점검합시다."

일행은 어두운 밤이지만 바싹 붙어 뛰었기 때문에 부상당한 사람 외에는 모두 따라왔을 것이라고 생각하였다.

그런데 살펴보니 최영식, 조태국이 보이지 않았다.

"어떻게 되었을까?"

"글쎄, 뒤에 처졌나보지."

맨 뒤에서 부상하고 헐레벌떡 늦게 도착한 이규일이 말했다.

"급소에 맞고 쓰러졌어. 내가 달려가 흔들어 보니 움직이지 않더군."

일행은 우울하였다. 비로소 2명은 일본군 헌병에게 희생된 것을 알았다.

이들은 다시 이동을 계속하여 강변에 이르렀다. 강변에서 겨우 배 한 척을 찾아 일행은 그 배에 탔다. 노를 저어 배를 움직였다. 물살이 예상보다 세었다. 상류 쪽에 비가 온 탓인지 자꾸만 서쪽으로 밀려나가다 겨우 중지도 끝부분에 도착했다.

이들은 숨을 죽이고 배에서 내려 강물에 발을 담갔다. 텀벙 텀벙. 잔잔한 물살을 가르고 소리를 내며 중지도에 올라섰다.

이 때 누군가가 앞에서 이상한 불빛을 보았다.

"앞에 불빛이 보인다."

"뭐? 불빛이?"

"농사꾼이겠지."

"글쎄, 이 추위에 누가 나와 있으려구."

12월에 갓 들어선 초겨울이라 아직은 혹한기가 아니어서 얼음도 얼지 않았지만 농사철이 아닌데 한밤중에 나와 있을 리가 없었다.

"이것 봐, 잘못 본 거 아니야"

"가세, 신경 쓰지 말고."

차디찬 강바람이 윙— 소리를 내며 이들을 스쳐갔다. 차갑구나…… 겨울이 오는 소리지……. 김영수는 시를 좋아하므로 곧잘 시를 읊어대는 습성이 있었다.

낭만적인 성격 탓으로 싸움판에 한다리 끼다보니 이 꼴이 된 것이다.

모래사장을 지나 숲속 오솔길에 도달했을 무렵, 어디서 난데없이 벼락과 같은 큰 소리가 들려왔다.

"손들어, 경찰이다!"

일행은 너무나 뜻밖에 당하는 것이므로 깜짝 놀라 우왕좌왕하였다.

"사격 개시—"

구령과 함께 일제히 총을 쏘았다.

탕, 탕, 탕, 탕……

번쩍 번쩍 섬광을 뿜어대며 총알이 날아왔다. 도처에서 아이쿠, 욱 하는 심음소리가 들려왔다.

얼마 후 사격은 중지되었다. 일경은 불빛을 밝히면서 현장 확인에 나섰다. 5명이 즉사하고 6명이 부상했다. 성한 사람은 시를 좋아한다는 김영수 뿐이었다.

의적 유상돈은 온데간데없이 사라졌다. 이렇게 하여 백일세 사건은 비극으로 그 막이 내려졌다.

양시 마을은 또 유족의 곡성으로 을씨년스럽게 되었다. 왜놈들의 천인공노할 만행은 양시 마을 모두의 가슴에다 철천지한을 남겼던 것이다. 따라서 김진건을 위시하여 뜻있는 우국지사들은 고향땅을 버리고서라도 새로운 세계를 만들어 보겠다는 욕망이 서서히 움트기 시작하였다.

1906년 경의선 철도의 개통으로 그 종착역으로서의 신의
주는 급속도로 활기를 띠고 있었다.

1907년에는 우정국과 세관이 개설되었고 1908년에는 이
사청(理事廳), 1909년에 영림창과 부청을 두는 등 한일합
방 이전에 이미 일본은 이 지역에 침략의 발판을 구축하고
대륙으로의 야망을 본격적으로 표출하기 시작하였다.

1910년에 우리의 국권을 탈취한 장본인은 세 번째 통감
으로 임명되어 내한한 데라우치(寺內正毅)였다.

그는 일본군 육군대장이고 육군대신의 현직에 있던 일본
군부의 대표적 실력자였다. 일본은 국권을 강탈한 뒤 우리
나라에 조선총독부를 설치하고 데라우치를 초대 총독으로
임명하였다. 총독이 된 데라우치는 곧 헌병경찰제도를 마련
하는 동시에 우리 민족을 철저하게 탄압하기 시작하였다.

조선총독부는 먼저 민족의 권익을 대변하는 언론기관과
집회를 폐쇄 해산시켰다. 그리고 식민지체제를 확고하게 다
지기 위하여 태형(笞刑)등 전근대적인 형벌을 가하는 공포
분위기를 조성하여 일본의 절대적인 힘에 의하여 어쩔 수
없다는 자기 포기의 극한 상태로까지 몰고 갔다. 먼저 언급
한 백일세 사건은 그와 같은 그들의 식민정책의 말초적 한
방편에 지나지 않는다.

일본침략자는 전국 방방곡곡에 걸쳐 온갖 방법을 동원하
여 그들의 정책에 따르게 하기 위하여 만행을 서슴지 않았
다.

1910년의 안악사건(安岳事件)과 신민회사건(新民會事件)은 그 보기의 하나가 될 것이다.

안악사건은 안중근 의사 사촌 동생 안명근(安明根)이 만주 간도(間島)에 무관학교를 설립하기 위하여 황해도 안악 지방의 부호들에게 모금을 시작하면서 일어났다. 이 사실을 알아낸 조선총독부는 160명을 검거하여 그 중 50여명에게 총독암살음모라는 날조된 죄목으로 실형을 선고하였다.

일제는 곧이어 신민회사건을 일으켰다. 죄목은 역시 총독 암살모의로 꾸며졌다.

이로써 당시 평안도 일대에 뿌리박고 있던 신민회에 일대 박해를 가하게 되었다. 그때 검거된 600여 명 중 105명이 기소되었기 때문에 흔히 105인 사건이라고도 한다. 결국은 105인 중 6명만이 주모자급이라 하여 징역을 선고받고 나머지는 풀려났다.

이 사건은 대부분 석방되어 형벌은 받지 않았다고는 하나 이러한 결정이 내려질 때까지의 피해는 막심하였다.

검거된 인사는 누구나 형용할 수 없는 고문을 당하였다. 고문에 견디다 못하여 죽는 사람도 생겼다.

신민회는 1907년 안창호 선생이 중심이 되어 동지를 규합 조직한 민족운동의 비밀조직이었다. 그 예하 기관으로서는 청년학우회, 대성학교, 회사 경영체를 두고 교육, 경제, 문화면에서의 민족의 역량을 키우려는 국민운동을 전개하였다.

김진건은 신민회사건에 연루되었다. 처음에는 그가 명단에 포함이 안 되었던 것이 조사과정에서 그의 헌금사실이 밝혀진 것이다. 이때 신의주 경찰서에서는 그를 체포할 것을 결정하였다.

일이 이렇게 번지자 평소 김진건의 돈을 많이 받아 쓴 가또오다 순사를 비롯한 몇몇 경찰간부들은 이 일이 탄로 날까 보아 몹시 당황하기 시작하였다.

그들은 일단 이들의 수금책격인 가또오다 순사에게 수습을 일임하였다.

가또오다는 고민 끝에 앞잡이 이희성을 불러들였다.

"아니 아닌 밤중에 무슨 급한 일이 생겼습니까?"

이희성은 가또오다를 만나자 투정 섞인 말투로 입을 열었다. 가또오다는 겁먹은 표정으로,

"큰일 났다. 이상!"

"왜요?"

"김진건 체포영장이 떨어졌다."

"네?"

이희성도 겁이 덜컥 났다. 그도 김진건으로부터 돈을 받아 쓴 죄가 있으므로 김진건이 불기 시작하면 자기도 죄를 면할 길이 없다고 생각하였던 것이다.

둘 다 돈 받아 쓴 죄로 가슴은 방망이 두드리는 것처럼 두근거렸다.

"신민회사건 알지?"

"알고 있습니다."

"신민회에 거금을 댄 것이 조사결과 나타났다."

"네?"

놀라는 것도 무리가 아니다. 신민회사건 때문에 평안도 일대가 발칵 뒤집어졌는데 그 사건에 연루되었다니 큰일이 아닐 수 없었다.

"이상, 빨리 가서 김진건에게 피신하라고 해."

"피신요? 어디로요?"

"바가야로! 그것을 내게 물으면 어떻게 해? 이상이 알아서 해야지."

"만주로 도망치라고 할까요?"

"이상, 마음대로, 나는 몰라."

"가또오다 순사님이 모르시면 누가 압니까? 저야 더 모르지요."

"순사가 죄인을 도망시키는 것을 본 적이 있나?"

"그야 없지요."

"그러니 네가 알아서 하란 말이야. 평소 너나 나는 다 같이 그로부터 도움을 받았으니 이번에 눈 딱 감고 도와주는 것이다."

"알았습니다."

"지금 빨리 가라."

"네."

이희성은 급히 양시를 향하여 달렸다. 50리길이니 빨리 서둘러야 된다고 생각하면서 뛰었다. 뛰면서 생각하니 걱정이었다. 내가 얼마나 받아썼지? 마음속으로 10원짜리 지폐를 세어보니 끝이 없었다. 황소 몇 마리가 눈앞에 어른거렸다. 큰일 났구나……. 돈은 오입질 하는데 다 썼는데 이 돈을 내놓으라면 나는 죽는다, 죽어……. 양시의 명월관 기생, 신의주의 태평관 기생 등 헤아릴 수 없이 많은 여자 얼굴이 떠올랐다. 야, 그년들 돈이라면 사족을 못 쓰더라……. 그리고 하얀 젖가슴과 꿈틀거리는 사타구니 생각이 났다. 좋았지, 그때는…… 도화경에 이르니 간이 차차 부어올랐다. 정 급하면 그년들에게 꿔주었다고 하지…….

마음이 좀 가벼워졌다. 그 돈으로 논이나 땅 산 것도 아니고 일본순사하고 같이 가서 뿌렸는데 뭐라고 하면 일본순사 뒷바라지 하느라고 다 썼다고 우겨대면 되지…… 그러나 경찰서 유치장에서 얼마 전에 본 피투성이가 된 피의자 생각을 하니 가슴이 또 두근거렸다. 일본 사람들 사람 패는 데는 소질이 있어……. 그들의 고문광경을 보았는지라 자기가 일본순사에게 뒤집어씌우면 무작정 두들겨 팰 것이라고 생각했다. 그것도 안 되겠구나, 기생년 핑계잡고 오리발 내미는 게 상책이야……. 결국은 그 방법밖에 없다고 결론지었다.

먼동이 틀 무렵, 김진건의 집에 도착하였다. 평소 신의주와 양시를 내왕하면 빨라야 4시간 걸렸는데 오늘따라 3시간 만에 도착하였다. 숨이 몹시 가빴다. 그는 대문 앞에서 주저앉았다. 그리고 심호흡을 하였다. 잠시 숨을 돌린 이희성은 주먹으로 대문을 두들겼다. 온 집안사람들이 깜짝 놀라며 모두 일어났다. 머슴 둘이 달려 나왔다.

"뉘시오?"

"신의주 경찰서, 이희성이다. 급한 일이 있으니 문 열어."

대문을 열어주면서 머슴들은 픽 웃었다. 저 도둑놈 또 돈 긁으러 왔겠지……. 이희성은 자기 보고 웃는 것이 못마땅했지만 참고 안으로 뛰어갔다.

이때 김진건은 밖이 떠들썩하여 일어나 있었다. 그렇잖아도 신민회사건 때문에 무슨 기별이 있겠지……하면서 며칠간은 불안하였다. 그리고 만약의 일에 대비하여 만주로 떠날 차비를 차리고 있었다.

"영감님, 접니다. 이희성입니다."

너무나 큰소리를 질러 안에서 꾸중이 들려왔다.

"조용히 해, 들어와."

그는 무안하여 방문을 조용하게 열었다. 넙죽 큰절을 하고는 다짜고짜,

"영감님이 신민회에 돈 대주었다하여 체포영장이 나왔습니다."

"그래서?"

"가또오다 순사가 빨리 피하라고 하기에 달려왔습니다."

"알았네. 내가 알아서 할 터이니 자네는 돌아가게."

"어디로 피하시렵니까?"

"내가 알아서 하지."

"가또오다 순사가 될 수 있는 대로 멀리 도망치라고 하던데요."

가또오다가 하지도 않은 말을 꾸며댔다. 그래야만 돈 먹은 것이 안전할 것 같았던 것이다.

"먼 데라니?"

"만주나 중국 땅이지요."

"이 사람, 나 잘못한 거 없어!"

"넷?"

큰일 났구나, 잘못한 것 없다고? 그렇다면 돈 준 것 다 불을 모양이지…… . 얼굴빛이 노래졌다.

"불쌍한 사람 돈 대주었기로 뭐가 잘못이란 말인가. 자네들도 내 돈 받아 쓴 것은 매일반이지."

"넷?"

겁먹은 얼굴로 약간 떨기까지 하는 그에게 넌지시 말했다.

"여보게, 자네들 생각해서 얼마동안 피할 터이니 안심하고 돌아가게."

이희성은 안도의 한숨을 푹 쉬었다.

"감사합니다. 잘 다녀오십시오."

그는 그곳에서 우물대다가 자기까지 체포될지 모른다는 생각에 벌떡 일어났다. 그가 사라지자 김진건은 가족을 모이게 했다. 홍일도 맨 구석에 앉았다.

"내가 그동안 시세를 살펴보니 도저히 왜놈 밑에서 살 수 없어서 내 나름대로 대비했다. 지금 먼저 떠나 자리 잡은 뒤에 기별할 터이니 그때 오도록."

김진건의 뜻밖의 말에 모두 놀랐으나 올 것이 왔다는 생각은 모두 가지고 있었다. 김진건의 아내는 어진 부인이었다. 언제나 말없이 남편을 공경하고 자식을 가르쳤다. 남편이 멀리 떠난다는 데도 눈물만 글썽일 뿐이었다. 얼마 후 그녀는 가만가만 입을 열었다.

"집안 걱정은 마시고 부디 몸조심하세요."

아내의 따뜻한 말에 김진건은 미소 지었다.

"당신은 못난 남편 탓으로 고생만 하는구려. 당신 또한 몸성히 잘 있고 애들 공부 잘 시키시오."

"알겠습니다."

김진건은 자식들을 두루 돌아보며,

"경거망동은 하지마라. 오직 내일을 위하여 학문에 전념하라."

"네, 알겠습니다."

일제히 대답하였다.

김진건은 일어서서 차비를 차렸다. 미리 예견하고 준비해 둔 것이기에 얼마 안가서 모든 것이 갖추어졌다.

동쪽하늘은 빨갛게 타오르고 있었다.

겨울날씨지만 윤달이 낀 탓인지 그리 매서운 추위는 아니었다.

"잘 있어요."

"안녕히 가십시오."

이 평화스러운 가정은 일제의 침략으로 말미암아 이산의 쓰라림을 안게 되었다. 모든 가족은 김진건의 뒷모습이 보이지 않을 때까지 배웅하였다.

김진건은 이날로 신의주의 나루터를 배로 떠나 중지도를 거쳐 안동에 도착하였다. 그는 남쪽을 돌아보았다. 지척간이지만 만주 땅은 평생 처음 밟은 것이기에 감회가 없을 수 없었다.

언젠가는 꼭 조국의 독립을 보고야 말겠다는 각오를 하면서 조국을 불렀다.

"사랑하는 조국이여!"

그는 다시 대륙을 향하여 발을 옮겼다.

김진건은 만주에 건너가 봉천시(奉天市)의 신민둔(新民屯) 부근에 자리 잡았다.

값싸고 좋은 땅을 사들여 벼농사를 시작하였다. 남만주 한복판에서 한국인이 대규모 벼농사를 시작한 것은 김진건이 처음이었다. 첫해의 벼농사는 성공적이었다. 거두어들인 쌀은 곧 시장에 내다 팔았다. 쌀 맛이 좋아 비싼 값으로 파는데도 날개 돋친 듯 팔렸다.

김진건은 자신을 얻어 번 돈을 다시 투자하여 더 큰 농장을 차렸다.

일손이 모자라 고향에 기별을 보냈더니 왜놈으로부터 학대를 받은 양시의 농가는 너도나도 김진건의 농장에 모였다. 1912년 한 해에 건너온 농가는 32호였다. 그들은 고국에서보다 더 단결하여 열심히 일하였다. 따라서 모든 농민은 남만주 일대에서 가장 풍요한 농장생활을 하게 되었다. 농장경영이 뜻밖에 성공하자 김진건은 홍일을 만주로 불렀다.

홍일은 아버지의 부름을 받고 고향을 떠났다. 그도 나이는 어렸지만 한을 품고 압록강을 건넜다.

압록강.

강 하나를 건넌 것뿐인데 세계는 완전히 달랐다. 흙도 다르고 산도 다르고 사람과 건물도 달랐다.

더구나 **쏼라쏼라** 떠드는 듯한 말소리에 정나미가 떨어졌다.

바람은 왜 그렇게 세게 부는지 노란 먼지 때문에 눈을 뜰수 없었다. 그럴수록 고국이 그리웠다. 소년 홍일은 착잡한 마음으로 아버지 앞에 섰다. 이국에서의 재회라서 더욱 반가웠다.

홍일은 눈물을 흘리면서 아버지에게 큰절을 했다. 아버지는 홍일의 손을 어루만지면서 반가워 했다.

"네가 장차 큰일을 하려거든 중국에서 공부해야 한다.

지금 형편으로는 일본 세력을 꺾는 길은 공부하는 길밖
에 없다. 중국은 언젠가는 청일전쟁에서 패배한 수치를
털고 일어설 날이 올 것이다. 그러니까 이때에 중국의
혁명가나 지도자들과 친분을 맺어야 하고 또한 그들과
함께 일본에 대항할 궁리를 해야 한다."

김진건은 아들 홍일에게 자상하게 타일렀다. 홍일은 이
세상에서 아버지가 제일 훌륭한 사람으로 알고 있었으므로
아버지의 말에 무조건 따랐다. 이때 홍일의 나이 16세였다.

홍일은 고국에서 교회계통의 소학교과정을 이미 마쳐 중
학교에 갈 자격이 있었지만 언어 때문에 할 수 없이 보통학
교 과정인 모범양등학교(暮範兩等學校)에 입교하였다. 자존
심이 강한 홍일은 창피한 생각이 들어서 학교에 다니면서도
별로 신명이 나지 않았다. 여덟 살 때 이미 사서(四書)를
독파한 그가 기껏 보통학교에 다녀야 했으니 부끄러운 생각
이 들었던 것이다. 게다가 학교의 중국인 학생들이 번번이,

"까우리방즈(고려놈이라는 욕설)"

"왕궈루(亡國奴)"

라고 빈정대면서 나라 없는 거렁뱅이 취급을 하며 놀렸다.
홍일은 그때마다 상대가 크건 작건 그리고 많고 적고를 가
리지 않고 대들었다. 그러나 한국인은 자기 한 사람뿐이라
그때마다 맞는 쪽은 홍일이었다.

이럴 때 담임선생이 나타나,

"이 아이는 공부를 해서 빼앗긴 나라를 찾겠다는 훌륭

한 아이다."
라고 이들을 달랬지만 선생이 물러가면 또 놀렸다.

나라 잃은 설움이 철천지한인데 중국에서까지 망국노 취급을 당하니 미칠 지경이었다. 홍일이 돌아오면 아버지는 눈치 채고

"무슨 일이 있었느냐?"
고 물어보면,

"네, 중국 애들이 까우리방즈, 왕궈루라고 놀립니다."
고 대답하고는 엉엉 소리 내어 울었다.

그때마다 아버지는

"나라를 잃으면 욕을 먹게 마련이다. 그 분함을 참고 이겨내면서 공부를 해야 한다. 그래야 너는 다음에 나라를 되찾을 것이 아니냐?"

그러나 홍일은 막무가내였다. 성격이 남에게 지기 싫어하는 데다 대꼬챙이처럼 곧아 필요 없이 양보하는 기색이 없었다. 옳다고 생각하면 그대로 돌진하는 성격이었다.

김진건은 홍일 때문에 무척 고민하였다. 홍일을 더 이상 만주에 두면 삐뚤어질 것 같아 마침내 용단을 내렸다. 그렇다. 홍일을 정주(定州)에 있는 오산학교(五山學校)에 보내자, 마음이 정해지자 김진건은 홍일을 오산학교에 보냈다.

정주는 평안북도 정주군의 군청소재지이다. 경의선 철도가 지나는 교통의 요지이고 곽산평야의 중심지로 평안북도 제일의 쌀 생산지였다. 따라서 풍요로운 지방이라 인심도

좋았고 기후나 환경도 괜찮은 편이었다. 그리고 그 지방에는 유달리 학교가 많았다. 특히 오산학교는 당시 민족교육의 발상지라는 긍지를 가지고 있었다.

김홍일은 오산학교의 중학과정 2학년에 편입되었다.

오산학교는 애국애족의 열기가 가득 차 있었다. 나라 잃은 한을 학문으로 달래는 이들은 모두 민족적인 자긍심과 사명감을 잃지 않으려고 굳은 결의를 다지고 있었다.

교주 남강(南岡) 이승훈(李昇薰) 선생은 학생들과 항상 같이 지내면서 민족정신을 그 특유한 방법으로 학생 한 사람 한 사람에게 깊이 심어주었고 고당(古堂) 조만식(曺晩植) 선생은 검소한 생활을 하면서 모든 면에서 솔선수범하고 있었다.

오산학교의 교풍은 이승훈, 조만식 두 선생의 고매한 인격의 반영이었다. 두 선생은 치약도 쓰지 않고 늘 소금으로 양치질하고 비누는 화학 실험실에서 손수 만들어 썼다.

모든 학생은 정신과 행동의 통일을 기하려고 기숙사 생활을 시켰으며 기숙사에서는 스승이나 학생이 다 같이 공동생활을 하면서 면학에 힘썼다.

그때 학비는 한 달에 겨우 50전이었는데 그것조차 못내는 학생이 가끔 생기면 곧 이 사실을 널리 알려 모금을 하여 도와주었다.

어느 날 홍일은 이승훈 선생과 냇가에서 목욕을 같이 하게 되었다. 옷을 벗고 물에 들어가려다 선생의 몸을 보고 깜짝 놀랐다.

"선생님⋯⋯."

더 말을 잇지 못하고 서있는 홍일과 다른 학생들에게 몸을 내보이며,

"제군, 내 몸뚱이를 보고 놀라는 것 같은데. 무슨 딴 죄를 지어 이렇게 되었겠나. 이건 바로 일본 놈들의 죄악을 말해주는 것일세. 이 상처 하나하나가 그들의 죄악사(罪惡史)를 새겨둔거야."

모든 학생은 다만 숙연할 뿐이었다.

이승훈은 정주 출신으로서 어릴 때 한문을 배우고 장사를 시작하였다. 장사가 잘 되어 돈을 많이 벌자 무역상으로까지 발전하여 성공한 사람이다.

1907년 한국군 해산과 군대궐기 그리고 의병의 불길이 치솟을 때쯤, 평양에서 있었던 도산(島山) 안창호(安昌浩) 선생의 강연을 듣고 감명을 받았다. 그는 당장에 금주 금연으로 자신의 뜻을 세우고 강명의숙(講明義塾)이라는 학교를 세우고 뒤이어 오산학교를 건립하였던 것이다. 그 무렵, 신민회에 가입하여 민족운동에 투신, 활동을 전개하다가 1911년 5월 신민회사건으로 연루되어 6명의 주모자 가운데 한 사람으로 10년형을 받았다. 4년 2개월 만에 가출옥으로 세상에 나오자 자기가 세운 학교에 돌아온 것이었다.

홍일은 지난날 일본인들의 포악무도한 행패를 되새겨 보았다.

"선생님, 저의 고향 용천군 양시에서도 왜놈들이 사람들을 패고 심지어 총으로 살해까지 하였습니다."

홍일의 말에 이승훈은 고개를 끄떡이며,

"홍일 군, 어디 양시뿐인가? 일본 놈들이 전국의 방방곡곡에서 악독한 짓을 계속하고 있단다."

"그렇다면 앞으로 우리는 어떻게 해야 합니까?"

"학문을 닦아 일본인을 이길 수 있는 실력을 기른 다음 독립을 위한 투쟁을 벌여야 한다네. 지금은 우리가 힘이 약하여 대항해 보아야 우리만 손해 볼 뿐이니 아직은 안 돼."

홍일은 아버지의 말씀과 비슷하다고 생각하고 몹시 기뻤다.

"선생님, 저는 커서 우리나라의 군대를 세우는 데 힘쓰고 싶습니다."

이승훈은 물장구를 한 번 치고 나서 다정하게 말했다.

"홍일 군의 생각은 훌륭한 생각일세. 나라를 지키는 힘은 실력이지. 그 실력 중에서 군대의 힘이 중요하다네. 따라서 독립을 위하여 군대를 일으킨다는 생각은 장한 사나이의 기백일세."

홍일은 신이 났다.

"선생님, 만주에 가보니까 우리나라 애국자가 망명하여 많이 살고 있는 것을 보았습니다. 선생님은 망명할 생각이 없으신지요."

좀 당돌한 질문이라고 생각했지만 영리한 아이라고 생각
하였다.

"홍일 군, 나라와 겨레를 위하여 힘쓰는 길은 여러 가지
가 있는 법일세. 홍일 군 아버지처럼 외국에 망명하여
독립운동을 할 수도 있고 국내에서 나처럼 후학(後學)을
위하여 애쓸 수도 있네. 다만 어디서든지 나라를 사랑하
고 조국의 독립을 쟁취하겠다는 의지만은 잊어서는 안
되지. 그러한 기운이 안팎에 가득 찬다면 반드시 독립은
가능하다네."

이승훈의 말은 청산유수같이 이어졌다. 마디마디 힘을 주
면서 또렷한 음성으로 말하는 그의 얼굴에는 자신이 가득
넘치고 있었다.

홍일의 애국심을 불러일으키고 장래에 군인이 되겠다는
마음을 굳혀준 사람은 그의 아버지와 이승훈이었다.

그날부터 홍일은 이승훈 선생을 하늘같이 생각하고 그의
뒷모습만 보아도 정중하게 절을 하게끔 되었다.

조만식 선생은 강단에 서면 평소의 친근한 표정과는 달리
엄숙한 태도로 학생들에게 국가관을 심어주었다. 특히 그는
인도의 무저항 독립운동가 간디의 영향을 받아 강론할 때에
는 이승훈과는 다른 시각에서 애국심을 북돋았다.

"대한의 독립은 꼭 이루어진다.

왜냐하면 독립을 염원하는 내가 있고 제군이 있기 때문
이다. 폭력은 일시적인 것이지 영원한 것은 아니다. 역

사를 통하여 폭력이 지속적인 권력을 유지한 적은 한 번
도 없었다. 폭력은 곧 폭력에 의하여 멸망한다는 사실은
역사의 당위성(當爲性)이다. 그러므로 제군은 일제의 총
칼이 결코 오래 가지 않는다는 것을 믿으며 보다 자신감
을 가지고 학문을 닦아야 한다. 알아야 산다."

홍일은 의아하게 생각하였다. 이승훈 선생의 생각과 다
르다는 것을 발견한 것이다. 그는 손을 들었다.

"선생님, 질문해도 좋습니까?"

조만식은 잠시 생각하는 듯싶더니 인자한 표정으로 고개
를 끄떡이었다.

"그래, 말해 보아라."

"선생님. 일본을 이기는 길은 우리가 군대를 길러 일본
군을 무찔러야 된다고 생각합니다. 폭력에는 폭력이 필
요하다고 생각되오니 하교하여 주십시오."

"좋은 질문이다. 홍일 군의 말도 일리가 있다. 그러나
나는 약간 견해를 달리한다. 폭력에 폭력은 악순환만 되
풀이한다는 것을 먼저 밝히고 싶다. 동아시아 최강을 자
랑하는 일본군을 우리의 힘으로 무찌를 생각은 아예 말
아야 한다. 최소한 지금과 같이 무지한 백성이 많고 단
결이 안 되었을 때는 말이다. 그러나 폭력은 정의에는
약하다. 정의가 승리하는 길은 험하고 많은 시간이 걸린
다. 도도하게 흐르는 정의의 물결이 세차게 일 때 폭력
은 그 힘을 잃는 법이다. 따라서 내가 제군에게 바라는

것은 정의를 아는 힘, 정의를 구현하는 힘, 정의를 신봉
하는 신앙을 가져야 된다는 것이다. 그러기 위하여 배워
야 한다. 상대를 속속들이 알아야 상대를 압도할 수 있
기 때문이다."

모든 학생은 조만식 선생의 강론에 매료되고 있었다. 모
두 선생님의 참뜻을 알 것만 같았다. 강론은 다시 이어졌
다.

"제군이 폭력은 절대적인 수단방법이 아니라고 깨달았
을 때 그 폭력을 극복할 수 있는 자격이 생긴다고 보는
것이 내 생각이다. 바꾸어 말하면 일본 제국주의자가 총
칼을 휘두르고 사람을 죽일 때 그것을 보는 제군이 진
정, 아, 불쌍한 사람들, 가엾은 사람들이라고 오히려 폭
력을 행사하는 쪽에 연민의 정이 느껴질 때 정신적인 승
리자는 바로 제군인 것이다."

조만식은 두루 학생들을 살펴보았다.

"우리나라는 새로운 학문을 받아들이는 데 인색했고, 새
로운 문화를 부정하는 커다란 잘못을 저질렀다. 우물 안
개구리처럼 유교에 얽매여 오랫동안 방구석에만 처박혔
었다. 힘은 유동적인 것이지 고정된 것은 아니다. 학문
은 발전하는 것이지 고착되어진 것이 아니다. 따라서 제
군은 변천하는 시국에 민감하게 대처해 나가야 할 것이
다. 우리 대한 사람들이 저들보다 깨이고 저들보다 학문
이 앞서 갈 때 우리는 반드시 승리한다. 나는 그것을 믿

기 때문에 공부를 계속하는 것이다."

학생들은 초롱초롱 빛나는 눈으로 조만식 선생을 바라보고 있었다. 그리고 그가 밤이나 낮이나 시간만 있으면 책을 읽는 이유를 비로소 알게 되었다.

"인간은 동물과 다른 점이 많다. 모양에서 다르고 표정에서 다르고 또한 사상에서 다르다. 예를 들자면 아마 끝이 없을 것이다. 생각하는 것, 행동하는 것, 미래를 내다보는 것 등은 너무나 차이가 크다. 그러므로 지구에서 인간만이 문화를 갖게 되었고, 과학을 발전시킨다. 제군 생각에 인간이 할 수 있는 위대한 일이 무엇인가 잠깐 생각하여 보기 바란다. 생각이 난 학생은 대답해도 좋다."

학생들은 서로 얼굴을 바라보며 망설이고 있었다. 이때 누군가가 손을 들었다. 김정운이었다. 정운은 부모 없는 고아였지만 어린 나이에 뜻을 세워 고향을 등지고 만주에 가다가 오산학교에 입교하게 된 것이다. 아버지의 유지(遺志)에 따라 조국광복의 꿈을 간직하고 있는 생각이 깊은 학생이었다. 5전이 없어 학비를 내지 못하고 동료들의 궂은일을 도와 학비를 마련하는 학생이다. 그가 바로 한말의 별 김덕제 의병대장의 아들임은 아무도 모르고 있었다.

"정운군, 말해보게."

"네, 저의 소견으로는 조국을 위하여 애국하는 일이라고 생각합니다."

"맞는 말일세. 인간은 자기 자신을 위하여 살 수 있고 가정을 위하여 생활할 수 있다. 한발 더 나아가서 사회에 공헌하는 길이 있고 조국을 위하여 일하는 길이 있다. 그중에서 가장 위대한 길은 조국을 위한 길일 것이다. 왜냐하면 자기를 위하여 가정생활을 영위하는 일은 동물도 할 수 있기 때문이다. 그리고 벌이나 개미는 자기 사회를 위하여 공헌한다. 그러나 국가를 의식하면서 국가를 위하여 목숨을 바치는 일은 인간만이 할 수 있는 일이다. 인간 가운데 동물과 같은 차원인 자기 자신 위주의 생활을 하다가 죽는 사람이 얼마나 많은가.

얼마나 하찮은 인간이면 동물이 하는 짓 그대로 살다가 죽는 것이냐. 호랑이는 죽어서 가죽을 남기고 사람은 죽으면 이름을 남긴다고 하였다. 사람이 이름을 남기려면 동물이 하는 짓 아닌 사람의 하는 짓 가운데 최상의 것을 찾아야 하는 것이다. 학문을 세우는 일, 문명의 이기(利器)를 발명하는 일 등은 사람의 하는 짓 가운데 최상의 것이리라. 그러나 그것보다 더 고귀한 것은 조국을 위하여 애국하다 죽는 일이다. 나와 제군은 조국을 위하여 애국하는 길을 택해야 될 숙명을 타고 났다고 볼 수 있다. 그 이유는 반만년 역사상 처음 국가가 없어진 불운한 시기에 태어났기 때문이다.

그러므로 제군은 조국의 독립을 위하여 배워야 한다. 그래서 이 겨레의 위대한 지도자가 되어야 한다."

강론은 끝났다. 학생들은 모두 어렸지만 만감이 교차하는 심오한 얼굴표정으로 어른스럽게 앉아 있었다. 그들은 새로운 조국을 깨달은 것이다. 그리고 조국을 위하여 무엇인가를 해야 되겠다는 생각이 모두의 마음에서 싹트고 있었다. 이때 홍일은 얼마나 하느님과 아버지에게 고마움을 느꼈는지 모른다.

만주의 학교에서 계속 공부하고 있었다면 훌륭한 두 분 선생님의 강론을 듣지 못하였을 것이라고 생각되었기 때문이다. 까우리방즈, 왕궈루, 그 지긋지긋한 욕을 듣지 않게 된 것도 다행한 일이라고 생각하였다.

김정운, 그는 제일 나이가 어린 학생이었다. 몇 해 전인가 아버지의 전사소식을 듣고 어머니가 쓰러지던 장면을 생각하였다. 5대 독자인 남편, 그리고 언제나 사랑스런 미소를 잃지 않던 그가 왜놈의 총에 맞아 죽었다니……. 그녀는 통곡을 하다가 지쳐서 그대로 쓰러졌다. 단 하나인 혈육 정운을 머리맡에 불러놓고 그녀는 숨찬 목소리로 겨우 말하였다.

"정운아, 나는 몸이 약해 아무래도 죽을 것만 같다. 죽기 전에 정운에게 할 말이 있다."

어린 정운은 엉엉 울면서 어머니를 안았다.

"어머니, 죽지 말아요."

"정운아, 나는 내 운명을 안다. 이제 곧 죽을 것이다. 그러니 그 보자기를 열어보아라."

보자기를 여니 그 속에는 책 한권과 커다란 도장이 찍힌 문서가 2장 있었다.

"아직은 네가 나이가 어려 잘 모르지만 이 문서는 네 아버지께서 무관학교를 졸업하고 참위로 임관할 때 받은 사령장이다. 그리고 약간 작은 문서는 아버지께서 정위로 진급할 때 받은 통신문이다. 한권의 책은 족보인데 잘 읽어보면 네 집안이 대대로 무관임을 알 수 있을 것이다. 여기 약간의 돈이 있으니 내가 죽거든 외가에 알려 간소하게 장례를 치루고 남은 돈으로 만주로 건너가 공부해서 아버지 원수를 네가 갚아라. 아버지는 왜놈과 싸우다가 장렬하게 전사하였단다……."

가냘픈 목소리로 아버지의 군대시절 이야기와 의병대장 때의 일들을 소상히 아들에게 말해 주었다. 정운은 어렸지만 훌륭한 아버지라고 생각하면서 아버지를 떠올렸으나 잘 생각나지 않았다. 그도 그럴 것이 아버지가 5살 때 떠나 지금까지 한 번도 뵌 적이 없기 때문이었다.

정운은 자기가 할 일이 무엇인가 아직은 몰랐다. 어머니와 단 둘이 살고 있었는데 어머니가 돌아가신다면 자기는 의지할 곳 없는 고아가 된다고 생각하니 앞이 캄캄하였다. 평안도의 산간지대라서 교통도 불편하고 도시도 멀어 신학문을 익히러 떠난다는 것도 힘들고 더구나 어머니 말씀대로 만주로 건너갈 것을 생각하니 더욱 겁이 났다. 정운은 한문공부를 썩 잘하여 10살 때 사서(四書)를 통달하여 한시(漢

詩)까지 지을 수 있는 재능이 있었지만 이 엄청난 현실 앞에 열다섯이라는 나이는 너무나 어렸다. 그는 우선 외가에 기별해서 외삼촌을 오시도록 하였다. 외삼촌이 오니 한결 가벼운 마음이었다.

어머니의 말대로 유언을 남긴 지 사흘 만에 세상을 떠났다. 바다 한가운데 외로이 서있는 기분이었다. 고독하다기보다 막막하다는 표현이 맞을 것 같았다.

외삼촌의 도움으로 장례를 무사히 마치고 집안을 정리한 다음 어머니의 유언대로 아버지의 유지를 받들어 만주로 가게 되었다. 외삼촌이 같이 있자고 하는데도 정운은 막무가내였다. 어쩔 수 없이 그의 고집을 꺾지 못하고 만주로 출발하였다. 막상 정운을 떠나보낸 외삼촌은 중국말 한마디 못하는 정운을 대륙의 허허벌판에 보낸다는 것은 도저히 있을 수 없다고 판단하고 그의 뒤를 쫓아 나섰다. 정주에 도착하자 이리저리 수소문 끝에 정운을 찾아내었다.

"정운아!"

"외삼촌!"

이틀만의 상면이었으나 무척 반가웠다. 그렇잖아도 어머니 말씀대로 만주로 떠난다고 길을 나섰으나 망망대해에 조각배를 타고 가는 격으로 자신이 없었다.

"정운아, 너를 찾으면서 들은 이야기인데 이 근처에 오산학교라는 민족교육기관이 있단다. 내 생각으로는 그 학교에서 중학교 과정을 마치고 만주에 건너가는 것이 좋을 듯한데 한 번 다시 생각해 보아라. 지금 내 심정으로는 너를 만주로 보내고 싶지 않다."

정운도 외삼촌 말이 옳은 것 같았다.

"네, 외삼촌 말씀대로 오산학교에 들어가겠습니다."

이리하여 정운은 오산학교에 입교하게 된 것이다. 1년간은 어머니가 마련해준 돈과 외삼촌의 도움으로 숙식비와 학비 걱정을 하지 않았지만 무턱대고 돈을 다 써버리면 다음에 만주에 갈 때 무일푼이 되므로 얼마간 남겨두고 친구의 궂은일을 도와 학비를 벌어가며 공부를 하였던 것이다.

그런데 어느 날 오산학교에 일본경찰이 들이닥쳤다. 김덕제 의병대장의 아들 김정운이 이 학교에 다닌다는 말을 듣고 잡으러 온 것이다. 당시 조선총독부에서는 김덕제 의병대와 민긍호 의병대로부터 받은 손실이 너무나 컸으므로 그 보복책으로 그들의 측근을 잡아 괴롭히며 고문으로 죽이기도 하고 무슨 트집을 잡아 징역살이를 시키기도 하는 등 오래 전의 상처를 뒤척이고 있었다.

오산학교에서는 종종 이런 일이 있었으므로 김정운에게 즉각 연락이 되어 피신케 하였다. 김정운이 어디론가 떠난 다음 이승훈, 조만식 선생은 물론 모든 학생이 깜짝 놀랐다. 당시 김덕제 의병대장에 대한 여러 가지 전설적인 무용담이 입에서 입으로 전해져 한국인이면 누구나 그를 모르는 사람이 없었다.

항일투사요, 민족의 영웅으로 널리 추앙되고 있었던 것이다. 그런데 정운이 그의 외아들이라니, 누구나가 놀라면서 그의 전도를 빌었다.

정운은 느닷없는 일경의 출현으로 다시 만주로 향해 탈주하는 처량한 신세가 되었다.

홍일은 오산학교에 다니는 동안 늘 수석을 지켰다. 따라서 오산학교의 교직원은 누구나 홍일에 대해서 관심을 갖았다. 머리도 좋을 뿐만 아니라 애국심과 꿋꿋한 의지 등으로 미루어 반드시 비범한 인재가 될 것이라고 기대하였다.

홍일이 졸업할 무렵 아버지로부터 소식이 왔는데 봉천에서의 농장경영에 실패하여 그곳을 떠나 홍콩에 와 있다는 것이었다. 2년간이나 계속된 가뭄과 벼멸구 피해 때문에 농작물이 전멸되었다는 것이다. 그러나 새로운 사업으로 재기의 꿈에 부풀고 있으니 졸업과 동시에 홍콩의 대학에 유학시키겠다는 내용도 적혀 있었다. 그 글을 본 학생들은 그를 모두 부러워하였다. 그때만 해도 대학으로의 진학은 졸업생 가운데 한둘이 있을까 말까 하던 시절이었기 때문이다.

1918년 3월 어느 화창한 봄날이었다. 그날은 홍일에게 있어서 잊을 수 없는 중요한 날이었다. 그 하나는 오산학교를 수석으로 졸업한 때문이요. 다른 하나는 졸업식 직후 기념식수 때 받은 한통의 전보 때문이었다.

전보 내용은 홍일의 아버지가 싱가포르에서 사망하였다는 것이었다. 하루 동안에 인생에 있어서 겪기 어려운 기쁨과 가장 커다란 슬픔을 동시에 맞이하게 되었으니 어린 마음은 큰 충격과 함께 슬픔이 가득 찼다. 그는 전보를 읽자 한동안 무엇인가를 생각하더니 휘청거리며 쓰러졌다. 경사스러운 졸업식 날에 수석졸업생이 쓰러지니 학교 안은 발칵 뒤집어졌다. 곧 교무실에 옮겨 선생님들의 따뜻한 간호를 받고 눈을 떴다. 이승훈 선생은 그를 물끄러미 내려다보면서 인자하게 말하였다.

"홍일 군. 하느님께서 아버지를 부르신 것일세. 그리고 하느님은 홍일 군에게 1등의 영광을 안겨준 것이네. 돌아가신 선친을 위하여 빼앗긴 조국을 위하여 새로운 각오로 성공하게나. 하늘나라에 계신 선친께서 얼마나 좋아하시겠나."

홍일의 두 눈에는 눈물이 듬뿍 고였다.

"경사스러운 날, 저 때문에 심려를 끼쳐 드려 송구스럽습니다."

"아니야, 어차피 우리는 나라를 잃은 사람 아니냐. 언제나 풍상은 찾아올 것일세. 그것을 이기는 힘이 중요하다네."

"선생님, 고맙습니다. 좌절 않고 용기를 내겠습니다."

"그래야지. 자 일어나게."

이승훈 선생의 부축을 받고 홍일은 일어섰다. 교직원과 학생들은 일제히 박수를 보냈다.

"미안합니다. 죄송합니다."

홍일은 계속 머리를 꾸벅거리며 교직원에게 사과하였다.

식후 행사인 식목이 시작되었다.

홍일은 이승훈, 조만식 선생과 함께 교무실 바로 앞에 큰 잣나무 한 그루를 심었다. 식목을 비롯한 간단한 회식 등 그날의 행사가 모두 끝나자 홍일은 학교를 떠나 양시의 고향집으로 돌아갔다.

정든 옛집이지만 어쩐지 쓸쓸하였다. 집에서 반갑게 맞아 주어야 할 양친이 없는 데다 그동안 아버지의 사업자금을 대느라 집안 살림을 줄인 탓으로 허전하였다. 그 많던 토지도 빚에 쫄려 일본인 손에 넘어가 있었다.

삼형제가 한 자리에 모이자 홍일이 올 때까지 미루고 있던 장례식을 치렀다.

마을에서 몇몇은 알고 있었으나 대부분 모르고 있던 차에 김진건이 죽었다는 소식에 모두 깜짝 놀랐다. 시체가 없는 장례식이었지만 많은 사람이 참석한 가운데 무사히 치렀다.

용천군 양하면 오송리에 선산이 있었으므로 시체 대신 유품을 묻었다.

홍일은 쓸쓸한 하루하루를 보내고 있었다. 마음이 안정이 안 되니 무엇이든 손이 잡히지 않았다. 그러다 어느 날 이승훈 선생으로부터 전보가 왔다. 내용은 홍일이 평양으로 급히 오라는 것이었다. 홍일은 다음날 두 형에게 작별을 고하고 평양으로 갔다.

이승훈 선생은 평양에 있는 신학교에서 신학을 공부하기

위하여 교장직을 조만식 선생에게 내주고 평양에 살고 있었
다. 이승훈은 조촐한 단칸방을 얻어 자취하고 있었다.

"선생님."

"오, 홍일 군."

홍일은 방안에 들어서자 넙죽 엎드려 큰절을 하였다.

"장례는 잘 치르고?"

"네."

"내가 가야되는데 못 가서 미안하네."

"별말씀 다 하십니다."

이승훈은 잠시 멈칫하다 밝은 표정을 지으며 다정하게 말
하였다.

"그런데 내가 부른 것은 홍일 군에게 이야기할 게 많아.
오늘 저녁을 함께 하고 같이 자면서 이야기하세."

"고맙습니다."

이승훈이 밖으로 나가자 부엌 쪽에서 덜거덕 소리가 났
다.

홍일은 문을 열고 나가 보았다. 선생이 저녁상을 준비하
려는 눈치였다.

"선생님, 제가 하겠습니다."

"하하하……. 들켰구먼, 그러면 할 수 없지. 같이 하세."

둘이서 쌀을 씻고 불을 지피는 등 부산하게 움직였다. 반
찬이라야 막김치에다 장아찌였다. 겸상을 차려서 밥을 먹고
나자 밥상을 구석에 밀어두고 이승훈이 말했다.

"홍일 군이 당한 오늘의 슬픔이 먼 장래를 보아서는 도리어 도움이 될 것일세. 자네 같은 인재가 해외에 나가면 이 나라의 손실이 아닌가. 나라를 위하는 길은 반드시 망명해야 한다는 법은 없네. 이 땅에 사는 동포들의 의식을 깨우치고 각성을 촉구하는 사업도 애국하는 길이 아니겠나."

"그렇습니다."

"내가 지금 신학교에 다니는 것도 앞으로 한낱 교회의 목사가 되자는 생각에서가 아니네. 우리나라에는 교회 안에 우수한 청소년이 많아 이들을 키워 이 나라를 이끌어 갈 지도자를 만들기 위함일세."

이승훈은 홍일의 손을 힘껏 잡았다.

"홍일 군, 자네 사정을 보자 하니 유학의 길도 막히고 집안 형편이 더 이상 공부하기 힘든 모양인데 내가 생각하기에는 자네가 이 나라의 인재를 양성하면 어떨까 하네. 우리나라 형편에 자네 같은 사람이 나서서 젊은 사람의 잠을 깨워주지 않으면 누가 담당할 것인가."

홍일은 선생의 말을 알 것 같았다. 가슴이 뛰었다. 어제까지 학생인 내가 교사가 되다니……. 마음이 설렜다.

"홍일 군. 황해도 신천교회(信川敎會)에서 설립한 경신학교(儆新學校)에 교사자리가 나 있는데 의향이 어떤가."

홍일은 망설일 필요가 없다고 생각하였다.

"네, 열심히 해보겠습니다."

"잘 되었네. 3,4일 내로 부임할 수 있겠나?"

"네, 부임하겠습니다."

잠이 들 때까지 홍일은 선생의 민족교육의 중요성과 민족의 나아갈 길에 대한 열화와 같은 강론을 들었다. 밤이 깊어가면서 선생은 잠이 들었으나 홍일은 잠이 오지 않았다.

그날은 부푼 마음 때문에 한잠도 못 자고 뜬 눈으로 새웠다.

황해도 신천. 재령평야의 중심지로 농업의 집산지이고 상업이 성하다. 또 온천 휴양지로도 이름이 나있는 곳이다. 경신학교는 중학교 과정으로서 교회에서 운영하는 자그마한 학교이다.

지방이 비교적 풍요한 탓으로 학구열이 높은 편이며 학생들도 차츰 늘어가고 있었다.

홍일은 학교에 부임하자 먼저 교회에 나가야만 했다. 교회에서 운영하는 학교의 교사라는 면도 있었지만 존경하는 이승훈, 조만식 선생의 영향을 받은 탓이었다. 교회에서는 믿음, 소망, 사랑을 항상 말하는 이영직 목사의 설교를 들었다.

설교 때마다 무한한 하느님의 사랑을 강조하면서 기도하고 하느님만 의지하면 이 나라를 구원해 줄 것이라고 장담하였다. 그리고는 공연히 경거망동을 하면 오히려 나라가 시끄러워져 손해가 난다는 것이었다.

김홍일 생각으로는 목사의 설교보다 이승훈, 조만식 선생의 강론이 더 뜨겁게 가슴에 메아리치는 것은 어쩔 수 없는 일이었다. 더구나 목사는 말하는 것과 행동이 전혀 달랐다. 겨레를 사랑한다고 하면서 헐벗고 힘없는 사람을 외면하고, 부자가 천당에 가는 것은 낙타가 바늘귀에 들어가는 것과 같이 어렵다고 늘 성경구절을 빗대면서도 헌금을 많이 내는 사람한테는 비굴할 정도로 굽실거렸다. 경신학교에 오기 전에는 오산학교를 의식하여 가슴이 벅차올라 이 나라 민족의 교육을 위한 일념으로 불타 있었건만 막상 신천에서 며칠 경험한 바로는 실망되는 것이 많았다. 그러나 홍일은 눈을 감고 생각하여 보았다. 남을 의식하지 말고 오직 나만이라도 진실 되게 살자. 그리고 학생을 위하여 이승훈, 조만식 선생과 같이 헌신적인 노력을 하자고 다짐하였을 때 새로운 용기가 솟았다.

그는 학교의 강단에서 늘 조국을 부르짖고 민족의 앞날을 걱정하면서 민족의 긍지를 갖자고 열심히 강론하였다.

"우리 민족은 결코 무능한 민족이 아니다. 유구한 역사를 이어온 단일민족으로서 오늘날까지 독립을 유지한 것은 위대한 조상의 애국심 덕이다. 근세와 와서 새로운 학문과 문화를 외면하여 근대화에 낙후되다 보니 경쟁에 뒤져 우리는 일본에게 합방당한 것이다.

우리는 배워야 산다. 이기기 위해서는 배워서 저들을 물리쳐야 한다."

학생들은 젊은 김홍일 선생의 강론에 흥미를 갖기 시작하면서 그를 따르게 되었다. 그의 바른 행동과 열화와 같은 강론은 마침내 교회 안에도 널리 퍼져 그에 대한 칭찬이 자자하였다.

"새로 부임한 김 선생이 훌륭한 강론을 한다고 칭찬이 대답합니다."

어느 장로가 말을 꺼내자 주위에 있는 다른 교인도 모두 고개를 끄덕이었다.

여러 곳을 다니며 여러 가지 말들을 많이 들을 기회가 많은 전도사도 한마디 하였다.

"장로님 말씀대로 김 선생은 강론도 잘하지만 젊은 분이 뚜렷한 주관을 가지고 있더군요."

좁은 신천 바닥인지라 삽시간에 소문이 널리 퍼져 젊은 김홍일에 대한 인기가 좋았다. 또한 그의 솔선수범하는 모습을 본 학생들은 더욱 그에 대한 존경심을 불러 일으켰다.

힘겨운 일이나 궂은 일이 생기면 스스로 팔을 걷어붙이고 직접 돕는가 하면 종이 한 장 낭비함이 없이 절약과 검소한 생활로 주위 사람들에게 모범을 보였다.

그는 늘 자신을 사랑하라, 이웃을 사랑하라, 그리고 겨레와 나라를 사랑하라고 설득하면서 핍박받는 동포에 대한 동정심을 불러 일으켰다. 성경구절은 인용하지 않을지라도 성경에 있는 삶의 자세로 살아나가는 그를 외면할 수 없었다. 학생과 일부 교인 간에는 차츰 파문이 일기 시작하였다.

이를테면 목사에 대한 회의가 성토되기 시작한 것이다. 민족이나 애국심에 대한 설교는 하지 않으니 그 이유를 모르겠다라든가 너무나 헌금을 강요하는 듯한 설교에 짜증이 난다는 것이다. 특히 젊은 학생들은 우리 민족이 처해 있는 어려운 현실 속에서 핍박받는 국민에 대한 하느님의 구원을 기도하는 것을 들은 적이 없다는 불평이 일기 시작한 것이다. 그때마다 난처한 사람은 김홍일이었다. 자신은 존경하는 이승훈, 조만식 두 선생의 뜻에 따라 후학을 위하여 모든 노력을 다하고 있는데 자칫 학생들에게 교회에 대한 불만을 조성하는 듯한 경향으로 흐르니 답답하였다. 그러나 그의 노력만으로 이 잔잔한 파문을 가라앉힐 수는 없었다.

이것은 겨레의 자각이오, 나라사랑의 횃불이 훨훨 타기 시작하는 시대적 요구이기도 하다.

이러한 교회 주변과 학교 안에서의 분위기에 대하여 가장 못마땅하게 생각하고 있는 사람은 역시 비판 대상자인 이영직 목사였다. 그는 몹시 기분이 상한 탓인지 설교 때면 김홍일을 빗대어 공박하고 나섰다. 사마리아 사람이 입으로만 이야기를 번드르르 하게 잘 하는데 요즘 사마리아 사람이 나타나 입으로만 애국을 부르짖고 있다는 것이다. 설교를 들은 지각 있는 교인들은 청년 김홍일에게 사마리아 사람이라는 낙인을 찍고 있다는 것을 알았다. 마침내 불꽃은 제직회에서 일어났다. 제직회란 교회의 목사를 중심으로 장로, 집사, 전도사 등 교회를 움직이는 간부가 모여 예산을 비롯한 교회 운영에 대한 문제를 토의하는 기관이다.

어느 날, 제직회가 끝날 무렵 정의감이 강하고 주관이 뚜렷한 최종삼 장로가 목사에게 질문했다.

"목사님, 요즘 설교 때마다 새로 나타난 사마리아 사람을 헐뜯고 있는 데 그 사람이 누굽니까?"

목사는 얼굴이 벌겋게 상기되더니,

"그것은 알아서 무엇 하오."

"아니, 목사님, 설교내용을 알 필요가 없다니 무슨 말씀이오. 우리는 알아야 합니다."

"하느님의 뜻이니 기도나 잘 하시오."

"기도를 하라니요. 사마리아 사람이 누구냐는 대두."

"최 장로님은 신앙심이 부족합니다."

나이로 보아서도 열 살이나 더 위고 교회의 원로격인 최 장로에게 신앙심이 부족하다고 공박하기에 이르니 그가 가만히 있을 리가 없다.

"목사님, 남의 신앙에 대해서 왈가왈부하지 마시오. 내 나름대로 신앙이 굳다고 생각하고 있소."

"신앙심이 굳어요? 그런 사람이 부활절 감사헌금을 쥐꼬리만큼 낸단 말이오?"

"금전은 신앙의 척도가 될 수 없어요."

"관계가 있습니다."

가난하게 살고 있는 최 장로의 자존심을 건드렸다. 그는 원래 괜찮게 살았으나 고아원을 경영하면서 어렵게 되었던 것이다. 참다못해 그는 벌떡 일어나 목사의 멱살을 잡았다.

"이놈, 진짜 사마리아 사람은 바로 너다. 잘못을 사과
안 하면 내 손에 죽는다."

나이는 환갑이 가까웠지만 기골이 장대하여 힘이 셌다.
목사는 목이 졸려 숨이 차 허둥댔다. 주위의 제직들은 속으
로 고소하게 생각했지만 목사가 얻어맞는 사태까지 와서는
안 되겠다고 생각한 나머지 일제히 달려들어 이를 말렸다.
최 장로는 분을 못 참는다는 듯이 눈을 부릅뜨고 목사를 노
려봤다.

"항상 설교 때마다 돈타령만 하는 너에게 주의를 주려
던 참인데 새로 나타난 애국 청년 한 사람을 그토록 헐
뜯을 수 있느냐? 오늘 교회의 회계 내용을 보니 목사의
생활비가 서민 한 가정의 생활비 열 곱이 넘으니 그 돈
다 어디에 썼느냐?"

준엄한 재판관의 질책 같았다. 목사는 죄가 있는지라 한
마디 못하고 앉아 있었다.

사건은 이것으로 끝난 것이 아니었다. 당시의 교회는 서
양 사람의 선교사 판이라 선교사편인 목사가 가만히 있을
리가 없다. 목사는 목사대로 바른 말을 잘하고 칼날 같은
눈초리로 자기를 감시하는 것 같아 최 장로가 미워서 언젠
가는 면박을 주려던 참에 일이 벌어졌으니 갖은 모략중상을
썼다. 그 결과 선교사 측에서는 최 장로에게 1개월간의 징
계를 내렸다. 이 소문이 퍼지자 교인들 간에는 목사를 규탄

하는 소리가 높아갔다. 따라서 교회 안의 좌석이 비기 시작
하였다. 예수를 빗대어 돈만 내라는 목사는 있으나 마나라
고 말하면서 교회를 등지는 교인이 많았던 것이다.

김홍일은 이런 상황 속에서 깊은 좌절에 빠졌다. 사회인
으로의 첫출발부터 회의와 실망을 갖게 되니 의욕이 생길
까닭이 없었다. 교직생활에도 염증을 느끼기 시작한 것이
다. 이러한 소용돌이 속에서 1학기를 마치자 방학을 이용하
여 안악(安岳)의 김홍량(金鴻亮)씨를 비롯하여 진남포 등
독립운동을 하고 있는 선배들의 집을 찾아다니며 그 분들의
의견을 들었다.

교직자로서의 회의, 인간으로서의 고뇌 그리고 자신의 장
래문제에 대하여 상의하기 위해서였다. 갈대같이 흔들리는
자기의 마음을 달래기 위해서는 더 많은 사람으로부터 교양
을 받아야 한다고 생각한 것이다.

열흘 후에야 양시의 고향집에 돌아갔다. 그런데 집에 도
착하여 본즉 무엇 때문인지 양시 경찰관 주재소에서 그동안
세 차례나 집을 수색하여 김홍일의 서적과 서신류를 모조리
압수해 갔다는 것이었다. 그는 도대체 무슨 영문인지 몰랐
다. 마음속에 간직한 사상이야 어떻든 간에 그동안 저들의
혐의를 받을 만한 독립운동이나 다른 나쁜 짓을 안 한 이상
스스로 죄를 의식할 필요가 없다고 생각하였다. 그리하여
그는 당당한 마음으로 자진해서 주재소에 출두하였다.

그랬더니 일본인 순사는 다짜고짜 아무런 이유를 대지 않

고 그의 손을 포승으로 묶고 용암포 경찰서로 연행하는 것
이었다. 용암포 경찰서에 닿은 날 밤 현시달이라는 한국인
경부(警部-경감)가 신문을 시작하였다.

"이봐, 오산학교 동문회에서 조선독립운동을 한다지?"

김홍일은 하도 기가 막혀 말이 나오지 않았다. 서로가 모
이면 나라와 겨레 걱정을 하면서 학문에 전념하기 위한 장
래 이야기를 주고받은 것이 어찌 독립운동이란 말인가?

"그런 일 없소."

한마디로 부인하였다.

"이 사람아, 우리가 알기에는 조만식을 두목으로 하고
이승훈을 고문으로 하는 독립운동 비밀조직에 네가 들어
있단 말이야."

"같은 대한 사람으로 어찌 그렇게 엄청난 모함을 한단
말이오. 조만식 선생은 나라와 겨레를 걱정할망정 비밀
조직 따위는 생각할 분도 아니오."

"그렇다면 내가 모함을 하고 있단 말인가? 그러면 이것
은 뭐야?"

불쑥 김홍일 앞에 내놓은 종이는 오산학교에서 국어와 작
문을 가르쳐 준 김억(金億) 선생이 보내준 글이었다. 그 글
은 그가 창안한 한글을 횡서체로 풀어쓴 것으로 한글의 발
전을 위하여 노력한 결정체 같은 것이었다.

경찰은 그것이 비밀조직의 암호로 착각한 것이다. 김홍일
은 기가 막힌다는 표정으로,

"이것은 김억 선생이 한글 발전을 위하여 영어와 알파벳처럼 횡서체를 풀어쓰기로 쓴 것이오."

그리고는 글자체의 구성을 설명해 주면서 글의 내용까지 읽어주었다. 그러나 현시달은 믿지 않고 코웃음 쳤다.

"임마, 너만 공부한 줄 알아? 나도 당당히 중학교를 나온 인텔리야. 인텔리. 내 상식으로서는 말이 안 돼 한글 자체가 쉬운 글인데 왜 풀어써. 그리고 한글 모음은 죽죽 세로 모양으로 되어 있는데 종서체지 왜 횡서체란 말이냐?"

그 나름대로 한글에 대해서 잘 알고 있다는 투로 우겼다.

"그렇다면 김억 선생에게 직접 물어보시오. 나는 그 이상 답변할 수 없소."

현시달은 이놈 건방지다고 생각하면서 이번에는 야릇한 미소를 짓더니 문서 하나를 내보이면서,

"야, 이것 눈에 안 보여? 신천의 경신학교에서 네가 학생에게 지껄인 내용이야, 이래도 발뺌이야?"

그의 말은 자신만만하였다. 김홍일은 설마하고 생각했지만 그 문서를 보고 깜짝 놀랐다. 내용을 살핀즉 이영직 목사의 고발장이었다. 순진한 학생들에게 민족이니 독립이니 하면서 항일정신을 주입시켜 불순세력이 확장될 가능성이 있으니 이를 바로잡아 달라는 것이다. 김홍일은 기가 막혔다. 세상에 원, 목사가 모략중상을 하다니……

"여보시오. 선생이 학생에게 민족의 자긍심을 주입시키

는 것이 불순세력을 만드는 것이, 독립운동이란 말이오?
일부 내용은 사실이지만 과장되어도 이만저만 아니니 나
는 그 내용 전부를 수긍할 수 없어요."
라고 단호하게 태도를 밝혔다.

그날은 밤늦게까지 결론이 나지 않았다. 밤이 깊어지자
현시달은 피곤한 탓인지,

"고놈, 고집이 센 놈이군."
하고 한마디 뱉고는 나가버렸다.

곧이어 일본인 순사가 들어와,

"빠리 빠리 이리와라."
고 손짓했다. 그를 따라가니 유치장이었다. 퀴퀴한 냄새가
코를 찔렀다.

"임마, 오늘은 여기서 자라."
순사는 등을 유치장 안으로 밀어 붙이더니 자물쇠를 잠그
고 물러갔다. 평생 처음 구경하는 독방 유치장이었다.

그날 밤은 뜬 눈으로 새웠다.

왜놈이 악랄한 것은 이미 알고 있었지만 동포인 경찰관이
잘못도 없는 자신에게 잘못을 인정하라니 어처구니없는 일
이었다. 더구나 동포인 목사까지도 자기를 모략중상하니 더
욱 답답한 노릇이었다. 같은 대한 동포끼리 이럴 수 있단
말인가. 김홍일은 삶을 영위하기가 이렇게 어려운 줄 미처
몰랐다. 이렇게 사회가 모순투성이란 말인가. 사회 초년생
으로서 당면해야 하는 고통과 번민, 그에게는 벅찬 시련이

었다.

　다음날은 낮에 얼씬도 않다가 밤이 되자 취조실로 불러내었다.

　취조실은 어제와 다른 방이었다. 널따란 방 한가운데 책상 하나와 의자가 두 개 있었다. 벽과 천정에는 별의별 괴상망측한 물건들이 매달려 있기도 하고 벽에 걸려 있기도 했다. 특히 섬뜩한 것은 천정에 걸려있는 밧줄인데 사람을 목매어 죽일 때 쓰는 물건이라 생각하니 겁이 났다. 어두워 잘 보이지는 않으나 몽둥이, 철봉, 물주전자 등 고문에 쓰이는 것도 많았다.

　안쪽 의자에는 어젯밤의 현시달 대신 경부보(警部補-경위)가 앉아 있었다.

　"야, 악질 새끼 이리 와서 앉아."

　발음으로 보아 일본인이 아니었다.

　"이 새끼야. 조선이 독립이 가능한 줄 아나?"

　김홍일은 가능하다고 대답하려다가 독립운동을 하다 잡혀온 주제도 아닌데 공연히 일을 크게 벌일 필요가 없다고 생각하고는 말없이 가만히 앉았다.

　"이놈아, 일본사람이 얼마나 고마운지 알고나 있어? 조선 사람들 요즘 살판 난 것 몰라?"

　김홍일은 더욱 기가 막혀 말이 안 나왔다. 왜놈이야 할 말이 있다고 하자. 같은 동포인데 제나라 잃고 슬퍼하기는 커녕 더 좋아하고 있으니 저런 악당이 어디 있단 말인가?

침이라도 콱 뱉어 버리고 싶은 심정이었다.

"대답 좀 해봐."

김홍일은 묵묵부답이었다.

"이 새끼야, 너희들 독립운동 단체의 두목은 조만식이지? 그렇다고 대답만 하면 이 자리에서 석방시켜 주마."

이때서야 자기가 체포된 까닭을 알게 되었다. 아, 이런 변이 있나, 그토록 어질고 착하신 조만식 선생을 터무니없는 죄목으로 체포하려고 이 짓을 꾸몄구나…… 하는 데까지 생각이 미치니 울화가 치밀었다.

"두목이라니, 말씀 삼가하시오. 그 분은 이 나라에서 드문 고매한 학자이시고 인격자요. 그렇게 함부로 불러대지 마시오."

경부보는 김홍일의 말에 펄쩍펄쩍 뛰면서 야단을 떨었다.

"어이— 누구 없나? 빨리 들어와!"

말이 떨어지기가 무섭게 기골이 장대한 순사 하나가 뛰다시피 들어왔다.

"이 새끼, 죽일 놈이야, 이 놈 족쳐!"

말이 떨어지자 순사는 몽둥이를 들고 와서 '바가야로—'라고 소리치며 김홍일의 등을 내리쳤다. 탁 소리와 함께 김홍일이 머리와 눈에 불이 번쩍 났다. 순간 등이 뻐개지는 것같이 통증이 왔다. 그는 앞으로 고꾸라졌다. 그러자 발로 차며 눕혀놓고 엉덩이를 내리치기 시작하였다.

그날 밤은 거의 기절하다시피 의식이 몽롱한 상태에서 유치장으로 되돌아왔다.

다음날에도 똑같은 내용의 질문이었다. 조만식 선생이 비밀조직의 두목이라고만 대답하라는 것이었다. 그때마다 김홍일은 단호하게 부인하였다. 그러자 또 고문이 시작되었다.

이러기를 1주일.

그러나 제아무리 혹독하게 심문과 고문을 되풀이해도 김홍일은 일체 조만식 선생에게 해가 될 말은 입 밖에 내지 않았다. 그리고 심문 때 일본어를 사용하면서 일본어 진술을 그들은 원하였지만 단 한마디도 사용치 않았다. 1주일이 지나도 굽히지 않는 것을 보자 경찰은 방향을 바꾸어 얼러대기 시작하였다.

"이봐, 자네의 머리가 온전하다면 현 정세를 바로 봐야지. 글쎄 조선이 독립이 될 것 같은가? 독립을 바라는 감정은 일시적이야. 청년기에 있어서 로맨틱한 그 무엇 있잖아. 그런 면에서 나도 자네를 이해할 수 있어. 내 나이 30이라 자네보다 10년 이상 더 살았으니 자네 나이 때는 나도 조국이다, 민족이다 이야기했지. 그러나 처자식을 가지니까 그게 아니더라고, 현실이 가장 중요하다 이 말이야. 현실이."

현시달은 입에 거품을 뿜으면서 이야기를 신나게 계속하였다.

"자네는 집안도 좋고 오산학교에서 수석으로 졸업하였

으니 마음만 바로 먹으면 동아시아 평화의 위대한 역군
이 될 수 있다 이 말일세. 일본이 손바닥만 한 조선 따
위를 먹기 위하여 이 짓을 하는 줄 아나? 조선은 동양평
화를 위한 길목일 뿐이야. 얼마 안 가서 중국대륙은 물
론 동남아시아까지 장악하게 되면 대동아공영권(大東亞
共榮圈)이 형성되지. 그때 우리들은 일본인과 더불어 주
인이 되는 거야. 주인. 알겠나?”

김홍일은 열심히 듣는 척했다. 그리고 다 듣고 나면 한마
디 해야겠다고 벼르고 있었다.

“이봐, 네말 듣기로 하지. 지금 당장에 여기에다 지장을
찍어, 그러기만 하면 자네를 일본에 유학을 보내주지.
정치가가 되고 싶으면 동경제대(東京帝大)에 입학시켜주
고 군인이 되고 싶다면 육군사관학교에 보내주겠네. 이
것은 경찰서장 이름으로 확약할 수 있지.”

김홍일은 분해 무슨 말이고 뱉어버리고 싶었지만 흥분을
가라앉히고 조용히 입을 열었다.

“나는 애국자도 아니고 독립운동가는 더욱 아니요. 그렇
다고 일본 사람에게 붙어살지는 않겠소. 분명한 사실은
나는 대한사람이라는 것이외다.”

현시달은 배신당한 것 같은 눈초리로,

“너야말로 바가야로구나.”

고 말하면서 할 수 없다는 듯 나가버렸다. 그 후 사흘간은
아무도 김홍일을 찾지 않았다. 사흘이 지난 다음 경부 현

시달이 나타났다.

"너는 할 수 없는 놈이야. 고집불통이고, 오늘 은전을
받거들랑 잘 생각해서 처신해라."

그는 따라오라고 하더니 경찰서장에게 데리고 갔다. 김홍
일이 서장실에 들어서자 서장과 눈이 마주쳤다. 서장은 전
형적인 쪽발이 같이 생겼다고 생각했다. 키는 자그만데다
머리는 짱구고 콧수염을 짤막하게 기른 것이 어찌나 우습게
보였던지 하마터면 웃음이 터져 나올 뻔했다.

서장은 김홍일의 표정이 별로 험상궂지 않고 웃음 띤 얼
굴을 보고 마음을 놓는 듯한 표정을 지었다.

"이번만은 내가 봐주는 것이다. 앞으로 만약에 불온한
행동을 하면 즉각 체포하여 재판에 회부하겠다. 그리고
이 명단을 보아라."

김홍일은 서장이 내주는 종이를 받아 들었다. 은사 조만
식, 이승훈 선생을 비롯하여 자기가 존경하는 모든 사람의
이름이 적혀 있었다. 서장은 이어서,

"이 명단에 있는 자는 모두 불령(不逞) 조선인들이니
이들과 서신거래는 물론 만나지도 말아라. 그리고 만약
에 집에서 30리 이상의 거리에 나갈 경우에는 꼭 주재
소에 연락해야 한다."

김홍일은 묵묵히 서있었다. 잠시 후 현시달이,

"가자, 김홍일!"

하고 나가려 하자 서장은 말을 가다듬으며,

"잠깐, 김 군. 언제든지 우리에게 협조할 의사가 있으면 찾아오너라. 그리고 자네는 성격이 활달하니 내가 보기에는 군인이 되었으면 좋겠어. 일본 육사에 입학할 수 있도록 조치해 줄 터이니 어느 때고 생각이 있으면 나를 찾아라."

김홍일은 경찰서 복도를 나오며 속으로 웃었다. 그리고 불끈 주먹을 쥐었다. 불쌍한 놈들. 조국을 강탈하고 겨레를 죽이는 원수의 나라 육사에 입교하다니…… 내 비록 굶어 죽는 한이 있어도 그 길은 선택하지 않으리라.

김홍일은 경찰서 문을 나섰다. 오랜만에 보는 바깥세상은 눈이 부셨다.

컴컴한데서 열흘씩이나 지냈으니 무리가 아니었다. 초라한 모습이며 굶주려 며칠 사이에 손으로 얼굴을 만져보기만 해도 살이 빠져 전혀 딴 사람이 되었을 것이라고 생각하며 걸었다. 고문으로 얻어맞은 구석구석이 쑤시고 아렸다.

아는 사람이 혹시나 자기를 볼까봐 눈을 아래로 깔고 빠른 걸음으로 신작로에 나왔다. 그리고 양시를 향하여 걸음을 재촉하였다.

김홍일은 집에 돌아와 아파 눕는 신세가 되었다. 온 고을 사람들이 쑤군댔다. 사상가라느니, 독립운동가라느니…… 많은 말이 돌았다.

이 사건이 있은 뒤 김홍일은 올 데 갈 데 없는 신세가 되었다. 물론 교사 자리도 끝이 났다.

집에서 하는 일이라곤 마당을 쓸고 문전의 남새밭을 가꾸는 일과 책을 읽는 일 뿐이었다.

가끔 주재소 순사가 나타나 기웃거리며 기분 나쁜 말만 한 마디씩 던지고 갔다.

"어이, 긴상. 생각 고쳤으면 경찰서에 와요."

"긴상. 신고 안 하고 양시 마을 떠나면 큰일이오."

김홍일은 순사가 다녀간 날이면 책도 읽을 수 없었다. 부아가 치밀어 올라 견딜 수가 없었다. 집안에서 공연히 신경질만 부리니 두 형과 집안 식구는 한숨만 쉬었다.

이런 딱한 사정을 보다 못해 어느 날 맏형은 중국으로 탈출할 것을 권했다.

"허구한 날 젊은 네가 이렇게 집구석에 갇혀 지낼 수 있느냐?

중국에 건너가 아버지가 이루지 못한 뜻을 네가 이루어 가문을 일으켜라."

김홍일은 맏형의 말이 얼마나 고마운지 눈물을 흘리면서 그의 손을 잡았다.

"고맙습니다. 교도소보다 더한 이곳을 탈출하여 꼭 성공하여 돌아오겠습니다."

"장하다. 홍일아."

두 형제는 얼싸안고 울었다. 그동안 맺힌 한 서린 슬픔이 일시에 폭발하였기 때문이었다.

김홍일은 마음속으로 굳게 다짐하였다.

중국으로 건너가 힘을 키워 일제를 무너뜨려 조국을 다시 찾겠다고…….

1918년 9월 6일.

맏형이 마련해준 30원을 손에 쥐고 한밤중에 신의주로 향하였다.

먼동이 트기 전 신의주 나루터에 도착한 김홍일은 맏형이 미리 준비해둔 나룻배로 압록강을 건넜다.

가을이지만 싸늘한 강바람이 김홍일의 얼굴을 스쳤다.

배는 순조롭게 안동에 닿았다.

김홍일은 혼자 배에서 내려 망망한 대륙 땅을 밟으며 걸어갔다.

3. 해후와 연정

압록강의 대안도시(對岸都市) 안동은 중국인들이 안뚱이라고 발음하는 중국 만주 안동성의 성도(省都)이다.

이곳은 교통과 상업의 요지일 뿐 아니라 대련(大連), 영구(營口), 호로도(壺盧島)와 함께 만주 4대 항구의 하나이다.

급변하는 동아시아 정세의 영향을 받아 빠른 속도로 발전하고 있었다. 특히 1907년 개항이 되자 일본은 재빨리 마수를 뻗혀 이곳에서의 이권을 노렸다.

한일합방 후에는 일본이 선만일관경영(鮮滿一貫經營)이라는 정책아래 신의주와 연관을 맺게 되면서 대륙침략의 교두보로 삼았다.

안동은 신의주와는 달리 일제의 적극적인 진출에도 불구하고 완전히 장악할 수 있게 되기까지는 많은 세월이 흘러야 했다. 왜냐하면 중국인의 복잡 미묘한 국민성은 모든 면에서 소극성과 거부반응을 일으켰던 것이다.

무관심, 무접촉, 무저항, 무기력 등은 더욱 정세를 복잡하게 만들었을 뿐 아니라 적극적인 반항이 시도되지 않으므로 일본은 정확한 공격 목표를 포착할 수 없었다. 그러므로 안동은 오랫동안 주인 없는 도시로서 그 명맥을 유지하고 있었다.

그 한 예로서 마약의 매매와 각종 밀수가 공공연하게 이루어지고 있었던 것이다. 그래서 안동에서는 국적이나 인종에 관계없이 가장 신용 있는 증표는 오직 돈이었다. 중국 일대에서는 당시 중국화폐 뿐만 아니라 일본 은행권과 조선총독부가 발행한 조선은행권이 모두 통용되었다.

안동시가지는 중국식 기와집이 많았으나 특히 신의주와 다른 것은 벽돌을 많이 사용하여 도시 전체의 색채가 유난히 적갈색인 것이 특색이었다.

원래 안동은 한반도와는 밀접한 역사적 관계를 가지고 있어서 생활풍습 면에서도 공통점이 많았다.

멀리 고조선 시대에서부터 고구려, 발해에 이르기까지 장장 2천 년간은 한민족의 영토였던 것이다.

안동에는 한국인과 같은 성을 가진 중국인이 많은 것만 보아도 그 역사적 배경을 알 수 있는 것이다.

김홍일은 오산학교에 입교하기 전 봉천에 있는 학교로 가기 위하여 안동을 거쳤던 경험이 있었으므로 이번의 안동행은 두 번째였다. 그러나 지난날과 다른 점은 기소유예의 몸으로 탈출을 해야 하는 긴박한 상황과 연고자 없이 대륙 땅을 밟았다는 점이었다.

어디로 가야할지 정해진 목적지 없이 대륙의 관문에 들어선 그는 망망한 대해에 일엽편주(一葉片舟)에 홀로 타고 있는 것과 같은 고독과 절망을 느껴야 했다. 그는 발 닿는 대로 강변 주택가에 들어섰다. 이때 날이 환해지면서 동쪽에는 찬란한 태양이 막 솟아오르고 있었다. 희망의 상징인 해돋이를 보는 김홍일의 마음은 착잡하였다.

날이 새자 주택가를 거닐면서 주변의 풍물을 살펴가며 시간을 보냈다.

탈출하느라 긴장한 탓인지 몹시 피곤하고 시장기가 느껴졌다. 그는 식당에서 아침을 먹기 위하여 호주머니에 있는 30원을 생각하면서 두리번거렸다. 깨끗한 주택가를 옆으로 끼고 상점이 늘어 서있는 쪽으로 방향을 바꾸려는데 누군가 등 뒤에서 그를 부르는 소리가 들렸다. 가냘픈 여인의 목소리였다.

"김 선생님!"

또렷한 우리나라 말에 의아해 하면서 뒤를 돌아보니 젊은 여인이 미소를 지으며 서있었다.

"나를 부르셨습니까?"

김홍일은 호기심에 찬 얼굴 표정으로 한 발 다가섰다.

"네, 김홍일 선생님이시죠?"

신의주와 안동은 지척간이라고 하지만 풍물이 다르고 나라가 다른 낯선 도시에서 그것도 탈출 몇 시간 만에 자기를

알아보는 묘령의 아가씨가 있다니…… 반가웠지만 한편 불
안한 생각도 들었다.

"저, 최금순이예요."

이름을 듣고 얼굴을 다시 보니 어디선가 본 듯한 느낌이
왔다.

"신천교회 찬양대에서……."

그때서야 신천교회가 떠올랐고 예배 때 찬양대석에서 맑
은 눈망울을 굴리며 열심히 찬송가를 부르던 예쁜 모습을
찾아내었다.

그는 부끄러움을 무릅쓰고 그녀의 두 손을 덥석 잡았다.

"반갑습니다. 웬일이십니까? 안동에까지……."

그녀는 갑자기 손을 잡는 김홍일의 태도에 얼굴을 붉히며
다소곳이 손을 빼고 나서,

"네, 아버지 따라 안동에 이사 왔습니다."

"아— 최종삼 장로님….."

"네, 저의 아버님이시죠."

그녀의 아버지는 김홍일의 짧은 교회생활을 통하여 가장
존경하던 최종삼 장로였다. 바로 자기 때문에 근신까지 받
았던 정의감이 넘치는 장로님, 그는 감개무량하여 잠시 멈
칫하고 눈을 감았다. 하느님 감사합니다……라고

"새벽부터 어디로 가시는 길입니까?"

그녀는 살짝 웃으며 손에 들은 성경과 찬송가책을 보였
다.

"새벽기도에 가는 길이에요. 좀 늦었지만……."

"안동에도 우리나라 교회가 있나요?"

그녀가 가리키는 쪽을 보니 붉은 벽돌로 지은 깨끗한 교회가 보였다.

"그럼, 저도 같이……."

김홍일의 말이 끝나기 전에 그녀는,

"같이 가시지 않겠어요?"

라고 말하면서 교회 쪽을 보고 걸었다.

"네."

그들은 나란히 걸었다.

김홍일은 기적을 믿지 않는 철저한 현실주의자였다. 그러나 지금 걸어가면서 기적을 의식하고 있었다. 그리고 종래의 사고에 이의를 느끼기 시작하였다. 무한한 시간 공간에서 그것도 탈출 첫 날에 첫 교회생활에서 존경하던 장로의 딸을 만나다니……. 그는 하느님이 있다고 생각했다. 그 누군가 조국애 불타는 이 자그마한 인간을 인도하고 있다고 생각했다. 그렇다. 용기를 내자. 노력하는 자에게 길이 열릴 것이다……. 얼마 전까지만 해도 고독과 절망이 감쌌던 김홍일의 마음은 한결 밝아지면서 새로운 희망에 가슴이 부풀어 오는 것을 깨달았다.

교회 앞에 다다르자 찬송가가 은은하게 들려왔다.

저 높은 곳을 향하여

날마다 나아갑니다
내 뜻과 정성 모두어
날마다 기도합니다
내 주여 내 발 붙드사
그 곳에 서게 하소서
그 곳은 빛과 사랑이
언제나 넘치옵니다.

교회의 문을 열고 안에 들어섰을 때는 찬송가가 끝나고 마지막 기도를 하는 최종삼 자로의 목소리가 들렸다.

그들은 맨 뒷자리에 나란히 앉았다.

"조국을 떠나 만주 땅에 와 있는 불쌍한 당신의 종들에게 구원을 주소서. 용기를 주시고 힘을 주소서. 그리하여 모세와 같은 지도자를 이 민족에 내리시사 애급에서 이스라엘 백성을 구하게 한 것처럼 대한의 백성도 일본의 압제에서 구하여 주시옵소서.

헐벗고 가난한 당신의 종들은 비록 가진 것은 없으나 주님을 의지하고 주님께 간절히 기원합니다. 하느님 아버지 모세에게 기적을 주시어 바닷물을 갈라 이스라엘 백성을 건너게 하고 애급의 군사들이 뒤쫓아 바다를 다시 합치어 그들을 몰살시킨 것 같이 우리의 지도자에게도 기적의 능력을 내려주소서……."

그의 절규에 가까운 기도는 더 오래 계속하였다. 얼마 안 되는 교인들은 눈물을 흘리며 최 장로의 기도에 끌려가고 있었다. 김홍일은 일찍이 교회생활에서 느껴보지 못한 깊은 감회에 젖어들었다. 지척이지만 고국을 떠나 이국땅에서 간절히 독립을 기원하는 동포들의 모습을 볼 때, 김홍일도 눈물을 흘리지 않을 수 없었다. 김홍일이 가는 길은 비록 험하다 하여도 성원해 주는 동포의 뜨거운 사랑이 있으매 반드시 조국의 독립을 위하여 이바지할 수 있을 것이라고 믿고 싶었다.

새벽예배는 주기도문을 끝으로 막을 내렸다. 모두 낯선 사람이었지만 강단에서 내려오는 최 장로만은 인자한 모습 그대로였다. 최 장로는 강단에서 딸 옆에 앉아 있는 김홍일을 발견한 듯 그를 향하여 걸어오고 있었다.

김홍일은 일어섰다. 그리고 몇 걸음 최 장로를 향하여 걸어갔다.

"최 장로님!"

"김홍일 선생!"

"반갑습니다."

"응, 반갑네. 웬일인가?"

"일본 놈들이 죄 없는 저를 독립운동가로 지목. 요시찰인(要視察人)으로서 감시하자 탈출하였습니다."

"잘하였네. 용기 있는 행동이고 과연 내가 평소 보아온 김홍일 선생이었군."

그들은 거의 포옹에 가까운 자세로 두 팔을 잡고는 반가워 어쩔 줄을 몰랐다.

"모두 하느님의 뜻이야."

교회 안의 다른 교인은 모두 나가고 이들 셋만이 남았다.

"자, 잠시 기도하지."

그들은 서있던 그 자리에서 눈을 감고 머리를 숙였다. 최 장로는 김홍일의 손을 잡고 기도하였다.

"전지전능하신 하느님 아버지. 여기 조국을 탈출한 당신의 아들이 왔습니다. 그를 도와주소서. 그가 하는 일 하나하나에 하느님 손길을 같이 하시어 그가 당신의 나라를 세울 수 있도록 그에게 힘을 주소서, 용기를 주소서, 주님의 이름으로 기도드리나이다. 아멘."

기도는 간단히 끝냈다. 그들은 말없이 교회 문을 나섰다. 서로 다른 생각을 하면서 걷고 있을지라도 조국에 대한 간절한 소망만은 한결 같았다.

얼마를 걷다가 최 장로가 먼저 말을 시작하였다.

"장차 어떻게 할 작정인가?"

"네, 아직은 구체적인 계획은 세우지 않았지만 중국어를 익힌 뒤 중국의 군관학교에 들어갈까 합니다."

"음, 군관학교, 조국을 광복케 하려면 좋은 길이지."

"저는 해산된 우리나라 군대를 다시 일으키고 싶습니다."

"암, 일으켜야 되고말고. 김 선생은 그 일을 해낼 수 있을 것이야."

"고맙습니다. 장로님."

"당분간, 아니 계획이 설 때까지 누추하지만 우리 집에 있어주겠나?"

"폐를 끼칠까 염려스럽습니다."

"폐라니? 서로를 돕고 사는 것이 하느님의 뜻인데."

"얼마 동안 신세를 지겠습니다."

"잘 되었네. 마침 빈방도 하나 있으니……."

김홍일은 망망대해에서 구조를 받은 기분이었다. 당분간 은 마음을 정하고 장래를 생각할 수 있게 되었으니 그 이상 기쁠 수 없었다. 최 장로의 집은 주택가의 한가운데 있는 방 네 칸의 아담한 중국식 기와집이었다.

대문 안에 들어서자 그의 부인이 반가이 맞아주었다.

"김 선생님이 웬일이에요?"

"웬일이라니? 김 선생도 우리처럼 일본사람 보기 싫어 넘어 온 거지."

최 장로가 대신 대답하였다.

"신세를 끼치게 되었습니다."

"별말씀 다 하시네요. 어서 올라오시죠. 아침식사가 다 되었어요."

방안에 들어서자 곧 겸상이 들어왔다. 어제 고향집에서 우리나라 밥상은 이제 마지막이라고 생각하면서 저녁식사를 했는데 끼니를 거르지 않고 아침밥을 먹게 되었으니 탈출의 새 출발치고는 화려한 서장(序章)이라고 생각하면서 즐거운 미소를 지었다.

"김 선생, 소찬이라서……."

"진수성찬인데요."

하하하…… 둘이 웃으며 밥을 먹기 시작하였다.

"어제 저녁식사 때 마지막 밥상이라고 생각했는데 탈출 첫날에 한 끼 거르지 않고 밥상을 대하니 운이 좋구나……하고 생각하는 중입니다."

"글쎄 말이야. 금순이가 김 선생 발견한 것은 운이 좋았다고 생각하네만 내 생각으로는 하느님 뜻이라고 생각하네. 애국청년 밥 굶기지 말고 보호하라고."

하하하하…… 화기애애한 가운데 아침식사는 끝났다.

"자, 내가 김 군이 거처할 방을 안내해주지. 한숨 푹 자고 재미있는 이야기나 나누세."

"네, 고맙습니다."

최 장로는 건넛방으로 안내했다. 방에는 동창이 나 있어서 밝은 햇살이 방안 가득히 들어와 있었다. 방은 말끔히 치워져 있었고 이불까지 깔려 있었다.

김홍일은 우선 잠이나 자야 되겠다고 생각하고 옷을 벗고 잠자리에 누워 잠을 청했다. 그러나 한잠도 못 자고 꼬박 새웠는데 잠이 오지 않았다. 그리고 신천교회 찬양대가 떠오르는 것이었다.

김홍일이 이성에 눈을 뜬 것은 그 무렵이었다. 그 전까지는 나이도 어렸지만 이성과 접촉할 기회가 전혀 없었던 것이다.

경신학교 교사를 시작으로 첫 사회를 대하였을 때도 주변에는 여인이 없었다.

그러던 것이 교회에 다니면서 많은 여성을 대하게 되었다. 특히 강단 오른쪽에 자리 잡은 찬양대석은 자주 눈길이 가는 곳이어서 젊은 김홍일의 마음에 잔잔한 파문이 일기 시작하였다.

젊은 여성 특히 악보를 볼 줄 아는 인텔리여성만 골라 찬양대를 구성하기 때문에 집안 좋고 얼굴 고운 처녀라면 으레 찬양대에 뽑혔다.

그중 맨 앞줄에서 소프라노 솔로를 가끔 부르던 그녀만 보면 공연히 가슴이 울렁거리고 부끄러움을 느꼈던 것이다. 처음에 교회에 나가자 목사가 설교할 때나 기도할 때마다 돈 타령이나 하고 동정녀 마리아에게서 예수가 탄생하였다든가, 십자가에 못 박혀 죽은 지 사흘 만에 다시 부활하였다는 내용은 젊은 그에게 신앙의 회의를 느끼게 하였다.

왜냐하면 이 세상은 돈보다 더 값진 것이 얼마든지 있다는 가치관의 차이와 우주 만물의 질서는 음과 양의 양극이 교직하는 과정에서 형성되는 것인데 당시 평민에 불과한 요셉과 마리아가 정혼한 사이로서 밤낮 같이 다닐 정도의 밀접한 사이인데 그 누가 그들만의 비밀을 알 까닭이 있느냐는 의문이었다.

부활만 해도 그에게는 꼬리를 물고 일어나는 의문이 많았다. 그래서 교회에 나간다는 것은 한 주일 동안 잘못을 반성하고 누군지는 모르지만 인간과 우주를 주관하는 위대한 절대자에게 소망을 기원하는 정도로 생각했기 때문에 교회에 완전히 매료될 수 없었던 것이다. 그러나 교회의 예배시간에 빠지지 않고 나간 것은 경신학교의 교사라는 점이고 솔직한 심정으로는 찬양대에 있는 예쁜 여성을 보고 싶었던 것도 숨길 수 없는 사실이라고 생각하였다. 참으로 부끄러운 일이다고 느끼면서도 신앙심이 부족한 자기에게 있어 어쩔 수 없는 엄연한 사실이었다. 한 번은 양심의 가책에 못 이겨 자기의 신앙관에 대하여 목사에게 고백한 적이 있었다. 그랬더니 그는 이해시키려 않고 성질을 버럭 내더니,

"마귀가 들었소. 김 선생 마음에 고칠 수 없는 병마가 도사리고 있소."

라고 야단치는 바람에 정나미가 떨어져 다시는 목사를 대하고 싶은 마음이 없어졌던 것이다. 그래서 김홍일은 신앙의 혼미로 방황하는 처지가 되면서 한 학기를 마칠 무렵까지도 결론을 내리지 못하고 있었다. 그러다가 어느 수요일 밤, 목사 대신 등단한 최종삼 장로의 설교를 듣게 되었다.

"고린도 전서 13장에는 다음과 같은 하느님의 말씀이 있습니다.

사랑은 오래 참습니다.

사랑은 온화하고 부드럽습니다.

사랑은 시기하지 않습니다.

사랑은 자랑하지 않습니다.

사랑은 교만하지 않습니다.

사랑은 무례하게 행하지 않으며 자기의 이익만을 구하지 않습니다.

성내지 아니하며 악한 것을 생각하지 아니하며 불의를 기뻐하지 아니하며 진리와 함께 기뻐합니다.

그리고 하나님은 믿음, 소망, 사랑 이 세 가지는 항상 있을 것인데 그 중에 제일은 사랑이라고 말씀하십니다.

사랑하는 교우 여러분. 우리 인간이 아닌 교인만이라도 사랑이 위대하다는 것을 느낀다면 주님 앞에 한 발 가깝게 다가설 수 있다고 생각합니다. 나도 교회의 장로이지만 사랑의 가르침을 단 한 가지도 자신 있게 지켰다고 장담할 수 없습니다. 따라서 나는 죄인입니다. 그러나 하느님은 용서하십니다. 왜냐하면 사랑이 완전한 단 한 분이시기 때문입니다. 우리는 아침에 일어나서 밤에 잠들 때까지 단 한 번씩만이라도 하느님의 사랑을 의식하는 생활을 갖는다면 하느님은 우리를 도울 것입니다 ...."

그의 설교는 계속 이어졌다. 그러나 김홍일은 다음 설교 내용은 하나도 들려오지 않았다. 그 이유는 사랑에 대한 설교의 의미를 되새기니 자신에 대한 부족함을 발견하게 됨으로써 신앙심이 어떤 것인가를 어렴풋이 깨닫게 된 것이다. 김홍일은 다시 열화와 같이 설교하는 그를 우러러 보았다.

"나는 죄인입니다."
고 말한 최 장로만은 절대로 죄인이 아니라는 확신이 섰다. 마치 성스러운 자처럼 자기를 내세우며 가난한 자와 헐벗은 자를 무시하면서 목회를 인도하는 이영직 목사와는 너무나 뚜렷한 인간성의 차이를 느끼게 하였다.

그와 같은 인연으로 그와 그의 딸에게 사랑을 느꼈던 지난날을 회상하여 보니 오늘 이 시간을 허락케 하여준 것은 하느님의 무한한 사랑일 것이라고 생각하였다. 김홍일은 오늘 새벽에 일어났던 기적과도 같은 장면을 다시 생각해보았다. 결코 우연이라고는 할 수 없다고 단정하였다. 다시 그녀의 따사로운 손을 의식했다. 무슨 용기로 그녀의 손을 잡았을까…… 그는 자기도 모를 용기에 대해서 장하였다고 생각하였다. 그녀도 뿌리치지 않고 다소곳이 미소 짓던 그 청순함. 그는 더 이상 이불 속에 누워 있을 수 없는 강력한 충동을 느꼈다. 그녀에 대한 그리움이 훨훨 타오르기 시작한 것이다. 일어나자! 그리고 금순씨와 대화를 나누자고 생각하면서 벌떡 일어나 옷을 입고 밖으로 나갔다.

9월의 태양은 만주에서도 눈이 부셨다. 구름 한 점 없는 맑은 하늘이었다.

먼저 김홍일은 샘터에 나가 세수를 하고 싶었다. 머리가 몽롱하고 자꾸만 꿈을 꾸는 것 같아 정신을 들게 하기 위해서였다. 샘터에는 아무도 없었다. 그는 물을 길어 세숫대야에 가득 붓고 세수를 하였다. 시원하여 날아갈 것 같은 맑은 기분이 되었다.

"김 선생님, 수건 받으세요."

뒤에서 들려오는 맑고 예쁜 목소리는 그녀의 목소리였다. 그는 얼굴이 붉어졌다. 감사하다는 한마디 뿐 더는 말이 나오지 않았다.

"왜 주무시지 않고 일어 나셨어요?"

"잠이 오지 않는군요. 너무 기쁜 탓이겠지요."

"네. 아버님과 어머님은 구역예배에 가셨어요."

그녀의 말에 당황하였다. 그것은 지금 집안에 단둘이만 남았다는 것을 의식했기 때문이었다. 김홍일은 이런 때 무슨 말을 꺼내야 할지 몰라 망설였다. 그러나 곧 용기를 내어야 한다고 생각하였다. 이 절호의 찬스를 놓쳐서는 안 된다고 마음먹었다.

"산책을 하고 싶습니다."

"네. 제가 안내해 드리지요."

"고맙습니다."

그녀는 수건을 받아들고 잠시 안으로 들어가더니 밝은 옷차림으로 나왔다.

아무 말 없이 그들은 걸었다. 얼마를 걷다가 앞에서 사람이 다가오자 그녀는 정중히 머리를 숙이고 인사를 했다.

"안녕하십니까?"

"응. 잘 있었니?"

중년의 신사였다. 그는 무슨 말을 하려다 그대로 스쳐 지나갔다.

"이 근처는 동포들 마을이에요."

"그럼 이 주변 집들이 모두 우리나라 사람들의 집인가요?"

"네 그렇습니다. 대개 일본 사람 등쌀에 못 이겨 건너온 동포들이지요."

"아— 저런!"

김홍일은 자기와 같이 울분을 못 참고 건너온 사람들이 많음을 발견하고는 용기가 솟았다. 잠시 후 주택가를 벗어나자 앞에는 제방이 보였다. 압록강과 해수로부터 보호 받고자 쌓아올린 제방이었다. 그들은 제방 위에 올라섰다. 그리고 멀리 보이는 신의주를 바라보았다.

"김 선생님, 이곳에서 조국을 보는 기분은 어떠세요?"

"감개무량합니다. 저렇게 평화로운 내 땅이 일본군에게 점령된 것을 생각하니 한이 맺힙니다."

"아버님도 이곳에 올라오시면 늘 그렇게 말씀하셨어요."

"그런데 참."

김홍일은 궁금한 게 떠올랐다. 왜, 최 장로 댁이 안동으로 옮겨왔을까? 몹시 궁금하였다.

"신천에서 이곳에 오게 된 연유가 궁금합니다."

"네, 김 선생님 경우와 비슷해요. 아버님이 신민회에 헌금한 것이 말썽이 되어 자주 경찰서에 불려 다녔지요. 행동의 자유가 속박 받으니 늘 아버님은 괴로워하셨죠.

그런데 선교사들까지 징계를 내리니 더 이상 고향에 대한 애착이 없어졌지요. 그러던 참에 안동의 동포 마을에 교회가 생겼는데 교회를 이끌어 갈 목사님을 찾았지만 희망자가 없었으므로 아버님이 자원하여 오게 된 것입니다."

"그렇다면 나에게도 책임의 일단이 있는 셈인데요?"

"무슨 말씀을……."

"이영직 목사와 다투게 된 것이 나 때문이 아니었나요?"

"호호호……. 어떻게 아셨어요?"

"이 세상에 비밀은 없습니다. 다음 날 바로 알았지요."

"아버님은 늘 김 선생님을 칭찬하셨습니다."

"고마운 분입니다. 저도 어느 땐가 장로님이 설교하신 사랑의 말씀을 듣고 감명을 받았고 신앙을 움트게 해 주셨어요."

"네? 그때 설교를 들으셨습니까?"

"아주 감격하였습니다."

"아버님은 항상 사랑을 크게 내세우시는 분이에요."

"훌륭한 생각이십니다. 인류의 모든 분쟁의 원인이 사랑이 부족한 탓이 아니겠습니까?"

"그렇습니다. 김 선생님."

다시 그들은 신의주 시가지 쪽에 시선을 두고 제방을 걸었다.

"김 선생님, 저는 경신학교를 작년에 졸업했습니다. 여자로서는 처음이지요."

"네? 그것을 몰랐군요. 어느 분인가 여성 두 분이 같이 졸업했다는 말을 들었는데……."

"저하고 이 목사님 딸하고 같이 나왔습니다. 서로 무남 독녀 외딸이라 시세를 알아야 한다고 해서 용기를 내었지요."

"잘 하셨습니다. 그렇다면 금순씨는 신여성이군요."

"호호호……. 고맙습니다."

"나는 1898년생인데 실례지만 금순씨의 나이는……."

"저는 두 해가 늦어요."

"네— 내 추측으로는 너댓살 아래로 보았는데."

"고맙습니다. 그렇게 어리게 보아주셔서."

"금순씨의 소프라노 솔로는 참 훌륭했습니다. 나는 신천 교회에 애착은 없었지만 최 장로님의 설교와 금순씨의 노래를 듣는 것이 하나의 즐거움이었습니다."

그녀의 얼굴이 홍당무가 되었다.

김홍일은 엉겁결에 사랑을 고백한 것처럼 되어버린 것이다.

그들은 서로 무엇을 말해야 좋을지 망설이다가 귀중한 시간이 흘렀다. 얼마간의 침묵이 지난 다음 그녀가 말문을 열었다.

"선생님, 아버님이 돌아오실 시간이 되어 가는데요."

"네, 그런가요? 아쉽지만 다음으로 미루고 오늘은 돌아갑시다."

그녀는 들릴 듯 말 듯 다소곳이 대답하고는 발길을 옮겼다.

그들이 집에 돌아왔으나 장로 내외는 아직 돌아오지 않았다. 김홍일은 그녀에게 눈인사를 하고 방안으로 들어갔다. 가슴이 설레니 잠이 오지 않았다. 자꾸만 그녀가 보고 싶어졌다.

며칠이 지났다. 시간이 흐를수록 그녀에 대한 그리움이 더해갔다.

그럴수록 조국에 대한 강인한 의지가 차츰 무르녹아 잔해로 변하는 아픔이 일기 시작하였다. 금순씨에 대한 사랑이냐? 조국에 대한 사랑이냐? 김홍일은 지금이야말로 이 문제에 대한 시련에 빠지고 있다고 생각하였다.

욕심 같아서는 어느 것도 놓칠 수가 없었다. 그러나 두 가지를 모두 차지하기에는 중국의 땅은 너무나 넓었고 갈 길은 험악하다는 것을 깨달았다.

기약 없는 사랑을 청순한 그녀에게 심어주었을 때 그녀만이 당할 고통을 안겨주는 것은 죄악이라고 생각하였다. 다시 밤이 깊어지자 그는 괴로운 심정을 달래기 위하여 하느님께 기원을 드렸다.

"사랑하는 사람에게 사랑을 고백할 수 없게 될 때 저는 조국을 선택할 것입니다. 또한 조국을 멀리 하였을 때

사사로운 사랑에 빠지게 될 것입니다. 하느님이시여, 방
황하는 저를 인도하여 주소서. 이 죄인에게 사물을 바르
게 판단하고 결단을 내릴 수 있는 힘을 주소서."

처음으로 느끼는 사랑의 고뇌는 그로 하여금 판단력과 결
단력까지 앗아간 것을 깨달은 것이다.

밤은 더욱 깊어갔다.

그는 밖으로 나가 하늘을 올려다보니 헤아릴 수 없이 많
은 별들이 총총히 깔려 있고 제각기 빛을 쏘아대고 있었다.
김홍일은 무심코 샘터를 지나 제방 쪽을 향하여 걸었다. 얼
마 만에 제방 위에 우뚝 섰다. 그리고 신의주 쪽을 바라보
았다. 그쪽 하늘도 똑같은 별들이 빛나고 있었다.

조국의 하늘 아래서 신음하는 동포의 애절한 모습이 떠올
랐다. 백일세 사건 때 왜놈의 총탄에 맞아 쓰러진 양시 사
람들 그리고 그들의 죽음에 통곡하는 가족의 몸부림이 눈앞
에 선명하게 나타났다.

그때 자기는 이 원수를 갚겠다고 뜨거운 맹세를 하였던
기억을 의식했다. 나의 맹세는 변할 수 없다……. 그는 차
츰 자신의 사명을 찾아내고 있었다. 웅대한 결심으로 조국
을 떠나 독립을 위해 나선 사나이가 며칠 만에 한 여자에게
빠져 결단을 내리지 못하고 방황하고 있다니……. 더는 그
녀에게 정을 주는 유혹의 말을 삼가야 되겠다고 다짐하였
다. 그리고 이 결심을 실행하기 위해서는 빨리 안동을 떠나
대륙의 복판에 들어서는 길이라고 생각하였다.

굳게 마음을 다지고 나니 한결 발길은 가벼워졌다. 그는 단숨에 집에 돌아왔다. 그리하여 조용히 방문을 열고 들어가 옷을 벗고 누웠다.

그날 밤 그는 오랜만에 깊은 잠에 들었다.

다음날 아침, 최 장로와 김홍일은 여느 날과 같이 겸상으로 식사를 하였다. 식사 후 상을 물리고 김홍일은 마침내 자기의 결심을 말하였다.

"장로님, 그동안 즐겁고 편안한 생활을 보냈습니다."

그의 의도를 알아차린 최 장로는 별로 놀라는 기색이 없었다.

"열흘밖에 안 지났는걸."

"열흘간이지만 저에게는 하늘이 내려주신 홍복으로 생각합니다."

"장래 문제를 생각해 보았나?"

"네, 장로님 초지(初志)를 관철하기 위해서는 하루빨리 호랑이굴로 들어가야 된다고 생각합니다. 이곳에서 편안하게 지내고보니 자꾸만 결심이 흔들리는 것 같습니다."

최 장로는 그의 말이 일리 있음을 깨닫고 대견스러운 김홍일을 바라보았다.

"김홍일, 나도 자네의 장래 문제에 대해서 한 이틀 생각을 했다네. 내 욕심 같아서는 내게 아들이 없음으로 붙들어 둘까도 생각했지만 비범한 청년을 더 크게 키우려

면 국제무대에 보내는 것이 옳다고 판단하였다네. 또 대
한의 독립을 위한 일꾼으로 만드는 것이 하느님의 뜻임
을 기도로써 깨달았다네."

"과분한 말씀입니다. 저도 몇 가지 생각으로 고민하였으
나 결국은 조국의 독립을 외면할 수 없었습니다. 최 장
로님 내외분과 따님의 보살핌은 열흘이라고는 하나 저에
게 뜨거운 인간미와 무한한 사랑의 거룩함을 일깨워주었
습니다. 평생 잊을 수 없을 것입니다."

"고맙네. 우리는 독립이 성취될 때까지 모든 것에 우선
하여 조국의 광복에 이바지하세."

"네, 장로님."

그들은 힘차게 악수를 나누었다. 최 장로는 상기된 표정
으로,

"그렇다면 상해로 가야지?"

"네, 그렇습니다."

"고생이 많겠소."

"스물 한 살이면 당할 고생이라고 생각하니 염려 마십
시오."

하하하하⋯⋯. 마치 섭섭함을 달래기라도 하는 양 힘차게
웃었다.

최 장로는 장롱 서랍을 열더니 두 개의 봉투를 꺼내어 김
홍일에게 건네주면서,

"봉투 하나는 상해에서 무역상을 하면서 독립운동에 관

심 있는 한송계씨에게 자네를 소개하는 편지이고 다른
하나는 상해까지 가는 데 필요한 선비 12원일세.”

“네? 제가 폐를 많이 끼쳤는데 또 여비까지 받다니요.
거두어 주셨으면 좋겠습니다. 저에게도 30원이 있습니
다.”

“여보게, 내가 돈이 어디에 필요하겠나? 조국의 독립을
위하여 장도에 오르는 애국청년에게 하찮은 뱃삯 정도
대주는 것인데…… . 오히려 적은 돈이라 부끄럽네.”

“고맙습니다. 따뜻한 정표로 알고 영원히 기억하겠습니
다.”

“별소리를 다하는구먼, 오늘 저녁은 송별회식으로 하고
마침 수요일이니 송별예배를 보도록 하지.”

김홍일은 너무나 고마운 최 장로의 배려에 몸 둘 바를 몰
랐다. 감격에 벅차 얼굴을 들고 그를 바라볼 수 없었다.

잠시 후 최 장로는 밖으로 나가더니 그의 부인 정기례 집
사에게 오늘의 일을 소상히 말하고 회식과 송별예배 준비를
당부했다. 부인은 음식 준비도 급하지만 송별예배 준비는
더욱 바삐 서둘러야 되겠다고 생각하였다.

부인은 딸 금순이를 불렀다. 방안에 있던 딸이 나오자 섭
섭한 표정을 짓더니,

“김 선생이 내일 상해로 출발하신단다.”

“네?”

“상해에서 큰 뜻을 이루기 위한 것이니 금순이도 축복

을 드려야한다."

"네."

금순은 깜짝 놀랐으나 올 것이 왔다고 생각하면서 마음을 달랬다.

그녀는 그녀대로 김홍일을 사모했고 장래 이루어질지도 모를 그와의 어떤 관계 때문에 가슴을 죄이며 며칠을 보냈다.

밤이나 낮이나 그를 잊은 적이 없었다. 그를 위하여 밥을 짓고 반찬을 준비하는 것, 먼발치에서나마 가끔 보는 것만으로 행복을 느꼈다.

밤마다 그리워하면서 그이와의 생활에 대한 상상의 나래를 펼 때마다 스스로 얼굴을 붉히며 놀라워하던 며칠간이 떠올랐다. 언제나 잊힐 수 없었던 그의 말, 금순씨의 노래를 듣는 것이 하나의 즐거움이었습니다. 속삭이는 듯한 그 말을 할 때 그의 얼굴은 소년처럼 불그레해졌음을 기억하였다.

새벽기도회 가는 길에 그를 만난 것은 하느님의 뜻이라고 생각하였고 자기 손을 잡던 그날의 뜨거운 그의 힘찬 손을 의식할 때는 정말 현기증이 날만큼 환희에 젖었다.

별이 유난히도 밝게 비치던 밤, 제방 위에서 조국 쪽을 바라보며 조국을 걱정하는 모습은 정녕 위대한 청년의 모습이라고 생각하였다. 아— 그가 떠나다니……를 마음속으로 되뇌고 있을 때,

"금순아!"

어머니의 부름에 놀라며 정신이 바로 돌아왔다.

"저녁식사는 송별회식이고 삼일예배는 송별예배로 정했 단다. 식사 준비는 내가 할 테니 금순이는 송별예배 준 비를 서둘러라."

"네, 어머님."

금순이는 옷을 갈아입고 밖으로 나왔다. 찬양대 연습에다 그의 송별예배를 정성껏 준비하기 위해서였다.

저녁식사는 최 장로의 기도로 시작하였다. 처음으로 넷이 서 같이하는 식탁이었다. 어느 누가 입을 열어야 할지 서먹 서먹한 분위기였다. 김홍일은 자기가 먼저 말을 해야겠다고 생각하였다.

조용하고 행복한 가정에 돌을 던져 파문을 일으킨 것 같 은 부담이 느껴졌던 것이다.

"장로님, 집사님, 너무나 고맙게 해주시어 어떻게 은혜 를 갚아야 할지 막연합니다."

최 장로는 그의 말을 기다렸다는 듯이,

"갚을 것이 있다네."

부인과 딸 금순은 의아한 눈으로 최 장로를 쳐다보았다.

"말씀하십시오, 장로님!"

"김 군이 성공하는 길일세. 성공이란 대한의 독립을 의 미하네. 너무나 큰 주문일지 모르지만 상해에 가거든 어 려울 때, 슬플 때는 오늘 이 시간을 기억하게나. 최종삼

장로와 그의 가족이 빚을 독촉하고 있다는 사실을 상기
하면서……."

가라앉았던 분위기가 조금은 무르녹았다. 모두 같이 미소
를 지었다.

식사를 마치고 해가 떨어질 무렵 다 같이 교회로 향하였
다.

그날도 화창한 가을 날씨였다. 아직은 해가 완전히 지지
않고 서쪽 하늘에 반쯤 남아 있었다. 어찌나 노을이 붉은지
물감을 뿌린 것과 같은 한 폭의 그림이었다.

"어머나 저 예쁜 저녁노을 좀 봐요."

금순이 감격한 듯한 얼굴빛을 띠면서 말했다.

"참으로 아름답습니다."

최 장로가 웃으면서 김홍일의 어깨를 가볍게 쳤다.

"하나님이 김 군의 장도를 축하하고 있네."

하하하…… 호호호…… 모두 즐겁게 웃었다.

교회 앞에 이르자 먼저 와 있던 교인들이 일제히 모여들
면서 그들에게 인사했다. 최 장로는 김홍일을 일일이 인사
시켰다.

교회 안에 들어서니 강단 쪽 벽에 「축 장도 애국청년 김
홍일 군」이라고 쓰여 있었다.

최 장로는 강단에 올라가면서 김홍일을 앞좌석에 앉혔다.

시간이 되자 의자에서 일어난 최 장로는 강대에 다가섰
다. 이윽고 찬양대의 송영이 시작되었다.

김홍일은 찬양대석을 바라보았다. 금순이 자기를 바라보면서 송영을 부르고 있었다.

우리 기도를 들으사
당신의 평화를 내려 주소서

송영이 끝나자 최 장로는 김홍일을 일어서서 뒤로 돌아서게 하여 교인을 바라보게 했다.

"지금 서있는 김홍일 군은 일찍이 오산학교를 졸업하여 신천교회에서 세운 경신학교 교사로 있던 중 일제의 포악무도한 만행을 좌시할 수 없어 뜻을 세워 조국의 독립을 위하여 상해로 떠나는 애국청년 올시다. 교인 여러분의 끊임없는 기도와 성원을 부탁드리며 김홍일 군을 위하여 기도하기 전에 힘찬 박수로서 장도를 축복합시다."

교인은 일제히 박수를 힘차게 쳤다. 모든 교인이 하나같이 일제의 악랄한 침략행위에 분노를 품고 있었으므로 그들은 마침내 기립하여 더 열렬한 박수를 아낌없이 보냈다.

김홍일은 정중하게 머리 숙여 답례를 했다. 박수가 끝나자 최 장로의 기도가 시작되었다.

"대자연과 우주의 질서를 주관하는 하느님, 불쌍한 이 겨레를 구원하여 주소서! 포악한 일본사람에게도 사랑을 내리시어 저들이 잘못을 깨닫게 인도하여 주소서.

내일이면 당신이 사랑하는 김홍일이 조국을 등지고 광

활한 대륙으로 떠납니다.

 그는 조국의 광복을 위하여 청춘을 바쳤습니다. 그가 떠나는 길은 험악하고 죽음의 위험도 도사리고 있습니다.

 그를 보호하여 주소서.

 그에게 모세의 지팡이를 내려주소서. 여호와께서 모세에게 십계명을 내리신 것처럼 당신의 종, 김홍일에게도 하늘의 가르침을 내려주소서.

 여호와 하나님.

 이스라엘 백성은 광야에서 당신을 욕하고 침 뱉으며 저주하면서 우상을 섬겼습니다. 그래도 당신은 가나안 땅을 그들에게 내리셨습니다. 오늘 조국을 잃은 대한 사람이 모여 간절히 기도하오니, 이 겨레에게 희망을 주소서. 그리고 장도에 오르는 김홍일에게도 의지와 희망과 승리를 내려주소서……"

 최 장로의 간절한 기도는 오래도록 계속되었다. 교회 안은 차라리 통곡이라고 할 만큼 조국을 잃은 교인들이 슬픔을 토해냈다.

 최 장로는 절규하면서 조국을 불렀다. 열화와 같은 기도는 끝났다. 끝으로 찬양대의 찬양이 시작되었다.

 우리 다시 만날 때까지

 하나님이 함께 하셔

훈계로써 인도하며
도와주시기를 바라네
다시 만날 때 그때까지
우리 서로 만날 때
다시 만날 때 그때까지
주님 함께 계심 바라네

　김홍일과 최금순은 서로 눈을 마주 보면서 눈물을 흘렸다.

　다음 날 아침 10시.
　안동항의 부두에는 500톤급의 신형기선이 정박하고 있었다.
　이 배는 상해로 가는 정기 여객선이었다. 김홍일은 최 장로와 그의 부인 그리고 금순과 같이 부두에 나와 여객선 앞에 섰다.
　"고맙습니다. 장로님!"
　"항상 용기를 잃지 말게."
　"네 최선을 다하겠습니다."
　"김 선생님, 안녕히 가세요. 몸조심하시고……."
　"금순씨의 행복을 빕니다."
　여객선은 승선을 재촉하듯 계속해서 기적을 울려댔다.
　뚜― 뚜― 뚜―

"김 군 빨리 승선하게."

"네 안녕히 계십시오."

얼마 안 되는 짧은 기간의 생활이었지만 모두 다 조국을 등진 몸이고 이국땅에서 한결같이 한이 맺혀있는 심정이라서 이별의 아픔은 유달리 컸다.

두 젊은 남녀가 평생 처음 느낀 첫사랑의 감정을 피우지 못하고 조국의 운명과도 같이 헤어져야 하는 이 시간, 가슴 아리는 고통을 참아가며 멀리 떨어져야 하는 비극이었다.

김홍일은 배가 떠나자 부두를 향하여 손을 흔들었다.

김홍일의 볼에는 두 줄기 눈물이 흐르고 있었다.

4. 뜻있는 자에게 길이

상해에 도착한 김홍일은 맨 먼저 최종삼 장로가 소개하여 준 해송양행의 한송계를 찾아갔다.

그는 최 장로의 소개장을 보고 몹시 반가워하면서 몽양(夢陽) 여운형(呂運享)에게 전화로 연락을 취한 다음 직원 한 사람을 김홍일에게 딸려 프랑스 조계(租界)에 있는 설산(雪山) 장덕수(張德秀)의 숙소로 보내주었다.

당시 상해에서는 한국에서나 혹은 일본을 거쳐서 새로 그 곳에 오는 청년들에 대해서 신원이 완전히 파악 될 때까지 엄중한 경계와 조사가 있었다.

왜냐하면 간혹 일본인 앞잡이가 섞여 들어와 독립운동의 조직을 파악하고자 하는 책동이 있어 왔기 때문이었다.

그러나 김홍일은 최 장로의 소개장이 있었고 더욱이 오산학교 졸업생이라는 이유로 첫날부터 신임을 받고 동지로 대하여 주었다.

장덕수는 프랑스 조계 내에 있는 중국인의 중류 가정에 하숙하고 있었다. 방은 그리 넓지 않았으나 두 사람이 지내기에는 불편이 없어 보였다.

마침 방안에서 책을 읽고 있던 장덕수는 방문객이 찾아오자 반갑게 맞아주었다.

"어서 들어오시오. 막 전화를 받고 기다리고 있던 중입니다."

방안에 들어오자 해송양행의 직원은 그에게 김홍일을 소개하였다.

"오산학교 졸업생 김홍일입니다."

김홍일은 첫인상이 좋아 보이는 장덕수에게 정중히 인사했다.

장덕수는 두 손으로 그의 어깨를 덥석 잡더니 감격에 넘치는 어조로,

"조국의 독립을 위하여 일하겠다니 훌륭한 생각이오. 고난을 같이 합시다, 동지!"

라고 말하면서 어깨를 다정하게 흔들었다. 김홍일은 풍채가 당당한 장덕수의 모습과 정이 담긴 격려의 말에 압도당하는 듯한 기분이었다. 퍽이나 믿음직스러운 사람이라고 생각하였다.

설산 장덕수.

그는 1895년생이다. 김홍일보다 4살 위이다.

황해도 재령에서 태어나 14세 때 조선통감부 진남포 이사청 급사로 일하면서 배우는 길만이 일본인을 이길 수 있

다고 생각한 후 남들이 잠자는 한밤중을 이용하여 독학을
시작하였다. 그는 공부하는 기간 동안 하루에 서너 시간밖
에 잠을 못 잤다.

급사란 원래 잔심부름꾼이기 때문에 시간이 있을 리가 없
었던 것이다.

1911년에 판임관(判任官-主事) 시험에 합격한 후 일본에
가서 역시 독학으로 와세다 대학 정경학부를 졸업한 뒤 조
국광복에 뜻을 두고 상해에 건너와 독립운동에 헌신하고 있
는 중이었다. 장덕수는 해송양행의 직원이 돌아가자 김홍일
에게 두 권의 책을 건네주면서,

"김홍일 동지, 한권은 영어공부 하는데 필요한 사전이고
다른 하나는 중국말을 익히는데 필요한 책이요. 상해에
서 활동을 하려면 영어나 중국어를 알아야 되오. 그러니
부지런히 공부하여 빠른 시일 내에 의사소통이 되도록
하시오."

라고 친절하게 설명하는 것이었다.

김홍일은 장덕수를 어떻게 불러야할지 몰라서 망설였다.
형님이라고 하기에는 어색하고 연장자에게 동지라고 부르기
에는 더 결례가 되는 것 같았다. 그래서 생각해 낸 것이 선
배라는 호칭이었다.

"앞으로는 선배님이라고 부르겠습니다. 친동생처럼 지도
하여 주십시오. 이 두 권의 책은 잘 받겠습니다. 그리고
열심히 공부하겠습니다."

"김 동지 고맙소. 내가 선배자격이 있는지 염려스럽소."

"별말씀 다 하십니다. 이곳에 오기 전에 한송계씨에게 들은 바로는 선배님께서 와세다 대학 정경학부를 나온 최고 인텔리라고 말씀하더군요. 저는 배운 것이 중학 과정이니 대선배이십니다."

하하하하…….

그들은 호탕하게 웃었다.

다음날부터 그들은 자취를 시작하였다. 경비를 절약하려면 그 길이 제일 간편하였던 것이다. 장덕수의 만류에도 불구하고 김홍일은 밥을 짓는 일을 도맡았다.

빨래만은 각자가 하기로 합의하였다.

며칠 지난 뒤 장덕수는 김홍일의 장래문제가 궁금하여 물어보기로 마음먹고 말을 꺼냈다.

"김 동지, 나는 도미유학을 위하여 준비 중이오. 보다 새로운 학문을 익힐 작정이지요."

장덕수는 상대의 장래 문제를 묻기 전에 자기 자신의 장래 계획을 먼저 말 해주는 것이 좋다고 생각한 것이다.

김홍일은 대학을 나오고도 더 공부하겠다는 장덕수의 의지에 적이 놀라면서,

"선배님의 학구열은 감히 저 같은 소인은 상상이 안 됩니다. 그저 놀라울 뿐입니다."

"일본인을 이기는 길은 그들보다 앞선 학문이라고 생각하오. 따라서 독립운동을 하면서도 계속 공부할까 하는

것이오."

"장하십니다. 부디 뜻이 이루어지기를 기원하겠습니다."

"김 동지의 장래 희망은 무엇인지 알고 싶소."

"네, 선배님. 저는 중국의 군관학교에 가고 싶습니다. 그래서 조국을 광복할 수 있는 군사지도자가 되고 싶습니다."

장덕수는 만면에 기쁜 표정을 지으면서,

"참으로 현명한 생각이오. 군인의 길은 보다 험난한데 김 동지가 그 길을 택하여 조국광복에 이바지하겠다니 그 이상 무엇을 바라겠소."

장덕수는 매우 좋아하였다. 김홍일의 장래희망이 중국의 군관학교인 만큼 중국어 실력을 기르는 것이 가장 중요하다고 생각하였다.

"중국어를 빨리 익혀야합니다."

"네, 북경 말은 약간 알지만 상해 말은 잘 모르겠습니다."

"상해 말은 북경 말과는 또 다르니 새로 시작하는 기분으로 공부해야 되지요. 내가 알 만한 중국청년들을 소개해 줄 터이니 그들과 어울리면서 익히도록 하시오."

"고맙습니다. 선배님."

며칠 후부터 장덕수의 소개로 알게 된 중국인 청년들과 어울릴 수 있는 기회를 갖게 되었다. 김홍일은 이때야말로 어학을 하는 데 좋은 기회라고 생각하면서 말을 익히기에 힘썼다.

그러나 어학이란 하루 이틀에 되는 것이 아니어서 여간 힘든 것이 아니었다. 그렇다고 해서 주저하다보면 시간 낭비가 되므로 염치불구하고 마구 중국말로 지껄여댔다. 때에 따라서는 용기를 내어 상해의 어느 곳이건 무작정 헤매기도 했다.

상해바닥은 어찌나 넓은지 잘못 외출하였다가 번번이 길을 잃고 경찰관의 신세를 지기도 하였다. 말을 못 하니 고생은 더욱 심하였다.

장덕수는 독립운동 관계로 낮이면 어디로 나가고 방을 비우기가 일쑤여서 방안에 혼자 있는 날이 많다보니 고독과 번민이 쌓여 공부도 제대로 안 될 때도 있었다.

자꾸만 약해지는 마음을 억누르기 위하여 무던히 애쓰는 하루하루가 지나갔다. 중국의 군관학교에 입교할 길도 막연한 데다 떠날 때 가지고 온 여비 30원도 거의 바닥이 나고 동시에 고학의 길도 뜻대로 풀리지 않아 애타는 심정으로 공연히 방황하는 수밖에 없었다.

당시 상해에는 중국인으로서 일본 유학을 마치고 돌아와 항일운동을 하는 구국단(救國團)이란 조직이 있었는데 그곳에서 발간하는 구국일보에 한인 기자 조동우(趙東愚)가 있었다.

한가할 때면 가끔 그곳에 가서 낮 시간을 보낼 수 있게 되었다. 다행히 그곳에는 일본말을 하는 중국 청년이 있었으므로 의사소통이 편리해지면서 중국말을 익히는 데도 도움이 되었다.

이런저런 방황의 하루하루를 보내면서 상해에 온지 2달이 되어가는 10월 3일 김홍일은 난생처음으로 타국에서 개천절을 맞이하였다.

해외에 산재해 있는 애국 동포들이 다 같이 한 지리에 모여 뜻깊은 기념식을 올렸다.

쓸쓸하고 허전한 기념식이었다.

여운형 선생은 식사를 통하여 조국의 독립을 부르짖었다.

"세계 역사를 살펴보건대 남의 나라를 무단히 침략하여 강점한 사례는 얼마든지 있습니다. 그러나 강점당한 피해 당사국의 국민이 독립의 의지가 있는 이상 침략자는 물러설 수밖에 없었습니다. 우리는 조국의 독립을 위하여 이곳에 서있습니다.

우리가 단결하여 힘을 길러 일본 침략자에게 대항하는 이상, 그리고 국내에서 지하운동이 계속되는 이상, 우리의 독립은 기필코 이루어집니다. 이것은 역사의 당위성입니다. 따라서 우리는 희망을 잃지 말아야합니다. 그리고 소신을 굽혀서는 안 됩니다."

그의 연설은 계속되었다. 식장의 동포들은 모두 그의 연설을 진심으로 경청하고 있었다.

그날의 기념식은 "대한독립 만세"삼창을 끝으로 막을 내렸다.

개천절 축하만찬에는 독립운동을 위하여 많은 협조를 아끼지 않았던 미국인 목사를 비롯하여 중국의 항일 구국단 간부들도 초대되었다.

만찬은 중국식 원탁 여섯 개가 놓인 자리에서 시작되었는데 김홍일은 우연히 항일구국단 단장인 황개민(黃介民)과 같은 원탁에 앉게 되었다.

황개민은 항일투쟁을 위해서는 어떤 어려움도 극복하면서 적극적인 활동을 해오고 있었으므로 그의 도움을 받은 한국인이 많이 있었다. 그는 한국인 독립운동가 사이에서 가장 잘 알려진 중국인이었다.

황개민이 먼저 말을 시작하였다.

"축하합니다. 대한 동지여러분! 오늘을 위해 건배합시다."

그는 식사를 시작하기 전에 모두에게 건배를 제의하였다. 장내의 참석자가 일제히 술잔을 들고 일어섰다.

"대한 독립을 위하여!"

그가 선창하니 다 같이 제창하면서 술을 마셨다.

김홍일은 처음 술맛을 보았다. 중국 사람의 풍습대로 건배라면 잔을 말리는 뜻이니 잔을 비우는 것이 예의라 하여 몽땅 마셔버렸다. 어찌나 술이 독한지 입에서부터 위장에 내려갈 때까지 뜨거운 불길이 흘러가는 것 같은 화끈함을 느꼈다. 아— 독하구나. 그는 그때 여러 사람이 일어나 대한독립을 위한 건배에 한 잔도 거르지 않고 따라 마셨다.

다행히 중국 음식이 기름진 탓인지 쓰러지는 것만은 면하고 몽롱한 기분에 젖었다.

만찬이 중반에 접어들자 황개민은 원탁에 앉은 사람들을 쪽 둘러보더니,

"대한 청년이 상해에서 허송세월하는 사람이 많은데 이 유를 알 수 없습니다."

라고 말을 꺼냈다.

순간 김홍일은 자기 보고 하는 말 같아서 얼굴이 달아올랐다.

김홍일의 가장 아픈 곳을 찌르는 질문이었다.

막상 질문을 받고 나니 대답할 말이 얼른 떠오르질 않았다.

부끄러움 때문이었다. 그러나 김홍일은 정신을 차리고 다시 생각하였다. 이 기회에 하소연을 해보자고……. 평소 같으면 말이 없는 편이라 가만히 있었겠는데 술이 들어가니 생각이 달라졌다.

김홍일은 용기를 내어 입을 열었다.

"부끄럽기 한량없습니다. 단장님, 바로 제가 할 일 없이 방황하는 대한 청년입니다."

황개민은 김홍일의 솔직한 대답에 그만 미안하여 어쩔 줄을 모르는 눈치였다. 김홍일은 이때다고 생각하면서 말을 계속하였다.

"저의 고향은 신의주와 용암포 사이에 있는 양시라는

고을입니다."

중국인에게는 국경도시 신의주와 무역항 용암포는 낯선 이름이 아니었다. 원탁에 앉아 있던 중국인 세 사람은 다 같이 머리를 끄떡이며 관심을 나타냈다.

"제가 어릴 때 그러니까 1907년이지요. 대한의 군대가 일본군에게 강제 해산되자 일제히 의거를 일으켜 일본군에게 대항했습니다."

중국인들은 처음 듣는 내용이라는 듯 젓가락을 식탁에 올려놓고 귀를 기울였다.

"우리나라 군대는 서울 시가지에서, 원주에서, 강화도에서, 일본군과 전투를 계속하면서 무참히 죽어갔습니다. 왜냐하면 우리는 구식 소총인데 일본군은 신식 소총에다 신병기인 기관총이 있었기 때문입니다. 그러나 일본군의 희생도 많았으므로 일본군은 더 많은 병력을 투입하여 적극적인 방법으로 대응하였습니다.

그들은 한국군뿐만 아니라 그 주변에 있는 민간인까지도 마구 학살을 감행하였습니다.

천인이 공노할 노릇이지요.

온 대한 천지가 피로 물들어 갔습니다. 그러나 실탄도 떨어지고 인원 손실도 많아 더 이상 전투를 지속할 수 없는 형편에 이르렀습니다.

그리하여 마침내 우리나라 군대는 전국 각처에 흩어져 의병의 핵심 전투요원이 되었던 것입니다.

의병 또한 일본군의 대규모 소탕작전에 희생되어 발붙일 곳을 잃어 북으로 정처 없는 길을 걸으며 만주 땅으로 왔습니다. 저는 어릴 때 아버지와 같이 북쪽으로 가는 우리나라 군인들을 보았습니다. 그때 아버지는 이들이 압록강을 건널 수 있도록 편의를 보아주고 있었지요."

김홍일은 너무 긴 이야기를 해서 만찬의 흥이 깨질까봐서 망설였다.

"식사를 하십시오, 다음 이야기는 식사 후에 하겠습니다."

이때 황개민은,

"아닙니다. 계속하세요."

라고 재촉하는 듯한 어조로 깊은 관심을 표시했다.

"네, 계속하겠습니다. 그때 거지나 다름없는 우리나라 군인들을 보고 저는 그들이 불쌍하여 울었습니다. 러시아 군인이나 일본 군인들은 멋이 있고 당당한데 우리나라 군인들은 거지와 같이 누추하고 숨어 도망 다니니 더욱 딱했습니다. 우리나라 땅에서 우리나라 군인이 숨어야 하고 도망 다녀야 하니 이런 변고가 어디 또 있겠습니까. 아버지는 그 이유를 설명하면서 우리나라가 힘이 없어서 이런 비극이 생겼다고 말씀하십니다. 그래서 저는 우리나라의 군대를 다시 세워야 되겠다고 결심하였습니다.

아버지는 저의 뜻을 아시고 기뻐하시며 중국에 건너가

서 군관학교에 들어가 군관으로 임관한 다음 중국군과 더불어 항일전을 전개하면서 중국인의 도움으로 군대를 일으키는 방법을 알려 주시더군요. 그래서 열심히 오산 학교에서 중학교 과정을 마치고 중국에 왔습니다.

중국에 막상 와보니 누구하나 저의 말을 깊이 들어 주는 사람이 없더군요. 그래서 두 달 가까이 허송세월 하는 처지가 되었습니다. 그러나 저는 군관학교에 들어가지 않고는 절대 이대로 중국 땅에서 물러설 수 없습니다. 어떤 고난과 장벽이 가로 막아도 기어코 극복할 것입니다.

저는 일본군과 싸울 것입니다. 그리하여 대한의 독립을 성취시킬 것입니다."

김홍일의 말은 끝났다. 잠시 좌중은 물을 끼얹은 것 같은 무거운 기운이 감쌌다.

특히 함께 지내고 있는 장덕수는 그동안 익힌 그의 중국어 실력에 놀라는 기색이었다.

중국어가 유창하지는 않았지만 또박또박 말하는 그의 모습은 진정 조국애에 불타고 있음을 느꼈다.

'참으로 훌륭한 청년이구나……'

장덕수는 이때 새로운 그의 일면을 발견하였다.

황개민은 무엇인지 심각하게 생각하는 기색이었다. 모두 음식을 다시 먹기 시작하였다.

식사가 끝날 무렵 황개민은 자기 무릎을 탁 치면서,

"김홍일 군, 좋은 방법이 있소."

중요한 것이나 발견한 사람처럼 얼굴을 붉히면서 절규하듯 말했다.

원탁의 좌중은 일제히 황개민을 쳐다보았다.

"육군강무학교가 있는 귀주성(貴州省)의 독군(督軍) 유현세(劉顯世) 장군의 아들 유강오(劉剛吾)씨가, 일본에 유학하고 있는 전체 중국인 학생 감독관으로 일본에 있다가 바로 이틀 전에 귀국하였습니다. 그 분은 군 관계에 발이 넓을 뿐만 아니라 군 고위층도 그의 아버지 때문에 그를 무시하지 못합니다. 내가 다행히 그 사람과는 각별한 친분이 있으니 그에게 부탁하면 길이 열릴 것 같아요."

라고 말하는 것이었다.

김홍일은 순간 구세주를 만난 것같이 기뻤다.

좌중에서도 다행스럽다는 듯 모두 즐거운 표정이었다.

이때 장덕수는,

"황개민 구국단장님 정말 감사합니다. 이 일이 성취되면 김홍일 군 뿐만 아니라 우리 대한 사람 모두의 기쁨이 될 것입니다."

"해봅시다. 잘되리라는 예감이 듭니다. 김홍일 군의 정열에 감명을 받았습니다."

황개민은 자신에 찬 태도로 김홍일을 격려하였다.

개천절의 만찬은 이렇게 하여 뜻 있게 끝났다. 이 만찬이야말로 김홍일에게는 앞으로의 진로를 정해 준 참으로 뜻깊은 기회였던 것이다.

다음날. 김홍일은 황개민 구국단장 사무실을 찾아갔다.

그곳에는 이미 유강오가 와 있었다.

황개민은 김홍일을 반갑게 맞으면서 서로 인사를 시켰다.

"김홍일입니다."

"유강오입니다."

그들은 인사를 나누자 다 같이 앉았다. 이미 황개민이 상세히 유강오에게 김홍일에 대한 여러 가지 사정과 처지를 설명해 두었으므로 다시 언급하지는 않았다.

김홍일은 가슴이 두근거렸다.

무슨 말이 유강오의 입을 통해서 나올지 몹시 궁금하였다.

유강오는 김홍일의 얼굴을 뚫어지게 보면서 말하였다.

"귀주란 곳은 산간벽지이고 교통이 몹시 불편합니다. 그리고 훈련이 매우 고생스러울 터인데 김 선생께서 견디어 낼까 염려스럽습니다."

목소리가 매우 낭랑하였다.

"유 선생님, 저는 조국을 위하여 죽을 것을 각오한 몸입니다.

그리고 일본 제국주의자를 타도하기 위한 투쟁전선에 나선 몸입니다. 어떤 난관이라도 돌파할 체력과 정신력을 갖추었다고 자부합니다. 저와 저의 조국을 위하여 도와주십시오.”

정중하고도 열정적인 태도에 유강오는 호감이 갔다.

“알겠습니다. 힘써보겠습니다. 다만 이틀만 기다려 주시면 귀주에 연락 후 확실한 것을 알려 드리지요.”

김홍일은 이제야 살 것 같은 생각이 들었다.

“고맙습니다. 은혜를 잊지 않겠습니다.”

김홍일은 그들에게 인사를 하고 방을 나왔다.

이틀이란 시간이 김홍일에게는 얼마나 지루했는지 모른다.

초조하고 불안하였다.

이틀 후 다시 유강오를 만났을 때는 만사가 해결되었다는 반가운 소식을 알려 주었다. 김홍일은 유강오의 손을 잡고 눈물을 글썽이며 몇 번이고 고맙다는 인사를 했다.

그리고 그를 더욱 감동시킨 것은 훈련이 7월에 개시하여 기간의 반이 이미 지나갔지만 특별히 편입할 수 있도록 조치가 되었다는 것이었다.

김홍일은 별도의 약속을 한 다음 하숙으로 돌아왔다.

김홍일이 부푼 꿈을 안고 귀주로 떠나려던 무렵, 그러니까 1918년 11월 제1차 세계대전이 연합국의 승리로 끝난 어느 날.

상해에서는 열강 여러 나라 육해군들의 연합 사열식이 거행되었다.

그날의 광경은 한마디로 천지가 온통 경축 분위기로 들뜬 것 같았다.

상해 경마장에서 개최된 경축 사열식은 각국 군대의 호화 찬란한 군복과 가슴에 단 훈장, 그리고 번쩍거리는 총검으로 더욱 장내를 황홀하게 만들었다.

축제의 분위기는 경마장에서 시작된 각국 군대의 행렬이 상해 중심가 쪽으로 행진이 시작되면서 절정에 이르렀다.

그날은 중국인뿐만 아니라 상해에 거주하는 여러 외국인들이 모두 거리로 쏟아져 나왔다.

거리를 꽉 메운 사람의 물결이 어찌도 많았던지 김홍일은 난생 처음 보는 장관에 놀라지 않을 수 없었다.

모든 외국인들이 기뻐 날뛰는 것과는 달리 그는 쓸쓸하였다.

조국이 없는 민족, 군대가 없는 민족의 허탈감 때문이었다.

여운형과 장덕수도 허탈감과 비애를 느끼는 듯 얼굴에는 검은 구름이 가려진 것 같은 어둠 그것이었다.

이 넓은 상해 천지에 대한 사람 셋이 모여 나라 없는 설움을 씹고 있던 그들은 민족의 비애를 한잔 술에 달래고자 거리의 주점에 들어갔다. 그들은 앉자마자 술을 재촉하고는 마구 퍼마셨다.

장덕수는 여운형이 너무 폭음하는 것 같아 제동을 걸었다.

"여운형 선생님, 천천히 마시지요. 대낮부터 취하면 실수하실까 염려스럽습니다."

여운형은 아랑곳 하지 않고 술을 마시면서 장덕수를 딱하다는 듯이 쳐다보았다.

"장덕수, 이 사람아, 술이란 원래 기쁠 때나 슬플 때 마시는 것일세. 지금 상해 바닥에 열강이 자기나라 힘을 뽐내고 있는 판에 우리만 나라 없는 비통한 처지가 아닌가.

나는 미칠 것 같아. 그래서 술을 퍼마시는 것일세."

"심정은 알만합니다. 저도 그렇고 김홍일 동지도 마찬가지일 겁니다. 그러나 몸을 아껴야지요."

"몸? 이미 나라에 바쳤어."

하하하하…….

그들은 크게 웃어대며 여운형에 끌려 계속 폭음하였다.

술이 얼큰해지자 여운형이 먼저 열변을 토하기 시작하였다.

몽양 여운형.

그는 1886년에 경기도 양평에서 태어났다. 우무학당(郵務學堂)을 졸업하고 1909년에는 광동학교(光東學校)를 세웠으며 이듬해 평양신학교에 입학하였으나 중퇴하고 1914년 중국에 건너가 남경(南京)의 금능대학(金陵大學)에 입학, 영문학을 전공한 바 있다.

1918년에는 신한청년단을 조직하여 총무간사를 지내고

있는 독립운동가이다. 그의 말은 청산유수와 같았다.

"장덕수, 김홍일, 내 말을 들어보게. 오늘 세계의 열강들이 상해거리를 누비며 국위를 빛내는데 우리는 뭐란 말인가.

열강, 열강하지만 열강이 별것인가. 왜놈은 얼마 전까지만 해도 야만인이었고 영국은 해적의 후손이요 미국은 남의 땅 빼앗은 도둑이 아닌가. 우리 민족은 그들과 근본적으로 달라. 우리는 야만인도 아니고 해적도 도둑도 아니란 말일세.

반만년 역사를 가진 자랑스러운 민족으로서 역사를 통하여 천 번이 넘게 외침을 격퇴한 대한민족이 아닌가. 우리의 대에 와서 나라를 빼앗길 게 뭐란 말인가. 그러니 우리가 나라를 되찾아야할 게 아닌가."

장덕수는 그보다 아홉 살, 김홍일은 열세 살이나 아래여서 아무 소리 못하고 그의 열변을 듣기만 했다.

"이 못난 여운형, 장덕수, 김홍일. 지금 우리는 역사상 가장 치욕의 시간 공간 위에 서있음을 알아야 하네. 그리고 우리가 멀쩡하게 눈을 뜨고 있을 때 나라를 팔아먹은 매국노가 활개를 치고 있었음을 본 이상 우리에게도 책임의 일단이 있음을 깨달아야 한다. 부끄러운 줄 알아야하고 창피한 것을 느껴야 되네. 그것을 안다면 술이나 실컷 퍼마시고 길거리에 있는 왜놈이라도 몇 마리 때려 죽여야 하지 않겠는가?"

여운형은 말이 끝나기가 무섭게 주먹을 불끈 쥐더니 의자를 박차고 일어섰다. 장덕수는 깜짝 놀라며 그를 달랬다.

"여운형 선생님, 큰 뜻을 가진 분이 그따위 왜놈의 피라미 새끼 한 둘 죽여서 뭣 합니까. 쩨쩨합니다, 쩨쩨해요. 안중근 의사처럼 죽이려면 거물급 원수를 죽여야지요."

그 말에 여운형은 정신이 번뜩 들었다.

"하하하……. 설산의 말이 옳아. 과연 그대는 수재야 수재. 그러나 원통하고 분하구나."

여운형은 주위의 사람들을 의식하지 않고 장덕수, 김홍일의 손목을 붙들고 울기 시작하였다.

"원통하도다. 이 원수를 언제 누가 갚는단 말인가."

이때 김홍일이 나섰다.

"존경하는 몽양 선생님, 눈물을 거두십시오. 울고만 계실 것이 아니라 밖으로 나가시지요. 그래서 더 아니꼽고 더러운 것을 실컷 구경한 다음 그 분함을 간직하였다가 다음에 한꺼번에 쏟아 버립시다."

그 말에 여운형은 얼굴을 들었다.

"홍일아, 네 말이 맞아. 거리로 나가자."

여운형은 술값을 치르고 비틀거리는 걸음으로 거리에 나서자 양쪽 팔을 벌려 장덕수와 김홍일의 목에 걸고 소리를 질러댔다. 그리고 찬송가 곡조에 가사를 붙여서 만든 노래를 크게 불렀다.

대한의 사나이
여기 있노라
왜놈들아 나오너라
부수어 버리겠다

왜놈들아 어디 있나
여기 오너라
주먹으로 머리통을
박살내겠노라

상해거리를 누비며 셋이서 고성방가 했지만 누구 하나 말
리는 사람이 없었다. 그 날은 상해가 온통 들뜬 축제분위기
였기 때문에 누구나가 다 즐거운 노래를 부르고 있는 줄 알
았다.

거리는 인파가 가득했고 젊은 여성들도 눈에 많이 띄었
다.

중국여성, 일본여성, 그리고 서양여성 등 모두가 저희들
나라의 군대들이 행진하는 것을 자랑스럽게 지켜보면서 교
성을 지르고 있었다. 그리고 자기나라 남자들을 만나게 되
면 손을 잡거나 팔짱을 끼고 여봐라는 듯 활보를 하는 것이
었다.

특히 일본여성은 그들의 나들이 옷인 기모노 차림에 보기
흉측한 쪽발 신발을 신고 아랫도리에 병 걸린 여편네처럼

어정어정 걸어 다니는 것을 보니 기분이 몹시 상하였다.

성격이 호방하고 활달한 장덕수는 이들 여성의 손을 비틀고 동을 두들기며 다녔지만 여성들은 오히려 좋아라고 더 떠들었다.

며칠 후.

상해를 작별하고 귀주로 떠나기 전날 밤, 김홍일은 가슴이 울렁거려 견딜 수가 없었다. 그 동안 예고 없이 그를 덮치던 불운은 가고 이제 빛나는 행운만 닥칠 것 같은 감격에 젖었기 때문이었다. 그때 황개민이 김홍일을 찾아왔다. 김홍일은 느닷없이 들이닥친 그를 반가이 맞이하였다.

"상의할 것이 있어 찾아 왔소."

김홍일은 그를 상좌에 앉게 하고 그 앞에 공손히 앉았다.

"네, 어떤 말씀이라도 따르겠습니다."

황개민은 가볍게 웃으며 상의하는 듯한 정중한 말투로 말을 꺼냈다.

"김홍일이란 이름이 중국인과 전혀 달라 중국인 군관학교에서 곤란하다하니 차제에 왕웅(王雄)이라는 중국식 이름으로 고쳐 임시로 사용한다면 피차에 문제가 없을 것입니다."

김홍일은 그렇잖아도 한국식 이름 때문에 마음에 걸려 그 문제에 대하여 생각하고 있는 터였다.

"네, 저도 그렇게 생각하고 있었습니다. 선생님이 지어

주신 이름이니 고이 간직하겠습니다."

황개민은 비로소 안도의 한숨을 쉬었다.

"또 한 가지 부탁이 있는데 들어주시겠소?"

"말씀 해 보시지요."

"아시아 전역에 걸쳐 조직망을 가지고 있는 흥아사(興
亞社)가 있는데 약소민족이 단합하여 자유와 독립을 찾
자는 취지를 가지고 발족을 한 단체요.

김홍일 군이 여기에 가입한다면 중국인들이 의심하지
않고 대할 것이오."

그 말에 김홍일은 섬뜩했다. 상해에 있는 국제간의 비밀
결사라면 별의별 조직이 있다는 것을 알고 있기 때문이었
다. 따라서 분명히 해야 되겠기에 대답 대신 질문을 했다.

"선생님 실례지만 그 단체의 분명한 목적을 알고 싶습
니다."

"목적은 분명하오. 열강들이 모두 식민지 지배에 열을
올리고 있는데, 피해 당사국 약소민족들이 단결하여 이
를 막아 보자는 것이오. 당신네 나라는 일본의 침략으로
희생된 것 아니요? 바로 우리들은 일본의 침략으로부터
자유와 독립을 찾자는 것이오."

김홍일은 기뻤다. 일본 제국주의자와 맞서는 단체라면 무
엇이든 좋다고 생각했기 때문이었다.

"좋은 말씀이십니다. 일본 침략자에 대항하는 조직이라
면 가입을 주저할 필요가 없습니다."

"고맙소, 동지."

황개민은 가입신청서와 서약서를 꺼냈다.

김홍일은 즉시 이름을 쓰고 무인을 찍었다. 그리고 오른손을 들고 그에게 엄숙히 서약을 하였다.

김홍일은 그해 12월 초, 귀주의 성도 귀양(貴陽)에 도착하였다.

귀양은 중국의 남쪽 오지 운귀고원(雲貴高原) 지대 내의 표고 1,095미터의 소분지에 자리 잡고 있는 아담하고 깨끗한 도시였다.

김홍일은 맨 먼저 이 지방의 최고실력자인 귀주성 독군 유현세를 찾아갔다.

유현세는 군벌(軍閥)이 할거하던 당시의 이 지방 독재자로서 독립적인 특권을 누리고 있었다. 김홍일을 맞은 유현세는 예상 외로 반가와 하였다.

"아들을 통해 자네의 뜻을 알고 있네. 조국을 위하여 중국의 오지까지 와서 고생을 자초하겠다니 참으로 장하네.

자네 같은 애국청년이 있는 한 대한독립은 꼭 이루어질 것으로 확신하네."

뜻밖의 격려에 김홍일은 몸 둘 바를 몰랐다. 기골이 장대하고 호남형으로 생긴 서글서글한 사나이였다.

김홍일은 유현세를 정이 담긴 표정으로 바라보면서,

"높으신 장군의 은혜 평생 잊지 않겠습니다."
고 말하고는 의자에서 벌떡 일어나 힘차게 거수경례를 하
였다.

유현세는 기쁜 표정을 지으면서,

"음, 됐어. 그만하면 군관학교 훈련을 받을 만하군."
하고 농 반 진담 반으로 대답하고는 흡족해 하였다. 유현
세는 이어서 김홍일에게 고무적인 결정을 내려주었다.

"김홍일 군, 아니 왕웅 군, 강무학교는 6개월의 팔오생
(八伍生) 과정이 있고 1년간의 군관교육 과정이 있는데
특별히 배려하여 팔오생 과정을 거치지 않고 곧바로 군
관교육 과정에 입교하도록 조치해 놓았네. 그러니 열심
히 공부하여 훌륭한 군관이 되게."

김홍일은 뜻밖의 특혜 조치에 기쁨을 감출 수 없었다.

"열심히 공부해서 그 은혜에 보답하겠습니다."

"그리고 참!"

유현세는 책상 쪽으로 가더니 봉투 하나를 들고 왔다. 그
것을 김홍일에게 주면서,

"이것은 독군서(督軍署) 후차(候差-대기군관)로 발령한
명령서 사본이네. 돈이 없으면 불편할 터이니 월급을 주
기 위하여 편법을 썼다네."

김홍일은 더 이상 말을 못 하고 감격의 눈물을 흘리고 있
었다. 유현세는 김홍일에게 다가와서 어깨를 가볍게 잡으
며,

"왕웅, 사나이가 울다니…….

오늘부터 입교할 때까지 내 부관 집에서 거처하게, 그리고 당분간은 대한 사람이라고 하지 말고 봉천의 어느 혁명 투사의 아들 행세를 하게."

"네, 알겠습니다."

김홍일은 감격하면서 방을 나왔다.

너무나 예상외의 여러 가지 특혜에 어리둥절할 뿐이었다.

마치 죽어서 어느 천당에 와 있는 것이 아닌가 하고 착각할 정도였다.

유현세의 부관은 기다렸다는 듯이 다가오더니 악수를 청했다.

"환영합니다. 저는 부관 진영(陳榮)입니다. 장군님의 분부가 계셔서 행동을 같이 하게 되었으니 나하고 같이 나갑시다."

"저는 왕웅입니다. 처음 뵙겠습니다. 잘 지도해 주십시오."

"지도라니요. 같이 협력합시다."

부관은 인사를 끝내자 곧 김홍일과 같이 밖으로 나갔다. 얼마를 걸어가더니 아담한 주택으로 안내하였다. 깨끗한 중국식 기와집이었다. 부관의 숙소라고 했다. 부관은 자기 방 바로 앞방을 가리키며 이 방이 김홍일이 당분간 생활하는 방임을 알려 주었다.

문을 열고 방안에 들어가 보니 이미 침구와 세면도구 등 모든 생활필수품이 갖추어져 있었다.

그날 밤은 오래간만에 뜨거운 물로 목욕을 하고 잠을 푹 잘 수 있었다.

날이 새자 세수를 하기 위해 방을 나오니 부관이 웃으며 문 앞에서 기다리고 있었다.

"밤새 안녕히 주무셨습니까?"

"네, 덕분에 아주 편히 잤습니다."

"불편한 점이 없었는지요."

"없었습니다. 이 후의를 어떻게 갚아야할지 모르겠군요."

"별말씀 다 하십니다. 자, 세면이 끝나면 식당으로 오세요."

"네."

김홍일은 부리나케 세수를 하고 식당으로 가서 부관과 함께 아침식사를 했다. 이렇게 하여 김홍일의 귀양에서의 첫날이 시작되었다.

육군 강무학교의 군관교육 과정은 1년으로 되어 있었다.

연초에 시작하여 연말에 졸업을 하게 되니 이곳에 입교하려면 한 달이라는 기간이 남아 있는 것이다.

김홍일은 이 한 달을 이용하여 어학과 풍습을 익히기로 마음먹었다.

이를 안 부관은 최대한으로 협조를 아끼지 않았다.

부관은 한 달간 김홍일을 데리고 다니며 귀주의 여러 명소를 고루 구경시켜 주었다. 그곳은 겨울인데도 나무가 푸르고 온갖 채소가 밭에 그대로 있었다. 들에는 꽃이 만발하고 새들이 지저귀는데 그렇게 평화스럽게 보일 수가 없었다. 바로 상록의 낙원임을 처음 알게 되었다.

산하가 웅장하고 또한 기괴하여 그 모든 자연이 신비스럽기만 했다.

중국 땅이 얼마나 넓은지 정말 실감이 나는 것 같았다.

여행을 하면서 많은 사람과 풍물을 접하게 되니 상상 외로 말을 익히는 데 도움이 많이 되었다.

이렇게 즐겁고도 보람 있는 하루하루를 보내고 있는데 어느 날 월급이 나왔다. 무려 거금 15원이었다.

당시 한 달치 고급식사대가 3원밖에 안 되었으니 15원이라면 거의 반 년분 밥값이었다.

중국인들이 한낱 망국의 한을 품은 이국 청년에게 이와 같이 잘 대우를 해주는 것은 일본인에 대한 저항감과 아울러 나라 잃은 국민의 고통을 동정하는 것이라 생각되었다.

그럴수록 김홍일로서는 그들에게 보답하는 길은 오로지 그들을 실망시키지 않는 것이라고 다짐하면서 더욱 중국어 공부에 열중하였다.

1919년을 맞이하는 정월 초하루.

김홍일은 세배 차 유현세의 독군공관을 찾아갔다.

대기실에 들어가니 많은 고위 인사가 차례를 기다리고 있었다.

김홍일은 비서장에게 봉천시 왕웅임을 알리자 그는 안으로 들어갔다.

잠시 후 안에서 나온 비서장은 김홍일을 불렀다.

"왕웅 선생, 장군님께서 들어오시랍니다."

차례를 기다리는 고위 인사가 많은데도 자기를 부르니 주변에서는 의아해 하는 눈치였다. 김홍일 자신도 미안한 생각으로 접견실에 들어갔다.

그 곳에는 마침 강무학교 교장인 하응흠(河應欽) 장군이 와 있었다.

그 장소에서 김홍일은 유현세의 소개로 교장에게 처음 인사했다.

교장 하 장군은 인자한 말씨로,

"왕웅 군 자네의 모든 것은 독군 유 장군님으로부터 상세히 들었네. 기초과정을 거치지 않고 바로 군관교육과정으로 들어가게 되니 힘이 들겠지만 좌절하지 말고 열심히 하게."

"고맙습니다. 최선을 다하겠습니다."

김홍일은 너무나 황송하여 더 이상 말을 할 수 없어 간단한 의지만 표시하고 잠시 후 접견실을 나왔다.

3일간의 연초 휴일이 끝나자 다음 날 입교식이 거행되었다. 군복으로 갈아입은 김홍일은 가슴에 王雄이란 명찰을 달고 연병장에 섰다.

군관 후보생은 모두 200명이었다.

차려 자세로 서있는 동안 그는 무한한 행복감에 젖었다.

단신으로 대륙에 건너와 어릴 때 마음 정했던 군관학교의 후보생이 된 자신을 생각하니 그 동안의 고생도 고생이려니와 주위에서 격려하여주고 도와주던 동포와 중국인들에게 어찌나 고마운지 깊은 감회를 느꼈다.

누가 개식사를 하는지, 축사를 하고 있는지 한마디도 들을 수가 없었다.

그는 너무나 감격하여 온갖 상념에 빠져 있었기 때문이었다.

다음날부터 훈련과 학과가 시작되었다. 일요일만 제외하고 오전과 오후 4시간씩 하루 8시간의 교육이었다.

훈련이 시작되자 김홍일은 처음 듣는 구령이라 알아듣지 못하여 다른 후보생으로부터 조롱거리가 되었다. 그러자 교장의 특별배려로 따로 조교를 배치 받아 개인지도를 받게 되었다. 얼마나 고마운지 그는 열심히 훈련을 익혔다.

한 달이 지나자 남들과 같이 각종 훈련을 받을 수 있게 되었다.

그러나 훈련의 고비를 넘기자 어려움은 또 닥쳐왔다. 이번에는 학과시간에 교관이 강의하는 내용을 알아들을 수가 없었다. 왜냐하면 학과 내용이 전혀 생소한 데다 너무나 빠른 속도로 강의를 진행하기 때문이었다.

그는 하는 수 없이 교과서의 본문만 정독하는 수밖에 없

었다. 다행히 고향집 풍곡제에서 배운 한문 실력이 크게 보
탬이 되어 각종 교과서나 교범들을 숙독하여 내용을 이해하
는 데는 별지장이 없었다.

그러던 어느 날 강의시간에 갑자기 교관이 김홍일을 지목
하였다.

"왕웅 후보생, 오늘 강의한 내용 본문을 읽어보게."

그는 당황하였다. 그만 벌떡 일어나서 교범을 읽는다는
것이 어이없게도 북경 발음에다 한국식 발음으로 뒤죽박죽
이 되게 읽어 내려갔다.

그러자 교관은 눈이 휘둥그레지며 소리를 버럭 질렀다 그
리고는,

"너는 어느 나라 사람이냐?"

고 다그쳤다. 김홍일은 얼떨결에 그만,

"봉천사람입니다."

라고 대답하였다. 그러나 교관은 단번에,

"무엇이 어쩌고 어째!"

하고 소리쳤다.

"왕웅, 나는 군관학교를 나와 견습사관으로 봉천부대에
배치되어 있었는데 세상에 그런 놈의 봉천말은 처음 듣
는다."

고 힐책하는 것이었다.

김홍일은 가슴이 떨리고 몸 둘 바를 몰랐다. 그러나 이
위기를 모변하지 않는 한 자기는 끝장이라고 생각하면서 정

신을 바짝 차렸다. 고향에서 어른들이 흔히 호랑이에게 물려도 정신만 차리면 살 수 있다는 말을 들은 적이 있었으므로 그때 생각을 하면서 정신을 가다듬었다.

"봉천이 본적지로 되어 있지만 실은 몽고인입니다."

고 대답하니 학급의 후보생들은 일제히 폭소를 터뜨렸다.

교관도 할 수 없었든지 화가 누그러지면서,

"알았다. 발음공부를 열심히 하라."

고 끝을 맺었다.

그 후부터 동급생들은 늘 김홍일을 몽고인 취급을 했다.

이 일이 있은 뒤 김홍일은 어학실력을 보충하느라 무던히 노력을 계속하였다. 3개월이 되면서 그는 남의 신세를 지지 않고도 강의내용을 필기할 수 있는 능력이 생겼고 4개월 후부터는 동급생들이 도리어 그의 노트를 빌려가는 형편이 되었다.

군관학교 생활에서는 훈련과 학과만 어려운 것이 아니라 내무반 생활도 어려웠다. 내무반의 정돈상태를 매일 검사받아야 되는데 단 한 사람이라도 잘못된 점이 발견되면 본인이 벌을 받는 것은 물론이요 경우에 따라 그 내무반 전체가 일요일 외출을 취소당하였다.

김홍일은 기초과정을 겪지 않고 곧바로 군관학교에 들어왔기 때문에 내무반 생활을 처음 시작할 때 후보생들의 복장이 같고 얼굴도 분간하기 어려워 집합 때면 으레 제자리를 찾지 못하여 우왕좌왕하며 남의 웃음거리가 되기도 했다.

어느 날 새벽 4시경 갑자기 긴급 비상 나팔소리가 울렸다.

김홍일은 처음 당하는 일이라 긴급 집합시의 규칙과 요령에 대하여 아무 것도 알지 못한 탓으로 당황하지 않을 수 없었다. 그는 눈치껏 남들이 하는 대로 군복을 입고 무장을 갖추고 집합장소로 달려갔더니 복장검사를 하던 조교가 김홍일을 보고 깜짝 놀랐다. 복장상태가 너무나 엉망이었던 것이다. 상의의 단추가 제대로 끼어 있지 않은 데다 가장 기본적으로 갖추어야 할 각반을 치지 않았던 것이다.

조교는 큰 소리로,

"불합격, 다시!"

하고 판정을 내렸다.

김홍일은 다시 2층 내무반에 돌아가 각반을 찾으려 복도에 들어서니 밀려나오는 다른 후보생 때문에 어찌나 복잡한지 소총이 걸려서 계단을 오를 수 없었다. 하는 수 없이 그는 총을 층계 옆에 세워 놓고 내려오는 후보생들의 사이사이를 헤집고 간신히 올라가서 각반을 치고 내려왔다. 그런데 이번에는 층계 옆에 세워 놓았던 소총이 온데간데 없어졌다.

당황하면서 소총을 찾느라 두리번거리는데 조교가 그의 소총을 쥐고 섰다가 소총을 내주면서,

"소총은 생명이오. 소총을 손에서 떼어서는 안 되오."

라고 호령하는 것이었다.

김홍일은 두 번씩이나 질책을 받은 데다 이리저리 뛰어다니느라 정신이 없었다. 어리둥절 하는 그에게 조교는 또 소리를 질렀다.

"밖으로 빨리 나갓!"

그 소리에 정신을 차리고 밖에 나가보니 늦게 도착한 5명이 소총을 머리 위로 치켜들고 벌을 서고 있었다.

김홍일도 그 대열에 서서 소총을 머리 위로 올렸다.

그 날 그는 맨 꼴찌를 한 것이다.

이 일로 인해 김홍일은 다음 주말의 외출 금지처분을 받았다.

그는 익숙지 못한 군대생활을 통하여 어찌나 혼이 났는지 피곤이 지나쳐 종종 코피를 쏟았다.

중도에 포기하고 싶은 생각도 여러 번 있었으나 그 때마다 아버지와 조국, 그리고 해산된 한국군 생각을 하면서 이를 악물었다.

그 무렵, 조국에서는 3·1운동이 일어났다는 소식이 이곳에도 전해졌다.

김홍일은 신문에서 그 기사를 읽고 일본의 만행에 흥분하면서도 동포의 애국심에 감격하여 눈물을 흘렸다.

김홍일은 그 길로 상해의 장덕수에게 급히 전보를 쳤다. 왜냐하면 고국에 돌아가 독립운동에 참여하고 싶은 충동이 생긴 것이다.

상해의 장덕수는 즉시 회신을 보내왔다. 전보 내용은 다음과 같았다.

"國事佳 望善學"

즉 나라일은 잘 되어가니 공부나 잘 하기를 바란다는 내용이었다.

당시 학교에서 김홍일이 대한 사람임을 아는 사람은 교장 하응흠 장군과 중대장 이강 대위, 그리고 같은 후보생인 교장의 아들 하집오(河輯五) 세 사람 뿐이었다. 그런데 3·1운동에 대한 계속되는 보도 그리고 김홍일의 태도나 전보의 왕래 등으로 비로소 그가 대한 사람임을 모두가 알게 되었다.

그 후부터는 주변에서 그를 더욱 아껴주고 격려하였다.

김홍일은 3·1운동을 계기로 떳떳한 한국인으로 새로이 탄생한 것이다.

김홍일은 그해 12월 30일 육군 강무학교의 군관과정을 졸업하였다.

200명 중 15등의 우수한 성적이었다.

졸업논문은 특히 최우수작으로 선정되었다.

김홍일은 바로 이어 주요병과(主要兵科) 교육기관인 육군 실시학교(陸軍實施學校)의 6개월 과정인 포병과(砲兵科)에 입교하였다.

그곳에서도 열심히 교육훈련을 한 결과 수석의 영예를 차지하였다.

이로써 김홍일은 당당한 중국 군대의 육군 소위가 된 것이다.

지금부터는 일본군과 상대해서 싸울 수 있는 기본조건이 구비됨으로써 대한독립을 위한 웅비의 기회가 마침내 찾아온 것이다.

김홍일은 군관의 정장을 갖추고 고국을 향하여 무릎을 꿇었다. 그리고 돌아가신 아버지께 정중한 마음으로 신고를 드렸다.

'아버지께 약속한 대로 중국군의 육군 소위로 임관하였습니다.'

또한 조국의 대한 동포들에게도 보고를 하였다.

'하찮은 생명이지만 조국과 민족을 위하여 바치겠나이다.'

그의 두 볼에는 기쁨과 감격의 눈물이 흘렀다.

5. 독립운동과 공산당의 방해

군벌(軍閥)은 한마디로 표현하자면 당파적 군사집단이다.

군벌은 중앙정부의 절대적인 통치권이 약화되었을 때 이루어지는 것이 특징이다· 따라서 군벌은 강력한 군사력을 배경으로 하여 의회나 군주의 통제를 벗어나서 독자적인 정치적 특권을 장악하고 있다.

청일전쟁에서 일본군에게 패퇴한 청(淸)은 사실상 전체 중국을 장악할 수 없는 허약한 정권으로 유명무실해 지면서 중국의 사실상 지배자로 군벌이 등장한 것이다. 그러나 어느 시대 어느 군벌도 그러하듯 중국의 군벌도 중국의 지배권을 다투어 군벌 혼전의 상태를 이루고 있었다.

우리나라의 역사를 통해서 보면 군벌의 출현은 통일신라 말기에서 볼 수 있다.

왕족과 귀족이 부패되면서 세력가의 착취가 심해지자 전국에서 불평불만이 고조되기 시작하였고 마침내 반란으로까지 확대된 것이다.

양길, 궁예, 견훤, 왕건, 신검 등은 군벌과 같은 상태에서 혼전을 거듭하다가 결국은 경제적 기반과 정치적 수완이 뛰어난 왕건이 최후의 승리자가 되어 고려를 건국하였다.

왕건의 건국 후에도 전국에는 많은 군벌이 호족(豪族)이라는 이름으로 사병(私兵)을 거느리며 상당한 기간 중앙정부의 통치권 밖에서 세력을 펴나갔다. 그러나 정치적 수완이 뛰어난 왕건은 지방의 호족을 회유책(懷柔策)으로 무마하면서 점차적으로 중앙정부의 영향력을 확대하여 갔다.

이때의 호족은 중국의 군벌과 그 규모에 있어서 작다는 외에는 정치적 군사적 성격에 있어서 차이가 없는 것이다.

김홍일이 육군 강무학교의 군관과정과 육군실시학교의 병과과정을 졸업하여 중국군의 장교로 임관한 것은 이러한 시대적 배경 하에서 귀주 군벌 소속의 귀주군 장교였던 것이다.

그러나 당시에 있어서 중국군의 장교가 되는 길은 그러한 군벌 소속의 군관학교 외에는 없었다는 데 유념해야 한다. 따라서 김홍일은 그 시대에 있어서 당당한 중국군의 장교였음은 두 말할 나위가 없는 것이다.

김홍일이 임관한 다음, 귀주의 독군 유현세도 사천전투에 참가하였다.

이때 여단장이 된 육군강무학교 교장 하응흠 장군은 김홍일 소위를 여단본부에 근무하도록 배려하였으나 일선 소대장을 자원하여 보병대대 기관총 소대장으로 발령받았다.

이때 귀주군은 사천의 중경(重慶)을 발판으로 하여 승승장구 성도(成都)를 향해 진격하였다.

김홍일 소위는 기관총 소대장으로 첫 전투에 참가하여 열심히 싸웠다. 그러나 그는 항상 꺼림칙하였다. 왜냐하면 일본군과 싸워야 신명이·날 텐데 중국인의 내란에 말려 들어가는 것 같았기 때문이었다.

그런데 그 무렵 세계대전의 여파로 1920년 여름, 전 중국을 휩쓴 콜레라로 사망하는 사람이 전투에서 전사하는 수보다 훨씬 많았다. 김홍일 소위가 소속된 연대병력도 그때 반수 이상이나 콜레라로 죽었다. 비참한 광경이 아닐 수 없었다.

김홍일 소위도 예외 없이 콜레라에 걸렸다. 만리타국에서 천신만고 끝에 소원을 풀었는데 병으로 죽을 지경이 된 것이다.

김홍일 소위가 눕게 되자 상부에서는 큰 관심을 가졌다.

이 보고를 접한 여단장은 즉시 김홍일 소위가 누워 있는 곳까지 달려와서 중경의 프랑스인이 경영하는 신식병원으로 입원시켰다. 이것은 참으로 특별한 배려였다. 이렇게 주위에서 정성을 들인 결과 김홍일은 기적적으로 회생하였다.

이 무렵 남부 혁명정부 측의 중화혁명당(국민당의 전신) 중심으로 반군벌운동(反軍閥運動)이 격화되고 나아가서 그 운동의 일환으로 남부 여러 성(省)에 할거하고 있는 독군을 추방하려는 폐독운동(廢督運動)이 활발하게 벌어졌다.

귀주 독군 유현세는 귀주 군사령관 왕문화(王文華)에 의하여 추방되었다.

이러한 상황에서 여단 부관으로 있던 김홍일은 이때야말로 귀주군을 떠나는 게 옳다고 생각하였다.

김홍일은 착잡한 심정으로 정든 귀주땅을 떠나 상해로 향할 것을 결심하였다.

1919년 4월 11일, 즉 김홍일이 군관교육과정을 밟고 있을 때 독립운동을 하는 각 도 대의원 30명이 상해에 모여서 임시헌장 10개조를 채택 발표하고 4월 17일에는 임시정부를 조직하여 이를 세계만방에 선포하였다. 이것이 바로 상해임시정부의 수립이었다.

김홍일은 한민족의 당당한 망명정부가 수립된 이상 더 지체하면서까지 중국인 상호간의 내전(內戰)에 휘말릴 필요가 없다고 판단하였다.

김홍일은 가슴이 설레기 시작하였다. 상해의 대한민족의 임시정부에 한시라도 빨리 달려가서 항일민족전선에 뛰어들어 자기의 연마한 기량을 발휘하고 싶었던 것이다.

상해까지는 길이 멀었다.

교자(轎子)를 타고 꾸불꾸불한 산길을 닷새나 걸려서 호남의 원주(沅州)에 도착하여 다시 그곳에서 쪽배를 타고 도원(挑源)에 다다랐다. 도원은 그 명칭이 뜻하는 대로 호남의 미인으로 소문난 색향(色鄕)이며 또한 도원 옥석(玉石)

의 산지이다.

그때 김홍일의 일행은 다섯 사람이었다. 상해대학으로 공부하러 가는 하응흠 장군의 동생 하중염과 귀주군 사령관 왕문화 장군의 동생 왕문언, 그리고 귀주지방 유지의 아들 두 사람인데 모두 스무 살이 갓 넘은 청춘들이었다.

그들과는 귀양에서 외출 때마다 우정을 나눈 절친한 친구 관계였다. 모두 김홍일의 제의에 따라 큰 포부를 안고 상해로 가는 길이기에 희망에 벅차 있었다.

그들은 도원에 도착하자 이곳 풍습을 모르는 김홍일을 놀려주려고 내기를 걸자고 제의하였다.

먼저 왕문언이 나섰다.

"왕웅, 여기 도원은 색향일세.

예쁜 낭자(娘子-처녀)가 많은데 자네가 길거리에서 마음에 드는 낭자를 점찍으면 내가 그를 데리고 여관에 가서 내 것으로 만들겠네."

김홍일은 세상에 원 그런 일이 있을 수 있을까보냐고 생각하고는,

"양가집 낭자를 그렇게 함부로 할 수 있단 말인가? 말도 안 되는 소리지."

"좋아. 그러면 내기를 하세, 아무나 하나 골라 보게."

김홍일은 마음속으로 코웃음 치며, '좋아, 내기를 해보자'는 자신만만한 표정으로 말했다.

"내기의 조건은 무엇인가?"

"내가 낭자를 데리고 여관에 들어간다면 여관비와 그날의 경비를 자네가 내고 만일 실패한다면 상해까지 자네가 필요한 경비를 내가 부담하겠네."

김홍일은 자신 있는 태도로 앞으로 걸어갔다. 낭자들이 걸어가는 것을 살피면서 가장 까다롭게 생긴 학생 차림의 어린 소녀를 지목했다.

"자, 저 여학생이다. 자신 있으면 해봐."

왕문언은 놀라는 기색 없이 그 소녀에 다가가더니 한참 뭐라고 말을 하기 시작하였다. 잠시 후 그들은 친한 사이처럼 웃어댔다.

하하하…… 호호호……

소녀는 부끄럼 없이 왕문언을 따라 나섰다. 왕문언은 승리자의 웃음을 띠며 김홍일 앞에 섰다.

"왕웅, 오늘밤 이 낭자하고 같이 여관에서 지내기로 했네."

김홍일은 희한하다고 생각하며 믿어지지 않는다는 얼굴빛을 띠면서,

"낭자, 정말로 이 친구와 오늘 밤을 같이 지내기로 약속하였소?"

라고 단도직입적으로 그 소녀에게 질문하니 낭자는 얼굴을 약간 붉히면서,

"네."

라고 대답하는 것이었다.

결국 김홍일은 그날의 경비를 왕문언에게 주었다.

왕문언 뿐만 아니고 일행 중 중국인 네 명은 모두 짝을 골랐다.

그들이 원하는 대로 짝이 척척 맞아 들어갔다. 그도 그럴 것이 이들은 모두 상류층 젊은이로서 귀인같이 생긴 데다 생김생김도 미남이었으니 색향의 낭자들이 거부할 이유가 없었던 것이다.

더구나 도원의 풍속은 낭자와 나그네와의 만남이 자연스러운 것으로 되어 있었다.

이 지방은 여관이 드물고 거의 모든 민가가 여관구실을 하는데 이 지방 낭자들은 스스럼없이 나그네를 따라 하룻밤을 즐긴다.

낭자가 출가하기 전에 돈을 모아 저축을 하여 신랑을 고르게 되면 처녀성은 문제가 되지 않을 뿐 아니라 돈이 많은 것이 유리한 조건이 되어 시집을 잘 간다는 것이다.

이런 풍습을 전혀 모르고 있던 김홍일은 이 광경을 보고 당황하지 않을 수 없었던 것이다.

그러나 김홍일은 낭자를 유인할 용기가 나지 않았다. 김홍일만 혼자 쓸쓸히 서있자 그들은 김홍일을 보고 좋아하는 낭자를 고르라고 졸라댔다. 김홍일은 여자관계가 아직 없는지라 부끄러워 낭자를 고를 수가 없었다.

눈치를 챈 하중염이 왕문언에게,

"왕옹의 짝은 여관에 가서 주인에게 부탁하는 것이 좋

을 듯하네."

라고 의견을 말하니 왕문언도 좋은 생각이라고 생각하며 얼굴을 끄떡이고,

"좋아. 제일 고급 여관을 찾아 내가 주인에게 부탁해서 해결하지."

왕문언의 말에 일행은 수긍하면서 여관을 찾아 나섰다.

일행 5명에 낭자 4명까지 합치니 대가족같이 북적거렸다.

낭자 넷이 쑤군대더니 그 중의 하나가 앞장서서 여관으로 안내하였다.

도원 제일의 여관 도원장(桃源莊)이었다. 바깥 모습도 그렇거니와 안에 들어가니 휘황찬란한 궁궐을 연상케 하는 대저택이었다.

식욕을 당길 만한 자욱한 요리 냄새와 함께 여인들 향내가 그윽하게 풍겼다.

마당에는 수십 년을 넘은 듯한 우람한 열대수가 솟아 있고 바위를 쌓아 정원을 꾸몄는데 물레방아까지 돌고 있었다.

김홍일은 평생 처음 보는 장관에 넋을 잃고 두리번거렸다.

약 백간 정도 되는 기와집인데 색채와 장식이 묘하게 어우러져 전통적 중국 풍취가 물씬 풍겼다.

귀한 손님들이 온 것을 안 여관에서는 온통 수선을 피우

면서 야단이었다.

　"어서 오십시요. 제가 도원장의 주인이고 이 여자는 저의 아내입니다. 그리고 애들은 딸들입니다."

　김홍일은 눈이 휘둥그레졌다.

　집도 웅장하고 화려한 데다 주인 가족이 몽땅 나와 인사하는 것도 신기하고 선녀(仙女)와 같은 딸들까지 데리고 나오니 어리둥절할 뿐이었다.

　딸들은 정말 예뻤다. 그녀들을 정신없이 보고 있노라니 황홀경에 빠져들어 가는 것 같았다.

　왕문언은 넋을 잃고 서있는 김홍일을 보고 놀려댔다.

　"왕웅의 얼굴 봐라. 주인 딸한테 흘렸어, 흘렸어."

　그 말에 모두 손뼉을 치며 깔깔거렸다.

　주인은 유달리 한 사람만 놀리니 안쓰러운 생각이 들었던지,

　"이 분은 왜 혼자 오셨습니까?"

하고 일행에게 물었다.

　"숫총각이랍니다. 부끄럼을 타서 낭자를 못 데리고 왔어요."

　왕문언의 말을 듣자 주인의 얼굴이 반짝 빛났다. 그리고 아내를 쳐다보았다. 그의 아내도 무엇을 알아 차렸는지 의미 있게 방긋 웃었다.

　"알겠습니다. 제가 책임지겠습니다."

라고 말하면서 주인은 일행을 객실로 안내하였다. 왕문언

은 걸어가면서 주인에게 귀엣말을 주고받더니 김홍일의 눈
치를 보면서 그에게 다가왔다.

"왕웅, 주인 딸이 셋인데 모두 처녀라네. 누가 제일 마
음에 드는지 골라보게."

김홍일은 깜짝 놀랐다. 주인집 딸을 고르라니 무슨 망발
인가. 결혼하자는 것도 아닌데……

"농담하지 마."

한마디로 거절하였다. 왕문언은 딱하다는 표정으로,

"왕웅. 이곳 풍속을 이야기했잖아. 주인 말에 왕웅같은
사나이에게 딸을 내주는 것이 무척 기쁘다는 거야. 그러
니 어떻게 생각하든 누가 제일 마음에 드는지 선택하란
말이야."

김홍일은 왕문언의 말을 의아해 하면서도 그녀들이 싫지
않은지라 에라 모르겠다는 생각으로 김홍일을 곁눈질하고
있는 다소곳한 낭자를 훔쳐보았다.

청순한 백합과도 같이 티 없이 맑은 얼굴이었다. 저 낭자
하고 말만 할 수 있게 되어도 즐거울 것 같았다.

그러나 쑥스러워 말을 못 하고 머뭇거리다가 왕문언의 귀
에 대고 속삭였다.

"가운데 낭자."

왕문언은 그녀들의 부모에게 가서 뭔가를 상의하는 것 같
았다.

잠시 후 왕문언은,

"그녀는 셋째 딸인데 안 돼. 숫총각에 숫처녀는 성사가 안 되기 때문에 양쪽에서 고르라네. 첫째나 둘째 중에서 말이야."

라고 말하면서 재촉하였다.

김홍일은 모란꽃같이 활짝 핀 첫째를 지목하였다.

그 곳에 있던 부모는 잘 됐다는 안도의 표정을 지으며 안채로 사라졌다.

김홍일도 정해준 방에 들어갔다.

의자가 있는 방과 침대가 있는 방이 따로 있고 화장실과 목욕탕도 있었다.

여장을 풀고 세면이 끝날 무렵 문이 조용히 열리더니 주인의 첫째 딸이 찻잔을 들고 들어왔다.

부끄러운 듯 얼굴을 들지 못하고 한쪽에 어색히 서있었다.

김홍일의 가슴은 갑자기 두근거리기 시작하였다. 그러나 언제까지 그대로 서있을 수는 없다고 생각하면서 용기를 내었다. 떨리는 음성으로,

"앉으시지요."

겨우 말 한마디 하였다.

그녀는 얼굴이 빨개지더니 의자에 사뿐히 앉았다. 그리고 찻잔을 먼저 김홍일 앞에 놓고 자기 앞에도 놓았다.

그들은 말없이 김이 무럭무럭 나는 찻잔을 바라보며 각각 다른 생각에 잠겼다 서로들 어떤 호기심과 기대감이 충만하

였건만 설익은 사이라서 서먹서먹했다.

　김홍일은 이런 때 무슨 말을 해야 할지 막연하였다. 고개를 숙이고 다소 곳이 앉아 있는 그녀의 얼굴로부터 목 그리고 바로 유방 가까이 불룩이 솟은 몸채를 보면서 무엇인지 꿈틀거리는 정염을 느꼈다. 살결은 백옥같이 희고 이목구비가 반듯하고 어느 곳 하나 흠잡을 데 없는 미인이라고 생각하였다.

　또한 지난 날 첫사랑을 느꼈던 최금순을 떠올려 보았다. 최금순이 아직 피지 않은 모란 꽃봉오리라면 앞에 앉아 있는 중국인 낭자는 활짝 핀 모란꽃이라 생각하였다.

　마음을 달랬지만 정염의 불길은 조용히 타오르고 있었다.

　그녀의 아름다운 몸매에서 눈을 뗄 수가 없었다. 버들같이 가냘팠지만 앞가슴만은 소담스럽다고 생각하였다.

　그는 용기를 내어 그녀에게 다가갔다. 그리고 떨리는 손으로 보드라운 낭자의 손을 살포시 잡았다.

　그녀는 지남철에 딸려오는 쇠붙이처럼 어느새 김홍일의 품에 빨려 들어오고 있었다.

　난생 처음, 풍만하지는 않으나 황홀한 여인을 자기 몸 가운데 매몰시키고 있다고 생각하니 무한히 오늘이 행복하다고 느꼈다.

　"낭자."

　"네?"

　"미안하오."

"아니에요. 행복한걸요."

그녀의 행복하다는 속삭임에 자기의 느낌과 일치한 것을 발견하니 부끄러운 생각은 어느 새 사라지고 격렬한 정염이 훨훨 타오르기 시작하였다.

낭자도 기다렸다는 듯이 뜨거운 숨결을 내뿜으며 고산(高山)의 백년 설을 무르 녹였다. 격랑처럼 휘몰아치는 절정의 환희 속에 묻히면서 얼마가 지난 뒤 곧 자신을 의식하게 되었다. 흐뭇함과 무언가 허전함이 교차하는 시간으로 변해 있었다.

김홍일은 황홀하였다. 오늘 이 시간을 후회하지 않으리라 생각하였다.

결코 후회하지 않을 이 환희의 도화경(挑花境)을 간직하고 싶으면서도 다시는 여색(女色)을 탐해서는 안 되겠다는 자책도 마음 한구석에서 움텄다.

그러나 그것은 순간적이었다. 낭자의 청초한 몸매에서 느끼는 현란함은 선녀의 표현으로 상징되었다. 그렇게 아름다운 상징이 죄일 수 없고 후회일 수 없다고 생각하였다.

김홍일은 밤이 새는 줄도 모르고 낭자와 즐거운 밀월을 보냈다. 몇 번인지도 모를 그 절정에서 그는 새로운 인간상을 체험하는 것 같은 보람찬 인간성을 발견하였다.

김홍일은 날이 새자 오히려 다른 친구들에게 하루만 더 묵고 갈 것을 졸라댔다. 그들은 웃으며 그의 제의에 따랐다.

'참으로 아름다운 낭자여.'

김홍일은 흠뻑 낭자에게 젖었다.

그래서 하루를 더 묵어 낭자와의 연정을 불태웠다.

떠나기 싫은 사랑의 도원을 두고 상덕(常德)에 와서 기선을 타고 동정호(洞庭湖) 칠백리라는 그 바다와 같은 호수를 달렸다.

맑고 푸른 호수를 내려다 볼 때마다 자꾸만 낭자의 모습이 호수 위에 떠올라 김홍일의 가슴을 죄이는 것이었다.

1920년 12월 20일. 김홍일은 상해에 도착하였다.

그는 곧 프랑스 조계에 자리 잡고 있는 임시정부로 가서 당시 법무총장직에 있는 신규식(申奎植)을 찾았다.

그와는 몇 년 전 귀주를 향하여 먼 길을 여행 중일 때 광동(廣東)에서 만나 조국의 독립에 대하여 뜻을 같이한바 있었고 김홍일의 애국심을 고무하고 격려를 아끼지 않았던 독립운동가였다.

"어서 오게, 김홍일 군관."

그는 두 손을 벌려 김홍일을 반갑게 맞아주었다.

"그동안 안녕하셨습니까?"

"잘 있었지. 진심으로 졸업을 축하하네."

"고맙습니다."

"그런데 왜 중국군에 근무하지 않고 상해로 돌아왔나?"

김홍일은 그에게 그동안에 있었던 이야기를 상세히 말하

고는 임시정부가 수립된 이상 임시정부 산하에서 항일투쟁할 것을 결심하고 상해에 찾아왔음을 밝혔다.

그러나 신규식은 별로 기뻐하는 기색은 없고 한숨만 크게 쉬면서 걱정스러운 눈초리로 다음과 같은 현황을 들려주었다.

임시정부는 매우 어려운 형편에 놓여 있었다. 말하자면 내외적으로 받는 시련이 너무나 큰 것이었다.

그 중에서도 임시정부의 내부를 가장 혼란스럽게 한 사실은 임시정부의 대통령으로 추대되었던 우남 이승만(李承晩)이 내건 이른바 〈맨더토리 - Mandatory(위임통치론)〉이 던진 파문이었다. 이승만은 대한독립은 미국의 위임통치 밑에서만 가능하다고 주장하였던 것이다.

임시정부 내부 여론은 물론 다른 독립단체에서도 모두 입을 모아 한결같이 이승만 배척운동을 전개하기에 이르렀다.

이 때문에 이승만은 1920년 봄에 상해에 왔다가 거의 쫓기다시피 미국으로 되돌아가고 말았다.

이 문제가 가라앉을 듯하자 이번에는 또 여운형의 방일 초청 문제가 파란을 몰고 온 것이다.

여운형은 임시정부의 외무차장인 동시에 상해 교민단의 단장으로서 한인 사회에 미치는 영향이 실로 컸다. 그것을 안 일본정부는 어떻게든지 그를 저들의 식민지 정책에 이용할 속셈으로 일본국회에서 발언할 수 있도록 기회를 주기 위하여 일본에 초청하였던 것이다.

그때 일본 정국은 명치시대(明治時代)에서 대정시대(大正時代)로 넘어와 자유민권의 기운이 번져 당시 수상 하라개이(原敬)가 집권하게된 것을 계기로 앞으로는 한국에 대한 무단정치(武斷政治)를 완화시켜 보려는 움직임이 조금씩 엿보일 때였다.

이에 보조를 맞추어 상해에 있는 한인들의 배일감정을 어떻게든 완화시켜 보려고 여운형을 초청한 것이었다.

그러니 그때 방일 초청 수락 여부를 놓고 재외 한인들 사이에는 찬반양론이 물 끓듯 소란할 수밖에 없었다. 결국 여운형은 일본정부의 초청을 수락하였다. 누가 뭐라 하든지 자기의 소신대로 대한독립의 당위성을 주장하기로 마음먹은 것이다.

당당하게 일본 국회에 나아가 이 겨레가 당하고 있는 핍박과 고뇌 그리고 투쟁의 의지를 밝혀야 되겠다고 결심한 것이다.

이러한 여운형의 소신에 대하여 어느 누구도 만류할 수 없었다.

여운형은 일본인이 싫어하는 장덕수를 동행자로 선정하여 일본 땅에 들어섰다. 그리고 일본 국회에 나아가 장덕수의 통역으로 대한 독립의 필요성과 당위성을 역설하였다.

이 소식이 상해에 전해지자 여운형에 대한 시비는 사그라지기는 하였으나 그 여파로 여러 가지 문제가 남게 되었다.

또한 임시정부의 국무총리 이동휘(李東輝)를 중심으로 공산당 조직 운동이 심각한 혼선을 빚고 있었다.

이동휘는 1918년 6월에 하바롭스크에서 한인 사회당을 조직하였고 그 이듬해에는 블라디보스토크에서 재차 한인 사회당 대표자 대회를 개최하고 그 수석대표로 모스크바에 건너가 레닌의 혁명정부와 깊은 유대를 맺었다.

그런 과거를 가진 이동휘가 상해에서 또다시 공산당 조직에 착수하게 되자 임시정부 내에서는 조직계열이나 자금문제 등에 상당한 문제를 야기했던 것이다.

이동휘는 임시정부 국무총리 자격으로 레닌에게 요구했던 원조자금 40만 루블을 한형권(韓亨權)을 통하여 1920년 10월에 받았다.

이동휘는 원조자금으로 임시정부를 위해서는 한 푼도 쓰지 않고 공산당 조직에 사용함으로써 임시정부를 완전히 무시해 버렸다.

이에 격노한 임시정부의 애국 청년들은 자금을 공산당에 전달한 김립(金立)을 찾아내어 사살하였다.

이러한 상황에 겹쳐 1920년에 들어서자 일본군은 만주에서 대대적인 독립군에 대한 공격을 감행하여 항일세력을 약화시켰고 일본은 복잡한 임시정부의 사정을 교묘하게 이용하여 귀순책과 아울러 이간질을 꾀하고 있었다.

신규식은 여기까지 설명을 마치고 다음과 같이 김홍일을 격려하였다.

"김홍일 군관, 이러한 판국에 어느 누구한테 지휘를 받아 민족의 대일 투쟁을 할 수 있단 말인가? 좀 기다려 보게. 용기는 잃지 말고……. 언젠가는 다시 정의가 돌아오리라 확신하네. 그때는 자네에게 대임(大任)이 맡겨질 것일세."

신규식의 정세 설명으로 김홍일은 대강 돌아가는 정황을 알 수 있었다.

"고맙습니다. 저에게 대임이 떨어질 때까지 기다리겠습니다."

김홍일은 착잡한 심정으로 임시정부를 나왔다. 태산과 같이 믿었던 임시정부가 그 꼴이니 그의 심정이 천 갈래 만 갈래 찢기는 것만 같았다.

조국의 독립운동을 위하여 그 멀고 먼 곳에서 달려 왔건만 혼란한 그 틈바귀 속에서 어떻게 하란 말인가. 김홍일은 또 다시 좌절에 빠지면서 방황하는 나날을 보내게 되었다.

파벌 싸움이 한창일 때 이를 통탄한 나머지 1921년 1월 7일 서재필(徐載弼)은 상해임시정부 대통령에게 다음과 같은 편지를 보냈다.

"우리가 아직도 러시아파니 서북 간도파니 미국파니 또는 상해파다 한성파다 하며 정신없이 파벌 싸움만 일삼고, 서로 간에 권모술수로 농락한다면 우리의 앞날은 매우 암담합니다.

우리는 무엇보다도 먼저 대한 독립을 위하여 오로지 대

동단결로 힘을 합하여야 합니다.

각자가 다 사리사욕을 버리고 당파를 떠나 조국을 위하여 양심적이고 희생적인 봉사를 하지 않으면 안 될 것입니다.

그리고 우리는 독립운동의 지구전(持久戰)에 대비하여 각 방면으로 인물을 양성하는 데 전력을 기울여야 하지 않겠습니까?

오늘날 직접으로 독립운동에 헌신하던 인사 중에 특히 청년층은 될 수 있는 대로 속히 학창으로 돌아가서 학술과 기예를 배워야 할 것입니다.

독립의 실권을 장악하게 되는 그날 우리는 우리의 자력으로 국가를 운영할 만한 실력을 준비해 두어야 하겠기 때문입니다.

독립은 선전만으로 될 수 없고 허장성세(虛張聲勢)만으로 될 수 없을 것입니다.

독립의 근본 요소는 각성한 민중입니다. 그러므로 우리는 민중 교양에 총력을 기울이지 않으면 안 될 것입니다."

이와 같은 서재필의 편지 내용이 세상 밖으로 알려지자 파벌싸움에 여념이 없던 많은 사람들은 부끄러워 어쩔 줄 몰랐으며 자숙하는 기색이 엿보이기도 했다.

반성의 기운이 상해의 한인 사회에 감돌기 시작하자 김홍일은 이때야말로 일어서서 뭔가를 해야 되겠다고 마음을 굳혔다.

김홍일은 피가 끓어 가만히 있을 수가 없어서 임시정부를 찾아갔다.

용기를 내어 군무부장(軍務部長) 노백린(盧佰麟)을 만났다.

"이대로 가만히 상해에서 세월을 보낼 수가 없습니다. 맨손으로라도 일본군과 싸워야 되겠으니 그 길을 알려 주십시오."

김홍일의 단도직입적인 투쟁 의지를 듣고 노백린은 잠시 무엇인가 생각하더니 밝은 표정으로 이야기를 시작하였다.

"김홍일 동지. 만주에서 활약하던 독립군은 불행하게도 일본군에 쫓기어 발붙일 곳을 잃고 흩어져 그 대부분이 러시아로 넘어갔는데 러시아 혁명정부에서는 이들을 받아들여 전보다 한층 강력한 병력이 되도록 양성해주겠다고 약속을 하였다오.

다른 곳에 흩어진 독립군 및 그 지원자를 모두 한 곳으로 집결시키는 중 인데 나도 시간을 내어 유럽을 경유하거나 혹은 몽고 쪽으로 러시아에 입국할 예정이니 동지는 곧장 기차 편으로 직행하는 것이 어떻겠소. 그리하여 독립군의 편성, 훈련에 참여하여 전력(戰力)을 갖춘 다음 항일전을 전개하는 것이 좋을 듯 싶소."

그리고 노백린은 대한의 독립을 성취하기 위해서는 일시적이나마 러시아의 지원을 얻을 수 있으면 얻어야 한다는 것을 강조하면서 김홍일에게 시베리아 행을 권유하는 것이었다.

김홍일은 그의 말에 일리가 있다고 판단, 시베리아 행을 승낙하였다.

1921년 3월 초 김홍일은 기차 편으로 상해를 떠나기로 마음을 굳혔다.

떠나던 날 노백린은 여러 통의 소개 편지와 함께 여러 가지 부탁의 말을 했다.

김홍일은 중국 복장으로 변장하고 남경(南京), 천진(天律), 산해관(山海關)을 넘어 봉천, 장춘(長春)을 거쳐 종착역 길림(吉林)까지 와서 마차를 타고 장백산맥의 북쪽 편에 있는 돈화현(敦化縣)에 도착하였다.

그곳에서 북간도(北間島) 국민회 회장이던 마진(馬晋)을 만나 간도의 정황을 듣고 장백현에 아직 독립군의 잔여부대가 있음을 확인하게 되었다.

김홍일은 마진이 소개하여준 젊은 중국인 안내자와 함께 울창한 고목으로 하늘을 뒤덮은 장백산맥의 그 처녀림을 헤치며 열심히 걸었다.

안도현에 도착한 것은 3월 29일이었다. 그곳에서 그는 의군부(義軍府)와 관련이 있는 군비단부대(軍備團部隊)와 마주쳤다.

의군부란 한말에 우리나라가 청나라와 국경문제를 가지고

협상을 할 때 한국 대표의 일원이었던 이범윤이 간도관리사
로 있으면서 그가 보유하고 있던 의병이 기간이 되어 이루
어진 군대였다.

이 부대의 책임자는 이름이 임표인데 그는 한국군의 부교
(副校)로 의병에 참가하여 활약한 사람이었다.

바로 원주에서 일어난 김덕제 의병대의 구성원이었던 것
이다.

김덕제 의병대장이라면 김홍일이 오산학교 시절의 친구
김정운의 선친이었기 때문에 각별한 인연이라 한 때 감개무
량한 표정으로 임표 대장의 손을 꽉 잡고 놓을 줄을 몰랐
다.

김홍일이 어릴 때 본 한국군에 이어 두 번째의 한국 군인
을 상면하니 형용할 수 없는 감격에 젖었던 것이다.

"오시느라 고생이 많았소."

"얼마나 고생이 많았습니까? 저야 그 동안 대장님에 비
하면 편하게 지낸 폭이지요."

그들은 순간 조국 없는 슬픔까지 겹쳐 눈물을 흘렸다.

한동안 감회에 젖은 다음,

"이범윤 선생은 어디 계십니까?"

노백린으로부터 소개장을 받은지라 안부를 묻지 않을 수
없었다.

임표는,

"일본군의 공격이 심해지자 김좌진 장군 부대와 함께

시베리아로 떠났어요."
라고 말하면서 섭섭해 하는 눈치였다.

임표의 군비단부대는 장교라곤 임표 부대장과 신흥무관학교(간도에 있던 독립군 훈련소) 출신인 조경호 단 두 사람뿐이었다.

병력은 255명인데 그 중에 50여명만이 독립군 출신이라 전투경험이 있고 나머지 대원은 함경도 개마고원에 자리 잡고 있는 산간벽지 삼수(三水), 갑산(甲山)에서 모집한 신병들로서 훈련 상태가 그다지 좋은 편이 못 되었다. 게다가 부대의 장비라는 것도 일제 소총 21정과 권총 3정, 그리고 수류탄이 몇 발 있을 뿐이었다.

그러나 부대원의 정신상태만은 하나같이 혁명가적인 의기와 조국에 대한 투철한 사명감에 불타고 있었다.

그런데 군비단부대는 장백현에 있다가 일본군의 집요한 추격을 피하여 이동 중에 있었다. 김홍일이 도착할 무렵 부대의 간부들은 어디로 부대를 끌고 가서 무엇을 해야 할지 목표를 정하지 못하고 논란만 거듭하고 있을 때였다.

이러한 때에 상해 임시정부의 군무부장 노백린이 파견한 김홍일이 그들 앞에 나타났으니 그들은 구세주를 만난 것처럼 크게 기대를 걸고 반기는 것이었다.

김홍일은 노백린의 말을 전하면서 시베리아로 갈 것을 권하였다.

"아니, 무작정 시베리아로 갔다가 혹시 우리가 공산당들에게 이용당하기라도 하면 어찌 하겠소?"

임표는 의문을 제기하였다.

"물론 그런 걱정은 당연합니다. 그러나 일본군의 예봉을 피해 우선 힘을 길러야 한다는 문제를 생각하지 않을 수 없습니다."

김홍일은 재편성과 훈련의 중요성을 강조한 것이다.

"러시아가 원조를 해준다니까 우리가 그들을 이용한다고 생각하면 될 것이 아닙니까?"

김홍일이 거듭 시베리아 행을 권하였다. 얼마 만에 임표 부대장은 그의 제의를 받아들였다. 그리고 결국 러시아령 이만(Iman)으로 행선지를 정하였다.

임표 부대장은 잠시 머뭇거리더니,

"김홍일 동지, 한 가지 청이 있소."

그는 진지한 표정을 지으며 말했다.

"무엇입니까? 부대장님, 말씀 하시지요."

"알다시피 내가 나이도 먹고……. 체계적으로 군사학을 교육받은 김 동지가 왔으니 이 부대의 지휘권을 김 동지가 맡아야 되겠소."

임표의 말을 들은 김홍일은 잠시 생각에 잠겼다. 그러나 곰곰이 생각하니 그의 진심에서 우러나온 말을 거절할 수 없을 뿐더러 부대 형편상 승낙하지 않을 수 없는 처지라고 판단하였다.

"정 원하신다면 도와드리겠습니다."

"고맙소."

임표는 김홍일의 손을 꼭 잡고 한때 어쩔 수 없이 고생길에서 부하들을 혹사시킨 일들을 떠올리며 젊고 유능한 지휘관을 맞이하게 된 지금 하느님께 감사하고 있었다.

"참으로 다행이오. 하느님이 우리를 보살핀 것입니다."

그들은 다음 날 지휘권을 인수인계하였다.

김홍일은 처음으로 255명의 한국군을 거느리는 지휘관이 된 것이다.

그러나 앞길이 창창하다고 생각하니 책임이 무거워지는 것을 느꼈다. 더구나 장비도 부족하고 훈련도 안 된 이들을 이끌고 많은 일본군의 진지와 험준한 산령을 헤치며 장장 2천리를 행군해야 될 것을 생각하니 걱정이 앞섰다. 하지만 조국의 독립을 위하여 몸을 바치기로 맹세한 이상 다시금 결의를 다지지 않을 수 없었다.

당시 일본군은 3개 보병사단의 병력을 투입하여 독립군을 토벌하기 위하여 곳곳에 진을 치고 있었다.

설상가상으로 일본군 세력이 미치지 않는 곳에는 중국군도 독립군을 적군으로 취급하고 있었다.

그 무렵의 정세로는 일본과 중국은 전쟁 상태가 아니지만 일본이 한국의 독립군을 토벌한다고 억지 주장을 내세워 출병한 데 대하여 중국은 자기 나라의 권익을 보호하기 위해 일본군의 철수를 강력히 요구하는 한편 그 출병의 구실이 된 한국의 독립군도 축출하려고 꾀하고 있었다.

그래서 독립군은 일본군은 물론 중국군도 피해 다니지 않으면 안 되었던 것이다.

요지(要地)에는 일본군, 대로(大路)에는 중국군, 험한 산길에는 토비(土匪), 이렇듯 사면초가의 난관을 독립군은 뚫고 나가야 했다.

그런 까닭에 당시 독립군은 군자금이 있었으나 그곳에서는 무기 구입이 불가능하였고 오래 머무르면 머무를수록 불리한 형세였던 것이다.

4월 5일. 김홍일이 지휘하는 독립군은 그곳 안도현을 떠나 2천리의 머나먼 장도에 올랐다.

날씨는 겨울의 냉기가 가셔서 낮에는 온화한 편이었으나 밤에는 쌀쌀한 바람 때문에 몹시 추웠다.

부대가 간도(間島)를 빠져나가는 길목에 천보산 은광이 있는데 그 곳은 통과해야 할 지형이었다.

몹시 긴장했다.

김홍일은 4월 8일 저녁 무렵, 소총병을 은밀히 인솔하여 은광이 있는 산언덕에 엄호진지를 구축하고 그 곳에 병력을 잠복시켰다. 그리고 밤 11시 경까지 도수부대(徒手部隊)를 무사히 통과시켰다.

음력으로는 3월 초열흘이라 반달의 야광이 잔잔히 비쳤다.

밤 12시가 되어 엄호 진지의 소총병들을 철수하려고 할 무렵, 느닷없이 총소리가 울려왔다.

탕탕……. 탕탕 ……

일본군은 떠들면서 엄호진지 쪽으로 올라오기 시작하였다.

"손들고 내려와! 그러면 모두 살려준다."

김홍일이 지휘하는 소총병은 일제히 침묵을 지켰다. 그러자 일본군은 다시 사격을 가해 왔다.

잠시 후에는 기관총 사격까지 가담했다.

따따따…… 따따따따……

귀가 따갑도록 금속성 연발음이 들리면서,

피융— 피융— 탁. 탁. 탁.

근처에 총알이 내려치는 소리가 들렸다. 화약 냄새가 자욱하였다.

지형 상으로는 우선 독립군이 유리한 것은 분명하지만 워낙 일본군의 병력과 화력이 우세하였으므로 은근히 독립군 쪽은 걱정이 앞섰다. 그러나 끝까지 누가 인내하느냐에 따라 승자가 결정된다는 것을 알고 있는 김홍일은 소총병들을 안정시켜야 했다.

"조용히 내 말을 들으라. 절대로 사격명령 없이는 사격을 하지 말라."

김홍일의 지시는 나직이 귀에서 귀로 전달되었다.

얼마간 시간이 흐르자 일본군은 사격을 중지하고 어슬렁어슬렁 진지 앞으로 다가오고 있었다.

아마 독립군을 무시했거나 철수한 것으로 알고 방심하고 있는 상태로 올라오고 있다고 생각하였다.

김홍일은 회심의 미소를 띠면서 일본군을 최대한으로 진지 앞까지 접근시켜야 되겠다고 생각하였다.

달빛 아래서 분명히 일본군은 방심하고 있었다. 심지어 농담까지 하는 소리가 들려왔다.

거리는 약 30미터까지 좁혀졌다.

김홍일은 사격의 호기는 이때라고 생각하였다. 순간,

"사격 개시!"

죽을힘을 다하여 소리치니 소총병은 일제히 사격을 개시하였다.

탕탕탕…… 탕탕탕……

태연하게 올라오던 일본군에게 지근거리에서 일격을 가하니 볏단 넘어지듯 일본군 병사들이 쓰러졌다.

아우성치기도 하고 총탄에 맞아 신음소리도 나고 아비규환의 난장판이 벌어진 것이다. 일부 일본군은 총을 내던지고 도망하기도 하였다.

그토록 저주하고 그들을 섬멸하기 위하여 오늘까지 고생한 것을 생각하면서 일본군이 쓰러지고 도망하는 것을 보니 통쾌하기 그지없었다. 가슴이 탁 트이고 하늘 높이 치솟는 환희에 젖었다.

소총병은 당황하지 않고 정확한 조준으로 사격을 계속하였다.

김홍일은 최초로 독립군을 지휘한 첫 전투이므로 끝까지 추격하여 일본군을 완전 섬멸하고 싶었다. 그러나 앞서간 비무장 도수부대를 호위하여 빨리 일본군 소굴을 빠져 나가야 되겠기에 눈물을 머금으면서 전장 수습을 하고 방향을 돌려 도수부대 쪽으로 향하였다.

이 전투에서 독립군은 2명의 경상자를 낸 반면 일본군의 사상자는 20명을 넘었으며 소총 노획만도 12정이나 되었다.

특히 이번 전투에서 소총병들 중에는 백두산 근처에서 맹수사냥으로 단련된 산포수(山砲手)들이 많았으므로 예상외로 야간사격이 정확하였던 것이다. 김홍일은 이 전투를 통하여 엉성한 것 같은 독립군 소총병의 인내심에 놀랐다. 왜냐하면 일본군이 50여명이나 떼 지어 올라오는데 30미터까지 접근시킬 수 있었다는 것은 중국군에서는 생각할 수 없는 일이었기 때문이다.

전장 공포심을 제거하는 길은 사격을 함으로써 해소하는 것이 통례인데 공포심을 눌러가면서 사격명령만을 기다렸다는 것은 장한 일이었다. 훈련이 덜 된 부대에서는 사격명령과 관계없이 총질을 마구 해대는 것이 일반적인 경향이었던 것이다.

김홍일로서는 이 전투가 초전에서 성공을 거둠으로써 부대원의 사기가 앙양된 것이 여간 다행한 일이 아니라고 생각하였다.

그는 즉시 이 지역을 탈출해야 된다고 판단하였다. 그리하여 강행군을 시작하였다. 날이 샐 때까지 70여리를 빠져나올 수 있었다.

도착한 곳은 명월구(明月溝)라는 마을이었다.

이 마을 산골짜기에 숨어 휴식을 취하면서 마을 아낙네가 지어주는 밥을 먹게 되었다. 마을 사람들은 일본군과 싸우는 독립군임을 알자 스스로 밥을 지어왔던 것이다.

이 마을에는 젊은 남자란 하나도 없었다. 왜냐하면 일본군이 독립군을 토벌한답시고 젊은이들을 모조리 끌어내어 학살하였기 때문이었다.

그리고 부녀자들은 일본군들이 모조리 강간하여 더러는 죽고 더러는 임신한 채 죽지도 살지도 못하는 갈림길에서 비참한 나날을 보내고 있었던 것이다.

그러나 이 마을은 그래도 피해가 적은 편이라는 것이다.

산 건너 이웃 마을에서는 남자를 모조리 죽이고 부녀자에게 집단윤간을 한 다음 그녀들도 몰살하였다는 것이다.

김홍일은 천인이 공노할 일본군의 만행에 분노를 느끼면서 그 마을을 빨리 떠나기로 마음먹었다.

일본군의 추격도 문제이지만 더 염려되는 것은 마을 사람들에게 되도록 손해를 입히지 않기 위해서였다.

명월구를 떠난 독립군은 영안현에 도착하였다.

이곳에는 만주 군벌 장작림(張作霖)의 아들 장학량(張學良)이 주둔하고 있는 지역이었다.

다행히 그곳은 일본군 세력이 크게 미치지 않은 지역이었던 탓으로 독립군을 대하는 중국군의 태도가 협조적이었다. 그러나 그들은 독립군이 주둔해 있으면 일본군과의 시끄러운 문제가 생길 것을 염려한 나머지 빨리 떠나라는 것이었다.

할 수 없이 독립군은 하루만을 쉬고 다시 행군길에 올랐다.

목단강(牧丹江)을 건너 목릉(穆陵)에서 닷새를 휴식한 다음 밀산(密山)을 거쳐서 우수리(Ussuri)강의 중국 측 연안에 위치한 호림(虎林)에서 강을 건너기로 했다.

독립군 병사는 지칠 대로 지치고 굶주릴 대로 굶주렸으나 김홍일은 이들을 격려하면서 사기를 북돋웠다.

"친애하는 동지 여러분. 이제 얼마 남지 않았소.

우리는 이만에서 러시아의 도움으로 재편성을 하고 훈련을 받은 다음 일본군을 압도하는 강력한 군대를 만듭시다. 그리하여 조직적인 군사행동으로 일본군을 섬멸합시다. 그렇게 되면 대한 독립은 바로 여러 동지들이 성취시킬 수 있는 것입니다."

독립군 장병들은 김홍일의 말을 태산같이 믿었다. 김홍일은 이들과 똑같이 먹고 자면서 이들을 친 혈육같이 보살폈다. 처음에는 김홍일이 꼿꼿하게 생기고 날카로운 눈과 빈틈없는 표정 때문에 경원하는 기색이었으나 날이 갈수록 김홍일의 인간성에 접하고 솔선수범하는 태도에 누구나가 그를 존경하지 않는 사람이 없었다. 하루는 첫 전투에서 부상한 병사의 팔이 곪아가고 있는 것을 발견한 김홍일은 그의 팔을 덥석 잡더니 단도로 환부를 찌른 다음 입으로 그 더러운 고름을 쭉쭉 빨아주었다.

약이 없었기 때문에 약초를 바른 것이 덧난 것이다.

이를 당한 병사는 김홍일을 쳐다보면서 감사의 눈물을 흘렸다.

"더러운 고름을 입으로 빨다니……."

더 말을 잇지 못하고 고마워했다.

이 일이 있은 다음부터 어느 누구나 김홍일을 어버이처럼 존경하였다.

나이는 아직 젊은이임에 틀림없지만 그의 부하에 대한 사랑은 너무나 크고 깊어서 부하들은 그가 마치 부모처럼 느껴졌던 것이다.

이런 상황에서 2천리 행군이 고달프다고 하여 불평할 그들이 아니었다. 발이 불어 터지고 피를 줄줄 흘리면서도 김홍일 부대장이 한 번만 어루만져 주면 고통이 사라지는 것 같았다.

우수리 강을 향해 가다가 밤이 깊어 밀산에 머물렀다. 사방이 협곡이라 지형이 착잡하였다. 모두 피곤하여 경계병을 제외하고는 깊은 잠에 빠졌다. 동이 틀 무렵, 난데없이 기관총소리가 들렸다.

따따따…… 따따따따……

온통 사방에서 실탄이 날아오니 잠자던 독립군은 정신을 차릴 수 없었다.

일본군의 습격이었다.

천보산에서 1개 중대가 전멸되다시피 치욕의 패전을 하자 일본군 사단장은 대노하여 독립군 추격명령을 내렸던 것이다. 일본군의 병력은 약 1개 대대이니 독립군의 255명과는 비교가 안 되는 대병력이었다.

포위망은 좁혀지기 시작하였다. 아직 태양은 솟지 않았지만 어스름히 사람 얼굴은 가려볼 수 있는 정도가 되었다.

김홍일은 포위망을 돌파하려면 어느 한 곳을 찾아야 되겠다고 판단하고 일본군의 동태를 살피고 있었다.

실탄은 계속 피융— 피융— 피융— 공기 접촉음을 내면서 소란했다.

이때 김홍일 옆에 있던 독립군의 전 부대장 임표의 가슴에 일본군의 실탄이 박혔다.

"윽!"

외마디 소리를 지르며 그 자리에 쓰러졌다.

김홍일이 그를 안아 일으키려고 할 때 그는 모기소리 만큼 가냘프게,

"대한독립 만세"

를 부르고 숨을 거두고 말았다.

애통했지만 그렇다고 이 상황에서 지체할 수 없다고 판단

하고는 우수리 강 쪽이 아닌 반대편에 돌파구를 만들기로 결심하였다. 왜냐하면 일본군이 독립군의 퇴로로 예상한 우수리 강 쪽에 주력을 배치하고 있음을 간파한 것이다.

우수리 강 반대쪽에는 별로 병력이 배치되어 있지 않았다.

이 무렵, 우수리 강 쪽에서 전혀 뜻밖의 일이 벌어졌다.

일본군의 주력부대에 어떤 알 수 없는 무장군이 공격을 개시한 것이다.

그러므로 일본군은 당황하기 시작하였다. 더구나 우수리 강 쪽의 무장군의 화력은 김홍일 부대와는 전혀 다른 것이었다.

기관총은 물론 박격포까지 동원하면서 일본군을 강타하였다.

쾅, 쾅, 쾅……

김홍일 부대는 사기충천하여 용기를 다시 내고는 우수리 강 쪽으로 공격을 개시하였다. 일본군은 주력부대가 양쪽에서 공격을 받게 되는 형국으로 바뀌니 더 이상 김홍일 부대에 대한 포위망을 압축할 수 없다고 생각하고 우수리 강 반대쪽으로 퇴각하기 시작하였다.

사지(死地)에서 살아난 김홍일의 독립군부대는 이 기회에 일본군에게 결정적 타격을 가하여야 되겠다고 판단하고는 일제히 돌격명령을 내렸다.

백두산에서 맹수와 더불어 단련된 산포수 출신의 소총병

들은 비호같이 달려가 일본군의 뒤통수를 마구 때렸다.

일본군은 많은 시체와 소총, 심지어 기관총까지 버리고 달아났다. 김홍일의 독립군 부대는 기쁨에 넘쳐 만세를 불렀다.

"대한독립 만세!"

"대한독립군 만세!"

승리에 도취되고 있는 동안 김홍일은 우수리 강 쪽에서 독립군을 구출해 준 어떤 무장군이 궁금하였다. 아마 러시아군이거나 중국군으로 상상해 보았다.

이윽고 우수리 강 쪽에서 위용이 당당한 무장군이 나타났다. 그런데 그들은 러시아인이나 중국인이 아닌 대한 사람이 아닌가. 양쪽 모두 서로 부둥켜안고 환성을 질렀다.

"반갑소."

"고맙소."

더 이상 긴 말이 필요 없는 것이었다. 만리타향에서 일본군에게 전멸될 뻔 했던 김홍일 부대를 구출한 이 당당한 무장군이 같은 대한의 독립군이라니 꿈만 같은 현실이었다.

그런데 이때 김홍일 앞에 나타난 한 사나이, 그는 독립군 부대장인 김정운이었다. 김정운이라면 오산학교에서 김홍일과 같이 공부하다 김덕제 의병대장의 아들임을 알아차린 일본 경찰이 그를 체포하려고 하자 달아났던 장본인이 아닌가.

"어— 김정운!"

"아— 김홍일!"

두 사나이는 더 말을 잇지 못한 채 서로 부둥켜안고 감격의 눈물을 흘렸다.

김정운은 오산학교를 탈출하여 곧장 만주로 건너갔다. 그리하여 독립군대인 김좌진 휘하에서 무관학교를 나와 군관으로 임관 후 줄곧 독립군의 소대장, 중대장, 대대장으로 활동하다 일본군에게 쫓기어 러시아에 들어가 재무장 후 훈련을 실시한 다음 국경지대에 넘나드는 일본군을 타격하라는 러시아 측의 제의에 호응하여 막 출동하는 중에 총소리를 듣고 달려왔다는 것이었다. 따라서 재편성 후 첫 전투라고 했다.

이 우연한 해후에 그들은 해가 중천에 뜰 때까지 이야기의 꽃을 피우다가 김정운 부대는 남쪽으로 김홍일 부대는 북쪽으로 다시 작별의 행군이 시작되었다. 각각 자기 목표를 향하여.

2천리 행군.

이렇게 하여 임표를 비롯한 다섯 명의 희생자를 내고 우수리강변에 도달했던 것이다.

우수리 강에 도착한 김홍일은 몹시 기뻤다. 일본군의 기습으로 다섯 전우를 잃었지만 2천리 행군 도중 다른 독립군 부대에서 낙오되었던 인원과 오는 도중 부락의 교포 청년 68명이 몰려와서 300명이 훨씬 넘는 큰 부대가 되었다.

"친애하는 동지 여러분! 이것이 우수리 강입니다.

저 너머 우리의 목적지 이만이 있습니다."

김홍일 부대장의 절규에 가까운 연설에 독립군 부대원은 일제히 함성을 지르면서 대한 독립 만세를 불렀다.

이들은 강변에서 목욕을 하고 옷매무새를 고친 다음 미리 연락하여 마중 나온 독립군 장교가 인솔해 온 배편으로 모두 무사히 강을 건넜다.

5월 10일, 그러니까 안도현을 떠난 지 35일 만에 시베리아의 이만에 도착한 것이다.

이만에는 한국인들이 우수리 강 지류를 따라 곳곳에 수천 호씩 살고 있어서 독립군을 마치 자기들의 혈육이라도 되는 것처럼 따뜻하게 환대해 주었다.

김홍일 부대는 그곳 보크롭가 마을을 중심으로 3개 중대로 나누어 촌락에 집마다 두세 명씩 숙식하고 낮에는 학교운동장에 모여 훈련을 계속하였다.

동포들이 정성을 다하여 만들어 내놓은 술과 떡, 그리고 고기 등 오랫동안 먹어 보지 못한 음식을 융숭하게 대접받고 보니 그들은 감격하여 눈시울이 뜨거웠다.

7월에 들어서자 만주에서 독립운동을 하던 많은 동지들이 이만에 모이기 시작하였다.

김규면, 장기영, 이용, 한운용, 임상춘, 서상용, 박춘근,

최기학, 최태열 등이 그들이다.

"반갑습니다."

"그 동안 얼마나 고생이 많았소."

"용케 살아 오셨군요."

하며 서로 목멘 목소리로 인사를 나누고 앞날을 다짐하였다.

그리하여 한국 의용군사 위원회를 조직하기에 이르렀으니 독립군 발전을 위하여 한걸음 전진한 셈이다.

위원장에는 김규면이 만장일치로 추대되었고 그 산하기관으로 한국 독립군사령부를 설치 그 사령관에 이용(이준 열사의 장남)이 임명되었다.

병력은 623명으로 사령부 근무중대 및 3개 전투중대로 편성, 제2중대장에 김홍일이 되었다.

당시 그곳에 모인 독립운동가는 모두 사심이 없고 오로지 조국의 독립을 위한 염원에 불타 있었으므로 단시일 내에 모든 일이 잘 진행되었다.

김홍일의 제의에 따라 간부 양성기관으로 무관학교가 설치되었다.

무관학교에는 중학교를 졸업한 50명이 입교하였고 교재는 김홍일이 군관학교 때 사용하던 것을 우리말로 번역하여 사용하였다.

이 소식을 들은 시베리아, 만주지역에 살던 한국인 교포들이 서로 앞을 다투어가며 군자금을 대기 위한 사업에 나섰다.

이에 힘입어 불과 3개월 남짓하여 500여정의 소총을 구입하고 독립군 전원이 무장을 갖출 수 있게 되었다.

러시아에서의 독립군은 전투력이 강화되면서 본래의 목적인 항일전에 참가하려고 무던히 애를 썼지만 중국의 정세가 차츰 일본군에 의하여 세력이 확장되면서 일본군의 독무대가 되고 보니 얼마 안 되는 병력으로 만주에 되돌아간다는 문제는 어렵게 되어갔다.

이 기미를 알아차린 러시아의 적군사령부는 한국인을 이용하기 시작하였다. 즉 러시아의 내전에 휘말려 들어가 적군(赤軍)과 백군(白軍)의 싸움판에 끼게 된 것이다.

독립군은 이들의 계략에 말려 들어가지 않고 교묘한 방법으로 그들의 내전에는 개입하지 않았다.

그러나 일본군과는 본격적인 전투도 서슴지 않았다.

당시 일본군은 1920년 겨울 니콜라예프스크에 있던 일본인이 참살당한 사건을 수습한다는 구실로 일본 군함 수척과 육군의 약 1개 여단 병력이 시베리아에 불법 주둔하고 있었다.

일본군은 니콜라예프스크에서부터 보크로브카와 마린스크 그리고 데키스트리 간에 길게 배치되어 있었던 것이다.

독립군은 기회가 있을 때마다 일본군에 접근, 기습을 감행하여 적잖은 손실을 입히고 있었다.

독립군은 이때마다 기뻐 어쩔 줄을 몰랐다.

9월 23일 밤에는 마린스크와 데카스트리 사이에 있는 일본군 초소와 중대본부를 습격하기로 계획을 세웠다.

독립군은 30명씩 2개 소대를 편성하여 인근 촌락에서 구해 온 말을 타고 일본군의 초소에 접근하였다.

1개 소대 병력은 일본군 중대본부가 있는 언덕 아래까지 접근하여 말에서 내려 중대본부 근처 가까이 침투하였다. 그때 일본군 보초가 보였다. 순간 앞서 가던 네 사람이 달려들어 단도로 보초를 살해하고 뒤따라온 1개 소대와 합세하여 일제히 중대본부를 공격하였다.

쾅, 쾅, 쾅, 쾅

일제히 투척된 수류탄에 의해 중대본부 지역과 초소들은 박살이 났다

이어서 말을 달려 허둥대며 도망가는 일본군을 사살하였다.

어느 초소에서는 한꺼번에 1개 분대가 몰살되기도 하였다.

중대병력의 거의 대부분에게 치명적인 타격을 준 김홍일은 부하들과 함께 대한 독립 만세를 부르며 승리를 자축했다 얼마나 통쾌한지 쌓이고 쌓인 일본인들에 대한 원한이 조금은 풀리는 것 같았다.

러시아의 적군 사령부는 자기들은 도와주지 않고 일본군의 감정만 날카롭게 건드리는 것을 그대로 보고만 있지 않았다. 그래서 독립군의 세력을 분산시켜야 된다고 판단하고

는 광활한 지역의 수비 임무를 맡기게 되었다.

이러한 분산책 때문에 독립군은 산산조각이 나버리자 일본군과 싸울 수 있는 기회가 자꾸만 드물어져 갔다.

적군 사령부는 날이 가면서 독립군의 수비 임무에도 불안을 느끼게 되었다. 왜냐하면 틈만 있으면 무기나 실탄, 그리고 수류탄 등 군수물자를 자꾸만 비축하고 있었기 때문이었다. 그리하여 독립군을 간선경비(幹線警備)에서 뽑아 산간벽지에 중대 단위로 분산시켜 주둔케 하였다. 이렇게 되자 독립군의 불만이 고조되었다.

1922년 7월 15일 드디어 불행한 소식이 전해 왔다. 인스크에 주둔하고 있던 독립군의 1개 중대가 러시아의 국경선을 넘어 조운현(鳥雲縣)쪽으로 집단 탈영을 했다는 것이었다.

적군사령부는 사건이 생기자 독립군사령부에는 일체 이 사실을 알리지 않고 나머지 중대를 무장해제 시켜버렸다. 김홍일은 적군사령부에 달려가서 그들의 일방적인 부당한 처사에 강경하게 항의하였다

"왜 우리와 한마디 상의도 없이 남의 부대 무장을 해제 하였소?"

라고 대들자, 적군사령부 참모장인 이바노프 대령은,

"독립군이 이 지역에서 군사 활동을 하는 한 우리 적군 과는 물론이고 잘못하다가 일본과 중국에까지 뜻하지 않 는 오해를 사서 국제분쟁의 염려가 있어서 무장을 해제

하였소."
라고 변명하였다.

그리고는 이르크츠크나 혹은 음스크 같은 러시아의 오지로 가겠다면 무장을 되돌려 주겠다는 것이었다.

김홍일은 혼자서 결정할 문제가 아니므로 부대에 돌아와 동지들과 상의하였다.

그러나 모든 간부들은 한결같이 러시아 놈은 믿을 수 없고 우리를 격리시켜 무장을 해제한 다음 탄광의 광부로 보낼 거라는 것이었다. 그러나 적군과 상대하여 전투를 할 수 있는 것도 아니니 차선책을 세우지 않을 수 없었다.

그러자 모두가 죽어도 좋으니 만주로 가겠다는 것이고 하루속히 공산당과는 손을 끊자는 의견뿐이었다.

그리하여 김홍일은 이 사실을 적군사령부에 통보하였다.

그리고 독립군은 자진해서 나머지 무기와 장비를 거두어 그들 보고 가져가라고 했다.

그러자 적군은 유감스럽게 되었다고 사과하면서 무기를 거둬 갔다.

또 한 번 항일 군사조직의 꿈은 악랄한 공산당의 계략으로 산산이 부서지고 말았다.

7월 20일.
마침내 독립군은 해체되었다.
애당초 공산당을 믿었던 것이 잘못이었다고 모두 후회하

였다.

김홍일은 모든 것을 잊고 하루속히 이 지긋지긋한 시베리아 벌판을 떠나는 것만이 내일을 위한 길이라고 생각하였다.

김홍일은 다시 머나먼 길을 향하여 무거운 걸음을 옮겼다.

9월에 접어들면서 김홍일은 러시아를 떠나 건너편 만주 땅 흑하(黑河)로 배를 타고 건너갔다.

그곳에 도착하자먼저 떠났던 김규면이 반갑게 맞아 주었다.

그곳에서 만류하는 것을 뿌리치고 흑하에서 기선을 타고 흑룡강을 따라 내려오다가 송화강으로 접어들었다.

송화강을 거슬러 오르기 2주야 만에 안중근 의사의 쾌거로 대한의 민족혼을 만방에 떨친 하얼빈 역두에 도착하였다. 김홍일은 하얼빈에서 이틀 묵고 목릉현으로 갔다. 그곳에는 김홍일의 고향 양시의 우국지사들인 송자현과 황공삼이 경영하는 농장이 있는 곳이어서 그에게는 고향과 같이 정이 가는 곳이었다. 따라서 이곳에서 당분간 있기로 작정하고 기나긴 여로에서 오는 피로를 풀기로 했다.

이렇게 하여 김홍일의 독립군 부대와 같이 다른 독립군 부대들도 그 넓은 중원대륙과 시베리아 벌판에서 설 자리를 잃고 말았다.

이범석 부대도 중국령으로 넘어오다가 동녕현 경계에서

중국보안대와 충돌 불행하게도 모두 중국군에 붙잡히는 신세가 되었다.

김홍일은 그때 이 소식을 듣고 상해 임시정부로 급히 전보를 쳐서 이 사실을 알렸다. 임시정부에서는 급히 손을 써 손문(孫文)에게 찾아가 탄원을 함으로써 이범석 부대는 무장만 해제당하고 부대원은 모두 풀려났다.

1919년 3·1운동과 더불어 만주와 시베리아 등지를 근거지로 하여 활약하던 대한독립군의 항쟁은 4년 만에 막을 내린 결과가 된 것이다.

4년 동안 추위에 떨고 굶주림에 울면서 숱한 애국 청소년들이 피를 흘리며 싸운 보람도 없이 우리의 소망이던 본격적인 항일전에 대비할 항일군단 조직의 꿈은 속절없이 사라지고만 것이다.

그때부터 만주사변이 일어날 때까지는 사실상 이렇다 할 만한 독립군 부대는 없었던 것이다. 그렇다고 절망감에 빠져 항일 투쟁을 포기하고 허송세월 할 수는 없었다. 항일 투쟁을 위한 새로운 형태의 운동방향을 열심히 모색해야 되겠다고 다짐하였다.

김홍일은 인재 양성을 위하여 목릉현에 중학교를 설립하는 일에 몰두하게 되었다.

1923년 9월 1일 드디어 중학교를 설치하고 김홍일은 중국어와 수학 그리고 체육을 담당하게 되었다.

그러나 김홍일은 겨우 1학기를 끝내고 이듬해 봄이 되자 목릉을 떠나지 않을 수 없게 되었다.

그곳의 일본경찰이 김홍일에 대한 어떤 정보를 입수하고 체포할 것을 검토하고 있다는 소식이었다.

또한 김홍일의 마음을 결정적으로 움직이게 된 것은 당시의 상황 때문이었다.

중국의 정세가 손문의 당세가 확장됨으로써 황포군관학교를 설립하여 인재 육성에 주력하는 방향으로 흐르자 김홍일과 그를 지지하는 한국의 애국 청년들을 찾고 있다는 소식에 접하였던 것이다. 김홍일은 또 다시 희망에 부풀었다.

중국의 지도자 손문과 함께 중국의 혁명에도 참가하고 동시에 조국광복을 위한 계기가 마련될지 모른다는 벅찬 기대감 때문이었다.

다시 머나 먼 여로에 올랐다.

그러나 갈 길은 험하디 험하였다.

가는 곳마다 까다로운 일본경찰과 일본군의 검색에 시달려야 했고 험한 산의 애로마다 도둑떼들이 금품을 빼앗아 가는 등 몇 백리 못 가서 알거지 신세가 되어버린 것이다.

김홍일은 굶주림에 시달리면서 보름 만에 용천군의 고향 사람이 많이 산다는 명동(明東)에 도착할 수 있었다.

그곳에 가니 과연 고향 사람이 많았다. 모두 다 죽은 줄만 알던 김홍일이 나타나자 온통 마을이 축제일같이 북적댔다.

"김홍일이 살아 왔단다."

"그래? 어디에 있지?"

순식간에 수 십 명이 몰려왔다.

모두 일본인 학대에 못 이겨 만주 땅에 넘어온 만큼 독립 운동가 김홍일 청년에 대한 기대가 컸다.

"중국의 군관학교를 나왔다면서?"

그들은 김홍일의 누추한 행색을 바라보면서 의아해 하는 눈치였다.

"네. 그렇습니다. 이곳에 오다 도둑떼한테 털려서 이 꼴이 되었습니다."

"비적(匪賊)한테 당했구면."

그때서야 마을 사람들이 알만 하다는 표정을 지었다.

"어서 우리 집에 가세, 그리고 시장할 테니 요기라도 해야지."

양시마을에서 커다란 가게를 가졌었던 맏형의 친구인 오상국이 김홍일을 얼싸안을 듯 팔을 허리에 끼고 걸어갔다.

오상국은 이곳에서도 상점을 경영하고 있었다.

"아주 훌륭한 상점이네요."

"뭘, 그럭저럭 꾸려나가지."

그는 신이 나서 법석거렸다.

밥을 준비하는 동안 마을사람들은 씨암탉을 가지고 오는가 하면 양말, 신발, 옷가지 등 생활필수품에 이르기까지 잔뜩 방안에 쌓였다.

김홍일은 이들의 고마운 인정에 눈물을 흘리지 않을 수

없었다.

명동에서의 생활은 즐거웠다.

앞산에 올라가면 한만국경이 가까워서 저 멀리 두만강이 훤히 내려다 보였다. 그 너머가 조국의 산야라는 것을 생각하니 가슴은 한층 두근거렸다.

그해 여름. 김홍일은 용정(龍井) 읍내에서 열린 각 학교 대항 축구시합에 명동 중학팀을 인솔하고 참가하였다.

그런데 임석 경관가운데 가장 윗자리에 앉아 있는 경부가 어디서 본 듯한 얼굴이었다. 자세히 살피니 분명히 자기와 관계가 있음을 느꼈다 그때 그도 김홍일을 뚫어지게 보면서 어디서 본 듯한데 생각이 잘 안 난다는 듯 고개를 갸우뚱거렸다.

순간 김홍일의 머리에 뭔가 충격이 스쳤다. 아, 그가 바로 6년 전에 나를 심문하던 현시학 경부이다. 분명 현시학이었다. 용암포 경찰서에서 본 그 얼굴이 틀림없다고 생각하였다.

김홍일은 태연한 척하면서 슬그머니 그 곳을 빠져나왔다. 그리고 단숨에 명동에 가서 오상국에게 자초지종을 밝혔다.

"할 수 없네, 빨리 떠나야 되겠구먼. 현시학은 용정경찰서에서도 이름난 악질인데……. 더구나 독립군 출신은 무작정 잡아 교도소에 보낸다네."

"알겠습니다. 곧 떠나겠습니다."

오상국은 잠시 자리를 비운 뒤 다시 돌아왔다. 그는 봉투

하나를 김홍일에게 내주면서,

"얼마 안 되는 돈이지만 노자로 쓰게나."

김홍일이 받아보니 100원이었다.

"이렇게 많은 돈을 제가 받아서 되겠습니까?"

"이 사람, 부끄럽네. 더 주고 싶은 마음이라네."

"고맙습니다."

"장춘(長春)에 자네 백형이 살고 있으니 그 쪽으로 가는 것이 좋겠네."

"네. 저도 그렇게 생각합니다."

그는 짐을 챙기고 마을을 조용히 떠났다.

김홍일이 떠나자 그날 저녁 현시학 경부가 지휘하는 일본 경찰대가 마을에 들이닥쳤다. 그러나 그들은 김홍일이 달아난 것을 알고 오상국을 비롯한 5명의 협조 용의자를 체포해 갔다.

1925년, 늦은 가을 김홍일은 장춘으로 가서 7년 만에 맏형을 만났다. 글자 그대로 감격적인 만남이었다.

"형님!"

"홍일아!"

그들은 부둥켜 안고 한동안 눈물을 흘렸다.

"홍일이 군관학교 나왔다는 소식은 벌써 들었지. 그런데 독립군을 시베리아로 끌고 들어갔다기에 여간 걱정한 것이 아니야."

"네, 고생이 많았습니다."

"앞으로 어떻게 할 작정인가?"

"좀 기회를 보아야 할 것 같습니다. 소문에 손문 선생이 저를 찾는다기에 길을 나섰던 것인데 중국의 정국이 하도 어수선하여 어디로 갈지 막연합니다."

"그 말이 옳아. 한곳에 안정된 정부도 아니고 내란 속에 있으니 이런 때 나서는 것보다는 조용히 때를 기다려야 해."

"형님 말씀대로 하겠습니다."

맏형은 커다란 정미소를 경영하고 있었으므로 생활이 풍족한 편이었다.

김홍일은 맏형의 말이 곧 아버지의 말이라 생각하고 따랐다.

장춘에서의 생활은 안정된 생활이었다.

장춘은 남만(南滿), 동청(東淸), 길장(吉長) 등과 연결된 3개의 철도가 교차하는 교통의 요지로서 독립운동을 하는 동지들과의 연락 및 통신이 편리하였다.

김홍일이 장춘의 맏형 집에 묵고 있다는 소식이 독립운동가 사이에 널리 퍼지자 점차 이곳을 찾는 사람이 늘어갔다.

맏형은 이들에게 아낌없이 활동자금을 대주었다.

당시 장춘에는 일본인 우체국과 중국인 우체국이 따로 있었으므로 중국인 우체국을 이용하면 비밀이 보장되어 연락을 취하기에는 편리하였다.

그럭저럭 1년을 편히 지내자 맏형은 결혼을 권하였다.

"떠돌아다니면서 후사(後嗣)를 놓칠 염려가 있다. 이럴 때 결혼해야 한다."

맏형의 말에 동의한 김홍일은 정해준 배필을 맞았다.

그리하여 큰 아들 극재(克哉)를 낳았다.

아들을 낳은 지 1주일쯤 되는 어느 날 장춘의 일본군 헌병대에서 출두하라는 기별이 왔다.

평소 집에는 헌병들이 자주 드나들며 감시하고 있었으므로 도망갈 수도 없든 것이고 그렇다고 적극적인 독립운동을 하고 있지도 않았으므로 정정당당히 헌병대를 찾아갔다.

헌병대장은 젊은 대위였다. 그는 김홍일이 들어오자 벌떡 일어나 호들갑스럽게 맞이하였다.

"어― 김홍일 선생, 어서 오시오."

"김홍일입니다."

그는 의자에 앉을 것을 권하면서 말을 이었다.

"사실은 김홍일 선생을 줄곧 감시해 왔어요. 그런데 결혼도 하고 아이까지 갖게 되어 마음을 놓았지요."

김홍일은 가만히 듣고만 있었다.

"그런데 정보에 의하면 독립군 출신을 중국군에서 소집한다고 합니다."

김홍일은 내심 깜짝 놀랐다. 왜냐하면 불과 사흘 전 인편으로 중국의 북벌군에 가입하라는 기별을 받았기 때문이었다. 그는 태연하게 말하였다.

"나는 정미소 일에 정신이 없습니다. 그런 연락이 있었다는 것도 모르고 만약에 앞으로 연락이 온다 해도 중국군을 위해 싸울 마음은 없습니다."

헌병대장의 얼굴이 밝아졌다.

"암―, 다행스러운 일이요. 한국인이 중국 사람의 내란에 휩쓸리는 것은 웃음거리지요."

김홍일은 그의 얼굴에 침이라도 탁 뱉어주고 싶었지만 꾹 참고 한 번 더 거들었다.

"나는 정미소 일을 열심히 해서 돈이나 벌어볼까 합니다."

"좋은 생각이요. 어려운 일이 생기면 찾아오시오. 도와드리리다."

그는 일어나면서 손을 내밀고 악수를 청했다.

김홍일은 헌병대를 나왔다.

그리고 올 것이 왔다고 생각하며 이곳을 떠나야 되겠다고 생각하였다. 며칠을 지낸 뒤, 맏형과 아내 그리고 아들 극재를 남겨두고 몰래 여장을 꾸려 상해를 향하여 정든 집을 떠났다.

"아내에게.

용서하오. 조국을 위하여 일할 때가 된 것 같소. 당신과 극재를 두고 떠나는 내 마음은 천 갈래 만 갈래 찢어지는 아픔이오. 그러나 조국을 위해 바친 이 몸, 어쩔 수 없으니 너그럽게 받아주오. 김홍일"

 아내와 극재의 머리맡에 한 장의 편지만을 남기고 빠져나
왔다.

6. 불타는 대륙과 임시정부 지원

이 무렵, 중국은 북경정부와 광동정부의 두 개로 분립이 되어 있었으며 각각 그 정부 안에서도 군벌들의 반목으로 항상 시끄러운 상태로 정국이 흔들리고 있었다.

손문(孫文)은 광동정부를 지지하고 있는 서남 각 성의 실력파의 협력 하에 중화민국 육해공군 대원수로 추대되었다.

손문은 중화혁명당을 중국 국민당으로 개혁하고 삼민주의(三民主義)를 선포하였다.

1921년 5월에 손문이 대총통(大總統)이 되었으나 광동 군벌의 반란 음모에 봉착하여 다음 해 8월에 다시 상해로 망명하였다.

그 후 광동군벌의 반란이 평정됨으로써 손문은 다시 1923년 2월에 광동에 도착 대원수직에 또다시 부임하게 되었다.

이때부터 중국의 국민당은 명실 공히 삼민주의의 정당으로서 확실하게 그 기반을 굳히게 되었고 이당치국(以黨治

國: 당으로 나라를 다스린다)의 구호를 내걸고 씩씩한 기세로 뻗어가기 시작하였다.

따라서 군대도 삼민주의 사상에 철저한 당(黨)의 군대로 편성하고 이를 뒷받침하기 위하여 1924년 5월에 황포군관학교를 설치하였다.

1924년 11월 손문은 북경정부의 요청을 받고 위험을 무릅쓰고 북경으로 갔다.

그는 오직 남북정부를 평화적으로 통일하려는 신념으로 북경에서 국민회의를 소집할 것과 불평등 조약을 즉시 폐기할 것 등을 주장하였으니 그때마다 군벌들의 거센 반대에 부딪쳤다.

손문은 긴장과 피로 그리고 계속되는 실망으로 앓아눕게 되었다.

1925년 3월 12일 손문은 북경에서, 〈혁명이 아직 성공하지 못했으니 동지들이여 계속 노력하라〉는 유언을 남기고 끝내 숨졌다.

광동정부는 국민정부로 개편하고 국민당군은 국민혁명군으로 개칭하였다. 국민정부는 1926년 6월 5일 국민당 집행위원회를 열어 그 자리에서 북벌정책(北伐政策)을 통과시키고 장개석(將介石)을 국민혁명군 총사령관에 임명하였다.

당시 국민혁명군의 병력은 광동, 광서 2성의 7개 군과 호남성에 있는 1개 군을 합하여 8개 군 총병력 20만이었

다. 국민혁명군에 대항하는 세력의 군벌은 북방의 8개성을
장악하고 있는 2개 군벌과 장학림 군벌 동 3개 군벌 등이
며 이 세력도 막강하게 버티고 있어서 형세를 결정하기에는
여러 가지 어려운 문제들이 얽히고 있었다.

그러나 장개석 휘하의 국민혁명군은 뚜렷한 혁명전략(革
命戰略)이 짜여 있었기 때문에 정신면에서 이들 군벌을 능
가할 수 있었던 것이 좋은 조건이었다.

장개석은 지체하지 않고 그들 3개 군벌을 격파시킬 전략
을 세웠다. 그리고 그 전략대로 무창(武昌)과 한구(漢口)에
도사리고 있는 오패부(吳佩孚)군에 대하여 노도와 같이 공
격을 가하니 그 해 10월 10일 대부분의 병력이 국민혁명군
에 투항하고 오패부 자신은 얼마 안 되는 측근 병력만 이끌
고 허겁지겁 하남성으로 도망쳤다.

국민혁명군은 그 기세를 이용하여 계속 강서와 안휘성을
석권하면서 물밀듯이 남경을 향해 손전방(孫傳芳)군을 공격
하였다.

김홍일이 먼 여로에서 상해를 거쳐 바야흐로 혁명의 바람
이 불어제치는 광동의 동로군(東路軍) 총사령부를 찾아 갔
을 때는 10월 9일이었다. 동로군은 작전 초기에 광동산두
(廣東汕頭)의 총사령부를 근거지로 하고 있었는데 마침 김
홍일이 도착하던 그 날 복건성(福建省)을 향하여 공격을 개
시하였다.

산두에는 경비사령부만 남아 있었으므로 비교적 쓸쓸한 편이었다.

그러나 뜻밖에도 이곳에서 전에 시베리아에서 김홍일과 함께 독립군을 지휘하던 이용(李鏞) 동지를 만났다.

"김홍일 동지!"

먼저 이용이 달려 나왔다.

"이용 동지!"

실로 오래간만의 우연한 해후였다.

넓고 넓은 중국대륙에서 더구나 전쟁이 소용돌이치는 한복판에서 만나니 감개가 무량할 뿐이었다. 서로가 부둥켜안고 눈물을 흘리면서 〈살아 있었구려〉를 되뇌면서 반가워하였다.

그와 같이 경비사령부의 사무실에 들어서자 이번에는 또다른 중국인 장교가 달려 나왔다.

"왕웅 동지!"

김홍일은 왕웅이라는 부름에 움찔하였다. 왜냐하면 그 이름은 오래 전 군관학교 시절에 사용하던 이름이었기 때문이다.

놀라는 눈으로 달려 나오는 그를 자세히 살펴보니 군관학교 동기생인 하집오(阿輯五)였다.

"하집오 동지!"

그들은 또다시 안았다.

"왕웅이 살아 있기를 얼마나 빌었는지 몰라."

"왜 내가 죽은 줄 알았나?"

"아니야, 우리 국민혁명군에서 자네를 언제부터 찾았는지 아나?"

김홍일도 들은 바 있었으므로 고개를 끄떡이었다.

"글쎄 상해 임시정부에 가서 조회하여 보니 독립군을 인솔하고 시베리아로 갔다고 말하더구나. 그런데 그 쪽에서 들려오는 소리가 좋지 않은 소리이어서 얼마나 애태웠는지 몰라."

그는 참으로 다행이라는 듯이 한숨을 땅이 꺼지라고 쉬었다.

"죽을 고생을 했지. 러시아 놈들한테 몇 번을 속았는지 몰라."

"그럴꺼야. 그 놈들 속 다르고 겉 다르니……."

"러시아 놈들한테 무장해제를 당할 때 얼마나 분했는지 죽고만 싶었지."

"그래도 살아 왔으니 오늘의 영광이 있는 것일세. 돌아가신 손문 선생이나 장개석 장군께서 얼마나 자네들을 생각하는지 몰라."

"고마운 일일세."

"조국을 잃은 그들 애국청년을 꼭 지원해야 되겠다는 것이 그 분들의 생각이야. 그래서 한국인을 중국군대의 정규 장교로서 근무케 하도록 결정이 내려졌지. 여기 이용 동지도 그런 조치에 따라 근무하고 있지만……."

"자네는 건강하구나. 그리고 씩씩하게 보이고……."

"고마워. 자, 한 잔 하러 가세."

마침 때가 저녁 무렵이어서 그들은 광동 시내에 나갔다. 하집오는 이 지역에서 일급 요리점으로 안내했다. 광동대반점(廣東大飯店)이라는 웅장한 건물의 특실에 들어섰다. 호화찬란한 실내장식에 천하일색인 낭자들이 있으니 선경(仙境)에 들어선 것만 같았다.

"훌륭한 집이구나!"

김홍일의 감탄사에 하집오는 웃으면서,

"이 사람아, 죽었다는 친구가 살아 돌아왔는데 광동 제일의 요릿집에 안내하지 않고 배기겠나?"

일행은 모두 소리 내어 웃었다.

하하하하……

"그런데 자네는 왜 전투에 참가하지 않고 후방에만 있나?"

김홍일은 의아한 눈으로 하집오를 바라보았다."

"나는 경비사령관이야 이곳을 지켜야 되잖아?"

"아― 그렇구나. 굉장히 높아졌군."

하하하하……

이들이 웃으며 말하는 동안 낭자들이 자리에 앉고 요리가 들어왔다.

김홍일은 눈이 휘둥그레졌다.

생전 처음 보는 요리상이었기 때문이다. 듣지도 보지도

못한 음식이 계속 줄이어 들어왔다.

"왕웅 동지, 아니 김홍일 동지 우두커니 음식만 먹지 말고 낭자하고도 이야기해. 광동 미인은 도원 미인만은 못해도 중국에서는 상급에 속한다네."

김홍일은 도원 미인이란 말에 얼굴이 금시 뻘게졌다.

"김홍일 동지! 도원에서 재미있었다지? 점잖은 척은 혼자 하다가 불꽃이 오르니 물불을 가리지 않더라던데?"

하하하하……

일동은 즐겁게 웃어댔다.

"누가 그런 소리를……."

"말 말게. 내 삼촌이 왕웅은 정열적이라고 그러길래 내가 그는 석불(石佛)이라고 그랬지. 그랬더니 도원 이야기를 하더구나."

"아, 자네 삼촌 하중염 말이지?"

하집오는 고개를 끄떡거렸다. 그들은 서로 허물없는 사이이기 때문에 마음을 놓고 떠들고 기분 내키는 대로 술을 마셨다.

셋이서 얼마나 떠들고 술을 마셨는지 〈정신이 몽롱하다〉고 느낀 것을 끝으로 그들은 모두 술판에서 쓰러져버렸다. 종업원들은 그들을 둘러업고 객실로 안내하여 옷을 벗기고 잠자리에 뉘었다.

중국은 대개 음식업을 숙박업과 같이하는 것이 통례이기 때문이다. 그러므로 광동대반점이란 광동 제일의 요릿집인

동시에 광동 제일의 호텔인 것이다.

그들은 새벽이 되어서야 눈을 뜨게 되었고 지난밤의 폭음한 것이 어렴풋이 생각났다.

그러나 그들은 즐거웠다. 모두 일어나 세수를 한 다음 경비사령부에 출근했다.

경비사령관 하집오는 출근과 동시에 전방의 동로군 총사령관 앞으로 김홍일의 도착을 전보로 보고하였다.

총사령관은 즉시 김홍일을 야전에 있는 총사령부로 보내라는 전문을 보내왔다. 김홍일은 이들과 작별하고 야전을 향해서 달려갔다. 총사령부에서는 김홍일을 기다리고 있었다.

먼저 비서실에 들어가 김홍일임을 밝혔더니 잠시 후 총사령관 앞으로 안내되었다. 야전이기 때문에 임시로 학교 건물을 쓰고 있는데 교장실이 총사령관실이었다.

방 안에 들어서니 백숭희(白崇禧) 총사령관이 반갑게 맞이하였다.

"어서 들어오게. 그 동안 얼마나 고생이 많았나?"

김홍일은 총사령관을 보자 엄정하게 거수경례를 하였다.

이 때 비서실장의 안내를 받아 부관참모가 따라 들어왔다. 부관참모는 김홍일에게 넌지시 말했다.

"임명장 수여식을 거행하겠습니다."

김홍일은 곧 알아듣고 총사령관 앞에 단정히 섰다.

부관참모가 명령서를 읽는데 자세히 들어보니 소령참모로

발령하는 내용이었다.

'육군 소령이 되었구나…….'

김홍일은 순간 얼마나 기뻤는지 졸도할 것만 같은 현기증이 눈을 가렸다.

총사령관은 김홍일에게 임명장을 건네주면서 인자하게 말했다.

"그 동안 독립군에서의 경력을 인정하여 영관급으로 보임하는 것이니 최선을 다하여 혁명과업에 이바지하여 주게."

김홍일은 정신을 차리고 답례의 말을 했다.

"무한한 영광입니다. 생명을 다하여 근무하겠습니다."

총사령관은 흡족한 웃음을 띠면서 의자에 앉을 것을 권했다.

그는 앉으면서 비서실장에게 김홍일 소령의 군장 일체를 빨리 준비하고 내일 아침 8시부터 담당 부서에서 일할 수 있도록 준비하라고 지시하였다.

총사령관과 김홍일 소령은 차를 나누면서 담소를 하였다. 특히 이 자리에서 대한의 독립을 위하여 애쓰는 한국인 청년에 대해서 관심을 표명하면서 힘주어 다음과 같이 말하는 것이었다.

"우리의 혁명과업과 대한의 독립은 밀접한 관계가 있네. 우리가 중국을 통일하면 우리의 다음 전쟁 상대는 일본 제국주의일세, 일본을 물리치면 중국에는 평화가 오고 대한에는 독립이 올 것일세."

김홍일은 그 말에 깊은 감명을 받았다. 그것은 김홍일의 생각과 너무나 같은 생각이었기 때문이었다.

김홍일은 흡족한 표정으로,

"총사령관님, 고맙습니다. 우리나라는 멸망하였지만 중국이 승리한다면 독립이 될 것으로 확신합니다. 따라서 저는 중국의 혁명과업 완수를 조국의 독립과 같은 차원에서 생각하겠습니다."

고 말하니 그는 몹시 기뻐했다.

"나는 조국의 독립을 위하여 헌신하고 있는 대한의 청년을 돕고 싶네. 왜냐하면 너무나 원통하게 일본인들에게 당한 것인 만큼 인류의 정의구현이라는 측면에서 동정하고 있기 때문이지."

총사령관은 상기된 듯한 표정으로 김홍일을 격려하였다.

김홍일은 속으로 깜짝 놀랐다. 중국의 장군이 직접 그처럼 대한의 독립을 위하여 관심을 가지고 있을 줄은 너무나 뜻밖이었다.

김홍일은 이렇게 하여 정식으로 국민혁명군의 소령참모가 되어 역사적인 북벌작전에 참가하게 되었다.

그 해 12월 9일에는 복건성(福建省) 성도인 복주시를 점령하였다. 이에 겁을 먹은 복건 해군 함대 전부가 귀순하여 왔으며 육군 병력도 무려 2개 군이 귀순하였다.

이 때 김홍일 소령은 우수한 참모판단으로 작전에 크게

기여하였다 하여 중령으로 진급하였다.

복주 점령에 이어 전투는 다시 시작되었다.

국민혁명군이 진군함에 따라 무풍지대를 달리듯 연전연승을 거듭하였다.

계속적인 승리의 원인은 국민혁명군의 정신력과 진취적인 기세 때문임은 두 말할 나위가 없지만 군벌의 학정과 착취 때문에 이미 국민들의 마음은 군벌로부터 떠나 있었던 점도 중요한 원인의 하나였던 것이다. 지방민들은 군벌 때문에 얼마나 혼이 났는지 혁명군을 고대하는 마음이 마치 농부들이 가뭄에 비를 기다리는 것과 같은 형편이었다.

"군벌은 없어져야 한다."

"혁명군이 빨리 들어와 이들을 물리쳐야 한다."

농민들은 누구나가 다 서슴없이 말했다.

그리하여 그들 주민들은 자기 고을이 전쟁터로 변할 것을 염려한 나머지 그 곳을 방어하고 있는 군벌군대들을 찾아가서 그들과 여러 가지 교섭을 벌이기도 했다.

그들은 몇 만원 혹은 몇 십만 원을 모금하여 군벌군대에 주면서 제발 싸우지 말고 이곳을 그냥 떠나가 달라고 권고하거나 또 때에 따라서는 혁명군에 투항할 것을 종용하기까지 했다.

군벌은 뚜렷한 이념이나 확고한 사상에 의해서 조직된 것이 아니고 오직 이해관계에 따라 형성된 것인 만큼 주민들이 권고하거나 많은 돈을 주어 자기들의 이익이 충족되었다고 생각할 때는 순순히 사라져 갔다.

전쟁이란 민심이 멀어지면 승리할 수 없다는 것이 이 전쟁에서도 여실히 보여 주었다.

그리고 그 때 국민혁명군이 부른 혁명 군가는 그 가사며 곡조가 간단하고 경쾌하여 외우기가 쉬워서 유행이 빨리 되었다.

군벌군대가 있는 곳에서도 철없는 학생이 마구 불러댔다.

열강을 타도하자
열강을 타도하자
군벌을 몰아내자
군벌을 몰아내자
국민혁명 성공이다
국민혁명 성공이다
즐겁게 노래하자
즐겁게 노래하자

국민혁명군의 동로군은 이 군가를 부르며 1927년 3월 22일 상해를 점령하였고 이와는 별도로 하응흠 장군의 주력부대는 남경을 포위하기 시작했는데 그 때 손전방군은 완전히 포위되기 전에 일부 부대를 이끌고 양자강을 건너 달아나 3월 25일 국민혁명군은 당당한 기세로 남경에 입성하였다.

결국 양자강 이남의 반혁명 세력인 군벌들은 국민정부가
북벌군을 일으킨 지 9개월 만에 완전히 소탕되고 겨우 일
부 병력만이 강을 건너 달아났다.

한편 국민당 정부는 군사적인 연전연승과는 달리 공산당
의 책동으로 커다란 파문이 일고 있었다.

3월 2일 한구에서 국민당 3차 중앙집행위원회를 열었는
데 그 자리에서 모택동, 주은래 등 공산당들이 좌파세력의
동조를 얻어 장개석을 총사령관직에서 면직케 하는 동시에
총사령부를 군사위원회로, 국민정부도 위원회로 개칭하는
등 제멋대로 행패를 부리기 시작하였다.

공산당원들은 곳곳에서 제국주의 타도를 외치며 외국인
재산을 약탈하고 선교사를 사살하는 등 전국적으로 소란을
일으키기 시작하였다.

남경에서는 공산당들의 행패가 난폭하게 퍼져나가자 이에
분노한 영국 함대와 일본 함대는 남경 시내에 함포사격을
가하는 불상사까지 생겨 국민혁명군은 작전상 막대한 지장
을 받게 되었다.

장개석 국민혁명군 총사령관은 사태를 이대로 내버려 두
었다가는 큰일 나겠다고 판단한 나머지 상해로 갔다.

그 곳에서 장개석은 국민당의 우파세력들과 긴밀한 접촉
을 갖고 그들의 지지를 얻어 4월 12일에는 공산당에 대한
숙청을 선언하였다.

장개석은 이를 즉시 행동으로 옮겨 상해의 공산당 기관을 급습, 중요 간부들을 일망타진하여 그들이 계획하고 있던 파업과 폭동을 사전에 분쇄시켰다.

4월 18일. 국민당 원로급의 집행위원과 검찰위원들은 남경에 모여 회합을 갖고 남경을 중국의 수도로 선언하고 국민정부를 재건하기에 이르니 중국에는 북경정부 외에 한구에 있는 국민정부에 대항하는 또 하나의 정부가 탄생하였다.

중국 천지는 또 한 번 소동이 벌어져야 할 혼미의 정국으로 치달을 것이었다.

장개석은 남경의 국민정부수립을 기념하고 공산당들에게 위력을 시위하기 위하여 국민혁명군으로 하여금 대열병식 (大閱兵式)을 거행하게 하였다.

열병을 받는 임석 상관은 장개석 국민혁명군 총사령관이요, 제병지휘관(諸兵指揮官)은 하응흠 장군이었다.

그 때 김홍일은 제병지휘관의 연락참모로 발탁되었다.

김홍일은 총사령부 내에서 말 잘 타기로 유명하였고 곧고 바른 자세 때문에 뽑힌 것이었다.

김홍일은 사열식장에서 수만의 장병이 도열하고 수십만 명의 시민이 운집한 한가운데서 제병지휘관 하응흠 장군과 나란히 말을 타고 식장을 누비며 달렸으니 용천군 양시의 홍일 소년으로서는 그 이상 벅찬 감격이 없었을 것이다.

이 당당하고 자랑스러운 모습을 돌아가신 선친이나 고향의 어머니가 보셨더라면 얼마나 기뻐하실까.

김홍일은 말을 달리면서 감격의 눈물을 한없이 흘렸다.

그 때 김홍일이 말을 타고 전체 혁명군의 사열이라도 받는 것과 같은 의젓한 모습을 본 남경에 거주하는 한인 교포들은 저 장교가 바로 대한 사람 김홍일이라고 말하니 한곳에 몰려 있던 이들은 '대한독립 만세'를 불러댔다.

특히 젊은 학생들은 김홍일에게 열광적인 박수를 보내면서 눈물을 흘렸다. 남경의 대열병식이 끝나자 국민정부와 혁명군에서는 공산당에 대한 단호한 숙청이 가해졌다.

이때 김홍일 중령은 또 다시 대령으로 진급되어 총사령부의 인사국장으로 발령을 받았다.

그 때의 인사국장은 비단 군 내부의 인사행정만을 담당하는 것이 아니라 군이 점령하고 있던 지역 내에서는 군정(軍政)을 실시하기 때문에 지방의 행정책임자나 경찰국장, 경찰서장 등에 대한 인사권도 가지고 있었다.

김홍일 대령이 인사국장으로 있으면서 군 내부의 인사를 자세히 살펴보니 그야말로 부조리투성이였다.

위험한 전장에서 전투를 기피하면서 요리조리 후방에서 편하게 지내는 자가 장군이 되고 고위직으로 진출하는 반면, 우수한 두뇌의 소유자나 전장에서 발군(拔群)의 전공을 세운 자는 이상하게도 진급에서 빠지는 것이었다.

또 능력도 없는 자가 높은 자리에 있는 상관 집을 찾아다니면서 간이나 쓸개라도 빼 줄 듯 아부를 하는 자도 곧잘 승진이 되는 것이었다.

또 어느 지휘관은 철저하게 부하들로부터 뇌물을 받으면서 받은 뇌물의 반 정도를 뚝 잘라 상위 직위 임명권자에게 상납하여 높은 자리에 진출하기도 했다. 올바른 판단과 올바른 길을 걷는 사람은 대개 장군 진급 전에 도태되기 일쑤였다.

워낙 뛰어나 여론을 의식한 나머지 장군으로 진급시킨 자도 상위 계급으로의 진급이나 중요 지휘관에는 기용하지 않는 것이 통례였다.

또 한 가지 특이한 점은 전투가 심할 때는 연대장이나 사단장등 중요 지휘 관직에 앉을 생각을 안 하다가도 전투가 없을 것으로 예상되는 지휘관 직위에는 서로 머리통을 싸매고 야단들을 치면서 보직운동을 하고 있었다.

인사국장은 참모직위이기 때문에 고위 지휘관의 결정권은 없었으나 그들 고위 장성의 자격표나 일반적인 의견 제시는 가능하였다. 따라서 고위 장성의 초청이나 뇌물의 성격을 띠는 금품의 전달은 김홍일에게 있어서는 커다란 골칫거리였다. 특히 영관급 장교들은 상당한 액수를 싸가지고 청탁을 해오는 자들이 줄을 잇고 있었다.

김홍일 대령은 뇌물의 유혹에 빠지지 않기 위하여 정신을 바짝 차려야 했다. 그도 인간인지라 많은 액수의 금전을 보고 마음이 동요하지 않는 것은 아니었으나 옳은 일을 위하여 목숨을 바치기로 결정하고 싸움터에 나선 이상 뇌물 때문에 인간의 가치가 우습게 되는 것은 치욕이요, 군인의 불명예임을 자각하고 일체의 유혹을 단호하게 물리칠 것을 결심하였다.

그리하여 마침내 하응흠 장군에게 인사기강 확립을 건의하게 되었다.

첫째, 근무 기간 중의 전투 공적을 인사결정에 최우선으로 한다.

둘째, 근무 성적을 철저하게 기록, 보존하고 인사에 반영한다.

셋째, 사적인 용무로 인사와 관계가 있는 담당자나 그의 지휘관 숙소에 일체 출입을 금한다.

넷째, 근무평정제도를 채택한다.

다섯째, 뇌물 수수에 대한 범죄는 금품의 많고 적은 것에 관계없이 가장 엄한 벌을 내린다.

총사령관 하응흠 장군은 김홍일 대령에게,

"인사국장의 인사기강 확립 계획을 승인 한다. 가장 중요한 시기에 가장 중요한 핵심 문제를 건의해 주어 고맙네.

많은 대령 급 중에서 김 대령을 인사국장으로 보임한 이유는 인사의 공정을 기대했기 때문이었네."

라고 칭찬하면서 격려를 아끼지 않았다.

인사의 기강 확립은 쉽게 되는 것이 아니므로 상당히 많은 곤혹을 치루지 않을 수 없었다.

그러나 하응흠 장군이 결백한 지휘관이었으므로 서서히 인사기강이 바로 잡혀 가기 시작하였다. 김홍일 대령은 속담에 윗물이 맑아야 아랫물이 맑다는 것은 참으로 이치에 닿는 말이라고 확신을 갖게 되었다.

김홍일 대령이 인사기강을 확립하기 위하여 곧은길을 걷자 많은 장교들이 모함하기 시작하였다 특히 뇌물을 바치다가 거절당한장교들은 이를 부득부득 갈면서 복수심에 불탔다.

중국인을 무시한다는 것이 그들의 대표적 불만이었다. 그러나 김홍일은 조국이 없는 이 시점에서 나의 조국은 중국이라고 까지 말하면서 이에 맞섰다.

원래 부패된 군대에서 곧은 사람이 인사권을 갖게 되면 그에게 화살이 집중되는 것은 당연한 이치이다.

그러나 여기에서 후퇴하거나 부패에 물들게 되면 김홍일 자신의 멸망 뿐 아니라 조국광복의 의지가 상실된다고 굳게 마음먹고 있어서 끝까지 버티어나갔다.

정국은 갈수록 혼미를 거듭했다. 국민당 좌파와 공산당과 합작하여 이끌어 가는 한구의 국민정부와 국민당 우파만의 주도권으로 이루어진 남경의 국민정부 사이에는 참으로 적

지 않은 문제가 얽히고 서로 정통성을 주장하면서 대립이
격화되므로 자연히 북경정부에 대한 북벌 전쟁은 그 기능이
상실될 수밖에 없었다.

그러나 장개석은 좌절하지 않고 동지 규합에 나섰다. 그
리하여 서북과 산서지방의 군벌들을 끌어들이면서 북벌군의
전력을 재정비하는데 성공하였다.

6월에 접어들면서 국민혁명군은 해구(海口)에서부터 서주
(徐州)를 거쳐 정주(鄭州)에 이르는 지역까지 세력을 뻗쳐
나갔다.

그 때 공산당이 주관하는 한구의 국민정부는 총사령관으
로 임명된 당생지(唐生智)는 남경을 공략할 것을 결정하고
대규모 공세를 개시하였다.

장개석은 이에 놀라 눈물을 머금고 북벌군을 철수시키지
않을 수 없게 되었다.

따라서 장개석의 국민혁명군은 북방지역과 서방지역으로
부터 이면압력(二面壓力)을 받게 되는 위기를 맞게 되었다.

1927년 7월 13일 공산당의 본거지인 한구의 국민정부에
뜻하지 않은 회오리바람이 불어 닥쳤다.

그것은 다름이 아니라 지금까지 공산당의 폭동정책에 염
증을 느낀 국민당 좌파세력들이 합리적인 정책을 펴나가기
위하여 움직이기 시작한 것이다.

국민당 좌파세력의 영수(領首) 왕정위(汪精衛)는 한구의

국민정부회의를 긴급 소집하여 순식간에 공산당을 불법단체로 규정지어 버렸다.

그리고 군내의 반공부대를 동원하여 국제공산당원과 러시아 고문 등을 정부 내에서 추방하여 버렸다.

그러자 반공부대의 주력군을 담당하고 있던 하건(何鍵) 장군이 공산당들을 쓸어내면서 공산당의 본거지인 한구를 공격하여 공산당의 수중에 있던 한구를 탈취하는데 성공하였다.

이를 계기로 국민당의 좌우파의 합작을 가능케 하는 터전이 마련되었다.

남경에 주재하고 있는 실력자 이종인(李宗仁)과 백숭희(白崇禧)등은 시국의 수습을 위해서는 좌우파의 합작이 절실하다는 결론을 내리고, 좌우파 합작에 장애가 되는 철저한 우파지도자인 장개석에게 당분간 사임하는 것이 좋겠다는 뜻을 전했다.

국내의 정국이 이러한 방향으로 움직이자 장개석도 심사숙고 끝에 결단을 내렸다. 그는 공(公)을 위해 사(私)를, 대(大)를 위해 소(小)를 희생하는 것을 조금도 부끄러울 것이 없다고 생각한 것이다."

8월 12일. 장개석은 국민혁명군 총사령관직을 사퇴하고 고향으로 내려갔다.

장개석이 물러나자 사태가 수습될 것으로 기대하였던 우파정부 지도자들은 생각하였던 것과는 달리 계속 정국이 혼미를 거듭하자 당황하기 시작하였다.

또 북방군벌은 남하하고 무한의 당생지군은 동진을 시작하였다.

남경의 하응흠, 이종인, 백숭희 세 장군은 이에 대처하여 하응흠 부대는 북방지역을, 이종인, 백숭희 부대는 서방지역을 담당하기로 결정하고 아울러 북벌을 결행하기로 결의하였다.

국민혁명군은 8월 31일 양자강을 도강하여 남경과 상해에 압력을 가하던 손전방 산하의 7만여 병력에 대하여 공세를 가하였다.

노도와 같이 진격을 계속하는 공격부대들은 사기가 왕성하였으며 혁명의 투지에 불타고 있었다. 그러나 북방에서 남하한 손정방군은 병참선이 멀어짐에 따라 보급품 부족 때문에 기아에 시달린 나머지 주민들로부터 약탈을 서슴지 않고 있었으므로 사기가 저하되어 싸울 의지가 없었다. 마침내 방어선이 뚫리면서 돌파구가 크게 형성되니 눈사태 무너지듯 허물어졌다.

혁명군은 공격의 기세를 늦추지 않고 계속적인 압력을 가함으로써 2만여 명을 살상하는 한편 여단장, 사단장급 장군 10명을 포함한 3만여 명의 포로, 4 만여 정의 각종 무기를 노획하는 대전과를 올렸다.

이 전투에서 손정방군은 전멸되었으며 군벌 손정방은 산동남부로 도망치고 말았다.

혁명군은 적을 추격하여 서주선(徐州線)을 회복하는 데 성공하였다.

1927년 12월 10일, 그동안 분열되었던 한구정부와 남경 정부 간의 통합이 이루어져 다행히도 남경에서는 국민당 제 4차 중앙회의를 위한 예비회담이 열렸다.

그 회담에서 장개석은 국민혁명군 총사령관 복직을 결의 하고 또한 러시아 간의 국교를 단절할 것을 결정하였다.

이와 동시에 중국각지의 러시아 영사관과 상무기관(商務 機聞)을 폐쇄하고 전 러시아인을 체포하여 국외로 추방하여 버렸다.

1928년 1월 2일에 장개석은 국민혁명군 총사령관직에 다시 취임하고 4월 7일에는 북벌작전을 재개하였다.

장개석은 하응흠 장군을 참모총장으로 임명하고 4개 집단 군(集團軍)으로 편성하여 북진을 개시한 것이다.

일본 제국주의자들은 중국에 대한 침략야욕에 불타고 있 었으므로 이러한 내전의 호기(好機)를 놓칠 리 없었다.

당시 일본의 다나까 내각(田中內閣聞)은 군벌과의 묵계로 북경과 천진 일대에 주둔하고 있던 3개의 독립경비중대에 게 청도와 제남간의 철도를 장악케 하였다.

그리고 5월 1일에는 후꾸다(福田) 사단장이 지휘하는 제 6사단을 파견하여 일사천리로 청도와 제남동의 요지를 점 령해 버렸다.

이에 당황한 중국정부는 일본군의 불법점령을 항의하였으나 일본 측은 들은 체도 안했다.

이렇듯 일본군이 군벌과 한통속이 되어 날뛰기 시작하자 중국 각지에서는 일제 타도의 기치를 내세운 반일배일운동(反日排日運動)이 활발하게 전개되어 대륙 천지는 불타는 듯한 화염 속에 빠져 들어가고 있었다.

장개석은 일본군과의 정면충돌은 북벌작전에 지장을 받게 될 것으로 판단하고 될 수 있는 대로 일본군과의 충돌을 피하라고 명령을 내렸다.

이에 일본군은 실망하였다 왜냐하면 그들은 무슨 수를 써서라도 혁명군과 사고를 일으켜 그것을 핑계 삼아 혁명군의 북벌작전을 저지하려고 꾀하였기 때문이다.

그러나 일본군은 도처에서 만행을 자행하였다. 공연히 혁명군 쪽에 기관총 사격을 가하는가 하면 항공기까지 동원, 시내에 폭격까지 가해 왔다.

그리고 혁명군의 진출을 방해하면서 도주하는 군벌군을 도왔다. 그러고도 부족하여 5월 7일에는 후꾸다 사단장이 최후통첩이라는 걸 혁명군에 제시하면서 일방적인 내용으로 사태의 책임을 혁명군 측에 뒤집어씌우면서 일본군에 대항한 혁명군 부대에 대한 무장해제를 들고 나왔다.

장개석은 모든 것을 참았다. 오직 북벌작전만이 그의 소망이요 그 전부였다. 국민혁명군은 인내로써 일본군의 함정을 극복하고 일본군 지역을 우회하여 북진을 계속하였다.

6월 2일에는 창주(滄州)를 점령했다. 대세는 이미 혁명군 측에 기울어졌다고 판단한 군벌 장작림(張作霖)은 봉천군(奉天軍)에 대해 총퇴각 명령만 내리고 도망치다가 일본군이 일으킨 열차 폭발사고로 죽고 말았다.

이에 당황한 그의 아들인 군벌 장학량(張學良)은 그가 점거하고 있던 북경을 전투 없이 평화적으로 넘겨주겠다는 의사를 전해 왔다.

혁명군은 이를 받아들였다.

그리하여 6월 11일에는 염석산(閻錫山) 제3집단군 총사령관이 지휘하는 휘하 장병이 북경에 입성하게 되었다.

이를 계기로 혁명군은 북경을 북평(北平)으로, 직예성(直隷省)은 하북성(河北省)으로 개칭하였다.

1926년 7월 7일 광동에서 북벌작전을 선언한 이래 불과 2년 5개월 만에 형식상으로나마 전 중국을 통일하는데 성공하였다. 국민당 중앙전체회의는 장개석을 국민정부의 주석으로 임명하였으며 육해공군 총사령관을 겸직토록 조치했다.

이와 같이 중국이 형식상으로는 통일이 되었으나 문제는 순탄하지 않았다.

그 이유는 군대의 감축문제가 제기되자 군내의 파벌들이 서로의 이해관계 때문에 각처에서 반란을 일으켰기 때문이었다.

북벌작전을 수행하기 위하여 220만 명으로까지 불어났던 육군을 대폭 축소하지 않는 한 전후의 국가건설은 물론 경비지출이 불가능해진 것이다.

군내부의 파벌은 서로 자기 소속 병력의 수를 덜 줄이고자 하는 책동 때문에 좌파가 탈퇴하는가하면 풍옥산, 염석산도 반란을 일으키고 연이어 복건성도 반란에 가담하는 등 중국 천지는 1930년대까지 내란이 끊이지 않는 비극의 국면에 접어들게 되었다.

그러나 장개석 주석은 그의 뜻을 조금도 굽히지 않고 국가의 백년대계를 위하여 내란의 수습에 전력을 다 쏟았다.

그는 내란의 지도자들을 회유하고 설득하는 한편 군사력으로 토벌작전을 펴나감으로써 결국에 가서는 각파 반란군들이 모두 항복하고 남경으로 장개석 주석을 찾아와 용서를 빌곤 했으니 장개석의 정치적 군사적, 수완은 비범한 것이었다.

그 후 강서지방의 공산당들은 그 조직력을 확대하면서 점점 세력을 넓혀 가고 있었으니 중국의 장래는 예측할 수 없는 국면으로 치닫고 있었다. 그러한 국민정부의 약점을 틈탄 일본제국주의자들은 1931년에 오랫동안 노리던 대륙 침략의 마수를 뻗치기 시작하였다.

1931년 9월18일 새벽에 일본의 관동군(關東軍)이 봉천

교외의 유조구(柳條構) 부근에서 만철 철도의 선로를 폭파하고 그것을 중국인이 저지른 것이라 뒤집어 씌웠다.

일본군은 그 자위책이란 명분을 내세워 삽시간에 장춘과 봉천 등지의 중국군 기지를 기습하여 점령해 버렸다.

일본군은 계속 침략을 확대하여 갔다. 이것이 바로 만주사변(滿州事變)이다.

김홍일 대령을 비롯한 애국심에 불타는 독립운동가들은 이때야말로 항일전선의 구축이 필요한 때임을 인식하고 각 방면의 애국청년을 모아 소규모의 독립군 부대들을 창설하기 시작하였다.

김홍일은 중국군이 일본군과 싸우기 시작하자 그의 마음은 부풀기 시작하였다. 〈때는 왔다. 원수를 무찌르자!〉 그는 가슴이 후련하였다.

그리하여 그동안 저축하여 둔 900원의 거금을 이들 독립군부대에 내어 주어 소총 등 무장을 갖추는데 쓰게 하면서 소총 구입을 위하여 직접 나섰다.

당시 중국에는 여러 가지 형태의 군대들이 일어났다가는 없어지고 없어졌다가는 일어나는 그런 형국이었으므로 소총과 실탄 등은 돈만 있으면 얼마든지 구입할 수 있었다.

이렇게 무장한 독립군은 각처에서 일본군을 기습하여 일본군을 괴롭히기 시작하였다.

만 4년 만에 중국 대륙에 독립군이 다시 활동하기 시작한

것이다. 특히 이때 김홍일 대령은 북벌전쟁 초기 독립연대
장으로 활약하다가 중국군의 병기 담당 부서의 병기관리 책
임자였던 관계로 독립군의 장비 알선 등의 길을 트는 데 크
게 도움을 주게 되었다.

　이 소식을 듣게 된 상해임시정부의 백범(白凡) 김구(金
九)는 인편으로 은밀히 김홍일 대령을 만날 것을 제의하게
되었다.

　김구가 보낸 김상수는 김홍일 대령의 숙소에 찾아왔다.
그는 마침 저녁식사를 마치고 책을 보고 있었다.

　"김홍일 동지 계시오?"

　밖에서 부르는 소리에 문을 열고 바라보니 지난날 상해시
절의 절친한 동지였다.

　"김상수 동지! 웬일이오? 어서 들어오게."

　그들은 두 손을 붙들고 반가워 어쩔 줄을 몰랐다.

　"김홍일 동지가 육군 대령으로 성공하였다는 말을 듣고
얼마나 기뻤는지 몰랐네."

　"고맙네, 김상수 동지도 건강하고 안색이 좋으니 성공한
것 같네."

　하하하하……

　둘이서 힘차게 웃었다.

　그 동안 서로간의 안부와 지난날에 있었던 갖가지 애환이
얽힌 이야기를 주고받고는 김상수가 긴장하면서,

　"김구 선생이 김홍일 동지를 꼭 만나고 싶어 하신다네."

"무슨 용건일까?"

"무엇인가 중요한 일을 상의하실 모양이야."

"그렇잖아도 뵙고 싶은 분이었는데 잘 되었네. 곧 뵙기로 하지."

"김구 선생도 기뻐하실 것일세."

그들은 밤새도록 지난날의 이야기로 꽃을 피웠다.

백범 김구.

그는 1876년에 황해도 해주에서 출생하였다.

12세 때부터 동네 서당에서 글을 배우다가 15세 때부터 본격적으로 한학에 몰두하여 17세 때 과거에 응시하였다. 그러나 당시 부패가 극심하여 뒤에서 돈이나 권력이 작용하여 엉뚱한 자만을 합격시키는데 분격한 나머지 동학에 입교, 전봉준의 동학혁명 때 봉기하여 탐관오리와 일본인의 숙청에 앞장섰다.

그 후 의병을 일으키기 위하여 신천에서 안악으로 가는 도중 명성황후의 원수를 갚는다 하여 지하포에서 일본의 육군 중위 스찌다(土田)를 죽였다.

그는 체포되어 사형이 확정되었으나 탈옥하여 방랑생활을 하면서 한때 중이 되기도 하였다.

1910년 11월 서울에서 신민회가 비밀리에 소집되었을 때 그는 황해도 대표로 참가하였다.

1919년 그는 44세 때 3·1독립운동이 일어나자 비상한 결심을 품고 상해로 탈출하였다.

곧 임시정부 경무국장으로 취임 1923년에는 내무총장, 1927년에는 국무총리를 역임하면서 임시정부를 영도하였다. 그리고 그는 애국청년을 모아 일본인에 대한 적극적인 투쟁을 표방하는 애국단을 주관하였다.

김홍일은 얼마 후 임시정부에 찾아가 김구를 만났다.

"김홍일입니다. 일찍부터 선생님의 훌륭하신 애국심을 경모하고 있었습니다."

"어서 오시오, 김홍일 동지. 동지야말로 한인의 독립운동을 지원해 주고 있으니 그 이상 훌륭한 애국자가 어디 있겠소."

"몸 둘 바를 모르겠습니다."

김구는 그 동안의 임시정부 내막과 대 일본인에 대한투쟁 경과 등을 상세하게 설명해주었다.

그는 몸을 바로잡으며 표정을 굳히고 김홍일에게 말했다.

"애국단 소속의 이봉창이란 애국청년이 있는데 그가 목숨을 걸고 일본의 소위 천황(天皇)이라는 히로히또(裕仁)를 죽이겠다고 나섰다오."

김홍일은 깜짝 놀랐다. 일황(日皇)을 죽이겠다고 나섰다니 그것은 생명을 바치기로 작정한 사람이 아닌가?

"네? 정말입니까?"

그는 뜻밖의 말에 놀라면서 김구의 얼굴을 응시하였다.

"분명한 사실이오."

"이봉창이란 청년은 어떤 사람입니까?"

"이봉창은 서울태생인데 1922년경에 나라 잃은 슬픔을 견디지 못하여 일본에 건너가 오사카(大阪)와 도쿄(東京) 등지를 돌아다니며 원수를 갚을 기회를 노리다가 여의치 못하여 중국에 와서 애국단에 가입한 사람이오."

"네—."

그는 한마디 대답만 하고는 가슴이 설레어 말을 잇지 못했다.

"이봉창이 일본에서 알아본 바에 의하면 관병식(觀兵式)이 있을 때 일황은 이를 관람하기 위하여 마차를 타고 거리로 나온답니다. 그 때 궁성(宮城)앞에 이중교(二重橋)를 지날 무렵 맞은 편 길가에서 군중과 함께 일황에게 절하는 척하다가 그만 번개처럼 달려 나가 폭발물을 던지겠다는 것이오."

김구의 말에 김홍일은 그 용감무쌍한 이봉창을 보고 싶었다.

"선생님, 그 청년을 만나볼 수 있습니까?"

"응. 옆방에 와 있소."

김구는 일어서자 옆방문을 열고 그를 불렀다.

"이봉창 군, 들어오게."

30세가 될까 말까 하는 혈기왕성한 청년이 씩씩하게 걸어 들어왔다.

그는 김홍일에게 꾸벅 절을 했다.

"이봉창입니다."

"김홍일입니다."

그들은 인사를 나누고 자리에 앉았다. 먼저 김홍일이 입을 열었다.

"이봉창동지. 동지의 훌륭한 거사의 뜻을 선생님으로부터 들었습니다. 고개가 숙여질 뿐입니다."

"성공을 하거나 실패를 하거나 간에 그들에게 잡혀 죽음을 당하는 것은 분명한 사실이라고 생각합니다."

그 말에 이봉창은 상기된 얼굴로,

"저는 이미 조국의 독립을 위하여 몸을 바쳤습니다. 2천만 대한민족이 한결같이 일본의 압제에 신음하고 있는 이 마당에 그 괴수(魁首)를 죽여 원수를 갚고 만방에 우리 민족의 기개를 떨친다면 사나이 대장부로서 어찌 그 이상 가는 광영이 있을 수 있겠습니까?"

김홍일은 가슴이 벅차오르는 것을 느끼면서 자신을 돌이켜보았다.

'나보다 애국심이 한 차원 높은 청년이구나.'

하고 생각하며 그는 이봉창의 태도에서 분명한 결심을 발견하였다.

"고맙습니다. 제가 할 일 그리고 도와드릴 일을 말씀해 주십시오."

김구를 바라보며 굳은 의지가 넘치는 듯한 힘찬 어조로 말했다.

"이봉창군이 바라는 것은 그 때 사용할 폭발물이오."

그 말이 떨어지기가 무섭게 말을 받았다.

"알겠습니다. 제가 책임지겠습니다. 다만 일황에게 접근할 수 있는 거리가 얼마나 되는지 알고 싶습니다."

"제가 확인한 바에 의하면 50미터에서 100미터 정도가 되겠습니다."

"좀 먼 편이군요. 30미터 정도라면 보통 수류탄이 적합한데 그것은 무거워 100미터까지는 미치지 못합니다."

"기마병이 사방에 둘러싸여 50미터 이내의 접근은 힘듭니다."

"그러면 좋은 수가 있습니다. 위력은 좀 약하지만 멀리 나갈 수 있는 마미수류탄(麻尾手榴彈)을 드리지요. 그 수류탄은 불발탄이 없고 휴대하기 간편한 것이 장점입니다."

"고맙소."

"고맙습니다."

김구와 이봉창은 이제야 살았다는 듯 안도의 한숨을 내쉬었다.

김홍일은 끝으로 다짐하는듯한 어조로 이봉창에게 말했다.

"마미수류탄과 같은 크기, 같은 무게의 돌을 여러 개 준비하여 목표지역을 만들고 투척훈련을 해야 할 것입니다."

이봉창은 당연하다는 표정을 지었다.

"그렇습니다. 일생일대의 거사이고 2천만 동포의 기대가 얽혀 있는 일인데 소홀히 하여서야 되겠습니까? 분부하신 대로 열심히 연습을 하겠습니다."

"됐소. 자, 술이나 한잔하러 갑시다. 내가 한 턱 내겠소."

김구는 두 청년의 등을 힘차게 잡으며 일어섰다. 그 날 밤 이들은 밤새도록 나라의 걱정과 서로의 애국관을 쏟아 놓으면서 술을 마셨다.

1932년 1월 8일.

이봉창은 사꾸라다몽(櫻田門) 밖에서 관병식을 마치고 돌아오는 일황 히로히또가 탄 마차를 향하여 수류탄을 힘껏 그리고 정확하게 던졌다. 수류탄은 일황이 탄 마차 바로 앞에 정확하게 떨어졌다 그리고 '쾅!'하고 땅을 뒤흔들 듯한 폭음이 퍼졌다. 마차를 끌던 말 한 마리가,

우흥! 우흥!

하고 소리치면서 길 복판에 나동그라졌다. 그 바람에 다른 말도 넘어지면서 일황이 탄 마차가 뒤집히고 일황은 땅바닥에 나뒹굴게 되었다. 그러나 애석하게도 일황은 죽지 않았다. 대부분의 파편은 말이 맞은 데다 마차의 두꺼운 벽 때문에 파편이 뚫지 못하였던 것이다.

순간 이봉창은 목이 터지라고,

"대한독립 만세!"

를 불러댔다.

그 일대는 아수라장이 되어버리고 경찰은 이봉창을 현장에서 체포하였다. 비록 일황은 죽지 않았으나 8천만 일본 국민은 모두다 간담이 서늘하여 부들부들 떨었다. 그리고 세계를 깜짝 놀라게 하여 대한민족의 독립의지를 만방에 고양하는 계기가 되었다. 이봉창 의사의 거사 소식이 중국에 전해지자 당시 전 중국의 신문과 라디오는 세기적인 특종 뉴스를 제각기 앞을 다투어 보도하느라 야단이었다. 계획대로 완전한 성공을 거두지 못하였다는 사실이 못내 섭섭한 일이기는 했지만 중국인들은 모두 흥분하여 거리에 몰려다니면서 제각기 한국인에 대한 찬사의 말을 아끼지 않았다.

얼마나 일본의 침략에 울분을 품었으면 이토록 야단이란 말인가?

한국인들은 저마다 영웅이 된 기분으로 거리를 설쳤다.

상해에서 발행되는 신문 일면의 표제에는 주먹만 한 활자로,

"韓人 李奉昌 狙擊 日皇 不幸不中"

－ 한국 사람인 이봉창이 일황을 저격하였으나 불행히도 맞지 않았다 －

라고 대서특필하였다. 이에 상해에 있는 일본인들은 흥분

하여 들고 일어났다.

'불행불중(不幸不中)이라니, 불행스럽게 맞지 않았다는 말인데 이런 불경한 놈들이 있나?'

일본인들은 중국 땅에 살고 있으면서도 중국인 신문이 자기 나라 천황에게 대불경죄(大不敬罪)를 저질렀다 하여 일제히 작당하여 민국일보사(民國日報社)를 습격, 닥치는 대로 기물을 마구 부수고 불을 질렀다.

일본 군인들은 시내에 쏟아져 나와 닥치는 대로 중국인을 개 패듯했다.

"그렇다면 다행명중(多幸命中)을 바라고 있었던 것이 아니냐!"

고 소리치면서 날뛰었다. 심지어 1월 20일에는 일본의 중들까지 들고일어나 불을 지르고 행패를 부렸는데 이를 제지하기 위한 중국 경찰과 충돌하여 서로 간 30여명의 사상자까지 내는 등 온통 상해는 광란의 도시가 되어버렸다.

이에 이르자 흥분하기 시작한 중국인들도 거리에 쏟아져 나오면서 일본인들에게 반격을 가하게 되니 상해는 격전장을 방불케 하는 전장이 된 것이다.

이봉창 의사가 던진 그 주먹만 한 수류탄은 이렇게 전혀 뜻하지 않은 곳으로까지 여파가 크게 파급된 것이었다.

그 틈을 타서 일본 해군은 새로운 침략을 위한 흉계를 꾸미고 나섰다.

당시 상해 항에는 일본해군의 제3함대가 정박하고 있었는데 그 위세는 당당하였다.

즉 항공모함 1척, 순양함 2척, 그리고 구축함 16척에 해군 육전대(陸戰隊-해병대) 3천여 명의 방대한 규모였다.

그런데 해군은 바다 위에만 있다 보니 좀이 쑤시어 견딜 수가 없었다. 더욱이 육군은 동분서주하면서 전과를 올려 일본의 본국에서 칭찬이 자자한데 해군은 쥐죽은 듯 가만히 있다 하여 우습게 보는 풍조가 생겼다.

이에 제3함대 사령관 노무라(野村)는 야심이 꿈틀거렸다.

'육전대를 투입하여 상해를 휘어잡고 해군의 위력을 과시하자!'

그는 결심하자 우선 절차를 밟아 구실을 만들어야 되겠다고 생각하였다. 노무라는 1932년 1월 28일 19:00시를 기하여 상해의 중국군에 대하여 일본 거류민을 보호한다는 구실로 즉시 철수할 것을 요청하였다.

통첩을 받은 중국군은 너무나 어이가 없어서 분한 것보다 웃음이 나올지 경이었다.

'도대체 어느 나라 땅에서 어느 나라 군대가 나가란 말이냐?'

말도 안 되는 소리에 회답을 할 필요성이 없다고 판단하고는 즉시 경계를 강화하여 일본군의 공격에 대비하였다.

일본 해군 육전대는 서슬이 퍼런 기세로 갑북(閘北)에 주둔하고 있던 중국군 19로군(路軍) 부대를 공격하였다.

일본군의 생각으로는 공격하기만 하면 무너지는 중국군으

로 알고 얕잡아보았다. 그러나 그것은 커다란 오산이었다.
19로군 부대는 일본군의 기습에 대하여 완강히 저항하고
즉시 반격전을 전개하였다.

당황한 일본군은 허겁지겁 그들의 조계(租界) 안으로 퇴
각하는 수밖에 없었다. 이에 놀란 일본군은 육군의 1개 여
단을 증원하여 재차공격을 시도하였으나 다시 패배하였다.

일본군은 계속적으로 제9사단과 제11사단 그리고 제14
사단과 제16사단 등 도합 4개 사단이나 병력을 증강하여 군
사령관을 4 번씩이나 갈아치우는 등 소란을 피우며 육군을
주력으로 한 공군과 해군의 지원으로 대공세를 감행하기에
이르렀다.

전투 개시 한 달 만인 3월 1일 중국군은 제2방어진지로
후퇴하였다.

이와 같은 일본군의 국제도시 상해에서의 만행에 대하여
전체 중국인은 물론 세계 각국의 여론은 들끓었으며 일본은
국제정치 사회에서 궁지에 몰리게 되었다.

상해에 주재하고 있는 서방 각국의 외교사절들은 일본에
대한 비난 성명을 빗발치듯 쏘아대니 간악한 일본인들은 변
명의 여지가 없었다.

따라서 3월 4일 국제연합이 결의한 정전결정을 수락하지
않을 수 없었다.

일본은 그 결정에 따라 5월 31일 전 병력을 상해에서 철
수시켰다.

김홍일이 건네준 단 한 발의 마미수류탄 위력이 이와 같이 중국대륙은 물론 세계열강들의 정치외교가를 뒤흔들어 놓고야 말았던 것이다.

당시 김홍일 대령은 일본군과 싸우는 19로군의 정보국장을 겸임하고 있었는데 그때의 임무란 일본군에 대한 군사정보를 세밀하게 수집하고 분석하여 일본군의 기도를 분쇄하기 위한 정보를 제공하는 것이었다.

김홍일 대령은 한인교포의 정보망을 총동원하여 일본군의 관할지역내에 풀어 놀랄 만큼 정확한 정보를 수집하는데 성공하였다.

따라서 중국군 작전의 성공 이면에는 한인 교포가 수집한 정확한 정보가 절대적인 역할이 되었던 것이다. 특히 정보수집을 위하여 김구는 헌신적으로 진두지휘를 서슴지 않았다.

또한 김홍일 대령은 별도의 한인 특공대를 운용하여 일본군의 탄약 등 군수물자의 폭파를 가함으로써 일본군을 괴롭혔다.

그리고 김홍일 대령은 전투가 끝난 다음에도 김구, 안창호 등 상해임시정부의 지도자들과 매일 긴밀한 접촉을 통하여 시시각각으로 변하는 국제간의 정세를 설명해 주는 한편 한인사회를 중심으로 한 대일 정보망을 운영하여 일본군의 동태를 사전에 파악함으로써 차기 작전에 대비하고 있었다.

김홍일이 설치한 정보망을 통하여 입수된 각종 정보 중에서 특히 중요했던 것은 당시 황포강(黃浦江)의 홍구(虹口) 부두에 정박 중인 일본 해군의 기함(旗艦)인 출운호에 관한 것이 있었다.

정보에 의하면 그 배를 일본군들이 작전사령부로 정하여 각 부대의 고급 장성들이 수시로 모여 작전회의를 연다는 것이었다.

그리고 그 기함이 정박하고 있는 부근의 부두에는 일청기선회사(日淸汽船會社)의 군수품 창고가 자리 잡고 있으며 또한 상해 주재 일본 총영사관이 있는 곳으로 일본 제국주의자의 침략기지 역할을 하고 있는 곳이기도 했다.

김홍일 대령은 정보 분석 결과를 종합하면서 머리에 반짝 스쳐가는 무엇이 떠올랐다.

'그렇다. 일본군의 총사령탑인 기함을 폭파하자.'

마음을 정하고 보니 가슴이 뛰었다.

'일본 놈의 원수를 갚을 호기가 왔다.'

그는 폭파를 결심하자 작전 진행을 서둘렀다.

이 계획을 진행시키는 데는 물속을 잠수해야 하기 때문에 상해에서 잠수부를 물색하였다. 그랬더니 수귀(水鬼)라는 이름을 가진 전문 잠수부가 있는 것을 확인하고 그들과 접촉을 하였다.

과연 그들은 물귀신같이 물속에서 자유자재로 활동할 수 있음을 확인하였다. 그들과 협상을 해보니 돈이라면 무슨 짓이고 가리지 않고 한다는 것을 알고 그들이 원하는 대로 돈을 대주었다.

다음은 강력한 성능의 폭발물을 준비하는 것이었다.

김홍일 대령은 중국인 기술자와 협력하여 병기공창에 있는 비행기용 폭탄을 개조하는데 성공하였다.

모든 준비가 완료되자 디데이(D Day-작전일) 전날까지 수병 (水兵)과 수귀들에게 폭탄 설치에 대한 철저한 예행연습을 시켰다.

디데이가 되자 수병과 수귀를 출발시킨 김홍일은 두근거리는 가슴을 억제 하지 못하면서 그들이 기어이 성공하고 돌아와 줄 것을 하나님에게 기도하였다.

'우리 겨레의 원수를 갚아주소서.'

시간은 흘렀다. 기함에 폭발물을 설치하는 시간이 20분, 기함까지의 왕복에 소요되는 시간이 30분이니 50분간이 소요되는 것으로 2시간은 여느 때의 몇 시간과 같은 초조함을 갖게 하였다.

특히 보트에서 폭탄에 연결하게 되어 있는 전선의 길이만 해도 200미터가 되기 때문에 폭탄이 설치되었다하더라도 스위치를 눌러 폭탄이 발화가 안 된다면 만사가 허무하게 되어 버리고 마는 것이다.

폭탄 설치가 끝나면 수귀들은 반대 방향으로 피하고 다른 수병이 보트 위에서 스위치를 누르도록 되어 있었다.

12시 30분.

천지를 뒤흔드는 듯한 폭음이 울려오면서 커다란 물기둥
이 황포강 한가운데서 하늘 높이 솟았다.

순간 김홍일 대령은 자신도 모르는 사이에 환호성을 질렀
다.

그러나 잠시 후 마음을 가라앉히고 정확한 소식에 접해
보니 아깝게도 실패하였다는 것이었다.

불행하게도 폭탄이 기함으로부터 10여 미터 떨어진 곳에
서 폭파하였기 때문에 문제의 기함은 진동으로 몸통이 부두
에 부딪치는 바람에 약간의 손실만 입었을 뿐이었다는 것이
다. 수귀 두 사람은 폭탄이 터지면서 그대로 수장되고 말았
다.

수병들이 돌아와서 보고하는바에 따르면 수귀들이 약속대
로 움직여 주지 않아서 일어난 결과임을 확인할 수 있었다.

정작 시간이 되자 보트에서 내려 물속으로 들어가야 할
시간에 이들이 겁을 먹고 서로 미루다가 수병의 권총협박을
받고서야 물속에 뛰어 들어갔다는 것이다.

12시 30분이면 거의 한 시간이 지났는데도 기별이 없어
그대로 스위치를 눌렀다는 것이었다.

그 사건이 있자 다음부터는 일본군이 기함 근처 둘레에다
크고 튼튼한 그물을 쳐놓고 보트를 띄워 항상 경계하고 있
었으므로 다시는 기회를 잡을 수가 없게 되었다. 그래서 곰
곰이 궁리한 끝에 다시 착안한 것이 부두에 있는 일본군의
무기창고와 탄약고 등을 폭파하는 것이었다.

그때 윤봉길(尹奉吉)을 비롯한 동포 청년 여섯 명이 탄약 창고 내에 일자리를 얻어서 늘 그 곳에서 일하며 일본군들의 탄약 수급에 대한정보를 수집하여 일일이 보고하고 있었다.

그리하여 김홍일 대령은 김구 선생과 매일 머리를 맞대고 대책을 강구하기에 여념이 없었다.

그때 짜낸 계책은 도시락이나 물통에 시한폭탄을 장치하여 가지고 들어가 일이 끝날 무렵 포탄상자 사이에 설치하여 시간장치를 풀어놓고 나오는 방법이었다.

도시락과 물통폭탄의 제조는 김홍일 대령이 관장하고 있는 병기공창에서 제조하였다. 그러나 일본인들이 사용하는 도시락과 물통을 구하기도 힘들었을 뿐만 아니라 완전한 시한장치 때문에 많은 시일을 잡아먹었다.

막상 일을 시작하려고 하니 탄약고의 문을 닫아버리고 윤봉길 등 인부도 해산시키고 말았다.

또 한 번 실망하였다.

그러나 김홍일 대령은 좌절하지 않고 김구 선생과 더불어 다음 기회를 엿보고 있었다.

4월 29일은 일본의 소위 천장절(天長節)이라 하여 임금의 생일을 축하하기 위한 행사를 대대적으로 한다고 일본인의 상해일일신문(上海日日新聞)이 보도하였다.

더구나 그날을 더욱 빛내기 위하여 상해전 승리 축하식

(上海戰 勝利 祝賀式)까지 겸한다는 것이었다. 그리고 일본 거류민들에게 알리는 주의사항 가운데 경축식이 끝난 후에는 군대사열과 학교대항 운동대회가 있으니 각자가 점심 도시락과 음료수를 지참하라는 것이었다.

김구 선생과 김홍일 대령은 신문을 다 읽고 나서,

"됐구려, 김홍일 대령."

"선생님 때는 왔습니다."

감격의 첫말이 터져 나왔다.

먼저 만들어 놓은 도시락과 물통폭탄이 제 몫을 발휘할 때가 왔다고 생각하니 자꾸만 가슴이 뛰었다. 김홍일 대령은 이 계획을 윤봉길에게 상세히 알렸다. 윤봉길은 말을 듣고 나더니,

"이제야말로 이 세상에 사나이로 태어나서 나라를 위해 일할 기회가 왔습니다."

라고 눈물을 주르륵 흘리면서 그의 손을 잡았다.

"어제 밤에 용이 하늘로 치솟는 꿈을 꾸었습니다.

바로 오늘 이 감격스러운 책무가 떨어질 것을 미리 예고해 준 것입니다."

윤봉길은 감격과 환희가 교차하는 듯 상기된 얼굴로 어쩔 줄을 몰라 했다.

윤봉길은 1908년 충남 예산에서 출생하였다.

11세 때 덕산소학교에 입학하였으나 3·1독립운동의 불길을 보고 식민지 노예교육을 받지 않겠다고 자퇴하여 독학하

다가 19세 때 야학(夜學)을 설치하고 22세에는 월진회(月進會)를 조직하여 고향 청소년들의 계몽에 힘썼다.

1930년 가족 몰래 만주와 중국철도를 거쳐 상해로 망명하여 김구 선생이 이끄는 한인애국단에 가입하여 독립운동을 하고 있었다.

그는 피 끓는 청년이었다.

언제나 죽기를 맹세하고 큰일을 해 보겠다고 혈안이 되어 거사할 곳을 찾았다.

4월 26일.

윤봉길은 거류민단 사무실에서 김구 선생 주재 하에, 김홍일이 입회한 가운데 선서를 하였다.

"선서문. 나는 적성(赤誠)으로써 조국의 독립과 자유를 회복하기 위하여 한인애국단의 일원으로서 태극기 앞에 침략자를 도륙(屠戮)하기로 맹세하나이다.

대한민국 14년 4월 26일
선서인 윤봉길"

선서를 마치자 태극기 앞에서 임시정부주석 김구 선생과 나란히 기념촬영을 하였다.

김홍일 대령은 중국 군대 소속이었으므로 후환을 없애기 위하여 사진촬영은 하지 않았다.

4월 28일, 그러니까 거사 전날 김홍일 대령은 중국인으로 가장하여 홍구 공원 앞에 있는 중국인 식당 2층에 올라가 일본인들의 식장과 예행연습 과정을 상세히 살폈다.

그리하여 식장의 배치, 예상되는 분위기 등을 윤봉길에게 알려주면서 식이 끝날 무렵 즉 긴장감이 풀어질 때 식단후면으로 달려 들어가 단상을 향하여 제1탄을 내던진 후에 제2탄을 가지고 자폭하기로 순서를 정하였다.

드디어 4월 29일이 되었다.

그날 아침 윤봉길은 한손에 일장기(日章旗)를, 그리고 한손에 도시락(폭탄), 또 한 어깨에는 물통(폭탄)을 메고 식장이 마련된 홍구 공원에 들어갔다.

그날 정오께 드디어 윤봉길 의사의 그 장쾌한 거사 소식이 들어왔다.

예정대로 식이 끝날 무렵 윤의사가 던진 제1탄은 식단에 떡 버티고 앉았던 침략자들의 면전에 떨어졌다.

한·일합방의 응징을 뜻하는 한민족의 정의의 제1탄이 '일본천황 만세!'를 부르려던 바로 그 직전에 터진 탓으로 그들의 입을 틀어막아 버렸다.

상해 일본 거류민단장 가와바따(河端)와 일본군 상해 파견군 사령관 시라가와(白川) 대장 등을 살해하고 제3함대 사령관 노무라(野村), 제9사단장 우에다(植田), 주중국공사 시게미쓰(重光) 등에게 중상을 입힌 다음 제2탄을 폭발시키려고 하는 찰나 일본 헌병에게 체포되었다.

이 사건으로 일본은 커다란 충격을 받았으며 김구 선생과 김홍일 대령은 상해에서 피신하지 않으면 안 되었다.

김홍일은 이름을 왕일서(王逸曙)로 고치고 중국군의 배려로 상해를 떠나 남경의 공병학교 부관처장이 되어 그곳에 머물렀다.

이 무렵 일본은 노구교(盧構橋)에서 일본군 한 사람이 실종되었다는 것을 구실삼아 아무런 예고도 없이 중국군에 공격을 가해 왔다.

중국군은 자위수단으로 일본군의 무모한 공격에 저항하지 않을 수 없었다. 이로 인하여 중·일 양국은 선전포고 없는 전쟁을 시작하게 된 것이다.

1939년 5월 김홍일 대령은 소장(少將-한국군의 준장, 소장급)으로 진급과 동시 제19집단군 총사령부의 참모처장으로 최초 보직을 받았다.

12년 만의 장군 진급이었다.

제19집단군은 예하에 4개 군단, 12개 사단의 대병력이었다.

1941년 3월 상순에 이르러 제19집단군 정면에 일본군 제11군(군단)이 공격을 가해 왔다.

중국군은 적의 예봉을 피하면서 퇴각하는 것처럼 보인 다음 중국군의 깊숙한 곳까지 유인하여 우세한 병력으로 일본군을 겹겹이 포위하여 강타하였다. 일본군은 사력을 다하여 저항을 시도하였지만 워낙 숫적으로 우세한 중국군을 당해 내지 못하고 5,000여명의 전사자를 내고 퇴각하고야 말았다.

특히 이 전투에서 김홍일 장군은 제19사단장으로 용명을 떨쳤다. 일본군의 주력을 측방에서 타격하여 공격의 예봉을 꺾은 것이다.

중국 정부에서는 상고회전(上高會戰)이라 명명하고 중·일 전 사에 길이 남겨 놓게 되었다.

김홍일 장군으로서는 중원대륙(中原大陸)에서 민족의 원한이 사무친 일본군을 통쾌하게 격퇴시킨 이상 무한한 감격과 행복감에 젖는 시간이기도 했다.

1941년 12월 8일 일본군이 진주만 기습을 시작으로 제2차 세계대전이 발발하게 되자 중·일 전쟁의 양상도 크게 변모하여 갔다.

일본군은 계속해서 제19집단군에 공세를 가하여 왔으나 전세는 중국군에게 유리해지면서 일본군은 수세에 몰리기 시작하였다.

김홍일 장군이 지휘하는 제19사단은 일본군의 중앙을 과감히 돌파하는 중앙돌파작전을 감행하여 일본군을 궁지에 몰아넣었다.

특히 김홍일 장군은 중국군대에서 별로 사용하지 않는 중앙돌파작전과 야간기습작전을 통하여 연전연승을 거듭하니 중국군대 뿐만 아니라 일본군들도 그의 용명을 모르는 사람이 없었다.

이 무렵, 일본군의 저항도 차츰 무디어졌다.

일본은 중국의 전장에서 일부 병력을 태평양 전쟁에 빼돌리기 위하여 중국 각 전구에서 일종의 유한공격(有限攻擊)을 여러 차례 시도하였다. 그러나 그때마다 중국군으로부터 많은 타격을 받았다. 김홍일 장군은 대륙의 중원을 누비며 종횡무진으로 일본군을 격파하는 데 정열을 쏟았다.

'일제로부터의 해방과 대한의 독립.'

그는 비록 중국 군대를 지휘하고 있었지만 언제나 일본군과 전투할 때면 신명이 났다.

그것만이 독립의 길임을 확신하면서 전진, 전진을 거듭하였다.

7. 조국이 부른다면

　김구 주석의 노력으로 임시정부의 중심세력을 이루었던 한국국민당, 조선 혁명당, 한국독립당 등 3당을 통합하여 한국독립당으로 새 출발을 하게 되었다.

　그러나 자금이 부족하여 독립군의 운용이나 일본군에 대한 조직적인 항전이 불가능해지자 김구 주석을 비롯한 임시정부 요인들은 강대국들로부터의 군사원조를 받아야 되겠다고 생각하게 되었다. 그 대상국으로 거론된 것이 미국이었다.

　김구 주석은 이를 실행하기 위하여 오래전부터 친교가 두터웠던 국민정부의 실력자 서은회(徐恩會)를 방문하였다.

　서은회는 김구 주석을 반가이 맞아주었다.

　"어서 오십시오, 김구 주석."

　"오래간만입니다."

　그들은 인사가 끝나자 자리에 앉았다. 김구 주석은 심각한 표정을 지었다. 눈치를 챈 서은회는 먼저 말을 건넸다.

　"중요한 용건인 것 같은데 무슨 일인지 말해보십시오.

내 생각에는 임시정부 안의 각 파벌이 단합을 한 이상 더 없이 고무적으로 생각하고 있는 참입니다."

"그렇습니다. 단결을 한 이상 일제와 싸워야하고 싸우자니 군자금이 필요한 것이 아닙니까? 국민정부에서의 지원이 불가능하다면 미국으로 건너가 군사원조를 얻어 낼까 합니다. 그러니 미국으로 갈 수 있도록 여권을 내주시면 고맙겠습니다."

서은회는 몹시 난처한 표정을 지었다.

"중국에 있는 대한민국 임시정부에서 미국까지 건너가 군사원조를 요청하게 되면 저희들 처지가 곤란해질 것 같습니다."

김구 주석은 의아해 하면서,

"무슨 뜻인지 잘 모르겠습니다만 같은 연합국의 일원인데 문제가 되겠습니까?"

고 되물었다.

"문제가 되지요. 가까이 있는 저회들이 돕지 않고 먼 친구들에게 도움을 청하게 된다면 국제간의 신의에 문제가 있다고 봅니다."

"그렇다면 국민정부에서 저희들을 도와주겠다는 말씀인가요?"

서은회는 그 말에는 대답을 않고 고개만 약간 끄떡이며 미소를 지었다.

"고맙습니다. 국민정부에서 도와준다면야 제가 굳이 미

국까지 건너갈 필요가 없겠지요."

"장개석 주석께 도움을 주도록 건의해 보겠습니다. 그러
니 다음에는 구체적인 방안 같은 것을 가지고 의논해 봅
시다."

"매우 고마운 말씀입니다. 곧 돌아가 구체적인 방안을
수립하여 의견제시를 하도록 준비하겠습니다."

김구 주석은 기쁜 마음으로 임시정부로 돌아왔다. 그리하
여 임시정부의 요인들과 협의하여 보다 실천적이고 구체적
인 방안을 수립하게 되었다.

이 때 성안된 것이 이청천(李靑天) 등 군사 관계 위원들
이 작성한 광복군 조직 계획안이었다.

이 안은 임시정부의 중앙집행위원회에서 만장일치로 결의
되었다.

김구 주석은 이 계획안을 가지고 장개석 국민정부 주석을
방문하였다.

장 주석은 평소 한국인의 독립운동을 내심으로 장하게 보
아온 터이다. 임시정부에 대해서는 각별한 관심을 가지고
있었다.

특히 안중근이 이토 히로부미를 사살하고 이봉창이 일황
을 저격하고 또다시 윤봉길은 일본 침략자를 다수 살상케
하는 등 적극적인 대일항쟁의 의지를 감탄하고 있었다.

주요 지휘관회의 때 그는 자주,

"한국인의 항일투쟁의지를 거울삼아야한다."

고 과업을 수행하는 지휘관들에게 다짐하면서 중국 내에 있는 한국인의 역량을 활용하여야 된다고 역설하고 있을 때였다.

그리고 실제로 한국인을 중국의 군관학교에 입교시켜 많은 간부를 양성하게 된 것도 바로 장개석 주석의 한국인에 대한 투쟁의지에 감명을 받은 결과였던 것이다.

장개석 주석은 김구 주석을 반가이 맞았다.

김 주석은 광복군 조직계획안을 상세히 설명하고는,

"한민족의 여망이 오직 주석님 결단에 달려 있습니다.

그리고 이의 실천은 대일 항전에 커다란 역량이 되리라 확신합니다. 왜냐하면 광복군 창설이 미치는 정치적 의미는 군사적인 결과보다 더 중요하다고 보기 때문입니다."

장 주석은 조용히 미소 지었다.

"김 주석의 의견에 동의합니다.

평소부터 느껴 온 것이지만 우리 중국 사람들이 한국 사람으로부터 배울 것이 너무나 많습니다.

이국에 와서 갖은 고생을 하면서도 독립과 항일투쟁의 의지는 요원의 불길처럼 꺼질 줄을 모르니 도대체 어떻게 영도를 하셨기에 그러한 힘을 샘솟게 합니까?"

김 주석은 정중하게 말했다.

"고마우신 말씀입니다. 저희들 독립운동가들이 중국인들의 도움 없이 존재할 수 없었으므로 중국인의 우정에 감사할 뿐입니다."

장 주석은 그의 말에 만족해하는 표정이었다.

이렇게 하여 광복군 조직계획안이 합의를 보게 되었다.

1940년 9월 17일.

중경시(重慶市) 가릉빈관(嘉陸賓館)에서 장개석 주석과 김구 주석을 비롯한 내외 귀빈이 참석한 가운데 광복군의 창설식을 갖게 되었다.

이는 임시정부 발족 이래 20년 만에 이룩된 것이었으므로 이때 중국에 있는 독립운동가는 물론 해외동포나 국내의 독립운동가에게 커다란 용기를 불러일으켰다.

창설 초기에 미국의 하와이, 멕시코 등지에 있는 교포들이 보내준 성금 4만원과 장개석 주석의 부인인 송미령 여사가 10만 원 등 각 처에서 보내온 성금으로 창설에 필요한 경비를 썼다.

초대 광복군 총사령관에는 이청천, 참모장에는 이범석(李範奭)이 취임하였다. 그러나 불행하게도 중국 국민정부의 적극적인 지원이 없었고 임시정부의 장비와 경비조달능력이 없었으므로 초기의 의욕대로 광복군이 성장하지 못하고 제자리 걸음만하는 형편에 놓여 있었다.

장 주석의 정치적 결단에도 불구하고 국민정부의 군부(軍部)에서는 광복군의 창설을 반대하고 나섰던 것이다.

중국 내에서의 군사 활동은 오직 중국군을 통해서 이루어져야 한다는 것이 그들의 주장이었다.

유명무실한 광복군에 서광이 비치기 시작한 것은 다음해 12월 8일에 태평양전쟁이 발발하면서부터였다.

그 때까지 국제관계를 의식하고 군부의 반대 때문에 지원책을 쓰지 않았던 국민정부가 일본이 선전포고를 하자 비로소 중국의 적국이 됨으로서 표면에 드러나기 시작한 것이다.

1942년 7월 근 2년간에 걸쳐 교섭해 온 임시정부와 중국 국민정부간에 광복군에 대한 장비와 그에 따른 일체의 보급품을 중국 측이 지원해 주기로 결정 되었다.

여기서 우리가 알아야 할 것은 광복군의 부대통수권이 중국 군사위원장인 장개석에게 있게 되었다는 점과 참모장과 경리처장 등은 중국인 장교를 임명하여 작전과 행정을 다 같이 감독할 수 있게 한 점이었다.

이것은 처음부터 광복군 창설을 반대하던 군부의 주장 때문에 어쩔 수 없는 것이다.

그러나 임시정부 처지에서는 여러 가지 곤경에 처해 있는 한국인들을 도와서 일제와 싸울 수 있는 계기를 마련하여 주고 물심양면으로 그에 대한 지원을 하겠다는 중국 측의 처사에 대하여 인내로써 그 불만을 극복하지 않을 수 없었다.

이 때 편성된 광복군의 편성은 총사령관에 이청천 장군, 부사령관에 김원봉(金元鳳), 그리고 참모장에는 중국 군인이 임명되었다.

예하부대로는 부사령관 김원봉이 겸임한 제1지대장, 제2
지대장에는 이범석, 제3지대장에는 김학규(金學奎)가 임명
되었다.

각 지대들의 주둔지는 총사령부와 제1지대는 중경에, 제
2지대는 서안(西安), 그리고 제3지대는 부양(阜陽)으로 정
했다. 그러나 중국 국민정부는 부대편성만을 완성하고는 좀
처럼 협정대로 무장을 시켜주지 않았다.

그들은 말로만 한국인의 독립의지를 칭찬하고 도와주어야
된다고 역설하면서도 속셈으로는 한국인의 군사집단이 중국
내에서 활발히 활동하는 것을 원치 않았던 것이다.

협정에 의하여 무장을 시켜주도록 되어 있는데도 이리저
리 핑계를 들면서 시일을 지연시키고 있었던 것이다.

광복군은 시일이 지날수록 초조해졌다. 하루라도 빨리 무
장을 하여 조국을 짓밟은 일제와 결연히 맞서서 싸워야 함
에도 그 목적을 실현시켜 주지 않으니 광복군 내에는 불만
이 갈수록 커졌다.

이 무렵, 서안에 주둔하고 있던 제2지대와 부양의 제3지
대를 미 육군의 전략정보대(OSS)가 현지에서 유격훈련과
전투훈련을 시키게 되었다.

광복군에게는 참으로 고무적인 일로서 이들 지대들은 사
기가 충천된 가운데 맹훈련을 받았던 것이다.

그러나 중경의 제1지대는 별로 하는 일 없이 허송세월만

하는 형편이니 불평과 불만이 쌓이지 않을 수가 없었다.

공공연하게 '장개석은 나쁜 놈이다'라든지 '똥돼놈들이 우리를 묶어놓았다'는 등 폭발직전의 상태까지 이르렀다.

"만주로 가자, 맨손으로라도 싸워 총을 빼앗아 왜놈들을 무찔러 조국을 광복시켜야 된다."

는 것이 광복군 모두의 염원이었다.

이 때 중국의 군사위원회에서는 돌연 내몽고에 있던 마점산(馬古山)장군을 동북진출군(東北進出軍) 사령관에 임명하고 그에게 만주진출에 대한 임무를 맡겼다.

그러자 중경의 광복군 제1지대 장병들이 동요하기 시작하였다.

"이대로 중경에 있어 보았자 일본군과 싸워 볼 희망이 없으니 차라리 마점산 장군을 따라가서 만주로 진출하는 것이 좋을 것이다."

라고 웅성대기 시작한 것이다.

제1지대의 김두봉 이하 120여명은 결국 마점산 장군을 따라 나서기로 결정하고 중경을 탈출 북행길에 올랐다.

내몽고에 가자면 지리적으로 반드시 협서성(陝西省)의 북부인 중국 공산당의 팔로군(八路軍) 관할지역인 연안을 통과하도록 되어 있었으므로 제1지대 장병은 부득이 연안에 들어가게 되었다.

팔로군 사령부에서는 제1지대 장병들이 도착하자 귀빈으로 취급하고 융숭하게 대접하였다.

노상 국민정부군으로부터 괄시만 받아오던 순진한 제1지대 장병은 팔로군의 회유책에 말려들게 됨으로써 또다시 마음이 흔들리게 되었다.

"식량을 무제한 대주겠습니다."

"무기 탄약도 얼마든지 쓰시오."

"일본군과 싸우는 마당에 마점산 부대면 어떻고 팔로군 부대면 어떻습니까?"

"역사적 과업을 완수하기 위한 투쟁인데 어느 부대건 상관할 것 없잖소?"

팔로군 정치담당간부들의 감언이설에 모두들 솔깃하였다.

"마점산 부대는 허약하고 장비도 형편없어요."

"만주에 진출해보시오. 금시 일본군에 섬멸될 것입니다."

그들의 꾐에 빠져들기 시작하였다.

이에 제1지대의 김두봉을 비롯한 간부들은 서로 의논한 결과 팔로군의 지원을 받는 것이 좋을 것이라고 결론을 내렸다.

간부들은 한결같이 '전체의 뜻을 집약한 다음에 팔로군에 통보해야 된다'고 의견을 통일하였다. 그래서 김두봉은 전 장병을 집합시켰다.

그리고 단상에 올라 연설을 시작하였다.

"여러분, 우리는 중경에서 국민정부로부터 여러 번 속았습니다. 그들은 의도적으로 무장을 시켜주지 않았으며 우리들을 고립시켜 무력하게 만들었습니다."

모두들 그 말에 수긍하는 듯하였다. 청중의 의도를 짐작한 김두봉은 더욱 언성을 높였다.

"여러분, 팔로군에서는 우리의 소원인 무기와 장비 일체를 대주고 일제와 싸울 여건까지 마련해 준다 합니다.

얼마나 다행스러운지 제1지대 간부들은 즉시 이 제의에 찬성을 표시하였습니다.

그러나 최후의 결정은 여러분에게 달려 있습니다. 왜냐하면 여러분이야말로 전투의 주역이기 때문이지요. 우리가 중경에서 떠날 때는 내몽고의 마점산 장군에게 가서 만주로 진출하겠다는 것이었는데 그 곳에 가서 만약에 또 냉대를 받든가 그들이 우리를 받아주지 않는다면 우리는 어디로 갈 것입니까? 그래서 나의 생각은 마점산 부대로 가지 말고 팔로군에 소속되어 조국의 독립을 위해 싸우자는 것입니다."

김두봉의 연설이 끝나기도 전에 제1지대 장병은 일제히 합성을 올렸다.

"옳소!"

"옳소!"

김두봉은 신명이 났다.

"여러분, 그러면 다수결로 정하겠습니다. 찬성을 하는 사람은 두 손을 드시오!"

제1지대 장병은 일제히 두 손을 번쩍 들었다.

어느 누구 하나 마다하는 사람 없이 만장일치로 팔로군에 소속될 것을 결정하고 말았다.

그리하여 그들의 정치적 단체 이름을 조선독립동맹이라고 칭하고 그 주석에 김두봉이 되었다.

또한 광복군 제1지대의 명칭도 조선의용군으로 개칭하였다.

그리고 이미 팔로군에 가담하여 활약하고 있던 무정(武亭)을 조선의용군 사령관에 임명하였다.

조선의용군은 그 후 팔로군과 합작하여 군사행동을 계속함으로써 중일전쟁 종전 당시에는 2천명으로 늘어났으며 만주로 진출한 후에는 불과 수개월 만에 3만 명을 헤아리는 놀라운 병력으로 성장해 갔던 것이다.

광복군의 제1지대가 중공의 팔로군과 합작하였다는 사실이 드러나자 모두다 깜짝 놀랐다. 당시 임시정부와 광복군은 이 사건으로 말미암아 중국정부의 지원을 얻어내는 데 상당한 곤혹을 치르게 되었다.

이무렵 주영 중국대사인 곽태기(郭泰棋)가 중국에 돌아와 국민정부의 외교부장이 되면서 망명정부인 임시정부에 대하여 관심을 갖게 되었다.

왜냐하면 그는 영국에 주재하고 있을 때 유럽의 여러 나라가 독일군에 유린되었으나 그 망명정부가 영국의 런던에서 활발하게 활동하고 있는 모습을 많이 보아왔기 때문이었다. 또한 끝까지 적에 항복하지 않고 다른 나라에 망명을 하여서라도 국가의 명맥을 유지하여 언젠가는 올 독립의 가능성을 국민에게 보여 주는 것이라고 생각한 것이었다.

점령지역 내에서의 파괴활동과 유격전을 지휘하는 것을 본 그는 더욱 감명을 받았던 것이다.

당시 영국정부의 외무성 차관은 이러한 망명정부들의 존재가치를 높이 평가하고 있었으며 주영 중국대사 곽태기에게,

'현재 중국에 있는 한국 임시정부를 승인하는 것이 좋을 것 같다.'

고 종용하기까지 하였다.

또한 영국 외무상은 중국 정부가 먼저 임시정부를 승인하면 뒤이어 영국 미국, 소련도 승인할 것이니 그렇게 되면 한국 국민들에게도 조국독립을 위한 용기를 불러일으키게 되고 효과적인 항일전선이 형성될 것이라고 말해주었다.

곽태기는 영국정부 외무상의 말에 크게 감동되어 본국에 돌아와 외교부장에 취임하자 장개석 주석에게 건의하여 대한민국 임시정부를 외교적으로 승인할 채비를 서둘렀다. 그리고 중국정부도 임시정부에게 그러한 뜻을 공식으로 표명하였다. 우리의 임시정부가 세계의 축복 속에 햇빛을 받으려 하는 찰나 극구 방해를 하는 자가 나타났다.

임시정부의 존재를 도외시 하던 좌파 김원봉 일파가 책동을 벌이기 시작한 것이다.

만약에 임시정부가 승인되면 주도권이 없는 자기들이 설

땅을 잃게 된다고 생각한 것이다.

그들은 일제히 들고 일어나 중국정부에,

"대한민국 임시정부는 민족적인 통합정부가 아니다."

"임시정부는 한국독립당 일당만의 대표기구이니 한민족을 대표할 수 없다."

"만약에 일당 대표기구를 연합국에서 승인하게 되면 민족분열이 영구화될 것이다."

"각파 각 정당이 모두 참여하여 민주주의적인 대의기구로 성장할 때까지 승인을 보류하여야한다."

는 내용의 항의가 빗발치므로 중국정부에서도 임시정부 내부의 분쟁을 관망하기로 하고 임시정부의 승인을 일단 보류할 수밖에 없었다.

특히 광복군의 제1지대가 팔로군과 합작한 이상 국민정부로서는 임시정부와 광복군을 믿을 수 없다고 판단을 내리고 말았다.

저주스러운 민족 내부의 분파작용 특히 좌익계열의 책동 때문에 연합국의 일원으로 전승국(戰勝國)이 될 수도 있었던 기회를 놓쳐버리고 말았던 것이다.

어느 면에서 본다면 이때의 분쟁이 민족분단을 가지고 왔다고도 볼 수 있을 것이다.

참으로 원통한 일이 아닐 수 없다. 땅을 치고 통곡을 한들 누가 이를 보상 할 수 있단 말인가?

김홍일 장군은 이를 알고 소스라치게 놀랐다.

"천재일우(千載一遇)의 기회를 놓치다니 이것이 될 말
인가?"

그는 정신을 차리고 이 상황을 극복할 수 있는 방법을 생
각하여 보았다. 그리고 광복군 제1지대 장병만하더라도 실
제 공산당원은 5,6명에 지나지 않는 실정임을 알고 있는
그로서는 더욱 안타까울 뿐이었다.

김두봉도 중경을 떠날 때까지는 공산당원이 아니었다.

그러므로 김홍일 장군은 팔로군과 합작한 광복군 제1지대
를 다시 중경으로 데려오는 방법을 찾느라고 고심하게 되었
다.

이 일이 구체적으로 거론되기 시작하자 정작 국민정부의
군정부장인 하응흠 장군이 반대하고 나섰다.

"제1지대의 한국 청년 중에는 공산당이 많아요. 그들을
데려온다면 더욱 혼란이 야기될 것이오."

라는 것이었다.

김홍일 장군은,

"공산당은 몇 명 안 됩니다. 제가 설득시켜 보겠습니
다."

고 거들고 나섰으나 하응흠 장군은 여전히,

"이미 팔로군의 지원으로 무장집단이 된 이상 그들은
이미 공산군이요."

라는 말에 더 이상할 말을 잃었다.

'그렇다면 임시정부의 승인을 곧바로 주선하여 보자.'

고 생각하고는 하응흠 장군을 비롯한 지면이 있는 장군들의 설득에 나섰다. 그들은 모두 한결같이,

"좋은 생각이오. 힘써보리다."

고 대답은 해놓고도 별진전이 없었다. 그도 그럴 것이 남의 집안싸움에 잘못 끼어들었다가 구설수에 오를 것을 염려해서였다.

김홍일 장군은 연일 고심한 끝에 장개석 주석에게 직접 건의하기로 작정하여 기회를 보고 있었다.

그 때 마침 김홍일 장군이 육군대학에 입교 명령이 났으므로 인사차 면접을 요청한 결과 승인되었다.

정해진 날에 시간을 맞추어 장개석 주석의 공관을 찾아갔다.

장개석 주석에게 정중히 인사를 올린 김홍일 장군은 그로부터 격려의 말을 듣고 용무가 끝날 때쯤 각별히 긴장한 표정을 짓고 말을 하였다.

"존경하는 주석님께 한 가지 말씀을 드릴 것이 있는데 허락하여 주시겠습니까?"

장개석 주석은 벙긋이 웃더니,

"좋아요, 말해보시오."

김홍일 장군은 '이때다, 마음을 움직여보자'고 다짐하고는 입을 열었다.

"한국인에 대한 주석님의 배려는 하늘같이 높고 바다와 같이 넓습니다. 저의 경우 한국인인데도 장군까지 승진

을 시켜주신 것만 보아도 그 일단을 알게 합니다. 그러
나 극히 일부 공산당들의 책동 때문에 한민족에 피해가
되는 것이 소병의 가슴은 천 갈래로 찢어지는 것 같습니
다. 주석님께서 저희들을 불쌍히 여기시어 임시정부를
승인하여 주신다면 이를 계기로 보다 단결이 이루어질
것으로 확신합니다. 저희 임시정부를 승인하여 주십시
오.”

서슴없이 할 말을 다했다. 그러나 장개석 주석의 표정은
미소가 가시더니 갑자기 냉담해졌다.

김홍일 장군은 순간 당황하였다.

‘내가 실수를 했구나…….’

긴장의 빛을 엿본 장개석 주석은 표정을 풀면서 인자하게
말했다.

“장군의 뜻은 알겠소. 그러나 한 가지 중요한 것이 있어
요. 단결이 안 된 조직이 있는데 어느 쪽 주장에 따라야
할지 곤란한 문제가 생겼소. 몇 명 안 되는 대한민국 임
시정부의 조직 안에서의 내분을 해결하지 못한다고 할
때 승인 자체가 무의미하다고 보는 것이 내 생각이요.

그러므로 나는 임시정부의 내부세력 간의 화해와 이들
의 애국심을 촉구하고 있는 중이오. 그리고 통합된 임시
정부가 되기를 기다리고 있지요. 단결이 된 다음에 승인
한다는 나의 방침이 잘못되었다고는 생각하지 않습니다.
장군의 의견은 어떻소?”

그의 말은 한 치의 빈틈도 없었다. 몇 명 안 되는 임시정부 요인이 단결한 후에 승인하겠다는 것이니 무엇을 더 말할 것인가?

"알겠습니다. 주석님의 말씀이 옳습니다. 저도 미력하나마 단결을 호소하여 보겠습니다."

장개석 주석은 얼굴이 밝아졌다. 그리고 악수를 청하면서 왼손으로 어깨를 잡았다.

"고맙소. 내 말을 이해하여 주니……. 최선을 다 하시오."

그들은 헤어졌다.

김홍일 장군은 힘없이 발길을 돌려 새로운 부임지 육군대학으로 향하였다. 이렇듯 자기들의 이익만을 노리는 좌파세력들의 농간으로 일이 흐트러진 것을 생각하니 착잡한 심정을 달랠 길이 없었다.

그러니까 결국 팔로군과 합작한 제1지대를 다시 데려오는 문제와 임시정부 승인 문제에 관한 김홍일 장군의 노력은 모두 물거품이 되고 말았다.

김홍일 장군은 2년간의 육군대학 과정을 마치자 미국식으로 새로이 무장한 제2병단(第2兵團) 참모처장으로 임명되었다.

그 무렵, 미국의 중국에 대한 군사원조는 본격화하여 새로운 장비가 중국 땅에 쏟아져 들어오고 있었다.

일본군은 최후의 발악이라도 하듯이 곳곳에서 기습공격을

가하였다.

장개석 주석은 김홍일 장군이 건의한 학생군(學生軍)의 조직을 승인하였다.

즉 최후의 발악을 시도하고 있는 일본군에게 결정적인 타격을 가하기 위하여 학생을 긴급 동원하여 10개 사단을 편성하겠다는 의욕적인 계획이었다.

따라서 제2병단은 지식청년군(知識靑年軍) 총사령부로 증편되고 김홍일 장군은 부참모장 겸 참모처장으로 임명되었다.

지식청년군의 창설에 따른 모병과 훈련 등을 위한 그 막중한 업무량은 거의 김홍일 장군에 의하여 집행되었다.

특히 장개석 주석과 김홍일 장군이 직접 개입하여 창설에 필요한 여러 가지 조치를 취한 결과 순조롭게 편성이 되어 갔다.

그러나 여기에도 또 어려운 문제가 생겼다. 당시 미국 군사고문단은 원조무기는 일선에서 전투하는 부대에만 공급하게 되어 있으므로 새로 편성된 부대의 훈련용으로는 내줄 수 없다는 것이었다.

군사고문단은 이 때 공산당의 모략에 말려들었다. 즉 팔로군이 떠들어대면서 지식청년군의 무장을 반대하고 나서자 이에 동조한 것이다. 팔로군의 주장으로는,

"지식청년군의 무장은 일본군 섬멸을 위한 것이 아니고 공산군에 대한 공격을 위한 것이다. 따라서 미국이 내전

을 조장할 필요가 있겠는가?"

라는 것이었다.

미국의 군사고문단은 일본군이 퇴조의 빛이 뚜렷한데 새삼스럽게 10개 사단을 무장한다는 것은 아무래도 내전에 사용할 가능성이 있다고 판단하였던 것이다.

김홍일 장군이 여러 번 군사고문단을 찾아가 지식청년군의 필요성을 강조하고 무장의 긴급성을 호소하였지만 군사고문단장 위더마이어 장군은,

"무기분배의 정책결정은 현지에 나와 있는 우리가 하는 것이 아니고 워싱턴 당국에서 합니다."

라는 말만 되풀이 할 뿐이었다.

장개석 주석도 몇 번 군사고문단장과 접촉을 하여 장비요청을 하였으나 그 때마다 워싱턴의 핑계만 대는 것이었다.

장개석 주석은 이렇듯 전혀 생각지도 않은 어려운 문제에 부딪히자 심히 언짢아 했다.

"허, 그것 참."

하고 한탄만 할 뿐 대놓고 욕은 하지 않았다.

당시 미국의 원조를 받는 나라는 하나 둘이 아니었다.

영국도 받고 있었고 소련도 받고 있었다. 그러나 그 나라들은 미국의 원조를 자기 마음대로 사용하고 있었는데 유독 중국에만 까다롭게 간섭하고 나섰다.

장개석 주석은 모든 괴로움을 푹 참고 드디어 결단을 내렸다.

지식청년군의 무장에 필요한 무기는 자체의 힘으로 충당
하겠다는 것이었다.

즉시 중국군의 병기공창은 긴급명령을 받아 24시간 쉴
새 없이 작업을 계속하게 되었다.

이러는 사이에 태평양상에서의 일본에 대한 미군의 반격
전이 치열해지면서 일본군이 몰리기 시작하는 국면에 접어
들게 되었다.

유럽 지역의 전선에서도 연합군 측이 승승장구의 기세로
5월 2일에는 베를린을 점령, 독일이 연합군에 무조건 항복
을 하자 일본의 패망은 경각에 이르게 되었다.

이럴수록 김구 주석을 비롯한 임시정부의 요인과 중국군
내의 한국 사람들은 자꾸만 마음이 초조해졌다.

일제가 아주 멸망하기 전에 광복군도 당당히 연합군의 일
원이 되어 역사적인 항일전에 참가하여야만 전승국으로서의
보람을 찾을 것이기 때문이었다.

이 무렵 김구 주석이 김홍일 장군의 지식청년군 총사령부
부참모장실로 갑자기 찾아왔다.

서로 애만 태우고 있는 중이어서 두 사람의 만남은 한숨
으로부터 시작되었다.

"국민정부에서의 지원을 더 이상 기다릴 수도 없는 처
지이니 자력으로라도 일어서야 되겠소."

김구 주석은 기운을 차리면서 말했다.

"주석님, 광복군의 활동을 보장할 아무런 대책 없이 자

력으로 항일전을 치를 수 없는 것이 한입니다."

"내 생각은 김 장군과 다르오. 지금이 바로 가장 좋은 기회라고 생각하오. 다만 김 장군이 중국 군대와 손을 떼고 우리 광복군에 와준다면 상황이 달라질 것으로 믿소."

김홍일 장군은 깜짝 놀랐다. 어느 땐가는 중국 군대에서 나와 조국을 위하여 일해야 되겠다고 생각한 바 있었으나 조국이 독립이 된 것도 아니고 임시정부가 승인되지도 않은 이 마당에 중국 군대에서 손을 떼라니…….

그는 당황하였다.

"주석님! 중국 군대에서 나오는 것은 어렵지 않습니다. 다만 제가 어느 곳에 있는 것이 더 조국에 이로울 것인가를 가늠해 볼 필요성이 있다고 봅니다.

만일 주석님 뜻대로 중국 군대를 탈퇴하는 것이 조국을 위한 길이라면 언제든지 나오겠습니다!"

"각오가 되어 있다면 내가 이야기하리다. 광복군 참모장인 중국인을 되돌려 보내고 김 장군이 그 자리에 앉아준다면 조국을 위하여 이바지하는 길임을 확신하오. 그대가 원한다면 내가 장개석 주석에게 말하여 결정을 내리도록 하겠소.

그 후 의논하여 항일투쟁을 합시다."

그의 의지는 당당하였다.

최후의 결심을 한 것과 같이 비장한 태도로 말하는 김구 주석의 눈은 맑게 빛나고 있었다.

김홍일 장군은 그의 열성과 조국애에 불타는 의지에 눌렸다. 그리고 지난날 독립군을 지휘하면서 자력으로 일본군과 싸우던 시절을 생각해 보았다. 결코 불가능한 것만은 아니라고 판단을 내렸다.

"알았습니다. 주석님 뜻대로 하겠습니다."

라고 자신에 찬 말로 다짐하였다.

"장개석 주석을 만나서 이야기하리다."

그는 고마워 어쩔 줄 몰라 김홍일 장군을 얼싸안았다.

"고맙소. 참으로 힘든 결심을 하였소."

몇 번이고 고맙다는 말을 되뇌면서 그는 바쁜 걸음으로 사무실을 나갔다.

김홍일 장군으로서는 생애에 있어서 참으로 어려운 결심을 한 것이었다. 20여년의 중국군 생활에다 장군의 신분까지 보장받은 화려한 보직에서 이름만의 광복군 참모장직으로 옮긴다는 것은 직업군인의 욕구와는 전혀 동떨어진 세계가 아닐 수 없다.

중국 정부는 물론 미국이나 영국 등 국제적으로 인정을 받지 못하는 군사집단으로 가겠다는 결심은 오직 조국의 독립을 염원하는 그의 애국심 때문임은 두 말할 나위가 없는 것이다.

그 후 며칠이 안 되어 지식청년군을 지휘할 장교들의 훈련 상황을 시찰하기 위하여 현지에 찾아 온 장개석 주석이 김홍일 장군을 불렀다.

김홍일 장군은 김구 주석과의 언약으로 이미 짐작한 바 있었으므로 담담한 마음으로 그의 앞에 섰다.

장개석 주석은 인자한 웃음을 띠면서 악수를 청한 뒤 의자에 앉았다.

"자, 김 장군 앉으시오."

김홍일 장군도 의자에 앉았다.

"장군이 지금까지 중국군에 이룩한 업적은 참으로 크다고 생각하오. 또한 앞으로도 중국군의 발전을 위하여 더욱 필요하다고 생각하오."

김홍일 장군은 밝은 얼굴 표정으로 그의 말을 열심히 들었다.

"하지만 김구 주석을 통하여 임시정부의 형편을 듣고 할 수 없이 김 장군을 놓아 주기로 하였소. 그리 알고 광복군으로 가면 더욱 빛나는 공훈을 세우도록 하시오."

김홍일 장군은 자기 한 사람 때문에 그 동안 심려를 끼친 김구 주석과 장개석 주석 두 분에게 미안한 생각이 들었다.

"주석님께 심려를 끼쳐 죄송합니다. 어느 곳에서든지 일본 제국주의자와 싸워 조국의 독립과 아울러 동북아시아의 평화를 쟁취하는 일에 이 몸을 바치겠습니다."

장개석 주석도 표정이 더욱 밝아졌다.

"훌륭한 생각이오. 당신에게 거는 기대가 큽니다.

김 장군이 부임하는 그 시간부터 광복군에 대한 통수권을 귀국의 임시 정부에 넘겨주겠소."

김홍일 장군은 그의 말을 듣고 몹시 흥분하였다. 그토록 염원하던 광복군의 통솔권을 자기와 더불어 넘겨 받게 되었다는 것은 더 없는 영광이라고 생각한 것이다.

"고맙습니다. 은혜를 영원히 간직하겠습니다."

장개석 주석은 일어섰다. 그리하여 한 발 앞으로 나아가 뒤따라 일어난 김홍일 장군을 가볍게 안았다.

"건투하시오."

"고맙습니다."

인사를 나눈 뒤,

김홍일 장군은 마음속으로 조국을 절규하면서 방을 나왔다.

김홍일 장군은 광복군 총사령부 참모장으로 정식 부임하였다.

그는 부임하자 광복군이 하루라도 빨리 일본군과 전투할 수 있도록 그 길을 열어야 한다는 생각으로 꽉 차 있었다.

'빨리 전투를 해야 한다. 그리고 우리도 연합국의 일원으로서 전승국이 되어야 한다.'

고 확신을 가지면서 여러 가지 방법을 모색하기 시작하였다.

그는 현재의 상황으로 보아 중국의 국민정부와 교섭을 벌인들 별 소용이 없을 것으로 판단하고 서부호남 방면의 군사령관인 왕요무(王耀武) 장군과 직접 연락을 취하는 방법을 택하였다.

왕 장군은 김홍일 장군의 모든 제의를 받아들였다.

즉 광복군은 왕장군의 예하부대인 제74군단과 합동작전
으로 일본군과의 작전에 참가한다는 것과 이 작전에 필요한
장비 물자 일체도 지급하겠다는 것이었다.

더욱이 제74군단은 원래 김홍일 장군이 소속되어 있던
제19집단군의 예하에 속해 있던 부대로서 인간관계가 밀접
하였을 뿐만 아니라 가장 먼저 미국식 군사훈련을 받아 한
구 방면에 대한 반격 작전을 위하여 최신장비로 무장을 갖
춘 정예부대였기 때문에 한층 더 좋은 조건이었다.

김홍일 장군은 즉시 이청천 총사령관과 함께 임시정부의
김구 주석, 유동열 군무총장(軍務總長), 그리고 김원봉 등
과 회합을 갖고 광복군의 전 병력을 한 곳에 집결시켜 호남
지방으로 이동시킬 문제에 관하여 토의를 했다.

그러나 불행하게도 임시정부의 요인들 간에 또다시 의견
이 엇갈렸다.

"지금 제2지대와 제3지대는 현지에서 미 육군의 전략정
　보대의 도움으로 열심히 훈련 중인데 차라리 미 육군과
　손을 잡는 편이 더 효과적이다."
라는 주장을 들고 나온 것이다.

지금 당장 호남의 왕 장군 부대와 함께 일본군과 전투를
하자는 의견과 미군의 협조 하에 기회를 보자는 의견으로
팽팽히 맞서 좀처럼 이렇다 할 결말을 짓지 못하고 있었다.

귀중한 시간은 자꾸만 흘러갔다.

급기야 8월 6일.

일본의 히로시마(廣鳥)의 하늘 아래 원자폭탄이 투하되었다.

일본군은 태평양 곳곳에서 연일 몰리는 입장에서 허덕이고 있었고 중국 대륙과 인도차이나 방면에서도 그 예봉이 꺾이어 패전의 기색이 뚜렷하게 나타나기 시작하였다.

8월 9일에는 나가사키(長崎)에도 또 하나의 원자폭탄이 떨어졌다.

두 도시가 폐허가 되자 일본 국내는 발칵 뒤집혔다. 더 이상 전쟁을 계속하다가는 전국토가 폐허화되고 전 일본 국민이 떼죽음을 면할 수 없을 것이라는 공포감이 일본열도를 휩쓸었다.

일본의 군국주의자들도 원자탄의 극심한 피해를 보고는 더 이상 버틸 기력을 잃었다.

그들도 연일 공포 속에 헤매다가 드디어 8월 14일 스스로 전쟁에 종지부를 찍었다. 일제의 패망은 누구나가 다 바라던 것이었다.

더구나 중국에 망명 중인 한국인은 가뭄에 물을 기다리는 농민들과 같이 일본의 패망을 갈망하고 있었다.

이 소식이 전해지자 중국에 망명 중인 한국인은 거리로 뛰쳐나와 목청껏 만세를 불렀다.

"대한민국 만세!"

"대한독립 만세!"

누군가가 태극기를 만들어 길가는 사람에게 나누어 주었다. 그리고 누가 가르쳐 주지도 않은 애국가를 불러대기 시작하였다.

중국인은 거리로 쏟아져 나왔다. 서로들 깃발을 흔들며 감격에 벅찬 자신들을 가눌 길 없이 술집으로 혹은 길 한복판에서 마음껏 이날을 즐겼다.

하늘과 땅이 온통 춤을 추면서 이 역사적인 환희의 순간에 모두 다 감격의 눈물을 머금고 거리를 헤맸다.

이제 내 사랑하는 조국. 36년간을 신음하면서 한 속에서 살아오다가 해방이 된 것이다.

이 감격, 이 기쁨을 무엇에다가 비긴단 말이냐?

김홍일 장군은 왜 그런지 마음 한 구석이 허전해져서 견딜 수가 없었다.

'기어이 대한민국의 광복군이 연합군의 일원이 되어 일제와 싸울 기회를 잃어버리고 일제가 패망하여 버렸으니 우리나라의 처지는 어떻게 될까?'

하는 불안감이 은연중에 마음을 압박하는 것이었다.

한없이 기쁘면서도 뭔가 억울한 것 같고 억울하면서도 뭔가 한없이 기쁜 것 같은 그런 착잡한 심정으로 몸이 허탈상태에 빠지는 것 같았다.

결국은 우리 민족 간의 파벌싸움으로 연합국으로부터 승인을 받지 못한 임시정부, 의견대립으로 싸울 장소와 기회를 잃고 전승국이 될 천재일우의 호기를 놓친 광복군.

김홍일 장군은 착잡한 심정을 달래면서 국민정부 군사위원회의 작전상황실을 찾아가 보았다.

일본군 항복의 진상과 각국의 전후처리에 관한 문제를 알아보기 위해서였다.

그런데 이 무슨 해괴한 일이란 말인가? 일본의 무조건 항복과 함께 미·영·중·소 4나라의 군사대표들이 샌프란시스코에 모여 각각 그들이 진주할 수강지구(受降地區)의 지역배정에 관한 결정을 내렸는데 그 결정 가운데 대한민국 임시정부에 관한 문제는 일언반구도 포함되어 있지 않았다.

중국은 북위 17도선 이북의 월남과 산해관 이남의 중국 본토 및 대만을 수강지구로 할당받았고 산해관 이북의 만주지역과 38도선 이북의 한반도는 소련이, 그리고 38도선 이남의 한반도와 일본열도는 미군이 각각 진주하기로 되어 있었다.

수십 년 간이나 조국의 독립을 위하여 힘써 온 임시정부는 어느 한 구석이고 단 한마디의 언급이 없었다.

참으로 원통한 일이 아닐 수 없었다.

김홍일 장군은 상황장교의 보고를 받으면서 가슴이 울렁거리며 손발이 떨렸다. 분노보다도 망연한 공허감이 그를 감쌌다.

'힘없는 민족.'

비로소 자신의 위치 같은 것이 초라한 것으로 투영되고 있는 것을 깨달았다. 그는 작전 상황실을 조용히 나왔다. 그리고 임시정부를 향하여 발길을 돌렸다.

임시정부에 도착한 김홍일 장군은 더 커다란 좌절을 느껴야 했다.

임시정부에서는 김구 주석 이하 모든 요인이 한자리에 모여 침통한 표정으로 앉아 있었던 것이다.

김홍일 장군이 돌아오자 이들은 일제히 그를 바라보았다.

무슨 좋은 소식이라도 기대하는 그런 눈치였다. 김홍일 장군이 이들에게 일일이 연합국의 전후처리에 관한 문제를 설명하자 모두 한숨만을 쉴 뿐이었다.

김구 주석은 무겁게 가라앉은 목소리로 좌중을 돌아보면서 입을 열었다.

"이 모든 것이 불초 김구의 책임이올시다. 내가 미천하여 앞을 내다보지 못하고 집안싸움만 하다 보니 이 꼴이 되었습니다."

아무도 말하는 사람이 없었다. 모두 침통한 표정으로 고개를 숙이고 속죄하는 태도였다.

다만 김구 주석이 처절한 목소리로 말을 이었다.

"연합국의 승인을 받지 못한 임시정부는 오늘부터 간판을 내리게 되었습니다. 동시에 광복군도 해산이 될 것입니다."

이 무슨 날벼락이란 말인가.

김홍일 장군은 가슴이 터지는 것과 같은 고통을 느꼈다.

김구 주석은 침착하게 좌중을 돌아보면서 말을 계속했다.

"지나간 일을 후회한들 무슨 소용이 있을까 만은 김홍일 장군의 주장과 충고를 받아들였던들 오늘 이와 같은 수모를 당하지 않았을 것입니다.

우리들은 고국에 돌아갈 때는 개인 자격으로 돌아가야 합니다. 과거에 만주 일대에서 전투를 하던 독립군 용사도 결국은 광복군이 해산됨으로써 피난민 신세가 된 것입니다.

그러나 그와 같은 고통은 다 견딜 수 있다고 합시다.

우리에게 당연한 가장 큰 문제는 조국이 분단될 위기에 처해졌다는 사실입니다. 이것만은 정말 감내하기 어려운 당면과제올시다."

김홍일 장군은 그 말에 정신이 바짝 들었다.

'조국이 분단된다니……'

전혀 뜻밖인 김구 주석의 말에 38도선을 생각하였다.

그리고 지난 시절 러시아 땅에서 당한 여러 가지 사건을 되새겨 보았다.

'소련 공산당이 한반도의 반을 점령하게 되었지…… 큰일 났구나.'

김홍일 장군도 그때서야 김구 주석의 이야기를 알아들을 수 있었다.

'그렇다. 공산당들은 혁명이라는 이름으로 한반도의 반을 차지할 것이다. 그렇다면 우리들은 고향도 잃고 조국도 반쪽을 잃어버리는 철새 신세가 되는 것이다.'

김홍일 장군은 분단된 조국의 참상을 그려보았다.

해방의 감격과 곧 이은 분단국의 슬픔. 도저히 끔찍스러운 정황이 아닐 수 없다고 생각하였다.

그러나 미리 불행한 것만 생각하면서 좌절만 하고 있을 때가 아니라고 판단하였다.

'용기를 내야한다.'

고 마음속으로 다짐하였다.

그는 조용히 일어섰다. 그리고 무거운 공기에 삭막해진 좌중을 돌아보면서 입을 열었다.

"주석님 말씀대로 우리의 앞날은 순탄치가 않습니다.

지금까지 잘못한 것을 후회한들 영광은 되돌아오지 않습니다.

그러나 여기에서 좌절할 수는 없다고 생각합니다.

지난날을 반성하면서 앞으로는 단결과 애국심으로 새로운 사태에 적응해야 할 것입니다.

오늘 여기 모인 애국지사들의 헌신적인 노력은 결코 헛된 것이 아님을 본인은 확신합니다.

왜냐하면 언제나 어느 시대나 역사는 공정합니다. 따라서 여러분의 업적은 한민족의 독립운동사에 길이 남을 것입니다.

오늘 이 시간에 분명한 사실이 있습니다.

그것은 일본 제국주의자가 패망하였다는 사실입니다. 따라서 우리는 이 사실 하나만으로도 기뻐해야 할 것입니다.

자. 여러분! 대한독립 만세를 힘차게 부르고 축하연이나 열어 그 동안의 회포를 풀고 우울한 마음을 털어버립시다."

김홍일 장군의 절규에 가까운 격려의 말에 모든 사람들의 얼굴이 약간씩 피어갔다.

"오늘 축하연은 제가 모시겠습니다."

김홍일 장군이 김구 주석에게 말하였다. 얼마 후 일제히 일어나 김구 주석의 선창에 따라 만세 삼창을 목이 터져라 불렀다.

그날은 술집에서 오래간만에 지난 이야기를 되씹으며 반성의 시간을 보냈다. 그리고 일본 제국주의자의 패망을 기뻐하면서 다시는 조국을 잃지 말자고 맹세를 하였다.

이렇게 하여 임시정부는 문을 닫게 되고 광복군은 소리도 없이 사라졌다.

김구 주석 이하 임시정부 요인들은 뿔뿔이 헤어져 임시정부 주체는 서울로, 좌파는 평양으로 발길을 돌렸다.

당시 중국 정부에서는 소련 점령군으로부터 만주를 접수하기 위하여 두율명(杜聿明) 장군을 동북보안사령장관(東北

保安司令長官)에 임명하였다.

그러나 중국 정부군은 처음부터 소련군과 중국 공산군의 방해공작으로 많은 시간을 낭비하고 있었다.

이러한 상황 속에서 중국 정부에서는 만주를 잘 아는 참모장성을 물색하고 있었다.

왜냐하면 만주에 대해서 잘 모르는 두율명 장군의 적절한 보좌역인 참모장성이 필요하다고 판단하였기 때문이었다.

이 때 추천된 참모장성 요원 중에 김홍일도 들어 있었다. 김홍일 장군은 중국군의 군적(軍籍)으로부터 떠나 광복군 참모장으로 옮겼기 때문에 광복군의 해산과 더불어 무적(無籍) 상태에 있을 때였다.

그는 귀국의 수속을 밟고 있었으나 완전한 피난민 자격으로 귀국하여야 되므로 여러 가지 어려운 문제에 당변하고 있었다. 이와 같은 딱한 사정을 알게 된 중국군의 장성들은 김홍일 장군의 귀국을 만류하였다.

"조국이 해방되었으니 피난민 자격으로라도 귀국해야 됩니다."

는 김홍일 장군의 주장에 중국군의 장성들은 한결같이,

"중국군의 장성이 중국 땅에서 30년이나 있었는데 피난민으로 귀국하다니 웬 말이오.

한반도의 정세가 혼란을 거듭하고 있으니 안정될 때까지 중국군의 장성으로 복적(復籍)한 후 중국군의 장성으로 귀국해야만 하오."

라는 것이었다. 특히 만주지방의 행정권 접수를 위하여 김홍일 장군이 적임자로 추천되었다는 것이었다.

김홍일 장군은 할 수 없이 이들의 권고대로 중국 군적을 회복하여 소장으로 복직하였다.

최초 보직은 두율명 장군의 동북보안사령부 참모처장이 되었다.

11월 상순, 두 장군과 함께 공로(空路)로 북경을 거쳐 진황도(奏皇島)에 도착, 그곳에다가 전진사령부를 설치하고 산해관으로의 진출 계획을 세웠다.

그러나 소련군은 자기들이 철수하기 전에 이미 그 곳에다 중공군을 배치해 놓았다. 그리하여 부득이 전투를 하지 않으면 안 되었다.

다행히 그때 만주에 배치된 중공군은 유격전 부대였고 장비가 형편 없었으므로 중국 정부군에 비하여 전투력이 약하여 일사천리로 진격할 수가 있었다.

그러나 다음 지역에서는 소련군이 철수하지 않아 수개월을 허송하게 되었다. 원래 중소조약에 의하면 소련군은 일본군이 패전한 후 3개월 이내에 만주에서 철수하도록 되어 있었다.

그러나 소련군은 적화야욕에 불타고 있었으므로 그러한 협정을 이행할 생각을 하지 않고 있었다.

소련군은 만주에 있는 각 공장에서 중요한 기계들을 마구

뜯어갈 뿐만 아니라 중공군이 만주의 곳곳에 침투할 수 있
는 시간적 여유를 주기 위하여 8개월 이상이나 꾸물대다가
철수하였다. 그러나 아직도 북부지방에서는 계속 버티고 있
었다.

김홍일 장군은 만주 일대의 접수 사업을 벌이는 가운데
한국인 교포들에 대한 인명과 재산의 보호에 대하여 크게
공헌을 하였다.

한국인 교포 중에는 일제의 강압에 못 이겨 일인 행세를
한 자도 있었고 일인 세력을 등에 업고 중국인에게 행패를
마구 부린 자도 있었으므로 한국인에 대한 감정이 좋지 않
았던 것이 사실이었다.

어느 지역에서는 일본인보다 더 인심을 잃어 즉시 폭동이
라도 날 것 같은 불안한 처지에 있었다.

김홍일 장군은 만주에 있는 동포의 보호야말로 자신에게
부여된 시대적 사명임을 인식하고 모든 노력을 다하여 한국
인을 보호할 것을 결심하였다.

김홍일 장군은 두율명 장군과 상의하여 한국교민회 조직
을 합법화하고 이를 보호하기 위한 요강(要綱)을 하달하였
다.

그 결과 일본인들과는 달리 전체 한국인의 재산은 그대로
보호되었으며 인명 피해도 방지할 수 있었다.

1946년 4월.

소련군의 철수 통고를 받은 중국군은 계속 북진하여 장춘(長春)과 하얼빈을 접수하려고 행동을 개시하였다.

그러나 소련군은 그 어느 곳을 막론하고 음흉한 방법으로 중공군을 요소마다 배치해 놓은 후 철수하기 때문에 중국군의 작전은 차질이 많이 생겼다. 치열한 전투는 연일 계속되었다.

이 무렵, 김홍일 장군은 정말 뜻밖에도 서울에서 유동열(柳東悅) 통위부장(統衛部長-미 군정청 국방부장)으로부터 한 통의 편지를 받게 되었다.

편지의 내용에는 자기가 지금 미 군정청의 통위부장으로 취임하였는데 이는 앞으로 국군의 기초를 마련하는 자리인지라 속히 귀국하여 도와달라는 것이었다.

김홍일은 그 편지를 보고 몹시 기뻐하였다. '하루속히 조국으로 돌아가자. 그리하여 대한민국의 국군이 되자'고 마음을 다졌다.

그러나 만주 일대에서 접수 작전인 기본 임무를 중도에 버리고 떠난다는 것도 30년간을 키워 준 중국군에 대한 예의가 아니므로 우선 귀국의 원칙을 정해 놓은 다음 기회를 보기로 하였다.

특히 만주 일대의 동포를 보호하는 데 있어서 이를 포기하고 자신이 떠난다면 걷잡을 수 없는 사태에 직면할 것을 염려하지 않을 수 없었다. '중국군에 대한 의리와 동포의 보호를 위하여 귀국을 연기할 수밖에 없다'고 생각하였다.

그리하여 동포의 보호와 권익을 지키는 데 온갖 정성을 다하였다.

그 해 10월에 김홍일 장군은 국방부 정치부 전문위원으로 전임발령을 받았다.

이 무렵부터 중공군의 세력은 소련으로부터의 원조에 의하여 차츰 강력한 군사력을 보유하게 됨으로써 중국대륙에는 새로운 전쟁의 기운이 감돌았다.

차츰 강력해진 중공군은 공세행동을 개시하여 순식간에 만주를 완전히 장악하는 데 성공하였다.

중국군이 도처에서 중공군에게 몰리자 전염병이 번지듯 부정부패가 걷잡을 수 없이 퍼져나갔다.

관리는 관리대로, 군대의 지휘관은 지휘관대로 축재에 여념이 없었으며 돈을 주지 않는 한 좋은 보직과 진급은 아예 생각할 수 없을 정도로 썩어갔다.

심지어 무기를 중공군에게 팔아먹는가 하면 중요한 정보라도 돈만 준다면 중공군에게 넘겨주었다.

정부 고관은 고관대로 관료주의에 빠져 국민 위에 군림하는 정치를 폈다.

마치 국민을 피점령 국민을 대하듯 오만스러웠기 때문에 정부와 국민간의 의사소통이 제대로 되지 않았다.

게다가 계속되는 내전(內戰) 때문에 국가 총예산의 85%를 군사비로 지출할 수밖에 없었다.

그리하여 1947년 말에 이르러서는 늘어나는 군사비 외에 수천만 명의 피난민을 먹여 살려야 하는 경제적 부담 때문에 중국 정부는 파산 직전의 재정적 위기를 맞았다.

따라서 화폐를 마구 찍어낼 수밖에 없었으니 인플레는 천정 높은 줄 모르고 높이 치솟았다.

예를 들면 중일전쟁에 미화 1달러 당 3원이던 것이 1947년 2월에는 1대 12.000원이 되었고, 같은 해 9월에는 1대 38.000원으로 뛰어 올랐다. 다음 해에는 무려 1대 80.000원 선으로 치솟았다.

이러한 혼란한 시국을 틈탄 중공군은 국민에게 회유정책을 표방하고 나섰다.

'인민의 군대,' '농민의 편,' '가난한 자의 벗'이라는 슬로우건을 내걸고 국민의 불평불만 속에 파고 들어가 그들의 마음을 사기에 전력을 다하였다.

이렇게 중국대륙은 차츰차츰 붉게 물들어갔다.

김홍일 장군은 더 이상 중국정부에 근무할 이유가 없다고 결심을 하게 되었다.

개인자격으로라도 고국에 돌아가 그토록 염원하였던 조국의 군대에 몸을 담고 싶었다.

이미 고향에는 공산당들의 마수가 뻗혀 오도 가도 못 할 동토(凍土)가 되었는지라 서울로 돌아가는 것이 유일한 조국에의 길이라고 생각하였다.

중국대륙에서 30년이란 기나긴 세월. 세계에서 가장 많은 인구와 광활한 국토 그리고 풍부한 자원을 바탕으로 독창적인 찬란한 문화를 꽃피워 온 한 웅대한 나라의 모습. 그리고 거대한 통일혁명과정과 소용돌이치는 내란에 휘말려 멸망해가는 모습에 이르기까지 모든 역사의 변천과정을 체험으로 느낀 착잡한 감상을 간직한 채 귀국의 길에 오르게 된 것이다.

김홍일 장군은 장개석 주석을 비롯한 중국의 지도자와 작별을 고한 후 개인 자격으로 서북항공사의 비행기에 몸을 실었다. '대륙이여 안녕히!'

서울을 향하는 비행기는 대륙을 이륙하자 뭉게구름 속으로 자취를 감추었다. 그리고 뿌연 공간을 스쳐갔다.

1948년 8월 28일.

세계만방의 축복을 받으며 대한민국 정부가 수립된 후 2주일 만에 고국의 땅을 밟았다.

아! 그리운 조국이여!

얼마나 목메어 불렀던 조국의 산하(山河)란 말이냐! 불행하고 원통하게도 반으로 갈라진 깊은 상처의 조국이건만 그래도 사랑하는 내 강산이 아니더냐!

30년 만에 반백(半白)의 초로(初老)가 된 김홍일 장군은 한없이 뜨겁고 진한 눈물을 주르르 흘렸다.

그는 마중 나온 신익희, 유동열, 이범석, 최용덕, 송호성 등과 일일이 포옹을 하면서 반가워했다.

그들은 김홍일 장군을 둘러싸자 다같이 '대한민국 만세!'
를 소리 높여 불렀다.

8. 해방된 조국의 초석을 위해

일본 제국주의자의 총칼 밑에서 겨레의 혼을 빼앗겼던 36년.

마침내 연합군의 승리로 찬란한 태양은 다시 떠올랐다.

1945년 8월 15일. 서울.

지난 날 1907년 8월 1일 한국군대 해산과 더불어 남대문로와 종로 일대를 그날과는 달리 감격과 환희에 넘친 서울 시민은 거리로 쏟아져 나와 만세를 불렀다.

누가 권한 것도 아니건만 오후부터는 태극기를 손에 손에 들고 나와,

"대한민국 만세!"

"대한독립 만세!"

를 소리 높여 불렀다.

들뜬 시민들은 어느 사이에 익혔는지 애국가를 불렀다.

서슬이 퍼런 일본군과 경찰도 이 노도와 같은 서울 시민을 그저 멍청히 보고만 있을 뿐이었다.

"여보게, 우리나라가 독립이 된다네!"

"암, 그래야지 독립이 되어야지."

"그렇다면 우리 글, 우리말도 떳떳하게 할 수 있겠지."

"그뿐인가. 자네 성도 고쳐야지 박 씨인 자네가 기무라 (木村)가 뭐야?"

"자네는 김가면 김가지 가네다(金田)가 뭔가?"

"하하하하……."

그래도 창씨개명(創氏改名) 때 양심인지 미련인지는 조금 남아 있어서 박 씨는 나무 목(木)을, 김 씨는 쇠 금(金)을 그대로 일본식 성에 갖다 붙인 사람들이 많았다.

초기에 독립운동을 하던 일부 애국자들도 일본의 침략이 장기화되자 지칠 대로 지쳐서 일본식 이름으로 개명을 하고 황국신민(皇國臣民)의 맹세를 하면서 일본 사람의 앞잡이 역할을 하고 있었다.

그들은 대동아공영권(大東亞共榮團)을 부르짖으며 내선일 체(內鮮一體)를 주장하였다.

그리고는 전쟁을 이기기 위해서는 영광스러운 성전(聖戰) 에 참여하라면서 헤아릴 수 없이 많은 한국인 청년을 그들 의 총알받이로 내몰았다.

그리고는 일본 정부로부터 높은 신분을 받고 호화스러운 생활을 하고 있었던 것이다.

이를 참고보고 있던 애국시민들은 해방을 맞이하자 흥분 을 하지 않을 수 없었다.

분통이 치밀어 오른 시민들은 친일파의 집에 몰려가 대문을 두들겨 부수면서 쳐들어갔다.

"이놈, 왜놈의 앞잡이야! 나오너라!"

그러나 시세를 잘 타고 처신에 약삭빠른 이들이 그대로 집에 남아 있을 리가 없었다. 벌써 집은 텅 비어 놓고 피해 버린 것이다.

서울 시가지는 이렇듯 감격과 환희의 물결, 그리고 혼란과 분노의 물결이 다 같이 출렁대고 있었다.

그러나 이 겨레는 또 한 차례 불운을 겪지 않을 수 없게 되었다.

한반도에 38도선이 그어지고 남과 북으로 갈라지게 된 것이다.

이와 함께 소련군은 재빨리 두만강을 넘어서 북한으로 진주하기 시작하였고 8월 22일에는 평양으로 들이닥쳤다.

그리고 한반도에 독립정부가 수립될 때까지 미소 양군이 분할 주둔한다는 보도가 전해지면서 소련군은 개성에까지 남하하였다.

미군이 남한에 진주한 것은 하지 중장의 휘하부대가 인천에 상륙한 9월 8일이었다.

남한에 있던 일본군은 그 다음날에 서울에 들어온 미군에게 정식으로 항복하고 총독은 파면되었다. 따라서 총독부에 꽂혀 있던 일본 국기는 내려지고 대신 미국 국기인 성조기가 휘날리게 되었다.

한반도를 남북으로 분단 점령한 미소 양군은 각기 점령지역에 대하여 군정(軍政)을 실시하게 되었다.

이 겨레는 이러한 상황의 변화에 놀라지 않을 수 없었다. 뜻 있는 애국동포들은 누구나 없이 조국의 장래에 대하여 걱정하기 시작하였다.

"나라가 분단될 위기에 있으니 어쩌면 좋단 말인가?"

"그러게 말일세. 소련 쪽에서는 벌써 새파란 김일성을 데려다가 인민위원회를 조직하여 공산주의 정치체제를 갖추고 있다네."

"큰일 났구나. 공산당들이 먼저 자리를 잡았으니……."

한숨을 쉬면서 한탄만 하고 있을 때 제각기 의식을 가진 사람들이 저마다 정당과 단체를 만들어 정치활동을 개시하였다. 그러나 이러한 활동을 통합하여 지도할 만한 구심점(求心点)이 없었기 때문에 정당, 사회단체의 난립과 함께 혼란이 일어나기 시작하였다.

송진우(宋鎭禹)를 중심으로 한 일부 민족주의자들은 임시정부가 해방된 조국에 돌아올 것을 기다리고 있는 동안에 다른 한편에서는 재빨리 건국준비위원회가 조직되었다.

더욱이 좌익세력에서는 인민공화국이라는 정치조직체를 꾸며갔다.

그 해 10월에는 한국을 떠난 지 33년 만에 이승만 박사가 귀국하였고 다음 달에는 김구 주석을 비롯한 임시정부의 요인들이 귀국하기 시작하였다.

그들은 한결같이 38도선의 철폐와 정치세력의 통일이라
는 국민의 갈망과 기대 속에 돌아온 것이며 민족주의 정당
들의 절대 지지를 받으면서 돌아온 것이었다.

그러나 그들은 한낱 시민 자격으로 돌아오게 됨으로써 아
무런 조직력을 행사할 수 없게 되었다. 특히 미 군정청은
임시정부를 인정하지 않았을 뿐 아니라 오히려 그들을 가혹
할 만큼 냉대하였다.

이 무렵, 과거 군대에 관련을 맺고 있었던 사람들이 저마
다 군사경력과 연고 관계를 중심으로 사설군사단체(私設軍
事團體)를 만들기 시작하였다.

광복군, 독립군 및 중국군 출신을 비롯하여 이들과 맞서
싸운 일본 육사 출신, 학병, 지원병, 징병, 그리고 일본의
괴뢰인 만주군 출신 등 매우 다양하였다.

이렇게 원래부터 출신계열이 복잡한데다가 뚜렷한 주도세
력이 없었기 때문에 사설 군사단체의 일원화는 애초부터 불
가능했고 이에 따라 우후죽순처럼 생겨난 것이 무려 30여
개에 달하였다.

그러나 이들 군사단체는 해방 후의 정치적 혼란을 수습하
고 치안과 사회질서를 유지하는 한편 장기적으로는 건군(建
軍)의 토대를 마련한다는 순수한 애국충정(愛國忠情)에서
비롯된 것임은 두말할 나위가 없다.

대한민국에 있어서의 국군의 재건은 1907년에 해산된 한
국군대, 의병, 독립군, 광복군, 국군이 정상적인 과정이고

이 길만이 역사적 명맥과 민족사상의 정통성을 유지할 수 있는 길이었는데 미국 정부나 군정청 당국의 근시안적인 단견(短見)으로 엉뚱한 혼란이 야기된 것은 철천지한이 아닐 수 없는 것이었다.

특히 이때 일본군 출신들이 제일 많이 표면에 나섰는데 지각 있는 사람들이 이를 보다 못해 울분을 못 참아 앓아눕기까지 하였다.

"아니 어저께까지 우리 민족의 원수였던 일본군 장교가 국군을 재건하겠다니……."

"그들이 일제하에서 영화를 누리더니 해방된 조국에서도 행세를 할 참인가?"

이러한 비판의 소리와 함께 사설군사단체 간에는 명분과 이념의 차이 때문에 대립과 분열, 충동과 유혈사태가 야기되었다.

일본군 출신이라고 해서 모두 다 날뛴 것은 아니었다.

이응준(李應俊: 일본군 대좌), 김석원(金錫源: 일본군 대좌), 이종찬(李鍾贊: 일본군 소좌) 등은 일본 육사 출신을 중심으로 친목단체를 구성하고 있었으나 어디까지나 국군의 모체는 광복군이 되어야 한다고 믿고 있었다.

"우리가 나설 때가 아닙니다. 일본군대 출신은 어디까지나 자숙해야 됩니다. 해외에서 독립운동을 하면서 군사활동을 해온 광복군이 돌아와 국군을 재건해야 합니다."

이응준은 일본 육사 출신들이 표면에 나서줄 것을 권할

때마다 사양하였다. 김석원도,

　"해방된 조국은 임시정부가 이끌어야 합니다. 그래서 국
　군의 재건도 마땅히 광복군이 맡아야 됩니다."

고 말하면서,

　"우리들은 자숙을 합시다. 그리고 만약에 조국이 우리들
　을 용서한다면 그리고 우리들을 부른다면 그때 국군에
　입대합시다."

라고 분명히 태도를 밝히면서 일부 몰지각한 일본군 출신
을 나무랐다. 특히 김석원은 역사의식에 밝았다. 그는 친
목단체의 모임에서 강연을 통하여,

　"1907년 한국군대가 일본군에게 강제 해산되자 분연히
　일어나 항전을 하면서 의병을 일으켰습니다. 일본군의
　작전이 강화되자 발붙일 곳을 잃을 의병들은 만주에 건
　너가 독립투쟁을 계속하였습니다. 그들이 독립군이 되어
　항쟁을 하면서 임시정부가 수립되자 광복군을 창설했던
　것입니다.

　광복군은 우리나라의 국군입니다. 그러니 우리들은 광
　복군이 돌아와 국군을 재건할 때까지 기다려야 합니다."

라고 자숙할 것을 당부하였던 것이다.

　이종찬은 일본군 장교로 근무 시 일본인에게 지지 않으려
고 노력한 결과 일본군의 무공훈장을 받은 사실이 있어서
법의 심판을 달게 받으려고 근신하는 생활을 하였다. 건군
에 참여할 것을 권하는 측근에게,

"일본군 육사를 나온 나로서는 '스스로 지원하여 입대한
자를 처벌 대상으로 한다'고 명시한 법조문에 비추어 자
숙하고 근신하는 것이 조국에 이바지하는 길이라고 생각
하오."

라고 말하면서 완강히 거절하였다. 그리고는 건군문제에
대해 언급하기를,

"독립운동을 하면서 투쟁을 한 광복군이 주체가 되어야
국군의 정통성이 유지되지요."

라고 분명히 태도를 밝혔다.

이와 같이 일본군 출신의 지도급 인사까지도 광복군의 정
통성에 대하여 당위성을 인정하는 태도를 보였으나 미 군정
청 당국자의 견해는 냉담하였다.

어디까지나 임시정부와 광복군은 연합국에서 인정할 수
없는 것으로 광복군 출신은 일본군 출신이나 만주군 출신과
같은 군사경력자로 취급할 수밖에 없다는 것이었다.

이에 분노를 터뜨린 광복군 출신들은,

"광복군이 국군의 모체가 되지 않는 한 그 군대는 미군
의 용병(傭兵)에 불과하다."

고 반발하고 나섬으로써 건군 초기의 군사조직을 외면하게
되었다.

당시 일본군에 복무하였던 한국인은 무려 40만 명을 헤
아릴 수 있는 대병력인데 반해 광복군의 출신은 극히 제한
된 병력이었기 때문에 건군과정에서 더욱 소외 받는 입장이

되었다. 특히 일본군 출신의 지도급 위치에 있는 장교들은 대부분 육사출신으로서 현대전에 대한 조직적인 군사교육과 아울러 실전경험이 있었는데 반해 광복군 출신은 군사학교 출신 배경이 다양한데다가 중국군에 복무한 자만이 전쟁을 경험하였을 뿐 대부분 특수공작 외의 정규전 경험이 적었다.

또한 미군정 당국자는 민족의 정통성이라든가 철저한 국가관보다는 당장에 젊고 진보적인 서구적 사고방식을 가진 사람을 좋아했기 때문에 광복군 출신보다는 일본군 및 만주군 출신에 보다 추파를 보내게 되었던 것이다.

이러한 연유로 국군의 전신인 국방경비대(國防警備隊)는 광복군을 도외시하고 일본군 출신으로 주류를 형성케 되어 구한국군-의병-독립군-광복군-건군으로 이어지는 역사적 연결성을 상실하게 되었다.

따라서 건군 초기부터 국가관이나 민족의 이념보다는 미국식 사고방식인 직업적 군인관(軍人觀)에 보다 비중을 둔 군대로서 출발을 하게 된 것이다.

이와 같이 일본군 우위의 경비대 편성에도 불구하고 이를 총괄하는 군정청의 통위부장(統衛部長)에는 유동열(柳東悅)을 임명함으로써 국군의 정통성을 잇도록 배려한 점은 특기할 만하다.

미군정 당국도 한국인들이 무엇을 원하고 있다는 것을 안 이상 조국을 위하여 투쟁한 임시정부와 광복군 출신을 전혀

배제했다가는 국민적 저항에 직면할 것이라는 위기의식에서
마음을 돌린 것이다.

처음에는 통위부장에의 취임을 유동열도 단호하게 거절하
였다. 그러나 주위의 독립운동가들에 의하여, 미군정 당국
이 임시정부와 광복군을 뒤늦게나마 중요하게 인식한 것이
니 독립투쟁정신을 후세에게 심어준다는 정신으로 받아달라
는 간곡한 권유로 통위부장 취임을 수락하게 되었던 것이
다.

유동열은 평북 박천 출신으로서 구한국군의 무관학교를
졸업하여 참령으로 대대장까지 역임한 바 있다. 1907년 군
대가 해산된 후 안창호, 김구 등과 더불어 독립운동을 전개
하다. 3·1독립운동 이후 중국으로 건너가 상해임시정부의
초대 군무총장을 역임하였다.

유동열이 1946년 9월 12일 통위부장으로 취임하자 경비
대를 외면하던 광복군 출신이 많이 입대하기 시작하였다.

특히 광복군 출신의 송호성(宋虎聲) 중령이 경비대 총사
령관으로 취임하자 광복군 출신의 지위는 향상되는 경향을
보였다.

송호성은 취임하자마자 경비대 내의 일제 잔재를 없애야
하며 친일파가 어떻게 해방된 조국의 군 조직에서 핵심이
될 수 있단 말이냐고 주장하면서 일본군 출신을 견제하기
시작하였다.

통위부장 유동열도 조국을 위해 몸을 바친 광복군 출신만

이 군대의 핵심으로서 자격이 있다. 어찌 일본군 출신이 군대의 핵심이 될 수 있단 말인가 라고 말하면서 민족의 정기를 불어넣기 위하여 안간힘을 쓰고 있었다.

특히 유동열 통위부장은 김홍일 장군에 대하여 깊은 관심을 가지고 있었다. 그는 어떤 모임에서든 서슴없이 김홍일 장군에 대한 말을 꺼냈다.

"독립운동가이며 애국자인 김홍일 장군이 이 나라의 군대를 이끌어 가야 한다."

는 것이었다.

특히 그는 김홍일 장군의 군사경력을 높이 평가하면서 집단군 참모처장과 사단장으로서의 실전 경험이 있는 김홍일 장군만이 대군(大軍)을 통솔할 수 있을 것임을 공언하였다.

그리고는 중국에 사람을 보내어 귀국을 종용하는 등 온갖 방법을 다하여 김홍일 장군의 귀국을 바라고 있었다.

그러나 김홍일 장군은 만주에서 동북보안사령부의 참모처장으로 전후의 접수 작전을 수행 중에 있었으므로 귀국일자가 자꾸만 지연되었다.

그래서 할 수 없이 그의 대리자로 송호성을 경비대 총사령관으로 임명하게 되었던 것이다.

그러나 유동열 통위부장이나 송호성 자신까지도 언젠가는 김홍일 장군이 국군을 이끌어야 된다는 생각은 같았다.

이와 같이 국가관과 애국심에 투철한 광복군 출신 지도자들의 적극적인 활동에도 불구하고 실권을 쥐고 있는 미 군정청과 병력의 대부분을 점하고 있는 일본군 출신은 까딱 않고 그들의 주장을 외면하고 있었다.

그들은 다 같이 조국이나 민족이란 말들을 귀찮게 생각하는 존재들이었다. '주어진 직분을 충실히 수행하면 되는 것이지 무슨 놈의 잠꼬대 같은 소리냐'라는 것이었다.

이러한 사상적인 취약성과 분파적인 틈을 교묘하게 이용한 공산주의자들은 군내부에까지 세포조직을 강화하여 은밀한 활동을 시작하기에 이르렀다.

각도에 창설된 연대에다가 인민공화국을 찬양하는 유인물을 돌리는가하면 공산주의자들이 만든 그들만의 군사책(軍事責)이 지방연대를 순시하는 등 적극적으로 조직 확대를 꾀하였다. 이에 대하여 유동열 통위부장은 참다못해 수석고문관인 프라이스 대령 을 불렀다.

"경비대 내에 공산주의자의 활동이 심상치 않은데 이것을 분쇄할까 하오. 귀관의 의견은 어떻소."

이 말을 들은 프라이스 대령은 펄쩍 뛰면서,

"안 됩니다. 경비대는 불편부당(不偏不黨)해야 합니다."

고 반대하고 나섰다.

유동열은 하도 기가 막혀,

"아니, 미국이 자유민주주의를 표방하는 나라인데 이를 역행하는 공산주의자를 내버려 둔다 말이오."

라고 소리치듯 옥박질렀더니 그는 더 기승을 부리면서,

"그렇습니다. 미국이 자유민주주의를 신봉하기 때문에

사상의 자유를 인정해 주어야 합니다.”

“무슨 소리요? 공산주의자는 파괴자요 선동자니 체포해야 되겠소.”

단호하게 말을 했다. 프라이스 대령은 한참 생각하더니,

“무슨 법적근거로 공산주의자를 체포하겠습니까?”

고 심각한 표정으로 반박하고 나섰다. 그 말에는 유동열도 할 말이 없었다.

군정 하에서 군정을 실시하는 미군들의 권한이 절대적인 것을 알았을 때 통위부장이라는 직위의 한계를 느꼈던 것이다.

미군정이 정치적 중립을 표방하고 불편부당이라고 해서 좌익과 우익을 동등시하였기 때문에 군 내부는 마치 공산당의 온상이나 다름없게 되어갔다.

내무반 내에서는 공공연하게 적기가(赤旗歌)를 부르는가 하면 심지어 공산주의자를 비방했다 하여 사형(私刑)을 가하는 등 좌익세력의 횡포가 나날이 심해져 갔다.

이와 같이 복잡한 과정을 거치는 동안 1948년 8월 15일이 왔다.

이 날은 대한민국정부 수립 선포와 더불어 미군정이 종식된 날이기도 하다.

남조선 과도정부하의 통위부는 국방부로, 조선경비대와 조선해안경비대는 각각 육군과 해군으로 개칭 발족되었다.

8월 16일에는 유동열 통위부장의 이임과 국방부 장관에

국무총리인 이범석 장군이 겸임으로 취임하였다.

철기(鐵驥) 이범석(李範奭).

그는 1900년 충남 천안에서 출생하여 서울에 있는 경성 고등보통학교를 졸업하고 조국의 독립을 염원한 나머지 중국으로 건너가 운남(雲南) 육군강무학교의 군관과정을 졸업하여 김홍일 장군과 비슷한 시기에 육군 소위로 임관하였다.

졸업 후 한국독립군의 군관학교 교관을 거쳐 1920년 10월 청산리(靑山里) 전투에서 한국독립군 북로군정서(北路軍政署)의 제 2중대를 지휘하여 일본군 제19사단, 제21사단을 기습하여 3,300명을 살상케 하는 커다란 전과를 올렸으니 이는 독립군사상 최대의 전공이다.

그 후 1933년에 중국 중앙군관학교 낙양분교(洛陽分校)의 한국인 학생대장에 취임하여 군간부를 양성하다가 1937년에는 중국 육군 제55군 사령부 참모처 대리처장으로 있으면서 서주회전(徐州會戰)을 직접 계획하여 큰 공을 세우게 되자 장개석 주석의 신임을 받게 되었다.

광복군의 창설공로자이며 참모장을 거쳐 제2지대장이 되었다. 해방과 더불어 그는 하지 중장으로부터 군정청의 통위부장을 맡아달라는 권유를 받았다.

그러나 그는 펄쩍 뛰면서

"미군정하의 경비대가 무슨 놈의 군대냐. 군사조직이 급한 게 아니라 조국의 독립이 더 급하다."
고 일언지하에 거절하였다.

그는 귀국하자 독자적으로 민족청년단을 조직하여 단장에 취임하여 국가지상주의, 민족지상주의를 부르짖으며 전 국민에게 애국애족을 촉구하기 시작하였다.

전국은 순식간에 글자 그대로 민족청년단의 물결에 파묻히는 것 같았다. 푸른 색 제복에 푸른 모자를 쓴 민족청년단원들이 단가를 부르며 행진을 할 때는 이 나라의 군대로 착각할 정도로 기세가 당당하였다.

'인민공화국'이니 '인민위원회'니 하는 좌익세력들이 뻐젓하게 간판을 내걸고 있다가 민족청년단의 출현으로 날벼락을 맞기 시작하였다. 간판은 내동댕이쳐지고 사무실은 풍비박산이 났다.

이렇게 하여 좌익세력은 비로소 움츠러들기 시작하였다.

그러던 그가 독립한 조국의 초대 국방부장관에 취임하였으니 그의 기쁨은 물론이지만 독립운동가 사이에 한국군의 정통성을 되찾은 장거라 하여 전폭 지지를 받았던 것이다.

이범석 장군은 취임하자 동일부로 국방부 훈령 제1호를 하달하여 국군 장병에게 애국심과 사명감을 호소하였다. 또한 일본군 장교 출신의 자질을 인정하면서 정신면은 광복군의 독립투쟁정신을 계승할 것을 요망하였다.

한편 공산주의자들의 생리와 전략전술을 잘 아는 이범석 장군은 공산주의자의 침략을 예상하고 이에 대처하는 기구로서 국방부에 제4국인 정치국(政治局)을 설치하였다.

그러나 미군고문단장인 로버트 장군과 참모장 라이트 대령 그리고 하우스만 대위 등은 완강하게 이를 반대하고 나섰다. 즉 군내부에 정치장교를 배치하는 제도는 전체주의 국가에서나 채택되는 제도이지 민주주의 국가의 정치적 중립을 지키는 군대에서는 있을 수 없다는 것이었다.

결국 정치국은 정훈국(政訓局)으로 개칭하게 되었다.

이와 같이 미군에 의하여 대공대비책(對共對備策)이 허물어지면서 공산주의 세력은 제 세상을 만난 듯 더욱 지하세력을 넓혀갔다.

이때를 즈음하여 김홍일 장군이 귀국하였으니 국군 발족의 기쁨과 용공(容共) 정책에 대한 고뇌를 다 같이 느껴야했던 그의 착잡한 심경은 알 만한 것이었다.

더구나 더욱 놀라운 사실은 국군장교들이 일본군 장교 행색을 뻐젓하게 하고 다니는가 하면 소름이 끼칠 정도로 지긋지긋한 일본도(日本刀)를 여봐란 듯이 차고 다니며 으스대고 있었다.

소갈머리 없는 일본군 출신 장교나 하사관들은 일본군의 나쁜 버릇은 모조리 옮겨와 부하들을 기합이라는 이름으로 개 패듯 하고 일본군 내무 생활의 악습을 그대로 답습하는 등 글자 그대로 개차반이었다.

국가관과 민족의식이 결여된 데다가 일본군의 나쁜 버릇까지 만연되고 빨갱이까지 날뛰는 판이니 뜻있는 사람이라면 누구나 이 사태를 보면서 걱정을 하지 않을 수 없었던 것이다.

'아— 이 나라의 군대가 이렇듯 혼란스럽단 말이냐?'

김홍일 장군은 벅차고 기대에 부풀었던 귀국 당시의 감격이 사라지면서 커다란 바위 덩어리에 얻어맞은 것 같은 정신적 고통을 당하게 되었다.

당장에라도 나서서 이를 바로잡고 싶은 우국충정(憂國衷情)이 용솟음쳤으나 조용히 자신의 위치를 되돌아보았다.

'중국에서 30여년을 생활하던 사람이 조국의 물정을 모르면서 표면에 나타나기에는 아직 이르다.'

고 마음을 굳게 다지면서 상황을 파악하고 공부하는 자세로 소일하기로 마음먹었다.

귀국한 지 일주일째 되는 날 김홍일 장군의 숙소에 국방부 장관 이범석이 찾아왔다.

그들 두 사람은 나이도 비슷하고 같은 과정을 밟아 조국의 독립을 위하여 일생을 바쳤기 때문에 각별한 사이였다.

"이범석 장군, 어서 오게."

"그 동안 세상 물정을 파악했는가?"

그들은 다정하게 인사를 주고받았다.

"이승만 대통령께서 김 장군을 만나 보겠다기에 내가 왔지. 어떤가, 한 번 만나 보지 않겠는가?"

이범석이 재촉하는 듯한 어조로 말했다. 김홍일 장군은 잠시 망설이는 듯한 표정을 짓더니,

"글쎄, 아직 이르지 않은가? 천천히 만나도 되는 것인데."

라고 말끝을 흐렸다.

"뭐가 이르단 말인가? 그 어른께 인사도 할 겸 당장에 내일 만나보는 게 좋겠네."

"자네가 그렇게 생각하고 있다면 할 수 없지. 인사도 드릴 겸 만나기로 하지."

김홍일 장군은 이 대통령과 만날 것을 작정했다. 뒤이어 이범석은 심각한 표정을 짓더니,

"나를 도와주지 않겠나?"

라고 도움을 청했다.

"뭘 말인가?"

"육군을 맡아주게."

그 말에 김홍일 장군은 긴장되는 듯싶더니 분명한 말로 다짐하는 듯한 어조로 잘라 말했다.

"못 하겠네."

이범석은 놀라는 기색으로 그를 쳐다보았다.

"무슨 이유에서인가?"

"첫째, 조국에 대해서 아무 것도 모르는 두 사람이 국군의 수뇌에 앉았을 때 미치는 영향 탓이네, 우리는 중국에서 30년 이상이나 살아오지 않았나?

자네가 장관이면 다음 중책은 병력의 대부분을 차지하고 있는 일본군 장교 출신을 기용하는 것이 순리일세.

어차피 과거를 잊고 대동단결을 표방하고 나선 이상 그
들의 우수한 자질로 활용해야 될 것이 아닌가?"

이범석은 그 말에 진리가 담겼다고 생각했다.

"김 장군 말이 옳긴 옳아! 그러나 이 대통령 생각은 김
장군이 맡아 주었으면 하던데……."

"그러나 나는 분명히 거절하겠네."

"그렇다면 국군에 들어오지 않겠다는 뜻인가?"

"아니지, 적당한 시기에 참여하겠네."

"적당한 시기라니?"

"그것은 두어 달 후에 이야기하세."

김홍일 장군 생각에는 두어 달 쯤 후면 뭔가 윤곽이 떠오
를 것 같았다.

"김 장군, 그렇다면 내가 물어볼 것이 있네, 김 장군이
원하는 직위는 뭔가?"

"원하는 직위? 나보고 원하는 직위를 말해 보라면 말하
지, 육군사관학교를 맡고 싶네."

"뭐? 그 자리는 대령 급이 지휘하는 곳이야."

"계급이 무슨 관계인가? 중요성이 문제이지. 이 나라
국군을 이끌어갈 간부를 양성하는 중차대한 교육기관인
데…… 어느 나라든 그 나라의 장래는 사관 교육에 달려
있지."

"물론 중요성은 나도 인정하네, 그러나 김 장군을 더 중
요한 일을 맡기고 싶단 말이야."

"내 나이 50이 넘었잖아! 국군에는 젊은 사람들도 많아. 그리고 내 경륜을 살릴 곳은 사관학교뿐이라고 생각하네."

이범석은 김홍일 장군의 성격을 잘 알고 있기 때문에 더 이상 권하지 않았다.

그리하여 얼마 후 김홍일 장군은 이승만 대통령을 만났고 그 자리에서 건국 후 최초로 탄생한 5명의 장군 중의 한 사람으로 임관하였다.

역사를 통틀어 초임 계급을 장군으로 임명한 일은 김홍일 장군 뿐이다. 김홍일은 이렇게 하여 대한민국의 육군 준장이 된 것이다. 중국군에는 준장계급 제도가 없으므로 장군 초임 계급이 소장인데 한국군은 미국식을 따라 장군 초임 계급이 준장인 것이다.

호칭 상으로는 1계급이 강등된 것이지만 다 같이 1성 장군(一星將軍)인 점에서는 동일하다. 김홍일 장군은 육군 준장으로 임관된 후에도 이승만 대통령으로부터 육군총참모장(陸軍總參謀長)으로 부임할 것을 요청받았다.

그러나 정중하게 사양하였다.

이에 따라 건국 후의 초대 육군총참모장으로 일본군 대좌(대령) 출신인 이응준이 임명되었다.

이때를 즈음하여 육군 내에는 커다란 소용돌이가 있었으니 그것은 여수·순천반란사건이다.

미 군정청의 용공정책에 따라 군내부에 침투한 좌익세력

이 반란을 일으킨 것이다. 여수·순천은 한때 완전히 반란군에 의하여 점령되었으며 건국한 지 불과 2개월밖에 안 되는 신생 대한민국은 부정되었다.

반란군은 관민(官民)을 수천 명씩 학살하면서 점령지역 일대에서 인민공화국을 선포하였다. 이것은 처절한 동족상잔의 비극이었다.

그러나 국군은 이를 극복하였다. 이북에서 공산주의 학정을 거부하고 월남한 애국청년들은 공산주의자의 악랄한 성격을 알고 있는지라 반공정신에 불타 있었다.

주로 이들에 의하여 소탕작전은 성공리에 이루어졌다.

따라서 여순반란사건을 겪고서야 남한 내의 국민 모두가 공산주의자의 진면목을 알게 되었으며 반공정신에 눈을 뜨기 시작하였다. 국군은 이를 계기로 숙군(肅軍)이 진행되면서 점차 반공이념이 파급되기에 이르렀다.

여순반란사건은 군의 정신무장과 사상 동향의 냉정한 재검토를 불가피하게 만들었으며, 이범석 국방부 장관은 1948년 12월 1일 여순반란지구 전몰장병 합동위령제에 임하여 국군 3대 선서를 공포하기에 이르렀다.

국군 3대선서는 다음과 같다.

하나, 우리는 선열의 혈적(血跡)을 따라 죽음으로써 민족국가를 지키자.

둘, 우리의 상관, 우리의 전우를 공산당이 죽인 것을

밝히자.

셋, 우리 군인은 강철같이 단결하여 군기를 엄수하며 국군의 사명을 다하자.

비로소 공산당을 공식적으로 부정하기에 이르렀고 군내의 사상 동향에 대한 깊은 관심을 갖게 되었다.

김홍일 장군은 안도의 한숨을 내쉬었다. 공산주의자에 대한 강력한 대책이야말로 사상 무장의 기초라고 평소 주장한 바 있는 그로서는 공산당에 대한 강경책이 뒤늦은 감은 있어도 국군의 정신무장에는 획기적인 계기가 될 수 있다고 본 것이다.

육군 준장으로 임관된 김홍일 장군은 다음 해인 1949년 1월 5일 화랑대의 육군사관학교 교장으로 부임하였다.

구한국시대의 한국무관학교 때까지 거슬러 올라가 해방 후의 군사영어학교, 남조선 경비사관학교, 그리고 육군사관학교를 거치는 동안 단 한 번도 장군이 교장으로 재직하고 있었던 적이 없었다.

그는 화랑대에 나타난 샛별로 군림한 것이다.

평생 애국심과 독립운동으로 몸과 마음이 단련된 초로의 영웅 김홍일 장군. 훤칠한 키에 바르고 곧은 체격과 맑은 눈과 우뚝한 코, 반백의 머리카락, 어느 곳 하나 흠잡을 데 없는 경륜과 외양을 두루 갖춘 장군이었다.

날카로우면서도 인자한 인상.

용맹스러운 장수 같은 풍모이면서 학자와 같은 고매한 인격의 풍채.

사생활이나 공적 활동에 있어서 빈틈이 없고 약점이 없는 생활 철학의 도사(道士).

불의를 보고 못 참고 정의를 위하여 목숨을 아끼지 않는 바르고 곧은 성격.

그러면서도 사랑이 충만하고 정열과 낭만을 이해하는 어버이 같은 포용력.

화랑대에 김홍일 장군이 들어서자 육군사관학교의 부교장 유재홍 대령 이하 전 장교와 사관후보생은 진심으로 존경하는 교장을 맞이하기 위하여 마음이 부풀었다.

이윽고 승용차에서 내린 김홍일 장군.

단정한 복장에 바르고 곧은 풍채로 도열해 있는 장교들 앞에 나타났다.

새에 비유한다면 한 마리의 고고한 학이 사뿐히 내려 앉는 것과 같은 모습이었다.

도열한 장교들과 일일이 악수를 나누며 미소를 지었다.

인사가 끝나자 부교장의 안내로 교장실에 들어간 김홍일 장군은 그에게 의자에 앉을 것을 권하며 말을 꺼냈다.

"유 대령, 오늘은 나에게 있어서 가장 영광된 날이오. 그토록 염원하던 국군 생활의 첫발을 내딛는 감회 때문이지요. 중국에서 돌아와 아직은 모르는 것이 많으니 협조와 지도를 부탁하오."

유 대령은 얼굴이 붉어지면서 머뭇거렸다. 말을 하려고 애쓰는 표정이었다.

"별말씀을 다 하십니다. 열심히 충성으로 모시겠습니다."

말은 더듬거리는데 일본식 발음 그대로였다.

김홍일 장군은 잠시 생각해 보았다.

'일본에 오래 있었던 사람이군.'

그는 내색하지 않고 밝은 표정으로 말했다.

"일본군 출신이지요?"

"네. 그렇습니다."

"나는 일본군 장교의 자질이 우수하다고 생각하는 사람 가운데 하나요. 그러니 나와 협조를 잘 하여 훌륭한 국군 장교를 양성합시다."

유 대령은 황송하여 어쩔 줄 모르는 몸가짐을 보였다. 연령도 연령이지만 군대 생활의 관록으로도 비교할 수 없을 뿐만 아니라 자기는 일본군대 출신인 데 비하여 평생을 조국의 독립을 위하여 몸을 바친 분이기에 죄의식을 느끼지 않을 수 없었다.

'듣던 대로 훌륭한 분이구나……'

라고 생각하면서 그에 대한 존경의 상념에 잠겼다.

오후가 되자 김홍일 장군은 전 장교를 회의실에 모아 놓고 부임인사를 했다.

김홍일 장군이 교단에 올라서자 전 장교의 눈이 일제히 그에게 쏠렸다.

그는 장교들의 얼굴을 하나하나 관심을 가지고 살펴갔다. 그리고는 조용히 입을 열었다.

"광복을 맞이한 조국의 육군사관학교 교장으로 부임하게 된 것을 무한한 영광으로 생각합니다.

조국이 얼마나 귀중한가 하는 것은 조국이 없어지는 쓰라림을 당해보지 않고서는 모르는 법인데 나를 위시하여 여기에 있는 장교 여러분은 다 같이 조국이 없었던 시절을 경험한 바 있으므로 조국에 대한 애정이 각별할 것으로 압니다.

그러나 조국에 대한 애정이나 조국에 대한 관심만으로 그친다면 평범한 사람이지요.

여기에 모인 여러분은 평범한 사람이 아닙니다.

가장 중요한 건군 초기의 국군 장교를 양성하는 책임을 맡은 장교들입니다.

따라서 나와 여러분이 합심하여 이 중요한 사명을 완수해야 할 의무가 있는 이상 사관학교의 책임자인 나를 중심으로 단결해야 하며 나의 방침대로 사관학교가 운영되어야 한다고 생각합니다. 나는 여러분에게 충국애민(忠國愛民)을 교육의 목표로 제시합니다. 국가에 충성을 할 줄 알고 겨레를 사랑할 줄 아는 장교를 육성해야 되겠다는 것입니다.

우리는 오랜 세월 동안 대륙세력이나 해양세력으로부터 침략을 받아 왔습니다. 그때마다 국가에 충성심이 강하고 겨레를 사랑하는 군인들이 혼연히 일어나 이 나라를 구했습니다.

다만 불행하게도 구한말에 이 나라의 역사는 끊어졌습니다. 그러나 곧 의병이 일어났고 일본군에 대항하여 싸웠습니다. 일본군이 증강되면서 한반도에서 발붙일 곳을 잃은 의병은 중국 대륙에 건너가 조국의 독립을 위하여 계속 싸웠습니다.

우리가 다시 국가를 잃지 않으려면 한 사람이라도 많은 애국자를 양성하는 길입니다. 자기의 부귀영화보다도 나라를 위하여 희생할 줄 아는 국군 장교의 양성, 이것이 곧 조국을 수호할 수 있는 길입니다.

충국애민을 달성하기 위하여 첫째 군기를 확립해야 합니다. 그리하여 사상을 통일하여 어떤 어려움도 극복할 수 있는 정신전력(精神戰力)을 강화해야 됩니다. 둘째로 국방훈련(國防訓練)을 통하여 국토통일을 완수해야 합니다.

강대국의 농간 때문에 순식간에 분단된 조국을 통일하려면 공산당보다 월등한 군사력이 필요합니다. 군사력의 기본조건은 훈련 상태에 달려 있습니다.

그러므로 훈련을 위하여서는 어떤 어려움도 극복해야 하는 것입니다. 편하게 놀고 잠자고 하면서 훈련이 완성되지는 않습니다.

　끝으로 청렴결백으로 부하를 사랑하는 장교가 될 것을 당부합니다. 물욕이 있는 이상 지도자로서의 자격은 상실됩니다. 지도자가 청렴결백하면 부하가 따릅니다. 그리고 그 부하를 사랑해 줄 때 부하들은 죽음을 두려워하지 않고 상관의 명령에 복종합니다.

　진정한 복종이 전투력을 형성하는 것이지 면종복배(面從腹背)는 전력의 약화를 초래한다는 것을 알아야 합니다. 충성은 마음과 행동으로 하는 것이지 말로 하는 것이 아닙니다. 벌써 충성, 충성하면서 입으로 말하는 사람은 그만큼 충성심이 약화되고 있음을 나타내는 증거이기도 합니다……."

그의 부임 인사는 더 계속되었다. 자신에 찬 말씨로 청산유수처럼 이어지는 김홍일 장군의 연설에 모든 장교는 감격하였다.

　어느 누구한테서도 들어보지 못하던 마음의 소리를 듣고는 그에 대한 존경의 감정이 샘솟았다.

　다음날 아침, 사관후보생이 일제히 화랑연병장에 집합하였다. 이들은 제8기생으로 천명이 넘는 대집단이었다. 사관후보생 대대는 제1대대와 제2대대로 편성되어 있었고 8개 중대로 구성되었다.

　이미 김홍일 장군의 소문을 들은 후보생들은 제각기 상상

의 나래를 펴고 있었다. 어떤 후보생은 독립투사라는 선입
감 때문에 험상궂은 얼굴을 연상했고 다른 후보생은 한국군
최초의 장군 가운데 한 사람이라 뚱뚱한 채병덕같이 생겼을
것이라고 생각하고 있었다.

오전 10시 정각.

나팔소리에 이어 등단한 김홍일 장군은 험상궂지도 않고
뚱뚱하지도 않은 늘씬하고 다정한 영국 신사 같은 미남자였
다.

비록 50대 초반의 초로의 장군이지만 귀한 티가 풍겼다.

만면에 웃음을 띤 그의 얼굴은 몹시 행복스럽게 보였다.

제1대대장 후보생 이재전의 구령에 의해 전체 후보생은
일제히 "받들어 총!"을 하였다.

답례하는 김홍일 장군의 행동은 노장이 아닌 청년 장교와
같이 절도가 있었다. 후보생들은 모두 다 첫인상에 대해서
감탄을 하고 있었다. 멋들어진 장군이라고 생각한 후보생이
대부분이었다.

"열중 쉬어!"

김홍일 장군의 제1성이 떨어졌다.

맑고 부드러운 목소리였다.

후보생은 이재전 후보생의 구령에 의하여 열중 쉬엇 자세
를 취하였다.

이어서 김홍일 장군의 훈시가 시작되었다.

"사랑하는 후보생 여러분!

제군들은 이 나라의 보배요, 이 나라의 기둥이다."

그때만 해도 일본군대식 내무생활에 일본군대 출신의 장교 하사관이 판을 칠 때여서 인격적인 대우라고는 손톱만큼도 찾아볼 수 없을 때이고 구타, 구보, 단체기합, 발가벗고 얼음물 속에 들어가기 등 기합에 만신창이가 된 후보생들에게 갑자기 사랑, 보배, 기둥이라는 첫마디가 떨어지자 몇몇 감상적인 후보생들은 순간적으로 감격을 느꼈다.

"제군들이 국가에 충성하고 겨레를 사랑하는 충국애민의 정신이 충만하였을 때 이 나라의 장래는 평탄할 것이고 양양한 앞날이 보장된다고 보는 것이 교장으로 부임한 나 김홍일의 생각임을 밝혀두는 바이다. 겨레를 사랑하고 국가에 충성하는 길은 험난하고 고통이 따른다. 개인의 영화를 뒤로 하고 공을 위한 희생정신이 전제되어야 하기 때문이다. 이 세상에 남아로 태어나서 개인의 이익과 욕망을 충족하다가 죽는 사람은 짐승과 다름없는 삶의 길을 밟는 가엾은 인생이라는 것을 알아야 한다.

보람과 명예를 존중하면서 국가를 위하여 어떤 희생이라도 감수할 때 참 행복이 온다는 확신이 필요한 것이다.

여기 천명이 넘는 많은 후보생이 도열하고 있지만 숫자가 많은 것은 하등 중요한 것이 아니다. 다만 몇 사람이라도 안중근 의사나 윤봉길 의사와 같은 충국애민의 정신이 투철한 장교가 필요한 것이다."

당시의 군대의 규모로 보아 일시에 천명 이상을 모집한 것은 커다란 실수였다.

동시에 배출되는 장교의 대집단이 두고두고 어떤 영향을 미칠지 모르는 위험을 내포하고 있기 때문이다.

숫자가 많다 보니 자질 면에서도 천태만상이었다. 수준 높은 집단과 그렇지 않은 집단의 차이는 현저하게 나타났다.

백년 앞을 내다보지는 못할망정 최소한으로 수십 년 앞 정도는 내다보는 정책결정이 필요한 것이다.

확장되는 군대에 소요되는 초급 장교의 양적 획득만을 의식하여 무계획적으로 모집한 것이다.

얼마 후 제9기 사관후보생으로 모집한 사병출신 228명까지 제 8기 특별반이라는 이름으로 합류시키기에 이르니 1,300명의 대집단이 육군 소위로 임관하여 동기생으로 활동할 때 상호간의 경쟁, 군내의 압력단체의 역할 등이 긍정적으로만 볼 수 없는 요인이 될 수 있는 것이다.

더구나 군대확장이라는 명분이 대전제라고 할지라도 6개월 또는 3개월간의 단기교육으로 임관시키는 마당에 적정 수의 기별 안배방법이 얼마든지 있을 것이다.

김홍일 장군은 이러한 사실을 알고 크게 걱정하지 않을 수 없었다.

5만 명도 안 되는 병력을 가진 국군이 1,300명의 동시

임관자를 냈을 때 많은 문제가 파생될 것을 염려하지 않을 수 없었던 것이다.

그래서 김홍일 장군은 양적인 것보다 질적인 면이 더 중요하다고 강조하지 않을 수 없었다.

대부분의 후보생은 단순히 숫자보다는 양질의 소수를 원하는 심려에서 나온 말인 줄 알고 있었으나 일부 장교들은 그의 참 뜻을 간파할 수 있었다.

김홍일 장군은 이어서 구한국 군대의 궐기내용과 일본군에 대한 저항을 언급하고 의병-독립군-광복군-국군의 건군을 같은 맥락으로 강조하면서 지금의 국군은 어디까지나 역사의 맥락을 잇는 재건된 국군이지 새로 만든 창군(創軍)이 아님을 밝히면서 훈시를 끝냈다.

김홍일 장군은 매주 월요일 첫 시간을 정신훈화(精神訓話) 시간으로 정하고 국가관과 민족정신을 함양하기 위하여 직접 정신훈화를 실시하였다.

후보생들은 한결같이 김홍일 장군의 정신훈화를 감명 깊게 받아들였다. 조국과 민족에 대한 새로운 각성을 하게 되었다.

이 무렵 화랑대에는 토마스 중령 등 웨스트포인트 육군사관학교 출신의 미군 고문관이 3명이 있었다.

그들은 새로 부임한 교장에 대하여 여러 가지 측면에서 지켜보았다.

처음에는 중국 군대 출신이라고 해서 대수롭지 않은 사람으로 보아오다가 시일이 흘러가면서 김홍일 장군의 참모습을 발견하게 되자 사뭇 당황하기 시작하였다.

콧대가 세기로 소문난 이들이 한국군의 고위 지휘관을 우습게 알고 있었는데 김홍일 장군은 전혀 그런 지휘관과 다르다는 것을 깨닫자 그 동안에 가졌던 선입관이 잘못되었다고 생각하게 된 것이다.

그리고 평소 김홍일 장군 앞에서 아는 체를 하고 설쳤던 일에 후회를 하게 된 것이다.

외모에서 풍기는 고상하고 단정한 몸가짐뿐만 아니라 한 치도 빈틈없는 동작과 생활 자세는 미군도 따라가기 힘들 정도였다.

하루는 토마스 중령이 김홍일 장군과 승용차를 함께 타고 가는데 너무나 답답하여 모자를 벗고 싶은 생각에서,

"장군님, 답답하신데 모자를 벗으시지요."

라고 말했다. 그랬더니 김홍일 장군은 토마스 중령에게,

"승용차 안은 실내가 아니니 모자를 벗지 않는 것이 원칙이오."

라고 조용히 타일렀다. 그 후로부터 토마스 중령은 김홍일 장군을 의식하고 군대예절에 각별히 신경을 쓰지 않을 수 없었다.

고문관들이 더욱 놀란 것은 전 장교는 물론 후보생들까지도 김홍일 장군을 태산같이 의지하고 하늘같이 존경하는 태도였다.

정신훈화 때 강의하는 내용을 전해 듣고 또 한 번 놀랐다.

왜냐하면 전쟁의 원칙 등 높은 수준의 군사학문을 쉽게 풀어 설명해 주는가 하면 미군도 어렵다고 말하는 크라우제비츠의 전쟁론을 해설하고 있었기 때문이다.

전쟁이론을 쉽게 풀어서 군인의 필요한 상식으로 알려주는 것은 보통 학문 가지고는 안 되는 것이다.

특히 교안이나 원고 없이 매주 월요일 첫 시간에 청산유수같이 내리쏟듯이 열변을 토하는 모습을 본 토마스 중령은 비록 한국말은 알아듣지 못하지만 강당의 분위기와 후보생들의 반응으로 미루어 높은 차원의 열강임을 알 수 있었던 것이다.

고문관들은 김홍일 장군이 중국의 육군대학 2년 과정에서 수석으로 졸업한 것과 평소의 학구열이 대단한 것을 알게 되었고 그가 미국의 군사학문뿐만 아니라 유럽 여러 나라의 군사학에도 상당히 높은 수준의 지식이 있음을 확인할 수 있었다. 그리하여 고문관들은 김홍일 장군만 나타나면 미군의 장군 이상으로 어려워하고 존경을 하게 되었던 것이다.

따라서 이들은 때때로 교장실을 방문하여 김홍일 장군으로부터 한반도의 정세변화에 대한 전망을 물어보기도 하고 군사정책에 대한 자문도 받아가곤 하였다.

김홍일 장군은 육군본부와 국방부의 수뇌를 비롯한 군사

정책의 결정자들에 대하여 육군사관학교의 제도개선에 대한 이해를 촉구하는 데 힘썼다.

"육군의 근간이고 국가의 간성이 될 장교를 3개월이나 6개월 정도의 훈련만으로 충당하는 것은 심히 부당하다고 봅니다.

나의 생각으로는 미국의 웨스트포인트처럼 4년제의 육사과정으로 발전시켜야 된다고 생각합니다."

이 말을 들은 당사자들은 김홍일 장군의 주장이야말로 이상론(理想論)이지 실현 불가능한 것으로 생각하고 있었다.

국군은 확장하는 과정에서 많은 장교가 필요한데 어찌 4년씩이나 교육을 시킬 수 있느냐는 견해였다.

그러나 김홍일 장군은,

"국군을 확장할 때일수록 기둥이 되고 서까래가 되는 장교의 질이 높아야 됩니다. 보병학교의 후보생 과정을 통하여 대량 충족을 하는 한편 정규 장교 양성을 위한 대책도 세워야 합니다.

또 한 가지 방법은 1년, 2년, 4년 등으로 점차적으로 교육기간을 연장하는 방법도 고려되어야 하지요."

라고 설득하면서 교육기간 연장을 강력히 밀고 나갔다.

"중국 군대는 내란을 치르는 동안 그 혼란 속에서도 최단 기간이 1년의 군관학교 과정에다 6개월간의 병과학교 교육을 포함, 1년 6개월이 되어야 군관이 됩니다."

그 말을 듣고서야 비로소 국군의 사관학교가 3개월(사병

출신), 6개월(민간인 출신) 만에 임관되는 것이 짧다는 감을 갖게 하였다.

이때 이승만 대통령이 화랑대를 순시하게 되었다. 국군으로 발족한 후 처음으로 순시하는 것이니 학교에서는 만반의 준비를 하고 기다렸다.

전체 후보생이 도열한 가운데 이 대통령은 도착하였다.

김홍일 장군은 정중하게 이 대통령을 모시고 교장실로 안내하였다.

학교 전체의 구성원이 한결같이 절도가 있고 기백에 차 있는 것을 본 이 대통령은 매우 흡족한 기분이었다.

교장실에 들어서자 김홍일 장군의 어깨를 가볍게 두드리며 이 대통령은 말했다.

"김 장군, 학교가 잘 경영되고 있는 것 같아 기분이 좋습니다."

김홍일 장군은,

"감사합니다. 각하의 뜻을 받들어 최선을 다하고 있습니다."

라고 절도 있는 태도로 대답하였다.

이 대통령의 얼굴이 활짝 피었다. 그리고 몹시 흐뭇하다는 듯 고개를 끄떡이면서 정다운 눈빛으로 김홍일 장군을 바라보았다.

이 대통령을 위시하여 모든 내빈이 자리에 앉자 김홍일 장군의 보고가 시작되었다.

"존경하는 대통령 각하를 모시고 보고하게 될 교장 김
홍일 준장입니다. 영광스럽게도 건국 후 최초로 각하를
모시게 되어 감개가 무량합니다."

김홍일 장군으로서는 이 이상 기쁨이 없다고 생각한 것이
다. 30여년 만에 고국에 돌아와 국가의 간성을 양성하는
화랑대의 책임자로서 국군의 최고 통수권자인 대통령에게
보고를 하게 되니 꿈만 같았다.

장내가 숙연해졌다.

이 대통령도 감개가 무량한 듯 눈을 잠시 감았다. 상해에
서 만난 김홍일을 생각해 보았다.

'중국군의 청년장교로서 조국의 독립을 위해 열변을 토
하던 그가 벌써 반백의 노장군이 되었구나…….'

유난히 총명하다고 생각했던 김홍일.

그가 지금 독립된 대한민국 국군의 장군으로서 여기에 서
있는 것이다.

보고는 계속되었다. 학교의 일반 현황과 제8기생의 후보
생 교육상황을 설명하였다.

보고가 끝날 때 쯤 김홍일 장군은 긴장하는 듯한 표정으
로 변하면서,

"대통령 각하!"
라고 정중하게 불렀다.

이 대통령은 자세를 고치면서,

"오, 김 장군."

하고 정답게 대답하였다.

　이 대통령도 자신에 넘친 그의 보고를 들으며 마음속으로 흡족하게 생각하고 있던 참이었다.

　"국가의 백년대계를 위하여 육군사관학교의 제도에 관한 건의를 드리고자 합니다. 허락하여 주십시오."

　약간은 권한을 초월한 건의사항이기 때문에 임석하고 있는 국방장관을 의식하여 양해를 구하지 않을 수 없었다.

　이미 그들에게 보고를 마친 사항이었으나 워낙 정책적인 중요성이 있는 것이므로 대통령에게 직접 건의할 필요가 있다고 판단한 것이다.

　"김 장군, 좋아요."

　김홍일 장군은 얼굴 표정을 부드럽게 풀어가면서 조용히 입을 열었다.

　"저는 평소 장교란 국가의 장래에 중차대한 역할을 하므로 전투기술과 군사학문도 중요하지만 군인정신의 바탕을 이루는 인격이 보다 중요하다고 생각해왔습니다."

　마치 학생에게 강의하는 듯한 내용으로 말이 시작되었다. 이 대통령도 그 말에 고개를 끄떡이면서 동의를 표시하였다.

　"그런데 처음 부임해보니 사관학교 과정이 3개월, 6개월의 단기과정임을 보고 놀랐습니다.

　짧은 시일 동안에 전투기술과 군사학문의 기초는 익힐 수 있다고 생각하지만 단체 활동을 통한 협동정신과 조

직적인 정신교육에 있어서의 국가관이나 개인의 인격형
성은 불가능하다고 판단을 하였습니다.

중국의 예를 든다 하여도 내란 중인데도 군관이 되려면
최소한 1년의 군관학교 과정과 6개월의 병과학교 과정
을 마쳐야 군관이 됩니다.

그리고 미국의 웨스트포인트나 선진제국의 사관교육과
정은 일반대학과 같은 4년제입니다. 그리고 그들에게는
졸업 후 소위로 입관함과 동시에 학사학위가 수여됩니
다.

이것은 곧 군사학문과 일반학문을 겸비한 지도자로서의
기초자격이 주어지는 것이므로 필수적인 사항이라고 생
각합니다.

그래서 저는 우리의 육군사관학교를 장차는 4년제로 확
정하고 우선, 1년 또는 2년제로 연장할 것을 건의 드립
니다."

김홍일 장군의 말을 열심히 듣고 있던 이 대통령은 얼굴
빛이 벌겋게 상기되더니,

"아주 훌륭한 생각이오. 나도 김 장군의 의견에 동의합
니다. 빠른 시일 내에 제도를 고치도록 하시오. 국방장
관, 알았소?"

하고 뒤를 돌아보았다.

이범석 국방장관은,

"네, 알겠습니다."

고 대답하였다.

교장실에서의 보고는 이렇게 하여 뜻있게 끝났다. 이어서 김홍일 장군의 안내로 후보생들의 내무반을 시찰하게 되었다.

빨간 벽돌 단층 막사.

과거 일본군들이 쓰던 내무반이므로 규모는 작지만 편리하게 꾸며져 있었다. 복도에 들어서니 작달막한 키에 야무지고 단정하게 생긴 소령이 구령을 붙여 경례를 한 다음 이 대통령에게 내무반 상황을 보고하였다. 어찌나 간결하고 절도 있게 보고를 하는지 이 대통령은 몹시 기분이 좋아서 소령에게 말을 걸었다.

"자네는 이름이 뭔가?"

"넷, 육군 소령 손희선입니다."

"손희선 소령, 똑똑한 장교군."

이 대통령은 연상 싱글벙글하면서 내무반을 두루 살폈다. 어느 구석하나 흠잡을 데 없는 정돈상태였다. 내무반에 도열해 있는 후보생들은 눈이 초롱초롱 빛나고 자세가 바르고 엄정하였다.

그 날의 화랑대 순시는 이 대통령에게 만족을 주었을 뿐 아니라 김홍일 장군에 대한 인식을 새로이 하게 되었다. 이 대통령은 김홍일 장군으로부터 많은 감명을 받았다 특히 장교를 양성하는 데 있어서 앞을 내다보는 그의 통찰력은 탁월한 것임을 인정하게 된 것이다.

며칠 후인 1949년 2월 4일.

이 대통령은 김홍일 장군을 불러 육군 소장의 계급장을 달아주었다.

1949년 7월 12일.

화랑대에는 제9기 사관후보생이 입교하였다. 그리고 뒤이어 7월 15일에는 제도개선에 따른 생도 1기가 2년 과정으로 입교하였다.

이 무렵 부교장에는 유재홍 대령이 전출되고 새로운 부교장으로 이한림 대령이 부임하였다 그는 만주군 출신이면서 일본의 육사를 나왔다. 불과 같이 흥분하는 성격을 빼고는 김홍일 장군과 흡사한 점이 많다. 애국심과 군인정신면에서 같고 단정하고 빼어난 용모 면에서도 비슷하다. 특히, 불의를 보고는 못 참는 성격이어서 별명이 나폴레옹으로 통한다.

김홍일 장군과 이한림 대령의 콤비는 화랑대에 새바람을 일으키는 데 기여하였다. 이때부터 일본군의 잔재가 사라지기 시작하는 시기로 보아 무방하다.

일본군의 폐습인 폭력적인 기합이 없어지면서 개인의 인격을 존중하는 방향으로 전환되어갔다.

자치제도가 활발해지면서 명예를 존중하는 기풍이 퍼져갔다. 이어 군사학은 물론 내무생활면에도 미국식 교육방식이 정착되어갔다.

김홍일 장군은 제9기생과 생도 1기생에게도 어김없이 매주 월요일 첫 시간 정신훈화를 실시하였다. 특히 김홍일 장군은 정신훈화를 통하여 개인의 인격형성에 대하여 강조하였다.

"사람과 짐승은 근본적으로 다른 점이 있다. 사람에게는 정신세계를 통제할 수 있는 인격이 있는 반면, 짐승에게는 본능만이 있다는 면을 들 수 있다.

인격은 선천적인 영향을 많이 받는 것이 사실이지만 고정 불변하는 것이 아니고 계속 변화하는 특징을 갖는다.

따라서 인격을 형성하는 요소는 사회환경과 가정환경 그리고 교육에 의하여 점차 변하게 되는 것이다 군대의 정신교육은 이와 같이 다양한 개성을 지닌 군인들로 하여금 국가와 군이 요구하는 통일된 군인형을 만드는 데 있다.

내가 요구하는 군인의 조건은 한없이 많아 일일이 다 설명할 수 없으나 크게 3가지로 나눈다면 〈지(智), 인(仁), 용(勇)〉을 들 수 있다.

즉, 부하를 다스리는 장교는 슬기가 가장 중요한 것이다.

손자병법에서 손자는 장수의 특성 중에서 슬기 즉 〈지〉를 제일 먼저 강조하였으며 이순신 장군도 슬기를 가져야 부하를 지휘할 수 있고 전쟁에 이길 수 있다고 말한바 있다.

다음으로 〈인〉은 지도자의 도덕 기준이니만큼 부하를 따르게 하는 절대적인 유인력의 원천인 것이다. 사람이 어질지 못하고 경망스럽다면 어느 부하가 그 상관을 존경하고 따를 것인가.

끝으로 〈용〉은 무인의 기본적인 표현이며 전투를 통하여 무력을 행사하는 데 있어 1차적인 전투의지이기 때문에 무인의 입장에서는 필요불가결의 요소인 것이다.

〈지·인·용〉의 실천은 뼈를 깎는 아픔과 생사를 초월하는 정신력의 발휘 없이는 불가능한 것이므로 부단히 배우고 수양하면서 이를 갖추어야 할 것이다.

그러므로 〈지·인·용〉은 지휘관으로서의 기본조건인 동시에 지휘관의 인격임을 명심해야 한다."

김홍일 장군의 정신훈화가 끝나자 화랑대에는 새로운 바람이 불기 시작하여 〈지·인·용〉을 교훈으로 정착시키기에 이르렀다. 모든 내무반에는 〈지·인·용〉을 써서 붙이게 되었으며 점호 때마다 지, 인, 용을 한 번씩 부르게 되었다. 이렇게 하여 제9기생과 생도 1기생들은 〈지·인·용〉을 생활의 신조(信條)로 삼았다.

김홍일 장군은 또 국사(國史)를 강조하였다. 국가관과 애국심의 근원은 자랑스러운 국사 속에서 우러나온다고 말하면서 국난을 극복하는 선열의 모습을 익히게 되었다. 특히 을지문덕, 김유신, 이순신 장군의 위대한 군인정신을 중점

적으로 연구케 하여 충국애민 사상의 표본으로 삼게 하였
다.

제9기생은 1950년 1월 14일 졸업과 동시에 임관하였다.
졸업생 가운데 우등생으로 임관한 이창희 소위를 김홍일 장
군의 전속부관(專屬副官)으로 선발하였다. 그는 독립운동가
이응칠(李應七)의 아들이다. 특히 영어에 능통하여 미 고문
관과의 관계를 고려하여 임명하게 된 것이다.

이 무렵, 생도 1기를 2년제에서 1년제로 단축하게 되었
다. 몹시 아쉬운 일이었으나 2년제의 교육과정을 담당할 교
수진의 확보와 교육시설의 미비 등의 원인으로 어쩔 수 없
는 일이었다. 그러나 발전적인 조치로서 4년제 교육제도가
확정되었다. 6개월의 단기교육과정은 시홍에 있는 육군보병
학교에서 담당하도록 하고 육군사관학교에서는 정규장교만
양성하게 된 것이다 따라서 4년제의 생도 2기생을 모집하
게 되었다.

특히 졸업생에게는 육군 소위 임관과 함께 이공 학사 학
위를 수여한다는 모집 공고가 나자 전국의 1만 3천여 명
학생들이 구름처럼 모여들었다. 28 대 1의 경쟁을 뚫고 최
종 합격한 사관생도들은 모두 330명이었다.

이들은 1950년 6월 1일 화랑대에 모였다. 청운의 꿈을
안고 모인 사관생도들에게 김홍일 장군은 흡족한 얼굴로 이
들을 격려하였다.

비로소 김홍일 장군이 건의한 새로운 제도가 실현되는 순간이니 기쁘지 않을 수 없었다. 김홍일 장군은,

"제군들은 역사상 최초의 4년제 육사의 영광스러운 첫 생도가 되었다. 높은 긍지로 구국대열의 간성이 되어야 한다."

고 훈시를 시작하였다.

입교식에는 새로 취임한 국방장관 신성모와 육군총참모장 채병덕 소장이 참석하고 있었다.

국방장관 신성모는 영국의 상선선장(商船船長) 경험밖에 없어서 전혀 의외의 인물이었다.

이범석 장관이 정치적인 문제로 물러나자 정치적인 배경이 없는 순수한 사람을 앉힌다는 이유로 등용한 것이다.

더욱이 육군총참모장 채병덕은 일본군 병기 소령으로 해방 당시 부평에 있는 일본군 조병창 제1공장장을 하고 있었으며 대부대 지휘는 물론 소부대 지휘의 경험도 없었다. 특히 중대전술(中隊戰術)도 모르는 데다 남북교역사건(南北交易事件) 때 육군총참모장직에서 해임되어 예비역에 편입된 인물이었다. 둘 다 윗사람의 비위를 맞추는 데는 뛰어난 재주가 있고 매사에 "지당합니다"를 연발하여 이 대통령의 마음에는 쏙 드는 형의 처세가였다.

이 무렵 정가(政街)에서 이승만 대통령의 인사정책 중 가장 졸렬한 인사라고 비판이 자자할 때 화랑대의 육사생도 2기생 입교식에 참석하였으니 단상의 내외 귀빈들의 시선

이 집중되었음은 당연한 이치라 하겠다.

김홍일 장군은 훈시를 계속하였다.

"우리의 국군은 유구한 역사를 가진 민족의 군대로서 구한말의 한국 군대의 정신과 의병 그리고 독립군과 광복군의 맥락을 이었음을 상기하여 주기 바란다."

신성모나 채병덕으로서는 별로 좋아하지 않을 내용이지만 서슴없이 훈시를 이어갔다.

"조국이 위급할 때 생명을 바칠 수 없는 자는 장교가 될 수 없을 것이며 조국을 위하여 생명을 두려워하지 않고 싸울 때 이순신 장군과 같은 위대한 지휘관이 될 수 있는 것이다.

따라서 제군들은 항상 국가를 위하여 충성을 다하고 겨레를 사랑할 줄 아는 충국애민의 정신으로 교육에 임하여 주기 바란다. 그리고 육군사관학교의 교훈은 지, 인, 용으로서 이를 연마할 수 있는 노력을 4년간 꾸준히 계속해야 할 것이다.

우리나라는 불행하게도 남북이 분단되었으며 언제 공산당이 쳐내려올지 모르는 위급한 상황 하에 있는 것이다.

따라서 이 시기에 반공정신 또한 굳건히 가질 것을 당부하는 바이다."

연설은 계속되었다. 화랑 연병장에 정연하게 서있는 생도 1기생과 생도 2기생은 누구나가 다 교장 김홍일 장군의 훈시에 정신을 쏟고 있었다.

소신에 차고 이론이 정연한 훈시내용에 감동하여 모두 혼연일체가 되어서 초롱초롱한 눈망울을 빛내고 있었다.

6월의 맑은 하늘과 싱그러운 주변 동산 신록의 초여름은 깊어만 갔다. 기쁨과 보람에 벅찬 이들 생도에게 닥쳐올 20여일 후의 비극을 아무도 예측하지 못한 채 시간은 자꾸만 흘러가고 있었다.

6월 10일에 김홍일 장군은 육군대학의 전신인 육군참모학교 총장으로 전속되었다. 화랑대의 기틀을 완전히 다져놓고 떠나는 그를 위하여 모든 생도들은 석별의 정을 느끼지 않을 수가 없었다.

정든 화랑대를 떠나는 김홍일 장군도 섭섭한 마음을 금할 길이 없었으나 4년제의 정규사관학교로 만들어 놓고 떠나는 그의 마음은 한편 홀가분하였다. 생도들이 도열한 한길을 달리는 승용차에는 전속부관 이창희 소위와 단둘이 앉아 있었다.

김홍일 장군은 마음속으로 '화랑대여! 안녕히"를 되뇌면서 용산 쪽으로 향하였다.

9. 평양의 망상과 서울의 과신

모란봉.

멀리 펼쳐진 평양평야, 금수산이 한눈에 바라보이고 바로 아래에는 맑은 대동강이 굽이쳐 흐른다. 나지막한 산이지만 그 모양이 모란꽃 같다하여 모란봉이라 부른다. 봉우리 꼭 대기에는 누각이 있고 동쪽은 절벽을 이루어 그 경치가 절묘하다. 시내 쪽 언덕배기에 세워진 모란봉 극장은 규모로 보나 시설 면에서나 평양의 명물임에는 틀림없다.

1950년 5월 17일.

이른바 조선민주주의 인민공화국 부수상 겸 외상 박헌영, 민족보위상 겸 인민군 총사령관 최용건, 내무상 박일우, 그리고 김일, 무정, 허정숙, 강건 등 실력자와 사단장 이상의 전체 지휘관이 참석하여 조국의 평화통일 달성을 위한 회의를 준비하고 있었다.

오전 10시 정각이 되자 새파랗게 젊은 김일성(金日成)이 회의장 안에 나타났다. 모든 회의 참석자는 기계와도 같이 일제히 일어나 박수를 치기 시작하였다. 1분, 2분, 3분······. 무려 5분이 지날 때까지 박수소리는 그치지 않았다. 만면에 웃음을 띠면서 김일성도 박수를 쳤다. 공산당원은 흔히 박수를 받아야 할 입장에 있는 사람도 함께 박수를 치는 습성이 있다.

김일성이 박수를 중단하고 주석단(主席협)에 착석을 하자 일제히 박수를 멈추었다. 조용해진 장내의 오른쪽 사회자석에서 문화선전상 허정숙이 마이크에다 대고 째지는 목소리로 개회사를 시작했다.

"지금으로부터 경애하는 수상통지를 모시고 조국의 평화통일 달성을 위한 토론을 시작하겠습니다.

바야흐로 통일의 시기는 임박했다고 봅니다. 따라서 어떤 방법으로 어떻게 통일을 달성하느냐가 중요한 문제가 되겠습니다.

여기에 참석하신 누구나가 다 그 방안을 제시할 수가 있습니다. 그리하여 가장 좋은 방법을 모색하여 통일조국을 성취시켜야 되겠습니다."

허정숙의 말이 끝나자 또다시 우레와 같은 박수가 시작되었다.

오늘의 회의 주제는 조국의 평화통일 달성을 위한 회의라고 하였지만 실제로는 무력침략의 예비회담이 세 차례에 걸쳐 이미 열렸으며 그에 따라 결론까지 확정된 바 있다. 예비회담의 경위와 진행과정 그리고 결정 사항 등은 다음과 같다.

1949년 10월 1일 중국대륙에 공산 정권인 이른바 중화
인민공화국이 수립되자 북한 당국자들은 1950년은 조국통
일의 해라고 부르짖으며 무력적화통일에 대한 계획을 착수
하기 시작하였다. 그리고 소련과 중공으로부터 적화통일 기
본원칙에 대한 승낙을 받은 바 있었다.

1949년 12월 6일 조선노동당 중앙위원회의 비밀회의에
서 김일성은 무력수단에 의해서만이 적화통일이 가능하며
또 그 시기도 중화인민공화국 수립과 함께 성숙되었다고 선
언하기에 이르렀다.

이 때 남한 출신의 박헌영은 전면전쟁이 아니라 제한전쟁
이어야 한다고 주장하면서,

"미군이 남한에서 철퇴하였다고는 하나 일본으로 일단
물러난 것뿐이지 완전히 철수한 것으로는 보지 않습니
다, 그러므로 전면전쟁을 일으키면 국제전쟁을 유발하는
계기가 되어 미군을 위시한 연합군의 참전을 불러들일
염려가 있습니다. 따라서 어디까지나 국내분쟁으로서의
군사충돌을 통하여 남한 사회를 혼란시켜야 합니다. 그
때 본인이 조직한 남한 각지의 남로당원(南勞黨員) 50
만 명이 궐기하여 폭동을 야기하면 제한전쟁만으로도 전
쟁은 2주일이면 끝장 낼 수 있다고 생각합니다."

라고 자기의 세력을 은근히 과시하면서 김일성의 의견에
이의를 제기하고 나섰다.

김일성은 화를 발각 내었다.

"박헌영 동지의 계략은 전쟁이 무엇인지 모르는 잠꼬대 같은 소리라고 생각하오. 일단 군사행동을 일으킨 이상은 전면적이고 전격적이어야 합니다. 그 때 남로당원 50만이 궐기하여 혁명과업에 나서준다면 보다 빨리 통일이 달성될 것이오."

라고 주장하면서 박헌영의 의견에 쐐기를 박았다.

이에 민족보위상 겸 인민군 총사령관 최용건은,

"무력수단에 의한 통일은 신속하게 그리고 전면적인 수단을 동원하여 전격적으로 달성하지 않는 한 불가능하다고 생각합니다."

라고 김일성을 거들고 나섰다.

이에 따라 그 날의 비밀회의는 김일성의 주장대로 전면적이면서 전격적인 방법으로 무력통일을 해야 한다는 결정을 내렸다.

김일성은 박헌영을 못마땅하게 생각하였으나 그가 주장하는 남한 각지의 남로당원 50만 명의 세력을 의식하여 그를 제거하지 못하고 무력침공 시 호응세력으로 활용할 때까지 미루기로 마음을 정했다. 김일성은 1950년 신년사를 통하여 무력 남침계획을 공언하기에 이르렀고 1949년을 회고하면서,

"미제와 이승만 도당의 반동에 의하여 1949년에는 우리의 사명인 조국의 통일을 완수할 수 없었다. 이런 주

변정세는 우리로 하여금 조국통일의 기반을 구축하기 위하여 강력한 기지를 북반부에 건설하게 되기에 이르렀다."

고 통일의 기반구축이 완성되었음을 선언하는 한편,

"1950년에는 인민군, 국경 경비대, 보안대 등 모든 전투역량은 전투체제를 정비하여 언제든지 적을 격멸할 수 있는 각오를 하지 않으면 안 된다.

승리는 통일과 조국의 자유 그리고 민주주의를 위한 정의의 투쟁을 수행하는 전체 인민에게 있을 것이다.

1950년이야말로 조국통일의 해가 될 것을 기원하는 바이다.

전체 조선인민이여, 영광이 있으라! 통일조선 만세!"

라고 호언장담을 하면서 1950년도를 필승의 해로 선포하기에 이르렀다.

1950년 1월 12일.

미국의 애치슨 국무장관이 〈아시아의 위기〉라는 연설에서

"미국의 아시아 방위선은 알류우션 열도, 일본, 오키나와, 필리핀을 연결하는 선이다."

이렇게 아시아의 방위선에서 한반도가 제외되자 북한 당국자들은 환호성을 울렸다. 김일성은 이에 따라 1월 22일 노동당 중앙위원회 비밀회의를 소집하여 연설을 했다.

"미국이 남조선을 포기했다. 따라서 박헌영 동지가 염려
한 국제전쟁으로의 유발은 발생하지 않을 것이다."

"군사작전의 성공은 고도의 비밀유지가 전제되었을 때
달성된다. 따라서 여기에 참석한 자는 일체 입 밖에 내
지 말고 훈련과 연습이라는 명분으로 군사작전을 준비해
야 한다."

이상과 같은 요지의 지령을 내렸다. 박헌영은 사실상 이
때부터 무력한 존재로 남게 되었다.

세 번째 예비회담은 김일성이 모스크바 방문을 마치고 귀
국한 다음날인 3월 19일에 이루어졌다.

이때 김일성은,

"위대한 소비에트 연방공화국 정부의 전폭적인 지지와
아울러 군사원조를 확약 받았다."

는 것을 발표하고 이어서 문화선전상 허정숙을 통하여 조
선 평화옹호투쟁위원회 조직을 선포케 하였다.

"우리는 군사작전을 성공적으로 완수하기 위하여 기만
적 평화공세를 취하여야 합니다.

평화공세가 얼마만큼 성공하느냐에 따라서 군사작전의
성공여부가 결정되는 것이니 평화공세의 참뜻을 헤아려
주기 바랍니다.

위대한 소비에트 연방공화국에서는 이미 1948년 8월
25일 폴란드의 브로쫄라브(Vrozlav) 시에서 문화인을
규합하여 세계평화옹호문화인 국제연락위원회에서는 서

방세계에 대한 평화공세를 취한 바 있습니다.

이에 따라 평화옹호 세계대회가 열릴 때마다 조선민주주의 인민공화국 정부의 대표자가 참석하였습니다.

오늘 여기에서 경애하는 수상동지의 지시에 따라 조선평화옹호투쟁위원회의 발족을 1950년 4월 1일부로 선포하는 바입니다."

비밀회담에 참석한 위원 일동은 모두 기립하여 우레와 같은 박수로써 찬의를 표시하였다.

그리하여 4월 1일부터 적극적인 대남평화공작을 감행하기에 이르렀으며 지방의 평화옹호위원회가 주동이 되어 북한 전 지역에서 평화옹호를 위한 서명운동이 전개되었다.

전국적인 서명운동이 한창 벌어 지고 있을 때 김일성은 남침을 앞두고 당과 정부 그리고 군 수뇌들과의 평화통일에 대한 토론의 필요성이 있다고 판단하고 회의결과에 따라 궁극적인 평화통일 달성을 위한 무력사용을 합리화시킬 것을 획책하게 되었던 것이다.

허정숙은 다시 말을 이었다.

"조국의 평화통일 달성을 위한 토론을 평화적인 방법만 제기할 것이 아니라 궁극적인 평화통일 달성을 위한 혁명적 수단도 이에 포함할 수 있다고 보는 바입니다. 따라서 어느 길이 가장 애국적이고 어느 방법이 가장 인민에게 이로운가를 가늠하면서 토론에 임해주기 바랍니다."

이 말은 이론이 정연한 것 같으면서도 모순투성이의 복선

이 깔려 있다. 궁극적인 평화통일을 위한 혁명적 수단이라는 것은 무력남침을 의미하는 것인데 그것은 어디까지나 평화통일이 아니고 무력통일을 공산주의 방식으로 왜곡한 것에 지나지 않는다.

허정숙의 개식사가 끝나자 장내는 또다시 박수 소리가 요란하게 울렸다.

이어서 등단한 내무상 박일우는,

"우리 인민의 염원은 어디까지나 평화통일임은 재론의 여지가 없습니다. 그러나 미제와 이승만 도당들은 전투적 방식으로 38선에서 무력도발을 일삼았습니다. 그리고 여수, 순천, 제주도, 대구 등지에서 애국적인 인민이 궐기하여 이승만 도당에 항거하자 남조선 괴뢰군은 무력으로 학살을 감행, 정의의 투사들의 혁명적 의지를 꺾어 놓았습니다. 이러한 형편에 즈음하여 인간적이고도 평화로운 방법으로 그들과 타협이 가능하겠습니까?"

고 의문을 제기하자 장내에서는 우렁찬 박수가 울려 퍼졌다. 박수의 의미는 평화적 방법이 불가능하다는 것이었다.

이어서,

"솔직히 말하여 평화통일의 길은 막혔습니다.

따라서 경애하는 수상 통지께서 본인에게 무력통일을 맡겨 준다면 내무성 군대(內務省軍隊-경찰병력)만으로 이승만 도당을 공격하여 20일 내에 부산까지 함락시킬 자신이 있습니다.

경애하는 수상 동지여! 저에게 명령만 내려주소서!"

박일우가 눈물까지 흘리면서 소리높이 외치자 주석단에 있던 김일성이 기립하여 박수를 쳤다. 이에 장내의 전 참석자들은 일제히 일어나 함성을 지르면서 박수를 치기 시작하였다.

"명령을 내려주소서!"

광란의 시간이 흘러갔다. 다음은 인민군 포병 부사령관 무정이 등단하였다.

무정은 지난 날 광복군 제1지대의 탈출자를 회유하여 중공의 팔로군 산하에 조선의용군을 조직했으며 그 사령관 행세를 하던 연안파 공산당 두목급에 속하는 자이다.

"내무상 박일우 동지의 제의를 절대 지지하는 바입니다. 남조선의 이승만 도당은 미제와 결탁하여 선량한 조선인민에게 범죄적 살인행위를 저질렀습니다. 어떻게 그들과 평화적인 방법으로 통일을 협의할 수 있겠습니까?

궁극적인 평화통일을 달성하기 위해서는 오로지 혁명적 수단만이 남았습니다. 또한, 내무상 박일우 동지께서는 내무성 군대만으로 공격을 하겠다고 말한 바 있으나 이 것은 애국적인 충정에서 발의하였다고 보아 찬성을 하는 바입니다. 그러나 우리 인민군은 내무성 군대보다 강합니다. 최신형 전차도 있고 대포도 있고 비행기도 있으며 함정도 있습니다."

고 소리치자 이때는 사단장들이 일제히 기립하여 함성을

지르기 시작하였다.

"명령을 내려주소서!"

김일성은 또다시 일어나 박수를 치기 시작하였다. 만면에 흡족한 웃음을 띠우며 열심히 박수를 쳤다.

얼마간 시간이 지난 다음 조용해지자 무정은 두 손을 번쩍 들더니,

"우리 인민군은 이승만 도당을 공격하여 10일 만에 부산까지 점령, 남조선 인민을 해방시킬 자신이 있습니다."
고 소리쳤다.

또다시 광란의 시간이 흘러갔다. 이어서 등단한 사단장들이 한결같이 무력남침을 외쳤다.

이리하여 평화통일 달성을 위한 토론은 무력남침을 결의하기에 이르렀다.

허정숙은 다시 등단하여,

"오늘의 토론은 가장 혁명적이고 애국적인 분위기에서 이루어졌습니다. 오늘 참석자는 한결같이 미제와 이승만 도당의 도발과 살인행위에 분노를 터뜨렸습니다.

조선민주주의 인민공화국의 평화노선을 폭력으로 파괴한 이상 우리는 궁극적인 평화통일을 달성하기 위한 혁명적 수단을 사용하지 않을 수 없게 되었습니다. 이는 조선인민의 커다란 불행입니다.

그러나 이 죄 값은 이승만 도당과 미제가 치러야 된다고 단언하는 바 입니다. 그러므로 무력침공은 내무성 군

대나 인민군 어느 한 쪽만이 할 것이 아니라 양쪽이 협
력하여 총력전으로 치를 것을 제의합니다.”
라고 정식으로 제의하기에 이르렀다. 이어서 허정숙은 목
소리를 가다듬으며 엄숙하게 말했다.

　“이 제의에 찬동하는 동지들은 기립으로서 의사를 표시
해 주십시오.”

　말이 떨어지기가 무섭게 제일 먼저 사단장들이 기립했다.
그러자 장내의 전 인원이 일제히 일어섰다.

　이때서야 마지못한 듯 김일성도 일어섰다.

　“조선민주주의 인민공화국의 평화통일 달성을 위한 회
의는 참석자 전원의 통합된 의사에 따라 무력침략을 통
한 남조선해방을 결의하였습니다.”

　허정숙이 결의를 선포하자 장내는 또다시 광란의 박수 소
리가 진동하였다.

　끝으로 김일성이 주석단 중앙에 설치한 마이크 앞에 다가
섰다. 벌겋게 상기한 포동포동한 양 볼에는 땀이 주르륵 흘
렀다.

　아마 감격과 흥분 때문에 속에서 열이 난 탓일 것이다.

　그는 장내를 두루 살피더니 기쁜 표정으로 말하기 시작하
였다.

　“친애하는 동지 여러분의 열화와 같은 충성심과 애국심
으로 미루어 조국의 통일에 대한 진정한 염원을 알았습
니다.

한결같이 남조선을 해방시켜 통일 조국을 이룩하여야 된다는 점에서 나는 이를 엄숙히 접수합니다. 그러나 우리는 끝까지 평화적 수단으로 통일을 모색해야 합니다.

이는 나의 기본 이념이올시다. 왜냐하면 전쟁을 하게 되면 사랑하는 동포가 희생되기 때문입니다.

나는 한 사람의 동포라도 전쟁에 희생되는 것을 원치 않습니다. 노동자, 농민 단 한 사람이라도 보호하고 싶은 것이 나의 진실한 심정이올시다. 그러나 평화적 수단의 통일이 절대 불가능하다고 결판이 났을 때는 어쩔 수 없이 무력수단에 의해서라도 남조선을 해방시키겠다는 동지들의 결정을 따를 작정입니다. 그러므로 이 회의가 끝나는 즉시 여러 동지들은 이에 대비하기 바랍니다."

김일성이 말을 마치자 천정이 내려앉을 것 같은 소란스러운 박수가 올렸다. 김일성은 손을 흔들며 천천히 밖으로 나갔다.

오후 3시 10분.

점심도 거르고 장장 5시간 동안 조국의 평화통일 달성을 위한 토론이라는 이름의 위장된 연극은 그 막을 내리게 되었던 것이다.

김일성은 5월 30일 대한민국의 제2대 국회의원 선거가 끝나자 평화통일 방안으로 8월에 전국 총선거를 실시하자는 것이었다. 침략준비가 완료되었는데도 평화적인 연막공세가 필요하였던 것이다.

6월 5일에는 조국통일 중앙위원회 김달현 의장의 이름으로 대한민국의 5·30선거가 불법적이라고 비난하기 시작하였다.

조국통일 중앙위원회는 일방적으로 3명의 특파원을 보내어 조국통일에 대한 호소문을 남한의 정치인들에게 일일이 전하겠다는 뜻을 표명하고 6월 11일 오전 10시에 38선을 월경 남하시켰다. 대기하고 있던 경찰은 이를 체포하여 서울로 압송하였다. 이에 북한 당국은 또다시 남조선이 평화의 사절을 불법 체포하였다고 격렬한 비난 방송을 시작하였다.

한편 북한의 민족보위성은 6월 10일에 사단장급 이상을 평양으로 소집하여 비밀회의를 개최하였다. 이 회의는 기동 작전 훈련을 가장한 무력 남침의 비상태세를 갖추게 하는 데 그 목적이 있었다.

인민군 참모총장 강건은 6월 23일까지 전투태세에 돌입할 것을 명령하였다. 6월 11일에는 인민군의 편제를 개편하여 제1군단장에 김웅 소장을 제2군단장에는 김광협 소장을 임명하여 2개 군단사령부를 창설하였다. 6월 12일에는 제2사단을 원산에서 강원도 화천으로 이동시키고 6월 18일에는 중공군 20사단과 중공군 출신 한국인으로 편성한 제7사 단(7월 2일 12사단으로 개칭)을 동부 산악지대인 양구(楊口)로 이동시켰다. 이어서 6월 22일에는 나남(羅南)에 있는 제5사단을 양양으로 이동시켜 동해안을 담당케 하고 같은 날 진남포의 제4사단을 연천으로 이동시켰다. 6월 23일에는 제3사단을 평강에서 운천, 제1사단을 남천(南川)에서 고량포 구화리, 제6사단을 사리원에서 개성 방면으로 각각 발진시켰다.

또한 인민군 최강 부대로 알려진 평양의 제105전차여단도 철원지역으로 추진하는 등 인민군의 전투부대는 6월 23일 24시를 기하여 38선 일대에 전투태세를 완료하였다.

이리하여 비밀회의를 가진 6월 10일 이후 6월 23일까지 7개 보병사단과 1개 전차여단의 전방 추진과 함께 인민군 전체 전투부대 전개가 완료됨으로써 남침을 위한 전쟁준비는 모두 끝났던 것이다.

1950년 6월 16일.

용산의 육군 참모학교.

플라타너스와 아카시아의 거목들이 빽빽하게 들어찬 주변 경관과 함께 싱그러운 신록의 여름 기운이 가득 차 있었다.

용산.

일본 제국주의자가 한반도를 침략하기 시작하면서 1907년에 이미 용산 일대를 군사기지로 확보하고 있었다.

이 일대에 군용 건물을 본격적으로 짓기 시작한 것은 몇 년 후 한일합방이 되면서부터였다.

육군참모학교의 회의실이 들어 있는 본관 건물은 이 당시 건축한 일본군 여단사령부의 건물로서 육중한 2층 고딕식 건물이다. 현관 쪽이 북향으로 되어 있어 햇살이 비치지 않는데다가 녹음마저 짙게 덮여있어 밝은 분위기는 아니다.

아마도 이 건물에 많은 장군들이 모여들기 시작한 것은 역사상 처음 있는 일일 것이다.

신성모 국방장관과 육군총참모장 채병덕 소장을 비롯한 군 수뇌들이 모였다. 여기에는 김홍일 장군, 이응준 장군, 송호성 장군, 신태영 장군 등이 참석하였다.

6월 남침설과 함께 북한 지역에서의 병력 이동과 38선 일대의 민간인의 북상 등 상당히 정확한 정보가 입수되고 있었기 때문에 군사 경험이 충분한 군수뇌가 모여서 이 사태에 대한 대비책을 의논하기 위한 모임이었다.

국군의 최고 지휘관들이 모인 이 회의에서 맨 먼저 채병덕이 단상에 올라가 개회사를 하였다.

"존경하는 국방장관 각하.

바쁘신 데도 불구하고 이곳에 왕림해 주시어 전 육군 장병을 대신하여 경의를 표합니다.

오늘 모임은 최근 입수된 정보를 중심으로 적의 확실한 동향을 포착하여 여기에 대한 대응태세를 토의하기 위한 것입니다.

군사 경험이 풍부한 여러분들은 진지하게 판단을 하시어 격의 없는 의견을 제시하여 주기 바랍니다."

165센티미터의 작은 키에 체중 110킬로그램의 채병덕은

몸을 가누기가 힘든 듯 내뱉듯이 짤막한 말만 던지고는 단
상에서 재빨리 내려와 신성모 국방장관 옆자리에 털썩 앉았
다. 삐걱거리는 목제 의자가 부서져 내려앉을 것 같아서 회
의장에 있는 사람들의 시선이 일제히 채병덕 쪽으로 쏠렸
다. 이어서 육군본부 정보국장 장도영 대령이 적의 동향 보
고를 하기 시작하였다.

"오늘 현재 우리가 판단하고 있는 적의 병력은 인민군
6개 사단 94,500명과 보안군 3개 사단 24,000명을 비
롯하여 184,000명으로 추정되며 국군이 보유하지 않고
있는 전차 178대, 비행기 197대, 각종 포 609문으로
무장되어 병력의 수는 국군에 비하여 배 정도이나 주요
장비는 현격한 차이가 있습니다. 또한 병력과 장비는 점
차 증가하는 추세에 있으므로 본인이 분석한 바에 의하
면 남침의 징후가 충분히 있다고 봅니다."

장도영 대령은 계속하여 세부적인 적의 병력과 장비에 대
하여 언급하고 피아의 전력을 분석한 후 한국군의 증강과
함께 전차와 야포의 긴급 도입을 건의하였다.

특히 최근의 적정에 대한 보고에서,

"적의 야간 이동이 심해지고 있으며 민간인이 후방으로
이동하고 있다는 귀순자의 진술이 있습니다. 또한 군용
차량의 이동이 많아지면서 무전교신의 빈도가 높아지고
있습니다. 그리고 전방 관측소의 보고에 의하면 웬일인
지 부대 소재지에서 문서 소각을 하는 연기를 자주 볼

수 있다고 합니다. 이는 공격의 징후로 볼 수 있습니다.”

총참모장 채병덕은 정보국장의 보고에 몹시 불쾌한 듯 얼굴색이 붉어지더니,

“장 대령, 적이 기동훈련 중일 수도 있잖아!”

하고 신경질적으로 내뱉었다.

“그렇습니다. 이러한 징후는 대부대의 기동훈련 시에도 발견할 수 있습니다. 그러나 5월 초부터 지금까지 계속되면서 자꾸만 병력과 주요 장비가 증가하고 있는 사실이 문제라고 생각합니다. 기동훈련이라면 이와 같은 징후는 일시적일 것입니다. 또한 병력과 장비의 증가도 제한된 범위 내에서 이루어질 것입니다. 특히 유념하지 않을 수 없는 것은 적의 전차가 갑자기 전선지대에 배치되기 시작했다는 사실입니다.

따라서 저의 생각으로는 기동훈련으로는 보지 않습니다.”

라고 단호하게 잘라 말하였다. 회의실 안에 있는 참석자들은 다 같이 장도영 대령의 보고에 공감하면서 그의 용기 있는 보고 태도에 감탄하였다.

이때 잠자코 앉아있던 국방장관 신성모가 벌떡 일어나더니,

“적이 우리보다 병력도 많고 장비도 우세하다는 것은 사실입니다. 그렇다고 해서 우리가 겁을 먹을 필요는 없습니다. 우리 국군은 투철한 정신무장과 탁월한 전기전

술(戰技戰術)을 가지고 있으므로 북한의 인민군 따위와
는 상대가 안 되는 일당백의 강한 군대입니다. 그리고
적의 남침설은 비단 오늘에만 있었던 것이 아니고 작년
부터 꾸준히 퍼지고 있는 소문입니다. 구더기 무서워서
장을 못 담근다는 일은 있을 수 없습니다. 우리의 소신
대로 밀고 나가는 것이 상책이라고 생각합니다."
고 열변을 토하였다.

그러더니 평소에 각별히 아껴주는 채병덕을 넌지시 쳐다
보았다. 그랬더니 채병덕은 다시 의자에서 꿈틀거리면서 일
어섰다. 황송한 듯한 표정으로 신성모를 바라보면서 입을
열었다.

"각하의 말씀이 천만 번 지당합니다. 제가 보기에는 대
한민국 국군만큼 훈련이 잘 된 군대도 없다고 생각합니
다.

미군 고문관들의 말을 빌자면 대한민국 국군이야말로 동
북아시아 최강의 전투력을 가진 정예부대라 했습니다.

각하도 아시다시피 적은 개성의 송악산 전투를 비롯하여
38선 전역에 걸쳐 수 없이 도발을 자행하여 왔으나 우리는
단호하게 격퇴시켰습니다. 바꾸어 말하면 우리 국군은 한
번도 패한 적이 없이 계속 승리를 거뒀습니다.

이것이 바로 일당백의 강한 국군이 아니고 무엇이겠습니
까?

대통령 각하께서 지금이라도 본인에게 북침 명령만 내린

다면 1주일 안에 평양을 점령하겠으며 보름이면 압록강 선
까지 수복하여 남북통일을 이룩하겠습니다."

꽝꽝 울려대며 큰 소리로 열변을 토하였다.

신성모는 고개를 끄덕이며,

"육군 총참모장 채병덕 장군의 말이 옳아요. 무릇 전쟁
은 정신력에 달려 있다고 합니다.

채 장군같이 정신무장이 되었다면 북한의 인민군 따위
는 문제가 없다고 봅니다."

고 군사전력은커녕 행정단위의 기본인 중대전술도 모르는
주제에 큰소리만 치고 있었다. 역전의 지휘관들인 김홍일
장군, 송호성 장군, 이응준 장군 등은 어이가 없어서 하늘
만 쳐다보고 있었다.

평소 말하지 않기로 이름난 김홍일 장군이지만 이 자리에
서 말을 않고 회피한다는 것은 국가에 불충이라 생각하고
일어섰다.

"국방장관님, 그리고 총참모장님, 제가 한 말씀 드리겠
습니다. 두 분의 의지는 하늘을 찌를 것 같고 두 분의
애국심에 대해서는 머리 숙여 존경을 표합니다."

이때 뒤에서 누가 푹푹 웃음을 터뜨렸다. 마음에도 없는
말로 얼러대 놓고 바른말을 시작할 것을 생각하니 신성모와
채병덕이 딱하게 생각되어 웃음을 터뜨린 것이다.

회의실 안은 술렁거리기 시작하였다. 그러나 회의실 뒤쪽
의 수많은 영관급 장교들 속에서 웃은 자를 가려내기란 힘

든 일이었다.

김홍일 장군은 개의치 않고 말을 계속하였다.

"전쟁은 필승의 의지와 애국심 없이는 절대로 승리할 수 없다는 면에서는 장관님 생각과 같습니다. 그러나 기본적인 군사 대응책과 군사장비의 확충 없이 정신만으로는 승리할 수 없다고 봅니다.

그러기 때문에 장 대령의 정보 동향 보고에 따라 대응책을 마련하는 것이 오늘의 회의 목적이라고 생각합니다.

장관님께서 허락하신다면 본인이 평소 생각한 것을 밝히고 싶습니다."

신성모는 고개를 끄덕이면서,

"김 장군의 생각을 알고 싶습니다."

고 말하였다.

이에 김홍일 장군은 가벼운 기침을 하더니 말을 시작하였다.

"본인이 현 시국을 관찰하고 북한지역의 동향을 기초로 국군의 대비책을 점검한바 다음 사항을 건의합니다.

첫째, 후방에 있는 3개 보병사단을 즉각 전방으로 추진하여 전개시킬 것. 둘째, 농번기 휴가 중인 일선장병을 즉시 원대에 복귀시킬 것. 셋째, 탄약을 위시한 보급품을 전방으로 추진시킬 것. 넷째, 38선 전역에 걸쳐서 즉시 방어진지를 구축하여 적의 기습공격에 대비할 것. 다

섯째, 미국에 긴급 군사원조를 요청하여 최소한 2.36인
치 로켓포를 3.5인치로 교체하여 대전차 방어대책을 세
울 것.

이상 다섯 가지 사항을 건의하오니 받아 주시기 바랍니
다."

김홍일 장군의 말이 떨어지자 회의실은 물을 끼얹은 것
같은 정적이 감돌았다. 정세 보고를 한 장도영 대령은 물론
김백일 대령, 강문봉 대령, 강영훈 대령, 장창국 대령 등
젊은 고급장교들은 기쁨에 넘치는 표정으로 김홍일 장군의
주장에 동의를 표시하고 있었다.

그러나 아무도 옳고 그름을 말하는 사람이 없었다.

젊은 대령들은 일본군과 만주군 장교 출신으로서 두뇌가
명석하고 판단력이 비교적 좋은 편이었다. 이들은 다 같이
총참모장 채병덕 소장의 참모이지 김홍일 장군의 부하는 아
니었다. 그러므로 김홍일 장군의 주장이 옳다고 생각을 하
였더라도 자신들의 직속상관이 싫어하는 '바른 소리'를 할
용기가 없었다. 이러한 언짢은 분위기 속에서 신성모와 채
병덕만이 얼굴이 벌겋게 달아올라 무엇인가 한마디 하려고
벼르고 있는 눈치였다.

이어 이응준 장군이 일어섰다.

"저의 생각도 김홍일 장군의 의견과 같습니다.

국군의 정신력과 사기가 높은 상태에 있다 해도 병력은
물론 장비 면에서 너무나 큰 차이가 있습니다. 장비의

절대량 부족을 정신력으로 메꿀 수 있는지의 여부는 누
구도 단언할 수 없을 것입니다. 따라서 보다 안전한 쪽
으로 국방력을 강화하는 방안이 요구되는 국면이라 생각
합니다. 본인도 근래 여러 곳에서 남침설을 들었으며 적
의 동향도 알아보았습니다. 그리고 우리의 대비태세도
검토를 해보았습니다, 그 결과 적에 대한 대비책이 시급
하다고 판단하였습니다.

솔직히 말하여 전방의 방어태세는 개선할 점이 많습니
다. 한시바삐 방어진지를 보강하여야 될 것입니다."

이 말에 채병덕은 벌떡 일어섰다. 자기는 일본 육사의 후
배이지만 가만있을 수 없다고 생각한 것이다.

"김홍일 장군과 이응준 장군의 건의내용에는 일리가 있
다고 생각합니다. 그러나 그것은 현 실정을 잘못 파악한
데 기인한 건의사항입니다. 우리의 방어선은 철통같습니
다. 이것은 본인이 확신하는 사항의 하나입니다. 너무나
비관적으로 사태를 볼 필요는 없습니다. 우리의 뒤에는
일본도 있고 미국도 있습니다.

따라서 여유를 가지고 점차적으로 군사력을 증강해야
된다는 것이 본인의 의도입니다.

거듭 말하거니와 국군의 방어선은 철통같습니다."

그는 쩌렁쩌렁 울리는 목소리로 말하고는 곧 앉았다.

이 때 난데없이 뒷좌석에서 어느 소령이 벌떡 일어나더
니,

"각하, 한 말씀 하겠습니다."

라고 큰소리로 말하였다. 너무나 뜻밖의 일이라 아무도 '말하라, 못한다'하고 말할 수 있는 분위기가 아니었다.

잠시 기다리는 듯 하더니 소령은 그대로 말을 계속하였다.

"총장 각하께서는 국군의 방어선이 철통같다고 말씀하셨습니다. 하지만 저의 생각은 전혀 다릅니다. 제가 38선 전역을 돌아본 결과, 국군의 방어선은 커다란 문제가 있음을 발견하였습니다. 제가 누차 상부에 건의한 바 있습니다만 첫째, 적은 200대 가까운 전차가 있는데 우리 국군은 단 한 대의 전차도 없습니다.

이것은 결정적인 방어의 취약점입니다. 둘째, 전차가 없는 대신 전차 파괴 수단이라도 있어야 되는데 이것 또한 없습니다.

아까 김홍일 장군께서 말씀하신대로 2.36인치 로켓포를 3.5인치 로켓포로 바꾸지 않는 한 대전차 방어는 불가합니다.

대전차방어가 안 되어 있는 방어는 중대한 문제점이 있는 것입니다.

따라서 우리의 방어선은 총장 각하의 말씀대로 철통이 아니라 목간통만도 못 합니다."

라고 큰소리로 말하였다.

회의실은 금세 시끌시끌해지기 시작하였다. 너무나 직선

적이고도 당돌한 말에· 분위기는 살벌해졌다.

채병덕은 자리에서 벌떡 일어났다. 그리고 서슬이 퍼런 기세로,

"어느 놈이야. 헌병! 즉시 저 놈을 체포하여 군법회의에 회부하라"

고 소리쳤다.

이어서 헌병을 부르러 누군가가 밖으로 뛰어 나갔다.

"저놈 공산당 아니야!"

하고 소리치니, 소령은,

"각하! 저는 우국충정에서 한 말일 뿐입니다."

고 침착하게 말하였다.

이때 헌병이 회의실 안으로 들어왔다. 김홍일 장군은 다시 일어섰다.

"총장님,! 진정하십시오.

젊은 혈기에서 순간적 실수인 것 같습니다.

우리의 방어선을 목간통으로 표현한 것은 분명한 잘못입니다.

그러나 우국충정에서 나온 말이라면 너그럽게 용서하실 수도 있다고 봅니다.

군법회의는 군율위반자에게 적용하는 것인데 이번 경우 군율위반자로 볼 수는 없다고 봅니다. 정중히 사과 받도록 하시고 헌병은 내 보내시는 것이 좋을 듯합니다."

김홍일 장군에 이어서 송호성 장군도 일어서서,

"젊은 객기로 보아주시고 아량을 베풀어 주십시오."

라고 채병덕에게 말하고는 소령을 보고,

"결례를 하였으니 총장께 사과드려라."

고 나무랐다.

소령은,

"저는 원래 수양이 모자라 결례를 많이 합니다. 다른 표
현으로 말씀 드릴 수 있는 것인데 그만 흥분해서 잘못을
저질렀습니다. 용서하여 주십시오."

하고 빌었다.

채병덕은 그 자리에서 더 이상 문제 삼지 않았다.

그날의 회의는 이것으로 끝났다.

뒤늦게 밝혀진 사실이지만 그 때의 소령은 육사 3기생 조
남철 소령이었다.

조 소령은 일본군 전차병학교를 졸업하고 일본군 군조(軍
曹-中士)로서 해방을 맞았다. 그는 육사를 졸업하고 임관하
자 전차에 관련이 있는 부서를 지원하였다. 한국군에는 전
차가 없을 때였으므로 장갑차 중대에서 근무하였다.

조 소령은 늘 '한국군에 전차가 필요하다. 인민군은 있는
데 우리는 뭔가?'라고 불만을 토로해 왔다. 또한 그는 '인민
군이 200대 가까운 전차가 있는 이상 우리에게도 필요하
다. 만약에 전차가 공급이 안 된다면 전차를 부술 수 있는
화기가 필요하다. 지금 우리가 가지고 있는 2.36인치 로켓
포와 57밀리 대전차포로서는 적의 전차를 파괴할 수 없다'

고 단언하면서 여러 번 상부에 탄원서를 제출한 바 있었다.

그러나 전혀 반응이 없자 우국충정으로 회의장에 뛰어 들어가 국군의 솔직한 취약점을 지적한 것이었다.

다음날에도 그 다음날에도 김홍일 장군이 건의한 다섯 가지 사항은 단 한 가지도 받아들여지지 않았다. 오히려 전보다 더 여유 있는 태도를 보이면서 요정을 들락거리며 풍류를 즐겼다.

전방 사단은 사단대로 자신만만한 상태 하에서 방어진지 보강은커녕 병기 손질도 잘 안 한 채로 농번기 휴가를 계속 실시하고 장교들은 주말이면 서울에 몰려 나와 요정과 카바레에서 청춘을 즐기고 있었다.

6월 20일을 전후하여 동부전선의 제8사단과 중부전선의 제6사단, 중 서부전선의 제7사단 지역에 인민군 귀순병들이 있었다. 이들은 현지 부대에서의 심문에서 한결같이 남침할 것이라는 내용을 진술하였다. 그리고 이 사실이 사단의 미군 고문관에게도 보고가 되었다. 그러나 미군 고문관들은,

"인민군이 남침할 것이라는 설은 가소로운 것이다.

지금 계절이 여름인데 곧 우기가 닥쳐올 것이 아닌가.

그렇다면 적의 전차는 무용지물이 될 것이다. 여름 우기에는 원래 대공세를 취하지 않는 것이 군사전략의 기본이다."

라고 말하면서 낙관하였다.

그들은 또한,

"한국군은 극동에서 가장 훌륭한 군대이다. 한국군이 장비한 M1 소총은 세계 최고의 무기이며 아마 인민군이 이 총소리를 들으면 혼비백산하여 달아날 것이다.

인민군이 전차가 많다고는 하나 2.36인치 로켓포탄 한 발이면 박살이 날 것이다."

미국 고문관의 말에 젊은 사단장들은 기분이 좋아서 한 잔 하자고 얼러대면서 강릉과 춘천 등지의 요정에서 술을 마시며 미국 육군과 한국 육군의 엉뚱한 긍지를 마음껏 발산하였다.

6월 24일 토요일.

북한 당국의 평화공세에 대비했던 비상경계가 해제되었다.

놀라운 사실이 아닐 수 없다. 남침의 기운이 더욱 드세어 가고 있는 막바지에 비상경계령을 해제하다니…….

이 무슨 변고란 말인가? 땅을 치고 통곡을 한들 신성모와 채병덕은 여유 있는 군대야말로 막강한 군대라고 할 뿐 몇몇 뜻있는 장교들의 건의를 묵살하고 그대로 강행해 버리고 말았다. 일선의 각 연대는 연대장의 재량에 의하여 외출과 외박이 실시되었다. 경계근무가 오래간만에 해제된 데다가 마침 토요일이라 주말의 외출 외박은 거의 전 연대가 단행하였다. 장교와 하사관은 물론 심지어 사병까지도 서울이나

부대 근처의 도시로 쏟아져 나와 술판을 벌이는 판국이었
다.

오후가 되자 찌푸렸던 하늘에서 비가 내리기 시작하였다.

총참모장 채병덕은 일찍 퇴근하여 숙소에서 낮잠을 자고
있었다. 점점 심해지는 빗소리에 눈을 뜨자 신경질적으로
전속부관에게 오늘 저녁 기상 전망에 대해서 기상대에 알아
보도록 지시하였다. 작전상 필요에 의한 것이 아니고 오늘
저녁 댄스파티에 지장이 있을까 염려해서였다.

전속부관은 곧 채병덕 앞에 섰다.

"총장 각하 계속 비가 내린다 합니다."

그 말에 기분 나쁘다는 표정을 지으며,

"제기랄, 하필 오늘 왜 비가 오는 거야!"

하고 투정을 부렸다.

오늘이 바로 육군 구락부 낙성 기념 댄스파티가 열리는
날이다

이 무렵 국군 장교 간에는 미국 바람이 불어 닥치자 제일
먼저 배운 것이 댄스였다. 춤을 추면서 여자와 놀아나니 형
편없을 때 결혼하였던 조강지처의 꼴이 보기 싫어 시골집으
로 쫓아 보내고 신식 공부를 하고 미국식으로 세련된 여대
생과 교제하는 장교가 늘어갔다.

갑자기 군대를 확장하다보니 6개월 만에도 진급하고 심지
어 3개월 만에도 한 계급씩 올라가니 정신이 없었다.

한창 공부할 나이에 영관급 장교가 되어 명동을 쏘다니고

보니 인생이 즐거웠고 살맛이 나는 것 같았다. 유행이라고
나 할까? 차츰차츰 풍류가 번지다 보니 육군의 수뇌부에까
지 바람이 불었다. 인정머리 없는 사람들은 이때 조강지처
를 버리고 신여성과 결혼한 자도 있었다.

이러한 풍류가 번창해가는 바람이 불어 닥치자 육군에도
댄스파티를 해야 할 구락부가 필요했던 것이다.

육군 구락부에는 저녁 7시가 되자, 한국군의 장성과 대령
급 고급장교 그리고 미군 고문단의 전 장교가 쌍쌍이 되어
홀 안으로 들어왔다.

밴드가 울리자 한편에서 음식을 먹고 있던 쌍쌍이 춤추기
위하여 홀 가운데로 모여 들었다.

한국군의 장군과 미군 소위가 어울리는 댄스파티이니 누
가 보더라도 지극히 사대주의적이라고 한 마디 쯤은 할만도
하다.

개성에서 온 제1사단 소속 미 고문관 해밀튼 중위는 춤을
추면서 뚱뚱한 채병덕 침모총장을 톡 쳤다.

"팻 보이(Fatt Boy-뚱뚱보)."

라고 부르며 놀려댔다.

채병덕은 알아들었는지 못 알아듣고서 하는 말인지,

"헬로우―"

하고 웃으며 대꾸했다.

110킬로그램의 거구이니 작은 키에 춤을 추는 모습이란
가관이 아닐 수 없다.

밤이 깊이지자 비는 더 세차게 내렸다. 젊은 혈기에 위스키를 마구 마셔 인시불성이 될 만큼 술에 취한 사람도 많았다. 밴드는 계속 분위기를 돋우어 밤 11시가 넘자 파티는 끝나기 시작하였다. 한국군 장교와 미군 장교의 상당수는 육군 구락부를 나서자 집으로 돌아가지 않고 요정이나 바로 2차를 갔다.

6월 25일 0시.

아직도 총참모장 채병덕 소장과 국방부 정훈국장 이선근 대령 등 고급장교들은 명동의 술집에서 미녀들과 술을 마시고 있었다.

오전 2시가 되서야 심야의 파티는 모두 끝났다.

채병덕은 자택에 돌아와 술에 취하여 그대로 침대에 쓰러졌다.

운명의 6월 25일 오전 4시는 서서히 다가오고 있었다.

비는 더욱 기승을 부리며 세차게 내리는 가운데.

10. 아, 6·25!

비는 계속 내린다.

6월 25일 새벽 4시 정각.

38선 전역에 걸쳐 인민군들은 일제히 포문을 열었다. 공격준비 사격을 개시한 것이다.

쾅 쾅 쾅 쾅……

지축을 흔들면서 적의 포탄이 갑자기 떨어지자 전 전선의 한국군 부대들은 걷잡을 수 없는 혼란이 시작되었다. 최전선 부대까지도 많은 장병이 농번기 휴가나 외출 중이었으므로 병력이 모자라 조직적인 전투준비가 신속히 이루어질 수 없었다.

"비상! 비상!"

주번 계통에 근무하는 장교, 하사관들이 포탄이 작렬하는 가운데에서도 책임을 의식하고 이리 뛰고 저리 뛰면서 전투준비를 서둘러댔다. 그러나 혼란만 가중될 뿐이었다. 전방에서 포탄이 낙하하고 있다는 주번 계통의 긴급 보고를 받은 사단사령부에서는 일제히 전방 연대에 전화를 걸고 연대는 일선 대대에 전화를 거는 등 통신 축선은 불이 붙었다.

제7사단은 수도 서울을 방어하는 동두천, 의정부 지역의 주요사단으로서 적의 동태에 대하여 민감한 반응을 보이지 않을 수 없는 것이다.

사단장 유재홍 준장은 정위치에서 주번사령으로부터 〈포탄낙하〉 보고를 받았다. 책임감이 강한 사단장은 무엇인가 심상치 않은 예감을 느끼면서 직접 전화기를 잡고 교환병을 호출하였다. 교환병이 나왔다.

"빨리 연대장 바꿔!"

하고 점잖게 말하는 사단장에게,

"통화중입니다."

라고 한 마디만 하고는 전화를 끊었다. 그도 그럴 것이 연대와 사단간의 전화 회로가 쉴 사이 없이 교신 중이었기 때문이다.

교환병은 양쪽에서 다 같이 욕을 먹어가면서 땀을 빨빨 흘린다.

겨우 통화에 성공한 사단장은 다급한 목소리로,

"연대장, 어떻게 된 거요?"

라고 질문하니 연대장도 알 까닭이 없었다.

제1연대장 함준호 대령은 이때 동두천 일대를 담당하고 있었던 것이다.

"전방 소총중대 지역에 포탄이 낙하하고 있습니다."

"포탄이 얼마나 낙하하고 있소."

"계속 떨어집니다."

"전 지역이오, 부분적이오."

"지금까지 파악한 바로는 전 지역에 떨어지는 것 같습
니다."

"전면공격 같은 징후(徵候)는 없어요?"

"전면공격 같은 징후가 보입니다."

라고 대답하면서도 연대장 자신도 상황 파악이 안 되어 그
이상 대답할 수 없는 처지이니 답답한 노릇이었다.

"좀 기다리십시오. 상황을 파악한 다음에 다시 보고를
드리겠습니다."

라고 말을 마치자 그대로 송수화기를 놓고 상황실로 달려
갔다.

상황실은 상황실대로 전화통에 불이 붙었다. 중대와 대대
가 연대로, 연대가 전방의 대대와 중대로, 서로 전화를 걸
고자 아우성치니 통화가 순조로울 수가 없다.

교환병은 양쪽 사이에 끼어 어느 쪽을 먼저 통하게 할지
망설이지 않을 수 없었다.

이렇게 법석대다 보니, 혼선이 되었다. 그리고 얼마 안
있다가 포탄 낙하로 전화선이 끊어지자 유선 통신은 마침내
마비되었다. 무전기를 개방하여 서로 상대방을 호출하기 시
작하였으나 평상시 훈련이 잘 안 된 데다 주파수마저 맞추
지 않고 제멋대로 불러대니, 삑삑 소리만이 요란하게 울렸
다.

중대장들은 더 이상 상부에 보고할 방법이 없음을 알아차리고 진지에 병력을 투입시켰다.

평소 책임감이 강한 중대장은 미리 준비한 산병호(散兵覆)에 중대병력을 배치하여 잠시나마 포탄의 피해로부터 몸을 보호할 수 있었으나 그렇지 못한 대부분의 소총중대는 방어선 근처의 계곡이나 바위틈에서 몸을 숨기고 벌벌 떨고 있었다.

멀리서 떨어지는 포탄의 작렬음을 들은 적은 있어도 천지가 개벽할 것 같은 포탄의 굉음은 처음 듣는 것이고 보니 '세상의 종말이 왔구나' 하는 공포감과 함께 '죽으면 어떡하지'하고 생명의 외경심 때문에 대부분의 장병이 눈을 감고 하느님을 외치며 빌고만 있었다.

포탄이 주변에 떨어지면 폭풍과 파편이 날아오는 소리로 고막이 째어지는 것과 같고 주먹만 한 돌덩어리가 우박 쏟아지듯 떨어져 내려오니 모두들 흙 먼지투성이가 된 채 엎드리고 있었다. 이 난장판 속에서 누가 다치고 누가 죽었는지 헤아릴 겨를이 없었다.

다만 신음소리기 주변에서 들려오는 것으로 사상자를 짐작할 뿐이었다.

중대장은 중대장대로 어떤 방법을 모색해야 할지 막연하였다. 평소 침착한 중대장들은 수류탄을 위시하여 각종 실탄을 분배하여 전투준비를 갖추고 있었으나 그렇지 않은 중대들은 실탄마저 휴대하고 있지 않으니 M1소총이라야 몽둥이 역할밖에 할 수 없는 처지였다.

쾅쾅…… 쿵쾅…… 쿵쾅……

포탄의 굉음과 함께 날아다니는 파편을 피해 다니는 병사들이 빗속을 헤치며 후방으로 뛰어가는 모습도 보이나 이틈을 타서 비겁한 병사들은 부상병을 가장하여 도망치는 자도 간혹 있었다.

소대장과 중대장은 도망치는 자들을 막느라 호 속에 들어가지도 못하고 이리 뛰고 저리 뛰면서 전정을 수습할 수밖에 없으니 그 고생이야말로 형용할 수 없는 것이었다.

이 때 적 포탄에 맞은 한 소대장의 몸뚱이가 반으로 갈라지면서 주변에 살점을 뿌려진다. 무엇이 날아와 얼굴을 때려 더듬거리다 보니 손에 잡히는 것이 손가락인 것을 알고는 소스라치게 놀라는 사병, 참으로 처절한 광경이 아닐 수 없다.

이 날의 일출시간은 새벽 5시 30분이지만 4시 15분이 조금 지나자 뿌옇게 사람을 알아볼 만큼은 밝아왔다.

4시 30분이 되면서 포병 사정(射程)이 연신(延伸)되기 시작하였다. 소총중대 지역에 떨어지던 포탄이 보다 깊숙한 후방인 대대본부 지역까지 혼란과 함께 옮아갔다.

이때를 놓칠 새라 중대장들은 재빨리 수류탄과 실탄을 분배하고 몸을 의지할 수 있을 정도의 개인호를 파기 시작하였다. 중대장들은 이때가 되어서야 인민군의 전면공격을 의식하기 시작하였다. 영리하고 약삭빠른 중대장들은 안도의 한숨까지 내쉬었다. 왜냐하면 적이 30분간의 공격준비를 위한 포병사격 덕분으로 피해는 입었다고 하지만 적의 전면 공격을 예측할 수 있었다고 판단하였기 때문이다. 만약에 포병사격 없이 전 전선에 걸쳐 은밀한 방법으로 일제히 침투를 시도하였다면 보다 끔찍한 사태로 발전할 위험성도 있는 것이다.

5시가 지나서야 전 전선에 걸쳐 인민군의 전면 공격을 확인할 수 있게 되었다. 따라서 적의 전면적인 공격임을 보고할 수 있는 상황처리가 이때부터 이루어지게 되었다.

수도 서울의 방어와 밀접한 관계가 있는 동두천 정면과 포천 정면을 담당한 의정부의 제7사단 사령부 정보처에서는 전방으로부터의 각종 보고를 종합한 결과 인민군의 전면적인 남침임을 단정하여 육군본부 정보국에 보고한 것이 5시 15분이었다. 이 첫 번째 보고를 육군본부 상황장교 김종필 중위가 받았다.

김종필 중위는 평소부터 적의 남침기도를 충분히 분석한 다음 상부에 보고한 바 있으나 번번이 묵살 당하였으므로 오늘 아침의 상황을 누구보다 관심 깊게 생각할 수 있는 당사자였다.

그는 즉시 서부전선의 제1사단과 중부전선의 제6사단 그리고 동부전선의 제8사단 사령부에 확인한 결과 한결같이 적의 포탄낙하를 보고하는 것이었다.

그는 드디어 올 것이 왔구나 판단하고는 상황실에서 나와 당직 사령실로 뛰어갔다.

당직사령 박회동 소령은 잠을 자고 있었다. 김 중위는 박 소령을 깨웠다.

"당직사령님, 일어나십시오. 적이 공격을 개시하였습니다."

라고 말하니 누워서 꾸물대던 박 소령은 깜짝 놀라면서 벌떡 일어났다.

"뭐야? 적이 남침했다고……?"

"네, 그렇습니다. 인민군이 4시 정각부터 전 전선에 걸쳐 공격준비 사격을 가하고 남하하고 있습니다."

"뭐라고?"

도무지 믿을 수 없다는 말투였다.

김 중위는 더 이상 상세한 정보내용도 가지고 있지 않으므로 다시 설명할 필요성을 느끼지 않았다. 곧 바로 비상발령을 건의할 수밖에 없었다.

"당직사령님, 빨리 전군에 비상을 발령 내리십시오."

라고 말하였다.

"내가 무슨 권한으로 비상을 걸어?"

하고 되물었다. 김 중위는 답답하였다.

"당직사령은 총참모장을 대신하는 직책이니 빨리 총장님께 전화를 거십시오. 그러면 총장님께서 비상 발령을 명령하실 게 아닙니까?"

그때서야 제 정신을 차리고

"그럴까?"

하면서 전화기 앞으로 다가갔다. 전화기를 잡은 손이 가늘게 떨리고 있었다.

김 중위는 상황실로 뛰어서 되돌아 왔다. 먼저 그의 상사인 정보국장 장도영 대령에게 전화를 걸기 위해서였다. 김 중위는 전화를 걸어 장 대령이 나오자 다짜고짜,

"국장님, 터졌습니다."

라고 보고하였다.

침착한 장 대령은 조용히 낮게, 그러나 긴장된 목소리로,

"올 것이 왔군. 어떻게 되어 가고 있나?"

하고 물었다. 김 중위는,

"전 전선에 걸쳐서 적이 포사격을 가하면서 남하하고 있습니다. 최초의 포사격은 04:00시 정각입니다. 지금도 포사격은 계속되고 있습니다."

고 말했다. 장 대령은 다시 김 중위에게,

"총장께 보고 드렸나?"

라고 물었다.

"네, 당직사령 박회동 소령에게 상황을 말하여 총장께 보고 드리도록 조치하였습니다."

장 대령은 대답을 듣고는,

"알았다. 내가 곧 출근할 터이니 상황을 계속 파악해라!"

고 말하고 전화를 끊었다.

이때가 05:35분이었다.

장도영 대령은 06:00시경에 육군본부에 달려 나왔다. 이때까지도 가장 중요한 참모인 작전국장 장창국 대령의 행방은 묘연하였다. 인사국장 강영훈 대령과 군수국장 양국진 대령도 전화연락이 되지 않았다. 댄스파티 이후 어디로 갔는지 알 길이 없는 것이다.

한편 총참모장 채병덕 소장은 새벽녘이 되어서야 파티에서 돌아와 곤드레가 되어 깊은 잠에 빠졌다.

5시가 될 무렵 중부전선의 제6사단장 김종오 대령이 총장 숙소에 전화를 걸었다.

"나, 6사단장인데 총장 각하 바꿔요."

하고 전속부관한테 말하니 전속부관은,

"총장 각하는 주무십니다."

라고 대답하면서 전화 바꿔줄 생각을 안했다.

김종호 대령은 화가 나서 큰 소리로,

"이놈! 전쟁이 터졌는데 무슨 놈의 잠이야!"

하고 소리 질렀다. 전속부관은 겁이 나서 총장 침실 쪽으로 뛰어갔다. 코 고는 소리가 문 밖에까지 요란하였다.

"총장 각하! 총장 각하!"

라고 소리 지르면서 깨웠으나 도무지 소식이 없었다. 그래도 계속 불러댔다.

이때 옆방에서 자고 있던 총장 부인이 나타났다. 그녀는 평소 총장이 술이 만취되면 코를 심하게 골기 때문에 딴 방에서 자는 습관이 있었는데 그날도 다른 방에서 자다가 나온 것이다.

"웬일이유?"

전속부관에게 물었다. 전속부관은 당황하면서,

"제6사단장으로부터 전화가 왔습니다. 전방사태가 심상치 않은 모양입니다."

고 말하니 부인은 알았다는 듯이,

"들어갑시다. 같이 깨우지요."

하면서 방문을 열고 앞장서 들어갔다.

부인이 먼저 채병덕을 흔들면서 "여보! 여보!"하고 불렀으나 끄떡도 않고 계속 코를 끓고 있었다. 할 수 없이 전속부관이, 한참 동안 흔들면서 깨웠다. 그때서야 눈을 부스스 뜨고는 혀 꼬부라진 소리로,

"뭐야!"

하고 내뱉었다.

"6사단장 전화입니다."

"이따가 걸라고 그래!"

"총장 각하, 전쟁이 터졌다는 전화입니다."

"뭐? 전쟁? 그 놈의 전쟁 매일 터지는 건데……."

하면서 눈을 감고 팩 돌아누웠다. 그의 생각으로는 근간에 자주 발생하는 국부적 충돌쯤으로 생각한 것이리라.

잠시 후,

"드르릉, 드르릉"

또 코를 끓기 시작하였다. 할 수 없이 전속부관은 전화를 다시 받았다.

"6사단장님, 안되겠습니다. 총장 각하가 너무나 술에 취하여 일어날 수 없습니다."

라고 말하니 6사단장은 화를 벌컥 내면서,

"이 놈아! 네가 전해라. 나도 지금 급해! 인민군이 화천 방면에서 전면공격을 해 오고 있다고…… 알았나?"

대답도 듣지 않고 전화를 끊었다. 전속부관은 발을 동동 구르면서 어찌할 바를 몰랐다.

6시가 넘어서야 당직사령 박회동 소령이 헐레벌떡 달려왔다.

박 소령은 미친 사람처럼 총장 침실로 뛰어 들어갔다.

"총장 각하! 총장 각하!"

하고 불러댔다. 눈물을 흘리며 거의 절규에 가까운 목소리로 불러댔다.

이때서야 채병덕은 깜짝 놀라 그 커다란 몸집을 꿈틀거리기 시작하면서 눈을 번쩍 댔다.

"뭐야? 이놈들아!"

"적이 남침을 시작하였습니다."

"뭐라고?"

"인민군이 남침을 해 오고 있습니다."

그 말이 떨어지자 전기에 감전된 사람 모양으로 갑자기 벌떡 일어났다.

"총장 각하! 죄송합니다. 사실은 오늘 새벽 4시 정각 인민군이 공격준비 사격과 함께 전면공격을 개시하였습니다. 빨리 전군에 비상을 걸어야 되겠습니다."

"뭐야? 4시에 남침을 시작했다는데 아직도 비상 발령을 안 했나? 이 멍청아! 지금 몇 시야?"

"네. 지금 시간은 6시 10분입니다. 보고를 받은 것이 5시 30분이 넘어서였습니다."

당직사령 박회동 소령은 부들부들 떨고 있었다.

채병덕은 겁먹는 표정을 짓더니,

"빨리 전군에 비상을 걸어라!"

하고 소리쳤다.

당직사령은,

"알겠습니다."

라고 외마디 소리를 지르고서는 혼이 나간 사람처럼 채병덕에게 경례도 않고 밖으로 뛰어 나갔다.

이 때 시간은 벌써 6시 20분이 되었다. 육군본부에 돌아와 보니 정보국장 장도영 대령과 작전국 차장 이치업 대령만이 나와 있었다.

할 수 없이 전군에 대한 비상명령은 이치업 대령에 의하여 하달되었다. 동시에 육군본부도 비상소집 나팔을 불게 하였다. 그러나 전군에 하달된 비상소집 명령은 토요일의 외출로 말미암아 전 장병이 각처에 흩어져 있었기 때문에 부대는 제각기 혼란이 야기되면서 갈팡질팡할 수밖에 없었다.

채병덕은 8시 가까이 되어서야 신성모 국방장관을 방문하고 사태를 보고하였다. 그리고는 육군본부에 돌아와 육군 전 부대에 대한 비상동원명령을 내리니 이때 시간은 아침 9시가 되고 있었다.

육군본부 장병 집합완료 시간은 9시 10분이었다.

지방은 지방대로 더 지연되고 혼란이 야기되고 있었다. 이때 김홍일 장군은 육군본부에 나타났다. 그리하여 다짜고짜 총장실에 들어갔다. 총장은 그 때 전화를 걸면서 이놈, 저놈 소리를 지르고 있었다.

김홍일 장군의 모습을 본 채병덕은 전화 송수화기를 내동댕이치면서,

"김 장군, 큰일 났습니다. 기어코 적이 쳐들어오고 있어요. 전방에선 몹시 고전을 하고 있는 모양인데 어떻게 하면 좋겠습니까?"

그 도도하고 자신만만한 채병덕이 전혀 딴 사람이 되어 김홍일 장군에게 하소연하였다. 김홍일 장군은 이성을 잃고 당황하고 있는 채병덕이 딱 하여 두 눈으로 볼 수 없었다. 김홍일 장군은 나지막한 목소리로,

"총장님, 진정하십시오. 적절한 조치를 취하면 이 위기를 벗어날 수 있다고 봅니다.

그리고 총장님, 전화를 계속하십시오. 전화 걸 동안 기다리고 있겠습니다."

라고 말하니 채병덕은 송수화기를 다시 잡고 작전국장 장
창국 대령의 행방을 추궁하는 것이었다.

김홍일 장군은 총장이 전화 거는 동안 밖에서 대기하고
있는 그의 전속 부관 이창희 소위를 불렀다.

"총장 부관에게 경무대에 전화 걸게 해서 총장님이 대
통령 각하께 보고 할 수 있도록 주선하는 일을 거들어
주게."

하고 말하니 전화를 걸고 있던 채병덕은 그 말을 엿듣고
깜짝 놀랐다.

"대통령 각하에게 지금 보고해야 되나요?"

"그렇습니다. 사태로 보아 지금 즉시 보고해야지요. 그
리고 현재 상황에서 중요한 일이 두 가지가 있다고 봅니
다.

총장님께서 허락하신다면 그 의견을 말씀드리겠습니다."

채병덕은 자세를 바로 잡더니,

"김 장군님, 빨리 말씀하십시오."

라고 재촉하였다. 너무나 당황한 나머지 부하에게 경칭을
붙이고 말았다.

김홍일 장군은 표정 없이 조용히 입을 열었다.

"첫째는 대전에 있는 제2사단과 대구에 있는 제3사단
그리고 광주에 있는 제5사단을 즉시 이동시켜 한강 남쪽
을 연하는 선에 방어선을 형성케 한 다음, 전방의 각 사
단이 지연전을 하면서 한강 남쪽에 조속히 철수하도록

하여 재정비를 시켜야 됩니다. 그 후 반격작전을 준비하
는 일입니다. 그리고 둘째는 빨리 대통령 각하께 보고하
여 미국에 군사 지원 요청을 하는 일이지요."

김홍일 장군의 설명이 끝나자 채병덕은 얼굴빛이 달라졌
다.

"수도를 사수하고 현 전선을 고수해야 되는데 한강 이
남의 방어선은 웬 말입니까?"

하고 물었다.

"내가 지금 상황실에 다녀오는 길인데 현재 상황으로
보아 적의 공세작전은 그들이 결정적으로 기선을 잡았다
고 봅니다.

따라서 우리 국군의 사단들은 4개 사단 모두 돌파구가
형성되어 현재의 병력규모와 장비로써는 돌파구 회복이
불가능한 것으로 판단합니다.

후방의 3개 사단이 지금 당장 전선 근처에 전개되어 있
다면 역습을 시도하여 돌파구 회복이 가능할 수도 있습
니다. 그러나 멀리 대전, 대구, 광주에 있는 부대들이
현 전선의 돌파구 회복을 위한 역습부대로 사용 하려고
할 때는 이미 적은 우리의 전선 사단들을 무력화하고 난
다음이지요. 그러므로 부득이 제2방어선을 형성할 수밖
에 없는 상황입니다."

채병덕은 김홍일 장군의 설명을 알아들을 수가 없었다.

"그것은 모르시는 말씀입니다. 지금 고전을 하고 있다고

하지만 후방에 있는 3개 사단이 진출할 때까지만 견디면 형편이 역전되리라 생각합니다.

그때 3개 사단으로 공격을 시키면 북진이 가능하고 그렇게 되면 남북통일의 계기가 될 수 있을 것입니다.”

채병덕은 아직도 북진통일의 망상에 사로잡혀 있었다.

“알았습니다. 육군의 지휘는 오직 총장의 권한입니다.

다만 저는 의견을 제시할 뿐이지요.

그러나 총장님, 예비로 있는 3개 사단은 분산시키지 말고 사단별로 집중시켜서 사용하십시오.

이것만은 내가 간곡히 부탁드리고 싶습니다.

그리고 한강의 제2방어선 문제도 깊이 생각해 주십시오.

철수작전은 불행한 작전방법임은 재론의 여지가 없습니다만 그러나 경우에 따라 위기를 극복할 수 있는 유일한 방법임을 건의 드리는 바입니다.

따라서 대통령 각하께 두 가지 방안을 건의하여 의견을 타진해 보는 방법도 있을 것입니다.”

라고 일러두고는 인사를 하고 총장실을 나왔다. 그러나 채병덕은 김홍일 장군의 진언(進言)을 알아듣지 못하였다.

그의 머리는 영리하여 수학에 뛰어나고 책임감이 누구보다 강한 장점이 있는 반면 일본군의 육군 소령인 병기장교로서 전투경험은 물론 중대 단위 전술도 몰랐던 것이다.

반면 김홍일 장군은 중국 정규군의 장군이 된 유일한 한국인이었고 보병 사단장으로서 혁혁한 무공을 세웠을 뿐만 아니라 집단군 참모처장으로 보병 12개 사단의 용병(用兵)을 계획하여 대 일본군 작전에 성공을 거둔 노련한 전략가요, 군사전문가였던 것이다.

　해방 당시에 한국인으로서 정규군 장군은 세 사람밖에 없었다. 하나는 김홍일 장군이요, 다른 두 사람은 일본군의 홍사익과 영친왕 이은이었다. 그러나 영친왕은 의례적인 계급이고 홍사익은 일본의 전범자로 몰려 사형을 당하였으니 결국은 김홍일 장군만이 유일한 정규군 장군이었던 것이다. 채병덕은 원래 성질이 급한 데다 일본군 장교 생활에서 익힌 저돌성과 무모한 자신감 때문에 〈무조건 전진이고 사수〉라는 일본군 관용어(慣用語)만 사용하고 있었다.

　얼마간 시간을 보낸 뒤 채병덕은 부리나케 밖으로 나갔다. 전방을 둘러본 뒤 신성모 국무총리 겸 국방장관과 함께 경무대에 가서 이승만 대통령에게 보고하기 위해서였다.

　인민군은 5개의 공격축선을 따라 38선을 돌파하여 남진하였다. 서부지역의 옹진반도를 거쳐 서울로, 개성에서 문산을 거쳐 서울로, 동두천에서 의정부를 거쳐 서울로, 화천에서 춘천을 거쳐 중부로, 강릉에서 동해안을 따라 동부로, 어디까지나 적의 주력부대의 3개 공격축선은 서울을 지향하고 있었다. 인민군은 서부전선 쪽에서부터 제6사단, 제1사단, 제4사단, 제3사단, 제2사단, 제7사단, 제5사단 등 7

개 사단으로 공격을 개시, 제13사단, 제15사단, 제766부대 등 예비대를 보유하고 막강한 전차와 강력한 포병의 지원을 받으며 여유 있게 남진을 시작하였다.

이에 맞선 한국군은 서부전산서부터 제1사단, 제7사단, 제6사단, 제8사단이 배치하고 있었으나 병력과 화력의 열세는 물론 적의 전차의 출현으로 심각한 국면에 몰리고 있었다.

특히 안타깝게도 병력들의 상당수가 농번기 휴가와 주말 외출을 나갔기 때문에 병력부족 현상이 눈에 띄게 나타났다.

날이 새자 한국군은 적의 전차 출현에 깜짝 놀랐다, 부릉부릉 소리를 내면서 집채같이 커다란 쇳덩어리가 앞에 나타나자 처음에는 자동차인 줄만 알았으나 곧 전차임을 발견하였다. 그리하여 곧 2.36인치 로켓포를 발사하였다.

미군 고문관들이 항상 자랑하는 신형무기라 정성을 다하여 사격, 표적을 명중시켰으나 앞에 나타난 집채만 한 전차는 끄떡 않고 앞으로 다가오는 것이었다.

전방의 소총 중대장들은 당황하기 시작하였다.

"앞에 나타난 것이 전차다."

대대장은 57밀리 대전차포를 사격하도록 명령하였으나 또다시 실패하였다. 대전차 포탄이 전차에 명중하여도 꿈쩍도 하지 않고 다가오는 것이었다.

이렇게 하여 전 전선에서 걸쳐 인민군에 대한 공격은 좌절되었다.

　오전 11시경 의정부에 있는 제7사단 사령부에 총참모장 채병덕 소장이 미군 고문관 하우스만 대위를 대동하고 나타났다. 전방의 실전 사항을 파악하기 위해서였다.

　사단장 유재홍 준장은 사태의 긴박성을 솔직하게 보고하지 않을 수 없었다. 초전부터 괴멸직전에 심대한 타격을 받은 제7사단은 위기를 극복하기 위하여 발버둥 쳤으나 병력의 절대 부족으로 재기하기 어려운 처지에 있었던 것이다.

　"현재의 병력은 제3연대가 수도경비 때문에 빠져나가고 제1연대와 제9연대밖에 없습니다. 그런데 농번기 휴가와 토요일 외출 외박으로 병력이 줄어서 현재 각 연대는 1개 대대가 약간 상회하는 병력으로 전투에 임하고 있습니다."

　참으로 한심한일이었다. 최전방의 1개 사단 병력이 2개 대대밖에 안 된다면 전투력의 4분의 1도 안 되는 형편이 아닌가?

　채병덕은 모골이 송연함을 느꼈다.

　'큰일 났구나…….'

　걱정이 아니라 공포감이 엄습해 온 것이다. 이어서 사단장은 더 끔찍한 보고를 하기 시작하였다.

　"그런데 말입니다. 총장 각하! 적의 최신형 전차가 나타나 2.36인치로 로켓포를 발사한 결과 명중은 하였으나 끄떡 않고 전진을 계속하고 있습니다."

우리 발음이 서툴러 일본식 발음으로 힘들게 알아들을 만큼 이야기를 하자 채병덕은 하우스만 대위를 바라보았다.

"여보, 고문관. 2.36인치 포탄이 전차에 명중했는데 끄떡 않더라는데?"

하고 영어로 물었다. 하우스만 대위는 그럴 리가 있느냐는 표정으로,

"명중을 못시킨 탓이겠지요."

하니 유재흥은 그 말을 알아듣고,

"아니오, 분명한 사실이오."

라고 영어로 말하였다. 하우스만 대위는,

"그렇다면 57밀리 대전차포가 있잖아요?"

라고 말하니,

유재흥은 한마디로

"그것도 실패했소."

라고 잘라 말하였다. 채병덕은 아직도 술이 덜 깬 데다 잠까지 2시간 정도밖에 못 자서 눈이 벌겋게 충혈 되어 있었다.

유재흥을 한참 쳐다보더니 채병덕은,

"그러면 육탄공격으로 적의 전차를 파괴하시오."

라고 명령을 내렸다.

유재흥은 아무 말도 못하고 눈을 땅 아래로 깔고 있었다. 채병덕은 일본군 육군 소좌요, 유재흥은 일본군 육군 대위이다. 이들은 일본군대에서 육탄공격이란 말을 지겹게 들어

온바 있다. 일본군의 육탄 삼용사나 가미가제 독고다이(神風特攻隊)는 일본군의 전형적인 육탄공격의 모범으로 알고 있는 그들인지라 로켓포로 안 되고 대전차포로도 적의 전차가 파괴가 안 된다면 부득이 육탄공격으로라도 적의 전차를 파괴하지 않을 수 없다고 생각하였다. 그러나 육탄공격에 필요한 폭탄이나 준비된 수단이 없다고 생각 하자 대답을 주저하지 않을 수 없었다.

잠시 주춤하는 동안에 채병덕은 더 큰 소리로,

"유 장군! 육탄으로 적의 전차를 파괴하시오. 이는 총참 모장의 엄숙한 명령이오."

라고 다그쳤다.

유재홍은 할 수 없이,

"알겠습니다."

라고 대답하고 말았다.

채병덕은 떠나면서 미안한 생각이 들었던지,

"지금 대전에서 제2사단이 북상 중에 있으니 기다리시 오. 병력을 보충해주겠소."

라고 말하면서 무엇인가 잊었던 것을 찾아낸 듯 갑자기 무릎을 치며,

"아―참, 화랑대에 육사생도들이 있지. 우선 그 병력을 보낼 터이니 적을 막으시오."

라고 말하고는 피식 웃었다. 아주 기발한 발상으로 생각하는 자만의 웃음이었다.

이 때 주위의 누군가가,

"사관생도는 전투에 투입시키지 않는 것이 좋지 않습니
까?"

채병덕은 그 말이 끝나기도 전에,

"무슨 소리요. 조국의 운명이 백척간두에 서있는 판에
사관생도를 전투에 투입시키지 말라니……."

라고 화를 벌컥 내었다.

"사관생도들을 곧 보내리다."

는 말을 남기고는 차를 타고 서울 쪽으로 사라졌다.

차 안에서의 채병덕은 얼굴에 수심이 가득 차 있었으며
사기가 떨어져 있었다. 계속해서 한숨을 푹푹 쉬면서 술이
덜 깬 눈으로 주변을 두리번거렸다. 몹시 불안정한 정신상
태였다.

육군본부에 도착한 채병덕은 후방지역에 있는 3개 사단의
북상을 독촉하고는 마침내 화랑대의 육사생도에게 출동 명
령을 내렸다.

당시 사관생도는 생도 1기와 생도 2기가 있었으나 생도
1기는 거의 1년간의 교육으로 장교로 즉시 임관시켜도 소
대장 직책을 충분히 수행할 수 있는 자질을 갖추고 있었다.
오히려 그 당시의 형편으로 보아 어느 면에서는 생도 1기
생이 8기생과 9기생 보다 자질 면에서 우수한편이었다 그
런데 이들을 일개 병사로 쓰기 위하여 출동명령을 내린 것
이다. 더구나 생도 2기생은 4년제로 모집하여 정규장교로

서의 첫 시도를 위해 입교시킨 지 불과 25일 밖에 안 된 갓 졸업한 고교생인데 이들을 전장에 내보낸다니 한심한일이 아닐 수 없는 것이다. 생도 2기생들은 M1소총의 기초 과정밖에 배우지 않아 실탄을 총기에 삽입하는 데도 쩔쩔맬 정도였다. 분대 전투대형은커녕 각개전투도 익힌바 없으므로 이들을 한 마디로 말한다면 대학교에 갓 입학한 신입생이란 표현이 정확할 것이다.

이렇게 하여 생도 1기생 313명과 생도 2기생 330명으로 생도 대대를 편성, 제7사단의 농번기 휴가와 외출 외박으로 간격이 벌어진 공간을 채우게 되었던 것이다.

채병덕은 몇 가지 긴급조치를 취하고 나니 술도 깨고 신이 나는 것 같았다. 특히 젊고 우수한 사관학교 생도들이 포천으로 출동하였으니 곧 좋은 소식이 들어올 것을 기대하면서 밝은 표정을 지었다. 그는 곧 신성모 국방장관과 함께 경무대에 들어갔다.

이승만 대통령은 벌써부터 이들을 기다리고 있었다. 채병덕은대통령 앞에 서자 부동자세로 거수경례를 했다. 이승만 대통령은 긴장된 모습으로 채병덕을 바라보았다.

"공산도배들이 공격을 한다고⋯⋯."

떨리는 목소리로 먼저 말을 꺼냈다.

"네, 북괴군이 공격을 개시하였습니다. 국군은 지금 용감하게 잘 싸우고 있습니다.

그들은 우리가 가지고 있지 않은 전차를 가지고 있는데

우리 화기로써는 파괴가 안 된다하여 지금 육탄 공격으로 전차를 파괴하고 있습니다."

이것은 새빨간 거짓말이었다. 왜냐하면 당시 제7사단은 전차에 대한 육탄공격 명령을 받고 파괴방법을 모색하느라 시간을 보내고 있었다. 수류탄으로 돌격하자는 안이 있고 화염병으로 공격하자는 방법이 제의되기도 하였으나 전차에 주눅이 들어 있는 장병이라 누군가가 선뜻 나서지 않았다. 그렇다고 전차에 뛰어들게 하여 무모하게 인명을 희생시킬 수도 없는 것이었다.

그러나 이승만대통령은 육탄공격으로 적의 전차를 파괴하고 있다는 보고를 듣고 무한히 감동하는 모습이었다.

오른쪽 볼에 경련이 일어났다.

"아, 그런가? 용감하고 애국적인 용사구먼!"

채병덕은 기운이 났다.

"그렇습니다. 각하! 병력이 부족하여 태릉에 있는 육사 생도들도 포천 방면으로 출동시켰습니다. 그리고 후방에 있는 3개 사단이 북상 중에 있습니다.

3개 사단이 도착만 하면 전세가 역전될 것입니다.

각하, 안심하십시오."

"그렇다면 내가 서울에 계속 있어야 되겠구먼…….

미 대사관에서 수원쯤에 내려가는 것이 좋을 듯하다고 말해서 나는 서울에서 우리 국군과 같이 사수하겠다고 했지."

"각하, 그렇습니다. 서울은 사수해야 됩니다."

"물론이야, 채 장군. 신성모 장관과 잘 상의해서 서울을
사수하도록 하게."

이렇게 하여 서울사수명령이 떨어진 것이다.

신성모와 채병덕은 다 같이,

"네, 사수하겠습니다."

라고 대답하고는 경례를 붙이고 경무대를 나왔다.

'그러면 그렇지. 대통령 각하도 서울사수를 원하고 있는
것이다. 뭐? 한강? 제2방어선? 그 따위 전법은 중국군
대서나 있는 전법이지 최소한 우리 일본군에는 없었
다……'

제멋대로 넋두리를 하면서 으스대었다. 자기의 생각과 이
승만 대통령의 생각이 맞아 떨어진 것이 그렇게 신명이 날
수 없었다. 신성모는 신성모대로 서울사수만이 이 난국을
극복하는 것이라고 생각하고 있었다.

'서울사수다. 서울사수.'

이들은 굳게굳게 서울사수를 다짐하면서 국방부와 육군본
부로 각각 돌아왔다.

육군본부에 도착한 채병덕은 전체 참모회의를 소집하여
각 참모에게 서울사수를 명령하였다.

"서울은 사수해야한다. 이것은 대통령 각하의 명령이기
도 하지만 나의 소신이다.

모든 참모는 서울사수를 위한 대책을 시급히 수립할 것
이며 국민에게 이를 알려 동요하지 않게 하라."

사태는 순간적으로 좋아지는 것 같았다. 육군본부는 활기에 찼고 모든 통신은 전방사단에 〈현 전선에서의 사수〉를 명령하기에 이르렀다. 총참모장 채병덕 소장의 지시로 북상한 3개 사단은 김홍일 장군이 건의한대로 한강선에서 제2방어선을 형성하지도 않았고 돌파구에 집중사용하지도 않았다.

각 사단은 열차를 동원하거나 자동차를 정발하여 대대별로 각개 약진식으로 북상하였는데 부대만 먼저 보내고 사단장은 맨 나중에 오기도 하고 또는 끝내 모습을 나타내지 않은 사단장도 있었다.

전황은 시시각각으로 악화되고 전 전선에서 위급함을 보고해 오자 그때 그때 도착한 대대 또는 중대를 차례차례 전선에 마구잡이로 투입시켜 버리니 마지막으로 사단장이 도착했을 때는 부대가 모두 따로따로 흩어져 버려 사단장만 홀로 남는 꼴이 되었다.

예를 들면 제5사단장 이응준 장군이 광주에서 예하부대를 떠나보내고 서울에 도착하여 보니 그의 예하연대는 모두 전선에 분산되어 투입되는 바람에 사단장만 홀로 남게 되었던 것이다.

이렇게 하여 3개 사단은 순식간에 흔적도 없이 사라져 버렸다. 총참모장 채병덕은 채병덕대로 참모부장 김백일은 김백일대로 작전국장 장창국은 장창국대로 병력을 이리 돌리고 저리 돌리는 바람에 육군의 건제 사단은 건제가 와해되어 난장판이 되어 버린 것이다.

제5사단의 어느 81밀리 박격포소대장이 소대병력을 인솔하고 용산역에 도착하여 육군본부 작전국 소속장교에게 신고를 하니까,

"잠깐 기다리시오. 작전국장에게 보고한 다음 배치하겠소."

라고 말한 다음 전화를 걸고 오더니,

"작전국장 지시 요. 박격포 2문은 제1사단에 가고 나머지 2문은 제7사단에 가시오."

그 지시에 따라 박격포소대장은 2문씩 나누어 출발시키고 보니 자기만 남았다. 그러니 육군본부의 수뇌들은 81밀리 박격포의 전술적 운용도 모르고 무턱대고 아이들에게 떡을 나누어주는 식으로 부대를 분산시켰다. 소대장이 용산역에서 우왕좌왕하고 있으니 먼저 지시하던 장교가 나타나,

"내 보좌관으로 일하시오."

하는 바람에 그의 보좌관이 되었다.

이런 판국이지만 육군의 수뇌들은 책임감만은 강하여 간혹 신성모 국방장관이 채병덕에게,

"제1선을 독려할 필요가 없는가?"

라고 말이 떨어지기가 무섭게,

"네, 알겠습니다. 전방에 가겠습니다."

는 대답과 함께 찝차에 올라타고는 의정부 방면으로 달려가는 것이었다.

역시 김백일과 장창국도 이에 준하여 동서남북으로 부지
런히 쫓아다니고 만 있었다. 이러니 육군본부가 전쟁지휘능
력을 상실하지 않을 수 없었던 것이다.

따라서 전쟁 발발 첫날 오후부터 육군본부의 기능은 사실
상 마비되어 전방의 각 사단장이나 각 연대장의 재량대로
전투를 수행할 수밖에 없게 되었다.

25일 11시 경.

경향신문은 처음으로 국방부 정훈국장 이선근 대령의 이
름으로 전황 발표(戰況 發表)를 호외로 보도하였다.

"금일 오전 5시부터 8시 사이에 북한 괴뢰집단이 38선
전역에 걸쳐서 불법 남침을 감행하여 이 시간 현재 계속
하고 있음.

옹진, 개성, 장단, 의정부, 동두천, 춘천, 강릉 등 전
정면의 괴뢰군은 거의 같은 시각에 남침을 개시하였으며
동해안에도 상륙을 기도하였음.

아군은 전 지역에 걸쳐 이를 격퇴하기 위한 적절한 작
전을 전개하고 있음.

특히 동두천 정면에서는 적이 전차를 투입시켰으나 아
군의 대전차포는 이를 격파하였음.

국군은 북괴군에 대하여 단호한 응징태세를 취하여 각
처에서 과감한 작전을 전개하고 있으니 전 국민은 군을
신뢰하고 조금도 동요하지 말 것이며 각각 맡은바 직장

에서 군의 작전에 적극적으로 협조 있기를 바람."

호외가 나가자 한동안 동요하던 시민들의 표정은 안도하
는 빛이 보였다.

각종 유언비어가 돌고 있었지만 국군의 응징하고 있다는
보도내용을 보고는 한시름 놓았다.

이 무렵 국민들은 국군을 태산같이 신뢰하고 있었다.

지금까지의 38선 충돌은 일방적으로 국군의 승리로 보도
되었으며 명령만 떨어지면 북진하여 남북통일을 시킨다고
호언장담하고 있던 신성모 국방장관과 채병덕 총참모장의
말을 믿고 있었기 때문이다.

그러나 그것도 잠시 뿐이었다. 전방에서 후송되어 오는
부상병들은 '적 전차가 밀려오고 있다. 우리의 화기로는 파
괴가 불가능하다.', '우리의 사단들은 완전히 붕괴되었다.',
'적은 무시무시한 포사격을 가해 오고 있다. 국군은 포가 없
다. 맨 손으로 어떻게 싸우란 말인가!'라고 한결같이 호소하
고 있었으니 이 말이 퍼져 나가면서 국민들은 또다시 동요
하기 시작했다. 또한 찝차에다 스피커를 설치하고 시내를
누비면서 '국군장병은 즉시 원대에 복귀하라.', '휴가 중이거
나 외출 외박중인 장병은 즉시 귀대 하라.'고 되풀이 하면서
방송을 계속하고 있었다.

이러는 동안 오후 3시가 되었다. 신문의 호외들은 일제히
국군의 반격작전을 보도하였다.

〈국군 정예부대 북상 중, 총 반격전 전개〉라는 제목 아

래 한국군이 인민군을 추격중인 것으로 발표해 버린 것이
다.

오후 3시가 지나자 빨간 별을 단 북한전투기가 서울 상공
에 나타났다. 적기는 아무 저항 없이 마음대로 서울 상공을
돌아다니며 용산의 군사시설과 김포비행장에 기총소사(機銃
掃射)를 가하고 계속해서 중앙청, 해군본부, 성동경찰서에
도 사격을 가하는 한편 항복을 요구하는 전단과 함께 〈이
승만 도당이 먼저 38선 이북으로 공격을 가하였기 때문에
보복작전을 하는 것이다〉라는 선전전단을 살포하였다.

이때 국군의 연습기 한 대가 용감하게 이륙하여 상승하더
니 무장 없이 덤벼들었다. 서울시민은 손에 땀을 쥐고 이를
바라보면서 국군의 비행기가 적기를 격추시켜 줄 것을 간절
히 바라고 있었다. 그러나 잠시 후 국군의 비행기는 적의
사격에 화염에 싸여 떨어지는 비참한 결과가 되고 말았다.
시민들은 공포의 분위기 속에 빠져 들어갔다.

밤이 되자 KBS방송은 전황보도를 다시 시작하였다.

'동두천 방면에서 한국군은 적 전차부대를 완전히 격파
하였다.'

'옹진지구에서는 적 전차 7대를 격파하는 한편 적 1개
대대를 섬멸하였다.'

'삼척지구에 상륙한 적의 연대장은 부대를 인솔하고 아
군에게 항복하였다.'

특히 이때 KBS방송은 중대발표임을 전제하면서,

'옹진반도를 수비 중인 제17연대가 반격전을 전개, 마
  침내 해주(海州)에 돌입하였다.'
고 보도하였다.

순진한 시민들은 이와 같이 국군의 승리를 보도를 통해서
들을 때마다 거리에서 혹은 방안에서 만세를 불렀다. 반공
정신에 투철한 국민들은 이제야 남북통일이 되는가 보다고
안도의 한숨을 쉬면서 기뻐했다. 특히 이북에서 공산당의
학정에 못 이겨 월남한 동포들은 KBS의 보도에 접할 때마
다 남북통일이 눈앞에 다가선 것으로 알고 기쁨과 희망에
도취되어 25일 밤을 뜬눈으로 새웠다.

"드디어 남북통일이 되는구나."

"김일성도 끝장이 났구나……."

눈을 부비면서 선량한 시민들은 통일이 달성되는 것으로
알고 벅찬 감회를 억누를 길이 없어 술을 마시며 기쁨을 마
음껏 누리고 있었다.

그러나 바로 이 시간에 국군의 전방부대들은 보도와는 달
리 비참하리만큼 처절한 상황 속에서 붕괴되어가고 있었다.
개성에서 강릉에 이르는 38선 전 지역에서 적의 공격을 받
은 국군의 4개 사단은 춘천전선의 6사단을 제외하고 현 전
선이 붕괴되어 아비규환의 혼란 속에서 후퇴를 거듭하고 있
었다. 특히 국군은 인민군의 전차에 대하여 필요 이상의 공
포증을 가지게 되었다. 한창 잘 전투하다가도 전차만 나타
나면 "전차다! 전차!"하고 소리 지르며 후퇴를 서슴지 않았

다.

보병의 붕괴는 인민군 전차 때문이라고 말해도 틀린 말은 아니랄 정도로 보병은 전차노이로제에 빠져있었던 것이다.

서울 북방 개성지구의 제1사단은 적의 공격으로 순식간에 연안지구와 개성지구를 잃고 훨씬 후방인 임진강 선에서 방어선을 준비하고 있었으며 서울 동북방 동두천지구의 제7사단도 방어선이 붕괴되면서 육군사관학교의 생도대대의 엄호를 받아가며 후퇴 중이었고 이어서 생도대대의 방어선도 돌파되어 화랑대 쪽으로 후퇴를 시작하고 있었다.

춘천 지구의 제6사단만이 정상적인 방어작전을 전개하며 적을 저지하고 있었다. 동해안지구의 제8사단도 방어선이 돌파됨으로써 전 전선의 한국군 3개 사단이 일제히 패퇴를 당하는 국면에 접어들고 있었다. 그러나 총참모장 채병덕 소장은 계속해서 공격명령을 하달하고 있었다.

6사단이 춘천선에서 일단 철수를 멈추고 방어를 하자 채병덕은 의정부의 7사단으로 하여금 대전에서 올라온 이형근 준장의 제2사단의 1개 대대 병력과 함께 반격작전을 명령하였다. 이 때 2사단장 이형근 준장은 병력의 집중투입을 주장하면서 병력의 축차적인 사용과 분산사용을 반대하였으나 뜻을 이루지 못하였다. 이형근 준장은 이때 김홍일 장군과 똑같은 방어개념인 한강선에서의 방어를 강력하게 주장하여 채병덕의 눈총을 맞기도 했다.

채병덕의 공격명령에도 불구하고 7사단과 2사단의 1개

대대 병력은 계속 붕괴되고 있었다.

서울은 26일 점심때가 되자 전날 쌀 한가마니에 2,300원이던 것이 6,000원으로 하루 사이에 배 이상이 올라 있었다.

구질구질하게 내리던 비가 멈추었다. 아침에는 하늘 높이 뭉게구름이 떠있었으나 오후가 되면서 푸른 하늘이 되었다.

시민들은 은행으로 몰려들기 시작하였다. 예금을 찾기 위해서였다.

국무회의와 국회에서는 신성모 국방장관과 채병덕 총참모장에 의하여 〈서울사수〉, 〈북진〉 등을 결의하기에 이르니 이들의 결의와는 관계없이 서울에는 비극의 암운이 덮여가기 시작하였다. 그러나 KBS라디오는 계속하여 국군의 전과를 보도하고 있었다.

"옹진 지구의 아군 제17연대는 해주시를 점령하였고 38선 일대의 국군 주력 일부는 38선으로부터 20킬로미터 지점까지 진격중이다."

정부의 전승보도(戰勝報道)에도 불구하고 포성은 더욱 가까이 들려왔고 의정부 방면에서 서울 쪽으로 밀려오는 피난민의 대열은 자꾸만 늘어갔다.

서울 시민은 어떻게 행동을 해야 할지 혼미 속에서 방황을 거듭하고 있었다.

11. 한강의 6일간의 사투

25일 밤이 깊어지면서 이승만 대통령은 번뇌에 빠지기 시작하였다. 하루 종일 여러 사람으로부터 전황(戰況)에 대한 보고를 받았으나 모두 내용이 각각 달랐기 때문이다.

경찰계통의 보고에 의하면 38선 전역에 걸쳐 국군은 초기에 심대한 타격을 받고 고전중이며 이미 전선은 붕괴되었다는 심각한 내용이었다.

곧이어 찾아온 신성모 국방장관과 채병덕 참모총장은 기세 좋게 현 전선을 고수할 것이며 서울은 사수할 수 있고 전세가 역전되면 북진을 계획하고 있다는 등 희망적인 내용이었다. 그러나 미 대사관 측에서는 이미 미국인 가족에 대한 철수지시가 내려왔다는 통보이고 보니 도무지 종잡을 수 없는 형편이었다. 이승만은 거의 뜬 눈으로 새웠다.

26일 새벽 3시.

이승만은 전화로 신성모를 불렀다.

"나 이승만인데 지금 전황이 어떤가……?"

신성모는 송수화기를 잡자마자 기립하여 부동자세를 취했다.

"각하, 전 전선에 걸쳐 국군은 반격작전을 준비 중에 있으며 특히 의정부 방면에서는 제7사단과 제2사단이 반격을 개시하였습니다."

이승만은 걱정이 되면서도 충성스러운 신성모와 채병덕의 속 시원한 말만 들으면 기분이 좋아졌다.

"다행이구먼. 지금 미국대사관 가족들은 서울에서 피난 가겠다고 통보해왔는데……."

걱정이 되지만 더 이상 할 말이 생각이 나지 않아 얼버무렸다. 만약에 미국 사람들의 말이 옳다고 해버리면 친애하는 신성모가 실망할 것이고 그렇다고 미국사람들 쪽 동태도 몹시 궁금한 사항의 하나이므로 귀뜸을 해주는 것이 좋다고 생각한 것이다.

"대통령 각하, 미국사람들의 조치는 말도 안 되는 것입니다. 용감한 국군이 수도를 사수할 것인데 미리 겁을 먹고 달아나다니 그것이 될 말입니까? 각하, 원래 서양 사람들은 겁이 많습니다."

이승만도 신성모의 말이 그럴 듯했다.

"그래……, 자네 말이 옳아. 서양 사람들은 겁이 많아……."

서로 외국 생활을 많이 한 탓으로 그런 면에서는 마음이 통하는 게 있었다.

신성모는 무심결에,

"감사합니다."

라고 말했다. 신성모는 엉겁결에 뜻에 맞지도 않은 말을 해버린 것이다 아마 이승만은 그 말의 뜻이 맞지는 않았어도 기분이 나쁘지는 않았을 것이다. 이승만은 이어서 신성모에게 지시를 내렸다.

"어젯밤에 이범석 장군이 왔다 갔는데 여러 가지 의견을 듣고 보니 참고 되는 것이 많았지.

그래서 가만히 생각해 보니 오늘 날이 새면 군사경험이 풍부한 원로들을 모이게 하여 앞으로의 타개책(打開策)같은 것을 의논하는 것이 좋을 듯싶어.

김홍일 장군과 같이 군사경험이 많은 현역 장성은 물론 현역이 아닌 이범석 장군이나 유동열, 이청천 등도 포함해서 말이야."

신성모는 그 말에 기분이 좋지 않았다. 왜냐하면 자신과 채병덕을 믿지 못하고 딴 사람들 의견을 들어보라는 뜻이기 때문이었다. 그러나 어느 안전이라고 말대꾸를 한단 말인가. 그는 정신을 차리면서,

"대통령 각하, 알았습니다."

고 간단명료하게 대답하였다.

26일 오전 10시.

용산 육군본부 작전상황실.

원로 군사지도자들인 초대 국방장관 이범석, 전 광복군 총사령관 이청천, 전 미 군정청 통위부장 유동열, 전 제1사단장 김석원 등과 현역에서 육군총참모장 채병덕, 육군참모학교장 김홍일, 제 5사단장 이응준, 청년방위대 고문단장 송호성 등이 신성모 국방장관의 요청에 의하여 소집되었다.

일종의 원로회의 성격을 띤 이 나라 정상의 군사경력자들의 모임이었다. 참석자 중에서 오직 신성모와 채병덕만이 전투경험이 없는 자이고 다른 사람들은 모두 중국군, 광복군, 일본군 등에서의 전투경험자들이었다. 특히 김홍일 장군과 이청천 장군은 중국대륙에서 일본군에게 심대한 타격을 가하여 그들의 간담을 서늘케 하였던 역전의 맹장들인 것이다.

먼저 신성모가 단에 올라서자 오늘 모임에 대해서 설명하였다.

"북한 괴뢰의 불법 남침으로 우리나라는 국난을 겪고 있습니다. 우리 국군은초기에 있어서 적으로부터 많은 타격을 받았으나 지금 이 시간 현재로 반격태세에 돌입하여 맹렬히 공격을 하고 있습니다. 대통령 각하께서 이러한 시점에 즈음하여 보다 국가를 위한 좋은 의견을 수렴하는 것이 좋겠다는 분부가 계셨습니다. 따라서 오늘 회의에 참석하신 원로 장성 여러분께서 기탄없는 의견과 전쟁 방책을 제시하여 주시기 바랍니다."

말이 끝나자 장내의 분위기는 술렁이기 시작하였다. 국군이 현 전선에서 붕괴된 것이 기정사실인데 신성모가 반격태세에 돌입하여 공격 중에 있다고 말하니 하도 어이가 없었던 것이다.

이때 김석원은,

"이 시간 현재의 적의 상황과 아군의 현재 위치에 대하여 알고 싶습니다."

라고 첫 질문을 던졌다. 그러나 주최 측에서는 아무도 정확하게 대답하는 사람이 없었다. 다만 채병덕이 일어나더니 그저 덤덤하게,

"개성 방면의 제1사단이 반격중이고 의정부 방면의 제7사단과제2사단, 제5사단이 반격 중이고 제6사단은 춘천에서, 제8사단은 강릉에서 각각 반격 중에 있으니 전선 문제에 관한한 별로 걱정을 하지 않아도 될 것 입니다."

라고 엉뚱한 말을 늘어놓았다.

김석원은 이어서,

"아니 채 장군! 제1사단이 개성에서 철수하여 지금 문산에 있는데 무슨 소리요. 제7사단도 동두천 방면에서 붕괴되어 철수 중에 있잖소.

제2사단이 의정부에 있다고 하지만 육군본부에서 대대단위로 쪼개어 배치해버려 어디에 보낸 줄도 모르는 사단장 이형근 장군을 바로 회의실에 들어오기 전에 총장실 복도에서 만났소.

제5사단이 의정부에 있다고 하지만 사단장 이응준 장군

이 바로 여기에 있잖소.

이응준 장군! 사단병력이 의정부에 있습니까?"

바로 김석원 옆에 앉아있는 이응준을 향하여 검사가 심문하는 기세로 질문하였다. 이응준은 아무소리 않고 눈만 감고 있었다. 뭐라고 말할지 막막하다고 생각한 탓이었다.

얼마간 시간이 흐른 뒤 이응준이 앉은 채로 입을 열었다.

"광주에서 병력을 떠나보내고 뒤따라오니 부대는 대대별로 전방에 투입시킨 모양인데 어디다 보냈는지 알 수 없소."

이응춘의 말에 장내의 분위기는 어수선해졌다. 김석원 장군의 말에,

'설마하니 그런 용병(用兵)이 있을라구……'

속으로 그렇게 생각하던 원로장성들이 성격이 곧기로 이름난 이응준 장군의 바른 말을 듣자 깜짝 놀라지 않을 수 없었다.

'아니 사단을 쪼개어 대대별로 투입했다니……. 이런 변고가 있나?'

참으로 답답하고 기가 막힌 일이 아닐 수 없다.

군대조직은 건제부대(建制部隊)의 총화된 힘에 의하여 전투력을 발휘하는 법인데 건제를 무시하고 부대를 쪼개어 배치하다니, 더구나 어디에 보냈는지조차 모르는 육군본부 수뇌들…… 김석원은 다시 일어섰다.

"채장군, 빨리 말하시오. 광주의 제5사단뿐만 아니라

대전의 제2사단과 대구의 제3사단은 어디에 있소?"

채병덕은 아무 말도 못하였다.

김석원은 한층 소리를 높이더니 뒤에 배석하고 있는 육군 본부 참모들을 향하여,

"참모부장 김백일 대령, 작전국장 장창국 대령, 후방에 있던 3개 사단이 지금 어디에 있나?"

고 윽박질렀다. 그러나 그들도 대답을 못하였다. 병력은 있지만 어디에 있는지는 아무도 모르고 있었다.

왜냐하면 병력이 오는 족족 위급하다는 곳으로 쌀 배급 주듯 보내 버렸기 때문이다. 그리고 뒤늦게 도착하고 있는 병력도 그런 식으로 보내려고 계획하고 있었으니 뭐라고 대답해야 할지 망설이지 않을 수 없었다.

전투경험이 많은 원로장성들은 이러한 상황을 보고 암담하였다 보병 3개 사단을 집중운용하지 않고 분산시켜 버렸으니 이 이상 중대한 과오가 어디에 있단 말인가?

애당초 김홍일 장군과 이형근 장군이 그토록 3개 사단의 집중 운용을 채병덕에게 건의했건만 이 어찌된 일이란 말인가?

이러한 소동 속에서도 신성모, 채병덕, 김백일, 장창국 등은 이 사태가 별로 심각한 줄을 깨닫지 못하고 있었다. 신성모는 상선의 선장출신이고 다른 3사람들은 일본군과 만주군 출신이지만 세 사람 다 전투와는 전혀 관계가 없는 부서에서 일하던 전쟁의 문외한(門外漢)들이었던 것이다.

　김석원 장군은 서슬이 퍼렇게 그들을 나무랐지만 그렇다고 해서 없어진 사단이 다시 살아날 리가 없는 것이다. 원래 김석원과 채병덕은 앙숙이었다.

　김석원이 제1사단장으로 있을 때 채병덕은 참모총장이었다.

　그 때 38선을 경계로 하여 남북교역을 하고 있었다. 바르고 곧은 성격의 김석원이,

　"공산당과 물물교환을 하다니……."

하며 분개하여 북쪽에서 내려오는 명태를 빼앗아 부하장병의 부식으로 처분해 버렸다. 이에 당황한 채병덕은 명태를 돌려주라고 난리를 폈다. 사건은 경무대의 이승만 대통령에게까지 알려져 스스로 화해를 종용했다.

　그러나 김석원은 명태장사를 하는 총참모장을 그대로 둘 수 없다. 조사하여야 한다고 들고일어났다. 이 사건으로 이승만은 둘 다 예비역에 편입시켰다.

　김석원은 일본 육사 27기생으로 대좌(대령) 출신이고 채병덕은 일본 육사 49기생으로 소좌이니 기별로나 계급으로나 엄청난 차이가 있다. 그런데 유독 김석원은 제쳐 놓고 채병덕만 복직시켜 참모총장으로 앉혔으니 그때 김석원의 심정은 알만하다. 더구나 채병덕은 전투경험이 전혀 없고 육군의 용병을 엉망으로 하여 나라에 위해를 끼치고 있는데다 김석원은 중국 대륙에서 대대장으로 참전하여 산서성 동원을 2개 중대로 경비 중 중국군 1개 사단의 공격을 받

았으나 7시간의 교전 끝에 이를 격퇴하여 용맹을 떨친 바 있는 전투영웅이므로 육군이 궤멸되어 가고 있는 이 마당에 가만히 보고만 있을 리 만무한 것이다. 항상 일본군대 생활을 부끄럽게 생각하고 반성하는 자세로 조국에 속죄하는 태도를 보여 온 그로서는 조국이 위태로운 것을 알고 그대로 보고만 있을 리가 없었다.

김석원은 또다시 준엄하게 책임을 물었다.

"국민은 현명합니다. 국민을 속여서는 안 됩니다. 물론 민심의 동요를 막기 위하여 대민 심리전을 전개해야 됩니다만 어제와 오늘의 전황보도는 천부당만부당한 처사가 아닐 수 없습니다. 방어선이 돌파되어 패주하고 있는 국군을 북진중이라니 될 말입니까?

국군이 언제 해주에 돌입했습니까? 국군이 언제 38선을 돌파했습니까?"

그는 기가 막혀 더 이상할 말이 없다는 표정으로 의자에 앉았다. 장내는 물을 끼얹은 것 같이 가라앉은 분위기였다. 이 때 갑자기 채병덕이 뚱뚱한 몸집을 뒤척이더니 일어섰다.

"나는 국군의 승리를 확신합니다. 국군이 38선을 돌파했거나 해주에 돌입한 것은 사실이 아닙니다. 그러나 국민을 안정시키고 국군에게 사기를 진작시키기 위해서는 부득이한 조치였습니다. 그 보도를 부정적인 측면에서 볼 것이 아니라 바로 북진을 해야 한다는 국군의 의지로 보아야 한다고 생각합니다. 후방의 3개 사단도 건제는 흩어졌지만 지금 전방에서 잘 싸우고 있습니다. 곧 반격전이 전개될 것입니다. 그러고 포천 방면에 투입된 육사의 생도대대도 용전분투하고 있습니다. 따라서 의정부, 포천 방면의 전세는 곧 북진으로 전환될 것입니다."

이 때 가만히 눈을 감고 듣고 있던 김홍일이 일어섰다. 그가 일어서자 채병덕은 말을 중단하였다. 김홍일은 상기된 얼굴로,

"육사생도를 전투에 투입한 나라는 어느 나라도 없을 겁니다. 나라가 어려울 때라도 백년대계(百年大計)를 생각해야 됩니다. 생도 1기생은 1년 과정이 끝나가고 있으니 장교나 다름없는 자질을 갖춘 지휘관 요원입니다. 바로 임관시켜 소대장으로 충당하여 전방사단의 전투력을 증강시켜야 합니다.

그리고 생도 2기생은 입교한지 25일밖에 안 된 고교생이나 다름없는 소년들입니다.

즉시 전장에서 철수시켜 전쟁의 위협이 없는 곳으로 이동해서 생도교육을 계속 받도록 해주어야 합니다."

채병덕은 아무 말도 못하였다. 잘못을 시인한 탓이리라. 제대로 총도 다룰 줄 모르는 18세, 19세의 어린 소년들을 전장에 내보내어 총알받이로 죽이고 있으니 이것은 분명히 인도적인 면에서도 용서할 수없는 범죄가 아닐 수 없는 것이다, 채병덕은 힘없이 의자에 다시 앉았다. 그러나 사관생

도에 대한 별다른 조치는 이 자리에서 이루어지지 않았다.

신성모는 다시 일어났다.

"국군의 원로장성 여러분의 보다 진지한 방어대책이라
든가 전략문제 등의 방안도 이 자리에서 언급되었으면
좋겠습니다."

신성모의 말이 떨어지자 장내는 다시 조용해졌다. 하도
어이가 없는 사건들이 벌어지고 있는 판이라 무엇을 이 자
리에서 이야기해야할지 각자 깊은 생각을 하지 않을 수 없
었을 것이다.

김홍일은 이 국가적 위기에 처해서 그대로 가만히 앉아
있을 수 없다고 생각하였다.

'나의 조국이요, 나의 국민인데 이를 위한일이라면 망설
일 필요가 없을 것이다.'

라고 마음을 정했다. 김홍일이 일어났다. 그리고 다시 말
을 시작하였다.

"일전에 침모총장께 대전, 광주, 대구에 있는 3개 사단
을 전쟁발발과 동시에 사용할 수 있도록 전방지역에 미
리 갖다 놓을 것을 건의한바 있습니다. 이는 저의 첫째
방책이었습니다. 두 번째 방책으로 어제께 다시 3개 사
단을 한강선 방어에 사용할 수 있도록 전개시키고 한강
이북의 모든 부대를 강남으로 철수케 하여 재정비한 다
음 반격작전을 실시해 줄 것을 건의한바 있습니다. 그러
나 모두 채택이 안 되었습니다.

첫째 방책보다는 둘째 방책이 차선책입니다. 또한 셋째 방책은 그보다 못한 최후의 방책이 될 것입니다.

이는 대한민국과 국군을 위하여 불행한 일이라고 생각합니다. 이 셋째 방책을 설명 드리기 전에 외람 된다고 생각하지만 먼저 중국의 속담을 인용해 보겠습니다.

중국에는 예부터 '닭싸움 때 처음 이긴 닭이 승리한다.'라는 속담이 있습니다. 이 말은 닭싸움을 하는 두 마리의 닭이 초전에 결말이 난다는 뜻이지요. 이때 싸움에 진 닭을 자꾸만 이기라고 갖다 대주어도 열 번이면 열 번 다 패배하고 맙니다. 그 싸움판에서는 절대로 다시 이길 수가 없는 것입니다.

그러나 실망할 필요는 없습니다. 왜냐하면 중국에는 또 다른 속담이 있습니다. '처음 이긴 닭이 다시 이기지 못한다'는 것입니다. 이는 처음에 이긴 닭이 마음을 놓고 있을 때 싸움에 진 닭은 다시 이기기 위하여 맹훈련을 시키게 되어 결국은 최후의 승리는 대비를 철저히 한 닭이 이긴다는 뜻입니다.

주인이 잘 먹이고 다른 닭을 골라 가지고 싸움연습을 시켜 차츰차츰 강한 닭과 싸우게 하여 자신이 생겼을 때 먼저 승리했던 닭과 싸움을 붙이게 됩니다.

결국 중국의 속담대로 '처음에 이긴 닭이 승리했지만 처음에 이긴 닭이 다시 이기지 못한다.'는 결과가 되는 것입니다.

6월 25일 새벽 4시 북한의 공산집단이 남침을 시작하자 우리 국군은 대비가 안 되어 있었습니다.

농번기 휴가다 주말 외출 외박이다 해서 병력은 반 정도밖에 없는 데다 부대를 지휘하는 핵심인 일부 지휘관마저 외출중이라 정위치에 없었습니다. 처음 전투에서 국군은 막대한 타격을 받았습니다. 그리고 순식간에 방어선에서 후퇴를 하지 않으면 안 되는 비극 속에 말려들어갔습니다. 어느 누가 후퇴작전이나 철수작전을 좋아하겠습니까?

그러나 힘이 부족하여 도저히 배겨낼 수없이 붕괴되면서 후퇴할 때는 바로 닭싸움 때 처음 진 닭이 승리할 수 없는 꼴이 되고 마는 것입니다.

이 때 이길 수 있는 길은 두 가지 있습니다. 하나는 충분한 예비대를 사용하여 돌파구를 회복하는 길이요. 둘째는 효과적인 철수로 다음 방어선을 형성하여 '처음 이긴 닭이 다시 이기지 못하게' 하는 방법이지요.

불행하게도 국군은 첫 방법을 사용하여 승리하기에는 결정적인 문제가 발생하였습니다. 왜냐하면 3개의 후방 사단이 대대별로 분산되어 없어져버려 돌파구를 회복할 병력을 잃어버렸기 때문입니다. 만약에 지금 3개 사단이 있다면 그 병력으로 전방의 제7사단의 돌파구를 역습으로 회복이 가능합니다.

그 쪽만 회복되면 서부전선의 제1사단과 중부전선의 제

6사단, 동부전선의 제 8사단은 비교적 피해 정도가 적으므로 현상유지가 가능할 것입니다. 그러나 그 방법은 할 수 없게 되었습니다.

따라서 우리는 가장 불행한 방법으로 난국을 수습해야 될 처지가 되었습니다. 여기 오기 전에 타의에 의하여 병력을 잃어버린 제2사단장 이형근 장군을 만났습니다. 그는 지금이라도 효과적인 지연전으로 병력을 한강 이남으로 철수케 하여 한강이라는 천혜의 장애물을 이용, 가장 한국군이 무서워하는 전차를 무력케 하여 다시 정비하면서 방어를 하고 후방의 인적자원을 동원 전력화(戰力化)한 다음 반격해야 된다고 말합디다. 나는 그 말을 듣고 감동하였습니다. 어찌나 내 생각과 같은지 고마워서지요. 더구나 이형근 장군은 일본군 출신으로서 공격만이 최상으로 아는 일본군 전술에 배어 있을 텐데……, 그리고 아직 청년과 다름없는 젊은 장군인데…….

나에게는 커다란 감명을 주었습니다. 그러면 결론을 말씀드리지요. 때는 늦었습니다. 호기(好機)도 지났습니다. 그러나 지금 이 시간부터 수도 사수만을 고집하여 아까운 병력을 뭉텅뭉텅 소모시킬 게 아니라 즉시 한강을 방어선으로 결정하여야 합니다. 그다음 후방부대 병력과 학생들을 동원하여 한강 남안에 진지를 구축케 하는 한편 시민을 한강 이남으로 철수시키고 효과적인 지연전으로 병력을 철수, 한강선을 방어해야 합니다. 한강을 방

어하는 동안 후방에서 우리의 역량을 키워 반격준비를
하는 한편, 미군의 개입을 요청, 연합군을 편성하여 북
진을 합시다."

김홍일 장군의 우국충정에 불타는 열변은 끝났다. 아무도
이의를 제기하는 사람이 없었다. 특히 이범석, 김석원 장군
은,

"김홍일 장군의 한강 방어선 설정을 전적으로 지지한다.
지금의 상황 하에서 최상의 수단은 한강 방어뿐이다."
라고 적극적인 자세로 김홍일 장군의 전략에 동의하였다.
그러나 채병덕만은 도저히 안 되겠다는 표정으로 다시 일
어났다.

"김홍일 장군의 방책이 훌륭한 방책임에는 틀림이 없습
니다. 저도 그 방책을 생각해 본 적이 있습니다. 그러나
대통령 각하의 명령은 서울 사수입니다. 따라서 저는 이
몸을 바쳐 서울을 사수할까 합니다."

신성모가 일어났다.

"채 장군 말대로 서울은 사수해야 합니다. 대통령 각하
의 명령입니다. 우리 모두 죽는 한이 있어도 서울을 사
수합시다. 최후의 한 사람까지 싸우다가 정 안 되면 죽
음으로써 나라에 보답합시다!"

부르짖는 듯한 목소리로 서울 사수를 주장하였다.

김홍일 장군은 다시 일어났다.

"오자병법에 군주의 뜻을 바르게 하기 위하여 장수가

바른 말을 해야 한다는 기록이 있습니다. 오자는 그 기록에서 장수의 바른 말은 당장에는 군주에게 미움을 사고 자칫 잘못하면 직위까지 잃어버리는 경우가 생기지만 국가를 구하고 군주를 살릴 수 있는 길이라면 서슴없이 용기를 내어 바른 말을 하라고 강조하고 있습니다.

대통령 각하가 서울사수를 명령하였다고 해도 그것이 국가나 민족에게 커다란 손실이 온다고 판단을 할 때는 바른 건의를 드려서 명령을 다시 내리게 해야 합니다.

이것은 첫째 충성스러운 국민의 도리이고 둘째 대통령 밑에 있는 진정한 부하의 의무입니다.

전쟁은 의지만으로 승리할 수는 없습니다. 최후의 한 사람까지 싸워 죽는 한이 있어도 항복을 안 하겠다던 일본군도 결국에는 항복을 해버렸지요.

이 자리에 있는 우리들이 죽는 것은 문제가 아닙니다. 그보다 더 큰 문제는 조국을 보호하는 일이지요. 그러한 의미에서 서울사수가 불가능한 이유를 몇 가지 말하겠습니다.

첫째 이유는 먼저 말한 대로 초전에 심대한 타격을 받아 모든 사단이 돌파구가 형성되어 이를 회복할 능력이 없어 후퇴 중에 있다는 사실.

둘째 이유는 돌파구를 회복하기 위해서 집중적으로 사용할 예비대가 없어졌다는 사실과 대부분의 부대가 건제가 흩어져 지휘의 통일을 기할 수 없게 되었다는 점.

셋째 이유는 수도사수를 위한 아무런 작전계획이 없다는 사실.

넷째 이유는 적의 전차를 막아낼 방법이 없다는 사실.

다섯 번째 이유는 서울에 시민이 밀집되어 있어서 시가전이 벌어지면 시민이 희생된다는 사실.

여섯 번째 이유는 서울사수를 위하여 힘을 쓰다 보면 모든 국가기관의 자원과 국가의 행정 중추가 괴멸되어 대한민국의 대의기구가 회복이 안 된다는 사실.

끝으로 서울에서 시가전을 할 만한 전쟁 보급품이 없는 데다 통신대책이 없다는 사실.

상기와 같은 일곱 가지 이유 때문에 서울사수는 망상에 지나지 않습니다. 어느 국민이, 어느 군인이 자기 조국의 수도를 버리고 싶어 합니까? 그러나 수도보다 더 크고 중요한 것이 있습니다. 그것은 국가요, 민족입니다. 수도는 수원에다 선포할 수 있고 대전에다 둘 수도 있습니다. 그러나 국가가 없어지면 대한민국이 없어지는 것과 동시에 공산당 정권이 수립되는 것입니다.

빨리 한강을 지켜야 됩니다. 한강 방어선의 설정과 한강 이북의 국군부대의 철수는 빠르면 빠를수록 좋습니다. 지금 문산 지역에서 임진강선을 방어하고 있는 제1사단의 건제만은 어느 정도 유지되고 있는 것으로 확인이 되었습니다. 제1사단이 건재한 이유의 하나는 천연장애물인 임진강을 이용하고 있기 때문입니다.

전차는 강을 도하할 수 없습니다. 따라서 제1사단을 붕괴되기 전에 철수시켜 노량진 방면의 접근로를 담당케 한다면 적의 도하작전을 충분히 분쇄시킬 수 있을 것입니다. 거듭 건의 드립니다. 빨리 한강을 지켜야 됩니다."

그의 말은 끝났다. 그는 더 이상 그곳에 앉아 있을 이유가 없었다. 천천히 작전상황실 문을 열고 밖으로 나왔다.

맑은 햇살이 그의 얼굴을 비췄다. 할 말을 다했다고 생각하니 속이 후련하였다. 플라타너스의 숲이 우거진 녹음 밑에서 그는 심호흡을 몇 번 했다. 싱그러운 여름 냄새가 그의 코를 찔렀다. 이 맑고 좋은 하늘 그리고 착한 백성들에게 끊이지 않는 시련을 내리시는 하느님이 원망스러웠다. 지금 이 시간에 조국의 운명이 백척간두에 서있음을 생각하니 가슴이 터지는 것만 같았다.

잠시 후 회의는 끝났다. 모두 회의장 밖으로 나왔다. 이때 채병덕 총참모장은 김홍일 장군에게 작전 지도 차 서울 북쪽의 제 1사단의 방문을 당부하였다. 김홍일 장군은 그렇잖아도 전선을 한번 돌아보고 싶었던 때여서 승낙하였다 그는 용산에서 찝차를 타고 수색으로 향했다.

서울시내는 북적대고 있었다. 문산과 의정부 쪽에서 내려온 피난민이 서울역 광장에 꽉 차있었고 길에는 봇짐을 진 남자들과 머리에 짐을 이고 다니는 아낙네들이 눈에 띄었다.

포성은 멀리서 들리고 있었으나 차츰차츰 가깝게 들려오

기 시작하였다. 문산 지역의 작전을 힘겹게 수행하고 있는 제1사단 사령부에 도착한 것은 오후 2시 경이었다. 사단장 백선엽 대령은 지친 기색으로 김홍일 장군을 맞이하였다.

"수고가 많소, 백 사단장."

김홍일 장군은 흙이 묻은 전투복 차림의 사단장을 가볍게 포옹하고는 사단장실로 들어갔다. 사단장실이라야 야전천막이었다.

포성과 기관총소리가 들려왔다. 백선엽 대령은 사단의 작전현황을 설명하면서 현재의 능력으로서는 공격은 불가능한 것을 분명히 했다. 현재의 제 사단 전투력은 40% 정도이지만 국군의 다른 사단에 비하여 비교적 양호한 상태였다.

또한 재편성의 필요성을 강조하였다. 이때 김홍일 장군이 사견임을 전제하여 한강 방어선 문제를 말해주니 백선엽 대령 역시 그 방책에 대하여 적극 찬동했다. 백선엽 대령은 다음과 같이 말하였다.

"현재의 제1사단 병력으로 이 지역을 고수하는 것은 불가능합니다. 적의 전차를 무력화시키지 못하는 한 현 방어선의 붕괴는 시간문제입니다.

따라서 지금의 전투력만이라도 고스란히 유지하면서 차기 작전에 대비하기 위해서는 빨리 한강에 방어선을 옮기는 길 뿐이라고 생각합니다."

김홍일 장군은,

"오늘 밤 한강 남안으로 철수하는 것이 좋을 것이오."

라고 조언했다. 그러나 참모총장으로부터 사수하라는 명령
을 받은 사단장으로서는 그 조언을 받아들일 수가 없는 입
장이었다.

 "명령 없이 철수할 수 있습니까?"
라고 분명한 의사를 표시했다. 김홍일 장군은 아쉽다는 듯
이,

 "1사단의 병력만이라도 완전한 상태로 철수시켜 한강
 방어를 하고 싶소. 총장에게 다시 건의해 보겠소."
라고 말하면서 현재 서울의 안전이 유지되는 것은 제1사
단 역할임을 강조하고 김홍일 장군은 서울을 향하였다.

 26일 오후가 되면서 의정부의 제7사단이 붕괴되어 인민
군은 의정부 시내에 전차를 앞세우고 돌입했다. 이어서 제1
사단의 임진강 방어선도 붕괴되어 봉일천의 제3방어선으로
철수하기 시작하였다.

 서울사수에 대한 강력한 채병덕의 의지는 이때부터 흔들
리기 시작하여 비로소 패퇴의 기미를 인정하기에 이르렀다.

 의정부 방면과 미아리까지에 투입된 국군의 총병력은 27
개 대대나 되었다. 적의 18개 대대에 비하면 절대적으로
우세한 병력이었다. 그러나 보병사단을 집중하여 사용하지
않고 연대나 대대 단위로 분산시켜 위급한 곳이 생길 때마
다 땜질하는 식으로 병력을 투입하였기 때문에 지휘에 혼선
이 생긴 것이다. 제2사단 소속의 대대가 제7사단장의 지휘

를 받는가 하면 제7사단 소속의 대대는 제2사단장의 지휘를 받는 경우가 생겼다. 이것은 비교적 지휘계통이 서있는 편이었다.

심지어 4개 내지 6개 대대는 항상 지휘계통에서 이탈되어 독립대대처럼 제멋대로 후퇴와 진지 이동을 하고 있었으나 누구하나 이 사실이 잘못된 것인지 지적하는 사람도 없었다.

의정부가 적의 수중에 들어가자 의정부 지역의 국군은 추풍낙엽 식으로 궤멸되어갔다. 그리하여 미아리선에 도달할 때는 19개 대대가 산산조각이 나서 없어져 버리고 겨우 8개 대대만이 남았으나 8개 대대마저 병력은 30퍼센트 정도에 지나지 않았다.

중대장은 중대장대로 대대장은 대대장대로 민가에 뛰어들어가 총과 군복을 내던지고 사복을 갈아입고 피난민 대열에 끼어 남쪽을 향하여 걸음을 재촉하였다. 일부 사병들은 아예 사복을 갈아입고 자기 고향으로 곧바로 내려가기도 했다.

채병덕의 서울사수와 북진공격의 망상은 27일을 고비로 완전히 물거품이 되고 말았다. 경무대의 이승만 대통령은 국방장관 신성모와 육군 총참모장 채병덕의 '서울사수'에 대한 장담에도 불구하고 미 대사관과 경찰계통의 보고에 의하여 비교적 정확한 전황을 알게 되었다.

6월 27일 새벽 2시가 되자 서울 탈출을 결심하고 비밀리
에 비서관을 서울역에 보내어 탈출 열차를 준비시켰다. 이
승만은 떠나기 전에 미국의 워싱턴에 있는 주미대사 장면을
전화로 불렀다.

"나 이승만인데 지금 서울을 떠나는 중이오. 국군은 전
투 수행력을 잃고 후퇴중이니 장 대사가 트루먼 대통령
을 만나 지원요청을 하시오. 장 대사의 활동 여부에 따
라 대한민국의 운명이 좌우되는 것이니 힘껏 노력하여
조국을 구하도록 해주시오."

전화를 마치자 이승만 대통령은 프란체스카 부인과 5명의
비서관과 함께 2대의 승용차에 나누어 타고 경무대를 떠났
다.

이때가 27일 오전 2시 30분이었다. 일행은 서울역에 도
착하자 기관차에 3등 객차 두 칸이 연결된 남행열차에 올
랐다. 비서관 5명 중 4명은 서울에 남아 잡무를 처리하기
로 하고 황규면 비서관만이 대통령을 수행하기로 하였다.
이승만 대통령은 담담한 표정을 짓고 있었으나 마음속은 착
잡하였을 것이다.

74세의 대통령.

평생을 조국의 독립을 위하여 몸을 바친 그가 광복과 함
께 대한민국 정부를 수립하여 초대 대통령이 되었으나 남북
분단과 함께 비극의 동족상잔으로 적에게 밀려 남행열차에

몸을 실었으니 기구한 운명임을 한탄했을 것이다.

기차는 3시가 지나서야 출발하였다. 플랫폼에서는 서울역 장과 비서관 4명만이 떠나는 열차를 향하여 일제히 경례를 하였다.

27일 아침 6시에는 정부가 수원으로 옮긴다는 것을 공식 으로 발표하였다. 처음 소식에 접한 서울 시민은 반신반의 하였다.

얼마 전까지만 해도 승승장구하는 국군인 줄만 알았는데 정부가 수원으로 가다니……. 뭔가 잘못된 것이라고 생각하 게 된 것이다. 그러나 오후가 지나면서 시민들은 그동안의 전황보도가 엉터리였다는 것을 알게 되었다.

포성이 전 날보다 훨씬 가까이 들려오고 전방에서 후퇴한 패잔병들이 서울 시내에 들어오게 되었다. 그들은 이구동성 으로,

"국군은 싸움에 패배했다."

"적의 전차를 막을 수 없다"

"사단이 해체되었다."

하고 한탄하면서 국군의 패퇴를 상세히 알렸다.

서울 시민은 피난 보따리를 싸들고 거리에 쏟아져 나오기 시작하였다. 서울역 광장은 인파와 화물로 꽉 찼다. 그러나 기차는 언제 오는 것인지 알 수가 없었다. 또한 기차가 온 다 해도 탈 수 있는 것인지 없는 것인지도 아는 사람이 없

었다. 기차를 타는 것을 단념한 시민들은 한강교를 향하여 서둘러 떠나기 시작하였다.

그러나 27일에도 KBS는 여전히 '용감한 국군은 반격중이다.', '국군은 서울을 사수하겠으니 안심해라.'는 허위 방송을 계속하고 있었다.

27일 11시 참모총장 채병덕은 육군본부 참모와 재경단위 부대장 회의를 소집하였다. 의정부에 이어 창동 방어선이 무너지자 수도사수의 결의를 번의하고 서울을 포기하기로 결정한 시간이기도 하다.

이 회의에서 육군본부가 시흥에 있는 육군보병학교로 이동한다는 것을 참모부장 김백일 대령이 발표하였다. 육군본부의 이동을 시민에게 비밀로 한다는 것이었다. 이어서 한강교의 폭파 문제에 대하여 공병감 최창식 대령이 설명하였다. 이때 수도경비 사령관 이종찬 대령은 서울 시민에 대한 소개조치 없이 군부만의 후퇴는 언어도단이라고 하면서 한강교의 조기 폭파에 반대하였으나 채병덕은 들은 척도 않고 졸고만 있었다.

회의가 끝나자 육군본부는 시민 몰래 시흥으로 이동하기 시작하였다. 그러나 군 트럭이 수십 대씩 남쪽을 향하여 이동하는 것을 보자 시민은 공포에 질려 너도 나도 남쪽을 향하여 피난길에 올랐다.

6월 27일 23시 경 적의 전차 4대는 폭우가 쏟아지는 가운데 수유동에서 미아리로 보병과 함께 전진하고 있었다. 국군은 호 속에서 졸고 있다가 전차의 소음에 놀라 잠을 깼다. 어떤 병사 하나는 바로 앞에 움직이는 물체가 보여,

"정지! 누구냐!"

고 소리치니 순간 함경도 사투리로 뭐라고 중얼대면서 총검으로 병사의 가슴을 쿡 찔렀다.

"아이쿠!"

외마디 소리를 지르면서 그 병사는 죽었다. 이와 함께 운명의 6월 28일의 날은 밝아왔다.

미아리 공동묘지의 도로변에 배치된 부대들은 순식간에 적의 전차에 유린되었다. 전차는 계속해서 돈암동 쪽으로 내려오고 있었다. 제7사단장 유재흥 준장과 육군본부 전방 지휘소장 강문봉 대령은 돈암동 쪽 고개 부근의 감천 여관에서 잠을 자고 있다가 전차 소음에 놀라 잠을 깼다.

"강 대령, 적의 전차 소리가 아니오?"

유 준장의 말에 강 대령은 밖으로 뛰어나갔다. 틀림없는 적의 전차였다. 책임감이 강한 강 대령은 적의 전차임을 알리고 그대로 뛰어가 성북 경찰서에 와서 서장의 찝차를 타고 육군본부로 갔다. 마침 총장실에 채병덕이 있었다.

"지금 막 전차가 시내에 들어왔습니다. 총장 각하, 필요한 조치를 취하십시오."

라고 보고하였다.

이때 이미 시내로 진입한 적의 전차는 돈암동에 2대, 창

경원 입구에 1대, 동대문에 1대, 중앙청에 1대, 화신 백화점 앞에 1대, 필동에 2대 등이었다.

채병덕은 전차 파괴를 명령하였다. 이에 용감한 국군의 특공대는 전차에 대한 공격을 감행하였다.

창경원 앞에 서있는 전차에는 김유형 중위가 인솔하는 공병 특공대가 용감히 전차에 접근하여 폭약을 설치 전차를 폭파시켰다. 그러나 전차는 꿈틀거리면서 기관총 사격을 시작하였다.

삼각지에서도 57밀리 대전차포로 사격하였으나 명중은 되었는데 그대로 움직였다.

곳곳에서 전차에 대한 공격은 감행되었으나 약간의 손실을 입혔을 뿐 모두 실패하고 말았다.

국군은 썰물처럼 밀려 나갔다. 의정부 지역에서 분투하던 제2사단, 제3사단, 제5사단, 제7사단은 완전히 와해되어 버리고 말았다.

포천 방면에 출동시킨 사관생도 대대도 막대한 피해를 입고 분산되어 136명의 전사자와 실종자를 기록하는 세계 전사 상 유례없는 비극을 남겼다.

서울 시내는 이들 국군 패잔병과 피난민 그리고 피난길에 나선 시민들로 혼잡을 이루었다. 모든 사람이 남쪽으로 한강교로 향하고 있었다.

6월 28일 새벽 2시 30분.

한강 인도교와 철교가 교량 위의 차량과 사람과 함께 폭파되었다. 끊어진 다리 사이로 차량과 사람이 쏟아져 강물 속으로 들어갔다. 그야말로 아비규환의 참상이 발생한 것이다. 한강물 속으로 빠져 들어가는 남편을 보면서 발을 동동 구르는 아내가 있는가 하면 손을 잡고 피난민들과 같이 가던 모녀가 사람들에게 빨려 자식을 놓치고 그 자식이 물속으로 떨어져 내려가니 자식을 따라서 물속에 빠져 죽은 어머니도 있었다. 파편에 손이 끊어져 피를 흘리며 울부짖는 자가 있는가 하면 양 다리가 교각 사이에 끼여 끊어져가고 있는 참담한 광경도 보였다.

"아이고 아이고"

"나 살려!"

통곡 소리와 아파서 울부짖는 소리는 한밤중에 용산을 아비규환으로 만들고 말았다.

이 무렵 서울 북쪽에서 분투하던 제1사단도 전방과 후방에서 협공을 받아 와해되어 피난민과 섞여 남하하기 시작하였다. 제1사단의 궤멸로 수도 서울은 국군으로부터 인민군의 수중에 들어갔다.

6월 28일 11시 30분경에 적은 서울 중심부를 장악함으로서 서울은 순식간에 붉은 거리로 변하였다. 일부 시민들은 언제 만들었는지 붉은 기를 들고 나와 인민공화국 만세를 소리 높이 부르면서 인민군을 환영하였다.

전차는 시내를 질주하면서 위력을 과시하였고 곧이어 마포 형무소와 서대문 형무소를 비롯하여 각 경찰서에 들어가 교도소 문을 열고 죄수를 모조리 석방시켜 버렸다.

서울은 이들로 말미암아 광란의 도시가 되었다. 정치범은 물론 잡범까지도 인민의 영웅이라 치켜 올리는 바람에 그들이 감격하여 소위 공산당이 말하는 반동분자의 색출에 앞장섰다.

피의 숙청이 시작되었다. 서울은 또다시 피바다가 된 것이다.

이승만 대통령은 한강 방어를 주장하던 김홍일 장군을 6월 28일 12시 즉 국군사단이 완전히 와해된 시간에 단 하나의 건제를 유지한 사단도 없는 시흥지구 전투사령관으로 임명하였다.

천혜의 장애물인 한강을 이용하여 국군을 수습하고 한강선에서 적을 막아야 되는 대임(大任)을 부여한 것이다.

김홍일 장군은 육군본부가 수원으로 옮겨 비어 있는 시흥 육군보병학교에 시흥지구 전투사령부를 설치하고 사령부 편성과 함께 국군사단의 병력수습에 나섰다.

남으로 남으로 노도와 같이 밀려 내려가던 국군의 잔류병과 각급 제대의 지휘관 및 장교들은 김홍일 장군의 지시에 의하여 일단 시흥선에서 제지하여 새로운 전투부대의 편성에 들어갔다.

이미 시흥을 벗어나서 수원 쪽으로 내려가던 아군도 수원 선에서 제지되었다. 잔류병만으로 한강 방어의 대임을 맡은 김홍일 장군은 당당한 기백으로 눈 하나 까딱 않고 국군 건설의 직무를 수행하기 시작하였다.

이 때 미군 고문관이 김홍일 장군에게 제시한 요망 사항은 다음과 같았다.

첫째 미군이 현 전선까지 개입하는데 필요한 일자는 최소한 3일간이다. 따라서 시흥지구 전투사령부는 한강선에서 3일간을 고수해 주기 바란다.

둘째, 만약에 국군이 한강 방어선을 최소한 3일간 지탱하지 못하면 적이 남하하기 때문에 부득이 전략상 부산에 상륙한 미군도 일단 일본으로 철수하지 않으면 안 될 것이다. 그러므로 대한민국의 존망은 시흥지구 전투사령관인 김홍일 장군에게 달려 있다는 내용이었다.

김홍일 장군은 미군 고문관이 제시한 요망 사항을 가장 합리적인 요구라고 수긍하지 않을 수 없었다. 왜냐하면 한강이라는 천연 장애물을 사용하여 적의 전차를 무력하게 만든 이상 3일간의 방어란 최소한의 시일로 생각하였기 때문이다. 그는 이때 5일간의 방어를 생각하고 있었다.

김홍일 장군은 장래 국운(國運)과 직결되는 중대한 책임을 통감했다. 그러나 단 하나의 사단도 없이 적의 대병력을 막아야 하니 그의 책임은 생애를 통하여 가장 무겁다고 생각하였다. 그러나 곧 하느님에게 기도하는 경건한 마음으로 결심을 다졌다.

"조국을 구하는 길이 나에게 달려 있다면 이 몸이 죽어
도 그 책임을 다할 것이다."

그는 어렸을 때 한국군대 해산으로 압록강을 건너는 그
초라한 군인들을 생각해 보았다. 조국을 잃은 그 불쌍한 군
인들……, 그러나 지금은 비록 패전으로 후퇴와 철수를 거
듭하고 있지만 그 때와는 달리 조국이 있고 군대가 있고 우
방이 있다고 생각하니 용기가 샘솟았다. 눈을 감고 무엇부
터 착수해야 될지 잠시 생각에 잠겼다.

얼마 후 그는 전속부관 이창희 중위를 불렀다.

"지금 즉시 보라복(카키색 순모로 된 여름 제복)을 준
비해 오라."

고 지시를 했다.

이 중위는 전장에서 화려한 채복을 찾으니 의아해서,

"어디다 쓰실 예정입니까?"

하고 질문하였다.

"내가 입겠다."

단 한 마디 외에는 설명이 없었다. 이 중위는 궁금증을
간직한 채 밖으로 나갔다. 그러나 막상 보라복을 구하자니
막막하였다 그는 할 수 없이 미군 고문관에게 달려가 보라
복을 요구했던바 다행히 몇 벌이 있어 그대로 모두 가져갔
다. 김홍일 장군은 그 중에서 자신에게 맞는 옷으로 고르더
니 다리미질을 해오라고 했다.

이 중위는,

'이 분이 갑자기 전쟁터에서 이상해진 것이 아닌가?'

고 생각하면서 밖으로 나갔다.

싸움판에 다리미가 흔할 리가 없었다. 겨우 민간에서 구하여 다리미질을 해서 가지고 갔다. 김홍일 장군은 성품이 중후하여 여간해서 화내는 법이 없는데 그 날 따라,

"왜 늦었어?"

하고 힐책을 하는 것이었다.

이 중위는 점점 알 수가 없었다. 김홍일 장군은 별 중에서 큰 별을 보라복에 달고 헬멧에도 구멍을 뚫고 왕별 두 개를 꽂았다. 전투복을 벗어 버리고 보라복으로 갈아입었다. 그리고 왕별 둘이 달린 헬멧을 썼다. 역시 멋쟁이였다. 늘씬한 키에 체격이 곧아 뒤에서 보면 서양 사람으로 착각할 정도의 체구였다. 그는 즉시 잠정 편성이지만 사령부의 전 장교를 집합시켰다. 그리고는 집합장소인 제1강의실에 나갔다. 그 곳에 모인 장교들은 김홍일 장군을 보고 깜짝 놀랐다. 단정한 보라복 차림인데다 자기들의 복장은 엉망이라 너무나 대조적이기 때문이었다. 김홍일 장군은 여유 있는 자세로 밝은 표정을 하고 있었다. 장교들을 두루 살피더니 조용히 입을 열었다.

"오늘 이 시간부터 후퇴하는 길을 헌병을 통원 차단하여 단 한 사람의 병력도 후방에 빠지지 않게 전부 보병 학교 연병장에 집결시키시오. 그리고 참모장 김종갑 대

령은 원래 소속과 관계없이 500명이 되면 무장을 갖추게 하여 대대로 명명한 후 이 계획서대로 혼성부대를 편성 한강선에 배치시키시오. 각별히 유의할 것은 건제를 유지하여 내려오는 단위 부대는 그대로 건제를 살려서 보다 관심을 가지고 편성을 해 주어야 합니다."

라고 간단하게 지시를 끝내자 노트 한 권을 김종갑 대령에게 내어주었다. 그 노트에는 혼성부대 편성과 더불어 한강선의 방어배치 그리고 부대 투입의 우선순위와 중요 지역의 지휘관 명단까지 적혀 있었다. 특히 방어의 우선순위는 노량진에 둘 것을 명백히 하고 노량진-영등포 일대에는 건제가 유지된 부대를 배치하도록 지시하였다.

지시가 끝나자 김홍일 장군은 전속부관을 대동하고 1번 국도에 나갔다. 패잔병이 계속 내려오고 있었다. 심지어 중대장, 대대장들이 민간인 복장을 하고 있는 것도 눈에 띄었다. 그들은 김홍일 장군을 보자 얼굴을 붉히며 보병학교 쪽으로 뛰어 들어갔다.

이창희 중위가 바라보니 사복을 입었던 장교들이 서로 앞을 다투어 군복으로 갈아입고 있었다. 김홍일 장군은 모르는 체하면서 잔류병이나 장교들이 많은 곳을 찾아다니며 왔다 갔다 하고는 그들을 격려하고 있었다.

이창희 중위는 그때서야 김홍일 장군이 보라복을 찾은 이유를 깨달았다.

'위대한 분이구나…… 행동으로 부하를 감화케 하고 솔

선수범을 통해서 부하를 따르게 하는구나…….'

저녁 6시가 되자 보병학교 연병장에는 약 3,000명의 병력이 집결되어 6개 대대를 편성 완료하였다.

김홍일 장군은 이들에게 밥을 먹이고 휴식을 취하게 하고는 출동 전에 반드시 정신훈화를 통하여 애국심과 용기를 북돋아 준 다음 한강선에 출발시켰다.

이렇게 하여 한강의 방어선은 28일 밤 10시까지 노량진, 광나루의 주요 도하지점의 배치가 완료되었다.

29일 08:00까지는 추가로 3,500명으로 7개 대대를 편성 완료하여 한강방어선에 투입하였다.

이 외에도 자체의 힘에 의하여 제1사단이 재편성 중에 있었고 몇몇 대대는 대대장 자신이 건제 병력을 규합하여 재편성하는 등 놀라울 정도의 속도로 국군이 다시 건설되고 있었다.

비록 인원이 적었고 전차를 비롯한 중장비가 없어서 초전에 패배하였으나 적의 전차가 건너오지 못하는 한강에 방어선을 정하자 자신감과 함께 사기가 올랐다. 패전의 쓰라린 상처를 입은 각급 지휘관은 책임을 통감하고 헌신적으로 재편성에 임했다. 이때에 정신력의 기둥이 된 것은 두 말할 나위 없이 투철한 반공정신이었다. 모든 지휘관과 하사관 병사들은 인민군을 꼭 무찔러 승리해야겠다는 각오가 되어 있었다. 특히 시흥지구 전투사령관인 김홍일 장군이 단정한 복장으로 여유 있게 돌아다니는 모습을 보고 국군 장병은 정신적으로 크게 안정을 찾았다.

김홍일 장군의 재편성 계획에 의하여 편성 완료된 시흥지구 전투사령부 예하의 한강 방어부대는 다음과 같다.

이종찬 대령이 지휘하는 혼성 수도사단 5개 대대.

유재홍 준장이 지휘하는 혼성 제7사단 6개 대대.

임선하 대령이 지휘하는 혼성 제2사단 8개 대대.

이준식 준장이 지휘하는 혼성 제3사단 5개 대대.

백선엽 대령이 지휘하는 제1사단의 일부 부대 등 총 5개 사단으로 편성하였다. 물론 전체 병력이래야 2만 명 정도로서 정상적인 편성 인원의 40%선이었지만 반공정신에 투철하고 인민군에 대한 복수심이 대단히 강하여 투지에 불타고 있었음은 특기할 만하다. 그러나 한강교의 조기 폭파로 중화기 등 주요 장비를 버리고 한강을 넘게 된 것은 국군에게 가장 커다란 타격이었다.

한편 북한 공산군은 서울을 탈취하자 제2단계 작전을 서둘렀다. 그때 결정된 작전계획은 미군의 증원이 있기 전에 한강 도하를 강행하여 영등포에서 수원을 거쳐 평택 방면에 주공(主攻)을 두고 기타 방면에서는 조공(助攻)으로 작전을 수행한다는 것이었다.

그러나 한강에 단 두 개밖에 없는 인도교인 한강교와 광진교는 완전히 폭파되었고 경부선과 경인선의 철교가 일부 파괴되어 있었기 때문에 전차의 도강 문제가 심각한 문제에 봉착하게 되었다.

또한 한강의 영등포에서 노량진과 광나루선을 연하는 주요 도하 지점을 국군이 확보하여 방어선을 급편하자 인민군 제4사단은 마포에서, 제3사단은 용산에서, 제6사단은 수색에서 도하를 강행하려 하였으나 일단 저지되고 말았다. 전차를 도하시킬 장비가 완비되어 있지 않은 그들로서는 한강이야말로 그들의 진출을 멈추게 하는 가장 결정적인 장애물이었다. 국군은 이에 사기가 충천되었고 그 기운을 타고 한강 남안을 연하여 강력한 진지를 준비하기 시작하였다.

특히 이 때 춘천을 돌파 수원으로 우회하여 국군의 퇴로를 차단키로 되어 있는 인민군 제2군단이 남침 초기부터 김종오 대령이 지휘하는 국군 제6사단의 선방(善防)에 부딪치자 공격이 지연되어 그 기도가 좌절되고 말았다. 따라서 이와 같은 차질로 말미암아 서울과 수원에서 국군을 협공하려 하였던 당초의 계획을 수정하지 않을 수 없는 곤경에 다다르게 되었다.

그리하여 6월 28일과 29일 이틀간은 서울에 머물면서 한강 남안의 국군 진지에 포격을 가하고 도하 준비에 전력을 다하고 있었다.

이로 말미암아 시흥지구 전투사령관 김홍일 장군에 의하여 지휘되는 한강 방어부대가 48시간 이상 산발적인 적의 공격을 분쇄하면서 한강 방어선을 성공적으로 지키고 있었다.

이 이틀간은 김일성에게 있어서 치명적인 실책으로 기록
되게 한 반면 국군에게는 미군의 군사개입에 필요한 시간을
제공케 하여 전화위복(轉禍爲福)의 계기를 마련하여 준 황
금의 시간이기도 했다.

6월 29일 밤.

적의 1개 대대는 사육신묘 부근과 흑석동 강변에 도하하
여 공격을 가해 왔다. 사육신묘에 배치되어 있던 제15연대
3대대는 적이 가깝게 접근할 때까지 사격을 하지 않고 있
다가 수류탄 투척거리인 30미터 거리까지 유인하는 데 성
공했다.

이와 때를 같이하여 흑석동 강변에 배치되어 있던 제15
연대 2대대도 적을 가깝게 유인하고 있었다. 이때의 국군은
전차가 나타나지 않는 한 두려움이 없었다.

이윽고 대대장의 '사격개시' 구령과 함께 일제히 사격을
하면서 수류탄을 투척하였다.

탕 탕 탕……

따따따따…… 따따……

쾅, 쾅, 쾅

소총과 기관총과 수류탄이 일제히 작렬하니 공격을 가해
오던 인민군은 갑자기 퍼붓는 실탄과 수류탄에 의하여 무참
히 쓰러져갔다.

"이크", "아이고"

신음 소리와 함께 아수라장이 되었다.

이 때 인민군은 강 쪽으로 도망가기 시작하였다. 타고 온 나룻배를 찾고 있는 동안 국군은 일제히 '돌격! 앞으로!'를 외치며 앞으로 내달았다. 육탄전이 벌어진 것이다. 국군은 쫓는 편이고 인민군은 쫓기는 쪽이니 승패는 뻔한 것이었다. 적은 퇴로를 못 찾고 헤매다가 강변의 낭떠러지에 떨어져 갔다.

이 전투에서 제15연대 3대대는 많은 무기를 노획하는 한편, 적을 완전히 섬멸시키는 데 성공하였다. 이 소식은 재빨리 국군의 한강 방어선 전 부대에 전파되었으며 이를 전해들은 국군은 소리 높여 만세를 불렀다.

이 날 밤 노량진뿐만 아니라 영등포, 서빙고, 광나루 등 한강 방어선 전반에 걸쳐 인민군 보병부대의 야간 공격이 실시되었으나 전 전선에 걸쳐 국군이 승리했다.

이로써 인민군은 전차 없는 공격은 실패한다는 뼈저린 교훈을 얻게 됨으로써 오직 전차의 도하에만 신경을 쓰게 되었다. 전차 없는 한강 방어선에서 국군은 인민군에게 막대한 손실을 끼쳤다. 인민군 제4사단의 경우, 전사 227명, 부상 1,822명, 행방불명 107명 도합 2,156명의 손해를 입혔으며 인민군 제3사단의 경우, 전사 307명, 부상 1,622명, 행방불명 56명 도합 1,985명의 손해를 입혔다.

이는 6.25남침 이래 인민군의 가장 큰 손실로서 한강 방어선에서의 손실이 그들의 사기를 크게 저하시키는 원인이 되었다. 따라서 전차가 없는 한 국군을 이길 수 없다는 생각을 굳히게 되었던 것이다.

그 후 계속되는 전투에서 부분적인 지점에서 인민군 보병의 도하가 성공되기도 하였으나 전반적인 작전의 주도권은 역시 국군이 장악하고 있었다.

인민군은 일부 도하한 보병의 엄호를 받으며 7월 1일부터 폭파하지 않는 한강의 중앙 철교 상에 목판을 까는 작업에 착수하였다. 인민군 공병 부대와 철도노동자들은 맹렬한 국군의 사격을 받으면서도 결사적으로 한강 철교 복구를 강행하였다. 국군의 타격은 오직 전차만이 가능하다는 결론 때문에 전차 도하를 위하여 온갖 힘을 경주하기 시작한 것이다.

이때는 벌써 7월 1일이니 미군 측이 요망한 3일간의 방어를 달성한 다음 날이었다.

7월 2일.

전황은 전반적으로 전날과 대차 없는 공방전(攻防戰)이 계속되었다. 국군은 보다 자신을 얻어 인민군을 격멸하였다.

어느 때는 배를 타고 건너오는 인민군 병력을 강 한가운데서 모조리 사살하기도 하고 한밤중에 강을 건너 강변에 도달하자 느닷없이 달려들어 포로로 잡기도 하였다.

최초의 인민군 포로를 본 국군들은 '국군만세!'를 부르면서 전의를 다시 다지어 나갔다.

7월 3일.

방어 6일째인 이 날은 한강 방어선이 적의 전차부대 공격에 의하여 무너진 날이다. 전날 밤 동안에 경부선의 하행선 남쪽의 보수를 끝내고 새벽 4시에 4대의 전차가 종대를 이루고 철교 위에 모습을 나타냈다.

이를 본 국군은 일제히 화력을 집중하여 전차가 노량진에 도달하지 못하도록 안간힘을 썼으나 전차는 국군의 포화를 유유히 뚫고 노량진에 도달하였다. 전차가 나타나자 국군 병사들은 '전차다, 전차—'라고 외치며 동요하기 시작하였다. 전차에서 무서운 포사격이 국군 쪽에 가해지자 국군 진지는 무너지기 시작하였다.

그러나 노량진의 용감한 국군 특공대는 전차에 달려들어 수류탄이나 화염병으로 육탄공격을 시도하였으나 전차 옆에 바싹 따라오는 인민군 보병에 의하여 사살되고 말았다. 전차는 계속해서 한강을 건너오며 노량진에서 영등포 쪽으로, 흑석동 쪽으로 달리기 시작하였다.

따라서 돌파구는 크게 형성되었으며 이를 회복하기 위한 예비 병력과 전차 파괴수단이 없는 국군은 어찌할 방법이 없었다.

이 때 미군 고문관은 김홍일 장군에게 대전차 파괴 장비를 갖춘 미군 보병이 평택에 도착하였다고 알려 왔다. 이에 국군은 미군과의 연합 전선을 펴기 위해 지연전으로 철수해야 될 국면에 다다랐음을 판단하게 되었다.

김홍일 장군은 마침내 수도사단과 제7사단에게 안양으로의 철수 명령을 내렸다.

이때 제1연대의 혼성 대대장 강완채 대위는 끝까지 싸우면서,

"여기서 죽어야지 어디로 가느냐? 한강만한 장애물이
또 어디에 있단 말이냐?"

고 버티고 있다가 연대장의 간곡한 권고로 부득이 철수를 하는 등 국군의 전의(戰意)와 반공정신은 불타고 있었다. 다만 전차가 없었고 전차를 때려 부술 무기가 없었으므로 한을 뿌린 채 한강선을 버리지 않으면 안 되었던 것이다.

그러나 6일간의 한강선 방어는 결정적으로 조국의 운명을 방호해 준 결과가 되었고 미군의 지상전 개입을 보장시켰다.

최초의 미 지상군은 미 제24사단 제21연대 소속의 스미스 중령이 지휘하는 대대병력으로 7월 1일 밤 부산에 도착, 북상하여 7월 3일 국군의 한강방어선이 위기를 맞던 날 평택에 도착하였다.

이를 안 국민과 국군은,

"이제야 공산군을 물리쳐 남북통일이 되는 구나……."

하면서 기뻐하였다. 한강에서 안양선으로의 철수작전은 질

서 정연하게 이루어져 병력의 손실을 크게 억제하였다.

이날부터 계속하여 미군의 후속 부대들이 상륙함과 동시에 맥아더 원수는 7월 4일부로 딘 소장을 사령관으로 하는 주한 미 지상군 사령부 설치를 발표하기에 이르렀다.

이 무렵, 한국전에 개입한 미 공군기와 호주 공군기는 평택, 수원 방면의 한국군에게 폭격과 기총 소사를 가하는 커다란 실수를 저질렀다.

우군기가 나타나자 도로상의 국군은 혹은 도보로 혹은 트럭 위에서 만세를 부르며 환희의 합성을 질렀다. 이제야 인민군을 궤멸시킬 수 있는 희망이 다가왔음을 확신하였던 것이다. 그러나 순간적으로 기수를 이들에게 돌려 무차별 공격을 개시하니 수십 대의 군 트럭이 화염에 싸이고 300여 명의 사상자가 생기는 일대 불상사가 일어났다. 이는 조종사의 단순한 착각 때문에 발생한 사건이었다.

국군은 안양 방어선에서 지연전을 하면서 또다시 적의 전차의 집중 공격으로 철수를 하게 되자 공군기들은 인민군의 남침부대로 착각한 것이다.

철수 중인 육사의 생도대대에게도 기총 소사를 가하여 순식간에 10여 명을 희생시켰다. 윗저고리를 벗어 들고 흔들면서 우군임을 알리자 그대로 그를 쏘아 넘어뜨렸다.

한 동안 지옥과 같은 참상을 연출한 미국과 호주의 공군기들은 남쪽으로 사라져 갔다. 희생자가 많이 나고 참담한 곤혹을 치렀지만 국군은 그래도 미군의 출현을 고마워했다.

"이제 인민군의 전차도 무력해질 것이다."
라고 생각하니 저절로 힘이 샘솟는 것 같았다.

스미스 중령이 지휘하는 제21연대 1대대는 7월 5일 새벽 3시경 오산 북방의 죽미령(竹美領)에 방어선을 구축하였다. 페리 중령이 지휘하는 제52포병대대의 105밀리 곡사포 1개 포대도 죽미령의 스미스 대대를 지원할 수 있도록 죽미령 후방에 배치가 완료되었다.

미군들은 후퇴하는 국군을 비웃었다.

"형편없이 허약한 한국군이구나. 전차를 무서워하다니…… 이 세상에 전차를 무서워하는 군대가 있는가?"
고 스미스 중령의 넋두리에 페리 중령은,

"미 합중국육군의 실력을 이들에게 보여줄 때가 왔지……."
하면서 자신만만한 태도로 방어에 임하고 있었다.

이때 페리 중령이 지휘하는 105밀리 포대가 일제히 포문을 열었다. 특별히 발견된 표적에 대한 사격이 아니고 위력을 과시하기 위한 시위사격이었다. 우렁찬 굉음은 죽미령 일대를 울렸다.

쾅, 쾅, 쾅—

미군은 으스대었고 한국군은 몹시 기뻐하면서도 이들을 부러워했다. 미국은 물론 한국군까지도 지금 이 시간부터 인민군의 남진이 저지되고 곧이어 북진이 시작될 것으로 굳게 믿고 있었다.

날이 새자 미군은 더욱 신이 났다. 제2차 세계대전이 끝난 후 처음 전쟁에 참가하는 자랑스러운 부대임을 깨달았기 때문이었다.

스미스 중령은 중대장과 소대장들에게,

"우리는 역사적 사명을 띠고 있다. 제2차 세계대전이 승리로 끝난 뒤 최초로 미군의 위력을 세계만방에 떨칠 기회가 온 것이다. 한국군이 하찮은 전차 때문에 궤멸된 것을 우리가 전차를 포착 섬멸함으로써 한국군을 구하고 미합중국 육군의 위력을 한국인에게 보여 주어야 한다. 세계 최강의 군대임을 공산군에게도 보여 주어야 한다. 모두들 전차 파괴 준비를 완료했는가?"

중대장과 소대장들은 모두 자신에 차 있었다.

"전차 파괴는 문제없습니다. 안심하십시오."

B 중대장 토마스 대위의 다짐하는 말이었다.

스미스 중령은 이들의 어깨를 가볍게 두드리며,

"부탁한다."

고 격려하면서 자기 위치로 돌려보냈다. 스미스 대대는 미군이 자랑하는 75밀리 무반동총 4문, 4.2인치 박격포 4문, 2.36인치 로켓포 6문에 각각 대전차포탄을 준비하고 있기 때문에 전차 파괴는 문제가 없을 것으로 생각하고 있었다.

미군들은 한국군이 계속 밀려 내려오자 한국군에게 대놓고 욕하기 시작하였다.

"형편없는 자식들."

"세계에서 제일 무능한 군대."

이렇게 건들거리고 있을 때 철수하는 국군의 꼬리를 물고 인민군 전차 8대가 전방에 나타났다. 수원을 점령한 인민군 제4사단의 선두 전차부대인 것이다.

스미스 중령은 큰 소리로 외쳤다.

"유효 사거리에 들어오기 전에는 사격하지 말라."

전령은 대대장의 말을 통신으로 즉시 전 대대에 연락하였다.

'전차 8대라니…… 가소로운 것이다. 독일군의 롬멜 전차부대를 괴멸시킨 미합중국 육군의 맛을 보아라!'

미군의, 전차 파괴를 담당한 포사수들은 득의에 찬 얼굴로 전방의 전차를 노려보았다. 이때 스미스 대대와 이를 지원하는 포병의 작전 지도 차 전방에 나온 제24사단 포병 사령관 바드 준장은 스미스 대대에 직접 와서 전방을 관측하다가 인민군의 전차가 나타나자,

"스미스 중령, 잘 싸워 주게. 나는 포대에 내려가서 105밀리의 대전차 포탄으로 지원해 주겠네."

라고 말하면서 포진지로 돌아갔다.

인민군 전차가 스미스 대대의 전방 600미터 내로 접근하자 75밀리 무반동포의 첫 탄을 발사했다.

쾅, 쾅—

이중 폭파음이 울려 퍼지면서 포탄은 선두전차에 명중되

었다. 미군들은 환호성을 올렸다.

그러나 웬일인가?

T-34 전차는 아무렇지도 않다는 듯 그대로 전진하기 시작하였다.

미군은 깜짝 놀랐다.

"아니. 75밀리 무반동총으로도 전차가 부서지지 않는단 말인가?"

대대장 스미스 중령은 당황하였다. 그러나 잘 맞지 않는 것으로 고쳐 생각하고 다시 사격 명령을 내렸다.

"사격 개시—"

일제히 75밀리 무반동총의 대전차 포탄이 날아갔다. 그러나 전차는 멈추지 않았다. 계속 포탄을 퍼부었으나 전차는 끄떡도 안했다.

전차가 보병진지에 접근하자 이번에는 2.36인치 로켓포로 사격하였다.

무려 22발이나 사격을 가했으나 아무런 효과도 없었다.

전차는 드디어 미군 진지에 포사격을 시작하였다.

쿵 광, 쿵 광, 쿵 광—

무서운 폭파음을 내면서 직격탄이 미군 진지에 날아왔다. 엉성하게 판 산병호인지라 탄착점 주변 일대는 난장판이 되었다. 장비가 날아가는가 하면 포탄 상자가 폭파하여 하늘을 찌를 듯한 화염이 솟았다. 눈 깜찍할 사이에 미군 22명이 전사하고 32명의 부상자가 났다. 미군은 동요하기 시작하였다.

전차는 계속 늘어나면서 33대가 되었다. 4대의 전차가 스미스 대대를 사격하는 동안 주력 전차들은 그대로 죽미령을 넘어 바드 준장과 페리 중령이 있는 포병 진지를 향하여 전진을 계속하였다.

바드 준장은 전차가 고개를 넘자 찝차를 타고 재빨리 철수하고 페리 중령은 책임상 부대를 지휘하기 위하여 그 곳에 남았다.

전차는 일제히 불을 뿜었다.

쿵 광, 광, 콰, 쿵 콰—

슈— 쿵 광

천지가 진통하는 전차포 사격에 미군은 혼비백산하였다. 페리 중령은 부상을 당하였으나 끝까지 대항하여 싸웠다. 그러나 잠시 후, 탄약 저장소에 있는 포탄이 전차 사격에 의하여 폭발되자 미군 포병들은 전의를 잃었다. 105밀리 포를 끌고 왔던 차량들도 모두 파괴되었다.

미군은 끝까지 힘을 다하여 싸웠으나 적의 전차를 당해낼 수 없었다.

마침내 후퇴 명령이 내려지자 많은 장비와 차량을 그대로 버린 채 안성 쪽으로 도주하였다.

안성을 거쳐 천안에 도착하였을 때 이들 부대원 540명 중 150명이 전사하고 176명이 부상, 장교 5명과 사병 67명이 포로가 되는 등, 미군도 초전에 섬멸적 타격을 받았다.

따라서 미군의 수뇌들은 인민군의 전투력과 T-34 전차에 대하여 다시 평가를 하게 되었다.

특히 맥아더 장군은 전선 시찰을 위하여 지난 6월 29일 수원 비행장에 내려 전방으로 가는 도중 한국군의 무질서한 후퇴 장면을 보면서,

"솔직하게 말하여 본관은 전체 한국군보다 뉴욕에 있는 미국인 경찰관 100명이 효과적으로 생각한다."

고 한국군을 멸시하였다. 그러자 뒷좌석의 처치 준장도,

"그렇습니다. 한국군은 너무나 무능한 군대입니다. 한국 에 미군의 보병 대대만 있었어도 이런 참변은 없었을 것 입니다."

라고 한국군을 헐뜯었다. 그러나 스미스 대대의 전멸 소식 을 들은 맥아더 장군은 그 후부터 한국군을 무시하는 발언 을 삼가 하였다. 그리고 그는 한국전쟁을 회고하는 가운데 한강 방어의 성공을 한국전 승리의 3대 기적 중의 하나로 말하기도 하였다.

그가 말한 3대 기적은 한강 방어의 성공과 낙동강에서의 공세이전(攻勢移轉)의 성공, 인천상륙작전의 성공을 뜻한 다.

이렇게 하여 김홍일 장군은 6일간의 한강선 방어를 한국 군 단독으로 성공시킴으로써 국군의 완전 궤멸을 방지하여 재편성을 가능케 한 한편 미군의 한국전쟁 개입을 보장하는

위대한 업적을 남겼다.

이 6일간의 방어 작전이야말로 국군은 물론 대한민국을 구하게 한 결정적인 계기가 되었던 것이다.

12. 이름 없는 별들과 영광의 그림자

한강 방어선에서 철수한 국군은 지연전을 하면서 안양, 오산을 거쳐 평택에 집결 완료한 것이 7월 4일이었다. 평택에 집결한 국군의 부대들은 최초로 수도권에 배치되었던 3개 사단과 후방(대전, 광주, 대구)에서 북상한 3개 사단 등 총 6개 사단이었다.

그러나 6개 사단 모두 병력의 보충 없이 계속되는 전투로 말미암아 30% 이하의 전투력밖에 남아 있지 않았다. 그러므로 부득이 재편성에 들어가지 않을 수가 없었다.

이때 중부전선의 제6사단과 동부전선의 제8사단은 효과적인 지연전을 전개하면서 질서정연하게 후퇴 이동작전을 계속하고 있었기 때문에 그 건제가 비교적 잘 유지되고 있었다.

다른 어떤 병력의 지원 없이 고군분투한 이 2개 사단은 반공정신에 불타는 국군의 표상이기도 하다.

특히 중부전선의 제6사단은 인민군 김광협 소장이 지휘하는 제2군단 예하 제2사단과 제7사단, 그리고 이를 지원하는 전차부대의 공격에도 불구하고 사단장 김종오 대령을 중심으로 일치단결하여 '공산당 타도'를 외치면서, 비록 힘에 부쳐 후퇴는 거듭하면서도 저항을 계속하고 있었다.

인민군 제2군단은 국군 제6사단을 무력화시키고 양평을 경유하여 수원을 점령한 후 수원과 서울 사이에서 국군을 완전히 섬멸시킬 것을 계획한바 있으나 국군 제6사단의 완강한 저항으로 그 기도가 분쇄되어 버리고 말았다. 따라서 김홍일 장군이 지휘하는 시흥지구 전투사령부 예하사단들은 수원 방면에서 적으로부터 역공격을 받지 않고 그대로 평택까지 집결할 수 있었던 것이다.

이는 계획된 작전이 아니었으나 결과적으로는 국군이 전략상 승리한 격이 되었기 때문에 인민군의 작전에 커다란 차질을 초래하고야 말았다.

따라서 수원선 이북에서의 완전 섬멸이라는 전략목표 달성이 실패로 끝났고 미군의 군사개입이 조기에 이루어짐으로써 한국전쟁의 양상이 그들이 바라는 대로 되지 않고 장기화되는 조짐을 보이게 되자 김일성은 당황하기 시작하였다.

이 무렵 국군은 커다란 변화가 있었으니 그 하나는 총참모장 채병덕을 해임하고 그 후임으로 정일권 소장을 육해공군 총사령관에 임명한 것이다. 다음은 수도권 작전의 6개 사단을 재편성하여 수도사단, 제1사단, 제2사단으로서 한국군 최초의 군단을 편성, 제1군단을 발족시킨 것이다.

결국 한국군은 8개 사단에서 5개 사단으로 축소되었고 중부전선의 제6사단과 동부전선의 제8사단을 제외한 국군의 주력은 제1군단에 속하게 되었다.

7월 5일부로 초대 군단장에는 김홍일 장군이 임명되었다. 그리고 김석원 장군이 예비역에서 소집되어 수도사단장으로 임명되었다.

제1사단장은 계속 백선엽 대령이 지휘하게 되었으며 제2사단장으로는 이한림 대령이 새로이 임명되었다.

재편성은 비교적 순조롭게 이루어졌다. 부족한 병력의 보충은 주로 후퇴하는 낙오병들을 수습하여 해결하였다. 그러나 미군들은 한국군의 장비 보급에는 별로 관심을 두지 않고 계속 상륙하는 미군의 병력과 보급의 수송에만 전념하고 있었다.

따라서 한국군은 전선을 정리하고 미군과의 합동 하에 새로이 배당받은 전장에서 갖은 악조건을 무릅쓰고 피눈물 나는 고생을 감수하지 않으면 안 되는 처지에 놓이게 되었다.

피곤함과 굶주림.

허기진 병사들은 하루 주먹밥 한 개로 때우면서도 용케 견디어 나갔다. 불평불만이란 오직 장비의 보충을 바라는 소리였지 배불리 먹거나 편하게 지내자는 소리는 아니었다.

모두 다 공산당에 대한 적개심만은 불타고 있었으므로 거지와 같은 행색이지만 전의는 살아 있었다.

간혹 미군들이 길가에서 C-레이숀(미군의 휴대식량)을 뜯어 먹고 있는 광경을 볼 때면 입 속에서 침을 삼키면서 그들을 부러워했다.

그 풍부한 음식, 쇠고기와 닭고기, 비스킷과 초콜릿. 굶주린 머슴이 양반댁 잔칫상을 넘겨다보는 심정이었다. 인정 많은 지휘관들은 미군들의 식사 광경을 볼 때마다 자신이 먹고 싶은 생각보다는 사랑하는 부하들에게 먹이고 싶은 안쓰러운 생각 때문에 눈물이 흐르려는 것을 가까스로 참아가며 지나간다.

흘러간 열흘간 따끈한 된장국 한 번 먹어보지 못하고 보리주먹밥 한 덩어리로 이틀간을 때울 때도 있었다.

"단 한 끼만이라도 미군이 먹는 C-레이숀을 먹이면 기운이 용솟음칠 텐데……."

굶주린 부하들을 걱정하면서 이를 악물고 허기를 참아야 했다.

전장, 그리고 전투.

사나이만이 겪는 모험과 격정의 세계이다. 삶과 죽음의 갈림길에서 오직 승리를 위하여 죽음을 두려워하지 않는 젊은이. 이들은 국가나 민족보다도, 사상과 이념보다도 사랑에 약하다.

조국을 위해서는 생명을 아끼다가도 상사(上司)의 사랑 앞에는 생명을 내던진다. 이것은 사나이만이 갖는 사랑의

지고(至高)한 뜻을 나타내는 전장에서의 인간관계이다.

싸움에 이기는 힘은 무기와 훈련 정도 그리고 전술에 의하여 발휘되지만 이것을 마무리하는 힘은 어디까지나 인간관계에 달려 있다.

죽음이 눈앞에 다가왔을 때의 인간의 감정은 순수하고 단순하다.

포탄이 떨어질 때 그 하나가 당장에 옆에 떨어진다는 위기의식을 느낄 때면 성인과 같이 무아경(無我境)에 빠질 때가 있다. 공포감 다음에 오는 죽음을 초월하는 순간이다.

이때 존경하는 상사의 명령이 떨어지면 어떠한 죽음 앞에도 나선다. 그러나 부하의 부식비나 떼어먹고 쌀을 내다 팔아 계집질이나 일삼는 파렴치한 상사의 명령은 단호히 거부한다.

이것은 군기나 군율 이전의 인간 본연의 심성(心性)의 세계에서 일어나는 사건들이다.

지휘관은 바른 길을 걸어야 되고 깨끗해야 된다는 이치는 바로 전장심리(戰場心理)를 컨트롤해야 하는 리더로서의 역할이 중요하기 때문이다.

전장에서의 사병(士兵)의 마음씨는 단순하고 착하다. 죽음 앞에 서있기 때문에 사사로운 생각들은 하지 않는 습성이 생기는 탓이다. 다만 병아리가 어미닭을 쫓듯 상사만을 의지하고 싶어 한다.

이때 부하에 대한 사랑은 이들을 감동시키는 근원이 되는 것이다. 흔히 군인 세계란 사나이만의 집결체요, 전장이라는 살벌한 환경을 연상하여 낭만과 사랑이 메마른 사회로 보는 경향이 있지만 이것은 잘못된 생각이다.

전장에서 낭만과 사랑이 빠진다면 그 군대는 기계와 다름없는 집단이 된다. 기계적인 집단은 강력한 힘을 동시에 집중하는 데는 커다란 장점이 있지만 난국에 봉착하거나 지휘자가 보지 않는 경우에는 그 힘이 눈사태 무너지듯 허물어진다.

공산당 조직은 낭만과 사랑과는 거리가 멀다. 또한 인민군 조직은 메마른 인간사회의 표본인 것이다.

따라서 국군보다 월등한 병력과 전투기, 전차, 야포 등 최신장비를 사용하여 순식간에 남하하여 국군을 섬멸할 수 있을 것이라는 당초의 계획에 차질을 가져오게 된 것이다.

개전 10일이 지났지만 국군은 8개 사단에서 5개 사단으로 줄었을 뿐 아직도 상대해서 싸울 전투의지가 넘치고 있었다.

김일성은 남침을 시작하면 5일 이내에 국군을 궤멸시키고 박헌영이 주장한 추종세력에 의하여 50만 남로당과 그의 민중봉기가 일어나 열흘이면 적화통일의 기반이 형성된다고 장담하였다.

그러나 5일이 지나고 그들이 통일을 달성한다던 열흘이 다가온 7월 5일 현재 한국군의 힘으로 제1군단은 평택에, 제6사단은 충주에, 제8사단은 제천에서 당당히 버티고 서

있는 것이다.

비록 굶주리고 거지꼴의 만신창이가 된 국군의 몰골이지만 어쩌랴. 지금 이곳에 엄연히 서있는 것이다.

이것은 중요한 의미를 갖는다. 인민군이 월등히 강력한 군사력으로도 국군이 섬멸되지 않고 견디어 낸 힘은 오직 비인간적인 집단을 싫어하는 반공정신과 인간관계에 의한 사랑 때문이었다.

무능한 육군본부의 수뇌들에 의하여 후방에서 올라온 3개 사단을 집중 운영하지 않고 쪼개어 사용함으로써 초기에 적 세력을 막아내지 못하고 처참하게 붕괴되었을지라도 비겁하게 곧바로 고향으로 도망간 극소수 인원을 제외하고는 대부분 자기 소속부대를 찾아 벌떼처럼 다시 모여들었다.

이것은 인간의 귀소성(歸巢性)의 발로이지만 군인으로서 귀소성의 형성은 부대자체가 유인력(誘引力)이 있기 때문이다. 그 유인력은 지휘관이 만든다. 그것은 위대한 인간관계이며 사랑에 바탕을 두어야 한다. 이를 이해시키기 위하여 암탉과 병아리 관계를 비유해 본다.

무력한 암탉도 외부의 침입으로부터 병아리를 보호하고자 하는 노력은 절대적이다. 때에 따라서는 암탉의 머리가 깨어져 쓰러져 죽을 때까지 병아리를 보호한다. 그러므로 병아리의 복종률은 100%이다. 언제 어디서나 '꼬꼬꼬꼬……' 하고, 병아리를 부르는 어미 소리를 들으면 병아리는 기겁을 하고 달려간다. 그리고 어미닭이 지시하는 대로 움직인다.

이 때 수탉이 나타난다. 자기의 어버이임에는 틀림없지만 병아리들은 수탉을 본체만체한다. '꼬꼬꼬…… *꼬꼬꼬*……' 하고 병아리를 불러보면 처음에 속은 몇 마리의 병아리는 달려가지만 곧 어미닭으로 되돌아간다.

사랑을 안 주고 희생정신 없이 실컷 딴 곳에서 쏘다니다 가 나타난 수탉의 말을 들을 까닭이 없는 것이다.

지휘관도 어미닭과 같이 지극한 사랑을 부하들에게 베풀 때만이 부하는 병아리처럼 따른다.

수탉처럼 평소에는 부하를 거들떠보지도 않고 자신의 진급이나 보직운동만 하고 있다가 전쟁이 일어났을 때 부하들이 자기를 진정으로 따를 것이라는 생각은 커다란 착각인 것이다.

인민군과는 달리 국군에게는 사랑이 있었다. 그러므로 붕괴되어 없어졌던 대대나 연대가 단 하루 만에 다시 병력을 집결하여 새로운 전투력을 탄생케 한 예가 흔히 있었다.

극히 드문 일이지만 욕심 많은 어느 지휘관은 트럭을 몰고 후퇴하다가 비어 있는 학교에 들어가서 피아노를 훔쳐 차에 실어 대구에 있는 자기 집에 보낸 적이 있었다. 그를 본 부하들은 다음 전투 때 그를 모르는체하고 등 뒤에서 쏴 죽였다.

이 얼마나 군대의 지휘관이 어려운 것인가를 설명해 주는 한 보기라 할 수 있을 것이다. 그러므로 지휘관은 사심(私

心)이 없어야한다. 부하를 사랑하면 사랑한 만큼, 아니 더 큰 보답이 되돌아오는 것이 전장의 실상(實相)인 것이다.

이 단순한 진리를 몰라 실패한 지휘관은 언제나 존재한다. 윗물이 맑아야 아랫물이 맑다는 속담처럼 군조직의 지휘관이 솔선수범하며 희생정신으로 부하를 사랑한다면 그 기풍은 금세 전체 부대에 퍼져나간다.

그 힘은 자연히 발생하는 정신력에서 우러나오는 것이므로 무기의 위력을 능가할 수 있다. 따라서 부하를 속이기 위하여 주로 위선(僞善)을 일삼는 지휘관이 아무리 깨끗한 척하고 바른 길을 걷는 척을 해도 곧 본바탕이 드러나게 되어 있는 곳이 군대조직이다. 왜냐하면 부하들은 지휘관의 모든 것을 언제나 빈틈없이 살피고 있기 때문이다.

김홍일 장군은 한강선 방어가 시작되면서 평택에 도착할 때까지 7일간 부하들과 똑같은 식사를 하면서 사병들이 굶을 때는 같이 굶었다.

전속부관 이창희 중위가 애써 구해 온 미군의 C-레이숀이나 고기류를 갖다 주면 아무 말 없이 받아두었다가 몰래 빠져나가 부상자나 허기에 고생하는 사병들에게 나누어 주었다. 아무도 모를 것같이 은밀하게 이루어진 이 사실이 얼마 안 가서 전 부대에 퍼져 나가기 시작하였다.

따라서 주변의 장교들도 조심스럽게 자중하게 되니 누구하나 굶주림을 불평하지 않고 견디게 되었다.

자기의 최고사령관이 굶고 있는 이상 말단사병까지 모든 부대 병력이 굶주림을 견디지 않을 수 없는 것이다.

국군의 전차공포증만 해도 그렇다.

김홍일 장군은 전차공포증을 없애기 위하여 다음과 같이 말하였다.

"전차는 분명히 무서운 병기이다 전차는 신속히 달릴 수가 있고 막대한 화력을 가지고 있다. 그러므로 충격행동으로 부대에게 타격을 가하는 장점이 있다. 그러나 전차가 무서워 도망간다는 것은 진정한 군인이 아니다. 전차를 무력하게 만드는 방법을 알아야 한다. 전차는 흔히 보병을 동반하는데 그 보병을 전차와 분리시키면 전차는 쇳덩어리같이 무력해질 수 있는 것이다.

우리들이 전차를 파괴할 수 없다면 그를 따라오는 보병만이라도 사격으로 사살해야 한다. 그러면 전차만이 전진을 해야 하는데 그 전차가 어디까지 갈 것인가? 결국 전차는 고립되는 것이다."

이와 같이 전차에 대한공포심 제거를 위한 견해에 대하여 적극적으로 찬동하는 장교들이 늘어가기 시작하였는데 그 대표적인 장교가 작전참모 이용 소령이었다.

그는 용감하고 판단력이 뛰어났다. 김홍일 장군을 적절히 보좌하면서 노량진지역에 대한 대전차방어에 대하여 세심한 관심을 집중하면서 적의 전차에 대한 교육을 열심히 하고 다녔다.

"한강방어선의 성공은 오직 전차가 도하를 막는 길이고
전차가 부득이 도착했을 때는 보병과 분리시켜 전차를
고립시키는 길이다."

라고 강조하면서 폭파되지 않은 한강의 중간철교의 폭파를
위하여 혼성 제7사단장 유재흥 대령과 무던히 애썼다.

　그러나 폭약이 부족하여 결국은 철교를 파괴시키지 못하
였는데 그 다음 대책으로 노량진에 배치되어 있는 보병들에
게 전차에 대한 교육을 시키는 일이었다.

　7월 3일, 한강철교를 최초로 도강한 인민군 전차는 국군
의 맹렬한 저항에도 불구하고 전진을 계속하여 영등포와 흑
석동 방향으로 내려갔으나 김홍일 장군과 작전참모 이용 소
령은 장승백이 언덕에서 까딱 않고 전차를 그대로 지나가게
하였다.

　진지를 버리고 후퇴하던 장병들은 김홍일 장군과 이용 소
령의 모습을 보자 방향을 돌려서 전차 뒤에 따라오는 인민
군 보병들에게 사격하기 시작하였다. 너무나 태연하게 서있
는 김홍일 장군이 있는 곳에 전차포 사격이 시작 되었다.

　쿵쾅— 쿵쾅— 쿵쾅—

　첫 포탄은 멀찌감치 떨어졌으나 차츰 가까이 떨어졌다.
그래도 김홍일 장군은 까딱 않고 장병을 격려하고 있었다.
이때 예감이 이상하여 이용 소령이 "피하십시오! 위험합니
다!"하면서 그대로서 있는 김홍일 장군을 얼싸안고 낮은 골

짜기 쪽으로 넘어지는 순간 '쿵쾅! 쿵쾅!" 하면서 전차 포탄이 먼저 서있던 자리에 떨어졌다. 참으로 위험한 순간이었다.

이런 일이 널리 알려지자 전과 같으면 전차 출현으로 무조건 후퇴를 했던 장병들이 상당 시간 적의 보병에 대한 사격을 가하고 전차를 고립시키며 비교적 질서정연한 가운데 철수작전이 이루어지게 되었다.

비로소 국군이 전차공포증에서부터 차츰차츰 헤어나기 시작한 것이다.

전차는 전차 나름대로 커다란 취약점이 있는 것이다. 김홍일 장군은 전차의 취약점을 항시 강조하였다.

전차 승무원은 항상 좁은 공간에 틀어박혀 있으므로 바깥 세계에 대해 궁금한 것이 많은 법인데 그 궁금증을 덜어주는 것이 보병인 것이다.

보병이 주위를 살펴주고 그 내용을 전차 꽁무니에 달린 전화로 알려주게 되어 있다.

그러므로 전차에서 보병을 떼어 놓으면 장님과 비슷한 상태가 되는 것이다. 물론 앞을 내다볼 수 있는 창문도 있고 잠망경도 있으나 그 시계(視界)는 극히 제한되어 있기 때문에 그것만을 통해서 살피게 되면 구석구석에 배치되어 있는 상대방의 화기나 병력을 찾아 낼 길이 없어 마침내 고립되고 마는 것이다.

그때 전차에 접근하여 전차 뒤쪽 엔진이 붙어 있는 곳에 화염병을 던지면 그 전차는 불타게 되어 있는 것이다. 화끈 달아오른 엔진 위에 휘발유를 부어대니 불이 붙지 않을 수 없는 것이다.

이와 같이 전차에 대한 교육과 전차를 두려워하지 않는 김홍일 장군의 집념에 따라 개전 후 처음으로 전차를 무서워하지 않는 풍조가 장병 간에 퍼지기 시작하였다.

그리하여 수도사단과 제7사단 그리고 제2사단은 경쟁이나 하듯 인민군의 전차를 파괴하기 시작하였다.

노량진에서 평택에 이어지는 전선에서 파괴된 전차는 총 8대였으며 인민군은 이때부터 전차 단독으로의 전진을 제한하면서 보병의 밀접한 지원 하에서만 전차를 사용하게 되었다.

따라서 적의 공격 양상이 보병을 주로 하는 방향으로 바뀌어 감에 따라 국군은 또 다른 곤경에 빠지게 되었다. 그것은 절대적으로 부족한 병력이었다. 한강교의 조기 폭파로 상당수의 국군이 한강 이북에 발이 묶인 데다 병력 보충에 대한 대비책이 전혀 없었으므로 병력은 자꾸만 줄어들어 갔다. 심지어 보병사단에 속해 있는 보병대대가 아예 없어져 버린 경우도 많았지만 병력이 있는 보병대대들도 700명 선에서 200명 정도로 축소된 경우는 오히려 양호한 면에 속하였던 것이다.

이리하여 국군은 미군의 개입에 즈음하여 평택에서 본격적인 재편성에 들어갔다.

이렇게 하여 새로이 탄생한 한국군 최초의 제1군단은 김홍일 장군을 중심으로 일치단결하여 다음 작전을 대비하게 되었다.

즉 서울과 부산을 연하는 1번국도의 작전은 기동력과 장비가 뛰어난 미 제24사단이 담당하기로 하고 산악이 많고 도로가 발달되지 않는 중부지역을 제1군단이 담당하기로 된 것이다.

따라서 제1군단 사령부는 충북 청주에 두고 수도사단은 괴산(塊山) 방면에, 제1사단은 음성(陰城) 방면에, 제2사단은 군단예비대로 연담리(蓮潭里)에 각각 이동시켜 연합군이 본격적으로 참전할 때까지 시간적 여유를 얻기 위하여 최대한의 지연전을 전개하기로 하였다.

7월 9일.

최초의 격전은 수도사단이 적의 수중에 들어가 있는 진천(鎭川)을 탈환하기 위한 공세작전으로부터 시작하였다. 적은 인민군 제2사단으로서 막강한 장비와 우세한 병력으로 진천을 중심으로 남쪽의 삼덕리, 문안산, 소을산을 연하는 반월형의 진지를 점령하고 있었다.

수도사단장 김석원 장군은 제1연대를 진천 시내에 공격시켰다. 그러나 인민군 제2사단의 주력부대로부터 역공격을 받고 실패하였다.

그러나 김석원 장군은 다시 병력을 증가시켜 사단장 자신이 최전선에 서면서 공격을 개시하였다.

사단장은 일본도(日本刀)를 빼어 들고,

"사단장 김석원이 여기 있다! 후퇴하면 사살한다!"

라고 고래고래 소리를 질렀다. 장병들은 김석원 장군이 전투경험이 많고, 성격이 곧고 바르다는 것을 알고 있었으므로 그의 외치는 소리를 들은 장병들은 갑자기 힘이 솟아나는 것 같았다.

사단장이 제1선에서 죽음을 두려워하지 않고 나서고 있는 이상 장병들은 공포심이 사라져 갔다.

일제히 공격을 개시하였다.

적은 맹렬한 사격을 가하였으나 수도사단의 공격을 막아낼 수 없었다. 마침내 진천 시내를 돌파하고 진천 동북방까지 진출하는 데 성공하였다.

김석원 장군은 위험한 장소에서 고전(苦戰)을 하고 있는 장병 곁에 나타나곤 했다.

"사단장 김석원이 여기 있다."

맥 빠진 장병들이 사단장의 목소리만 들으면 기운이 솟았다.

김석원 장군은 죽음을 두려워하지 않고 최전선을 두루 돌아다니며 장병들을 격려하였다.

진천에 이어 문안산도 탈취하였다.

적의 공격을 받아 위태로웠던 소을산도 사수하는 데 성공하였다.

진천지구 전투는 국군에게 중요한 의의를 일깨워 주었다. 강력한 적 부대라 할지라도 지휘관을 중심으로 단결하여 죽음을 두려워하지 않고 공격하면 돌파할 수 있다는 자신을 갖게 한 것이다.

'사단장 김석원이 여기 있다'

고 외치는 고대 중국이나 한국의 삼국시대의 전법과 같은 옛날 장수의 독전(督戰) 방식이 때로는 현대 병기인 전차나 야포를 가진 적을 무찌를 수 있다는 교훈을 남긴 것이다.

진천지구 작전에서 임충식 중령, 장춘권 소령, 장태환 소령, 한신 소령, 이병형 대위, 김정운 중위 등은 헌신적이고도 탁월한 지휘력을 발휘하였다.

한편 제1사단은 미호천 남방의 진지를 구축하고 이 선에서 적의 도하를 적극 저지하는 청주 방어 태세를 갖추고 있었다.

청주를 향하여 진입하던 인민군 제2사단은 새로 도입한 제1군단의 105밀리 M2곡사포의 일제 기습사격을 받고 순식간에 800여명의 병력을 상실하는 타격을 받았다. 인민군 제2사단은 전의를 상실하고 많은 사상자를 내게 됨으로서 거의 와해된 상태로까지 이르렀다.

그러나 7월 12일 서울, 부산 간의 1번 국도를 담당한 미군이 조치원을 포기함에 따라 이 지역을 점령한 인민군 제3사단이 제1군단의 측방에 새로운 공격을 가해옴으로써 미군과의 방어선 균형을 유지하기 위하여 김홍일 장군은 철수 지시를 내렸다.

따라서 제1군단 사령부를 보은(報恩)에 옮기면서 청주 역전에 쌓여 있던 양곡을 후송케 함으로써 질서정연한 철수작전이 이루어져 병력이나 장비 보급품 등의 손실을 예방하는 데 크게 기여하였다.

7월 10일 인민군 제2군단장 김광협 소장은 병력 손실이 많은 데다 진격이 늦어졌다는 이유로 군단장직에서 해임되었다.

후임에는 지난 날 광복군 제1지대의 탈출병을 중공군 팔로군에서 맞아 이 병력을 지휘하던 무정(武亭) 중장이 임명되었다.

인민군 제2군단장과 국군 제1군단장의 전쟁 대결에서 김홍일 장군이 김 광협을 물리친 것이다.

그리하여 아이러니컬하게도 광복군 총사령부 참모장 김홍일 장군 대 광복군 탈영병 지휘관 무정과의 제2라운드 대결이 시작된 것이다.

7월 13일부터 23일에 이르는 괴산, 보은지구 전투기간 중의 기상은 혹서가 계속되었고 때때로 흐린 날씨와 강우로 인하여 우군의 항공지원 및 포병지원에 많은 지장을 받았다.

음성에서 철수한 제1사단은 괴산에 집결한 후 미원(米原) 지구를 중심으로 방어진지를 구축하고 있었다.

인민군 제12사단은 산발적인 공격을 이미 지난 10일, 11일, 12일 3차에 걸쳐 가해 왔으나 제1사단은 모두 격퇴한바 있다.

적의 공격은 제1 군단 지역에 걸쳐 주춤하였다. 상상 외의 국군의 저항과 새로 도입된 장비의 보충으로 화력이 증강됨에 따라 많은 피해를 입고 그들은 부대 정비를 하지 않으면 안 되었던 것이다.

7월 16일에도 인민군 제15사단이 공격을 다시 시작하였다. 그러나 제1사단의 선방(善防)으로 적은 격퇴되었다.

17일에는 적의 전차 2대를 파괴하였다. 제1군단은 전방어선에서 적의 전진을 차단하고 계속해 방어진지를 보강하고 있었다.

이와 같이 중부전선의 한국군 제1군단 그리고 중동부 전선의 제6사단과 제8사단이 적을 현 전선에서 고착시키고 있을 때 서부전선의 미군들은 계속 적의 공격으로 이를 막아내지 못하고 후퇴와 철수를 거듭하고 있었다.

7월 16일에는 금강 방어선이 붕괴되었고 7월 20일이 되자 대전을 방어하고 있던 미 제24사단은 인민군 제3사단과 제4사단으로부터 포위공격을 받고 완전히 와해되고 말았다. 살아남은 미군은 영동으로 집결하였으며 사단장 딘 소장은 마침내 인민군의 포로가 되고 말았다.

미 제24사단이 궤멸되자 새로운 미군사단이 증강되었으니 그것이 곧 2차 세계대전 때 용명을 떨친바 있는 제1기병사단이다. 제1기병사단은 영동(永同) 방어 임무를 맡게 되었다.

또한 미 제25사단이 증원되기 시작하였다. 인민군 제3사단은 영동 정면에서 공격을 가하는 한편 일부 병력으로 김천 방면으로 우회공격을 하기 시작하였다. 이에 놀란 미 제1기갑사단은 영동에서 후퇴하여 김천을 방어하기 위하여 새로운 배치를 하였다.

한편 한국군은 경북함창에서 제2군단을 창설하고 군단장에 유재흥 준장을 임명하였다. 따라서 7월 24일에는 다시 부대를 조정하고 전선을 정리하게 되어 제1군단은 제8사단과 수도사단으로 동부전선을 담당케 하고 제2군단을 제1사단과 제6사단으로 중부전선을 맡게 하였다.

미군과 한국군의 증강과 함께 전선이 차츰 정리됨으로써 인민군은 차츰 궁지에 몰리게 되었다. 왜냐하면 상대적인 군사력은 점차적으로 증강하는 데다 인민군의 군사력은 차츰 쇠퇴되어가고 있었으며 특히 병참선(兵站線)이 길어지면서 미 공군의 활동으로 점차 마비상태에 빠져 들어갔다.

그들의 전선이 남하할수록 보급로는 차츰 멀어지고 전선부대에 대한 보급문제는 어려워졌다.

또한 인민군의 병력도 한미지상군의 효과적인 지연작전으

로 많은 손실을 입은 데다 미 공군기에 의한 공습으로 모든 사단의 병력은 거의 50% 수준까지 떨어졌다.

김홍일 장군이 지휘하는 제1군단은 부여된 작전지역내에서 효과적으로 방어작전을 수행하면서 인민군의 남진을 잘 막아내고 있었다.

인민군 제2군단장 무정 중장은 한국군 제1군단을 포위 섬멸하고자 전력을 집중하였으나 결과적으로 실패하여 인민군 군단장과의 제2라운드의 대결에서도 김홍일 장군이 압도적인 승리를 거두게 되었던 것이다.

이 무렵 전선 정리를 위하여 미8군 예하의 사단과 한국군 사단은 낙동강 방어선으로의 철수가 결정되었다.

따라서 김홍일 장군이 지휘하고 있는 한국군 제1군단도 8월 1일 새벽 5시까지 낙동강 남안의 저지진지(沮止陣地)까지 철수하라는 명령을 받았다.

지금까지 애써 피 흘려 지켜온 땅을 고스란히 적에게 물려주고 철수하는 것은 참으로 뼈아픈 사실이 아닐 수 없었다.

김홍일 장군은 상부의 명령이므로 철수를 수락하고 통한의 철수를 하게 되었지만 미군의 작전계획과 용병(用兵)에 상당한 회의를 가지고 있었다.

낙동강 방어선에 끼이게 된 제1군단은 명실 공히 미8군 사령관의 작전지휘 하에 들어가게 됨으로서 군단장의 지휘 기능이 사실상 축소되었다.

9월 1일부로 부군단장 김백일 준장에게 군단장의 지휘권을 인계하고 이승만 대통령의 부름을 받아 즉시 부산으로 향하였다.

9월 2일 김홍일 장군이 만난 이승만 대통령은 2개월 전보다 훨씬 늙어 보였다. 늙은 몸을 이끌고 조국의 풍전등화 같은 운명을 걱정하면서 서울, 수원, 대전, 대구, 부산까지 내려오는 동안 얼마나 상심했을 것인가?

김홍일 장군은 노대통령을 보자 불쌍한 생각이 들어 눈이 흐려지는 것과 같은 안쓰러운 감회에 젖었다.

"대통령 각하!"

"김 장군!"

서로 두 손을 꼭 쥐면서 놓을 줄을 몰랐다. 시간이 흘렀다.

이승만 대통령이 눈물을 글썽이었다.

"너무나 김 장군을 고생시킨 것 같소."

아버지가 아들에게 타이르는 것과 같은 인자한 목소리였다. 나이로 따져도 23세가 위이니 아버지뻘이 된다.

"별말씀을 다 하십니다. 각하께서는 얼마나 고생이 많으셨습니까?"

"아니야, 나는 편히 지냈어요. 김 장군이야 말로 한강 방어선에서부터 시작하여 청주, 안동, 그리고 낙동강 선에 이르기까지 조국을 구해준 위대한 업적을 이룩하였으니 내가 무엇으로 보답할지 막연하구려."

"군인의 본분이 아닙니까? 저는 야전에서 2개월 이상 지휘관으로 근무하는 동안 당연한 직분으로 생각하고 있었습니다. 저는 오히려 대통령 각하의 건강을 염려 했습니다."

"고맙소. 김 장군이야말로 오늘날의 이순신 장군이오. 만약에 한강을 지키지 못하고 그대로 적이 쳐내려 왔다면 어떻게 될 뻔 했겠소. 미군이 상륙하기 전에 공산화가 될 뻔 했어요."

이승만 대통령은 진심으로 김홍일 장군의 업적을 찬양하고 있었다.

"내 생각 같아서는 중장으로 진급을 시켜주고 싶은데 미군이 반대 하는군. 왜냐하면 자기들이 지휘하기 힘들게 된다고……. 그래서 정일권 장군도 그대로 소장 계급으로 두기로 했어요."

"각하, 그렇게까지 저를 생각해 주신 것만으로 무한한 영광입니다. 저는 다만 조국을 위하여 책임을 다한 것뿐입니다."

"과연 김홍일 장군다운 대답이야! 하하하하……."

노대통령은 진심으로 기뻐서 모처럼 소리 내어 웃었다. 그는 잠시 멈칫 하더니 무언가 중요한 이야기를 할 눈치였다. 그는 곧 말을 시작하였다.

"김 장군, 국군이 갑자기 확장하게 되고 거기에 따른 장교를 충족하려면 장교 양성기관이 필요한데 부산 동래중학교에 육군종합학교를 창설 중에 있어요. 화랑대에 있던 육군사관학교와 시흥의 육군보병학교 기능을 합쳐 단기 장교양성기관으로 발족시키기로 하였다오."

김홍일 장군은 참으로 잘된 것이라고 생각했다.

"잘하셨습니다. 지금 전방사단에는 전투력의 핵심이라고 할 수 있는 소대장이 절반도 안 됩니다. 하사관이 소대장 역할을 담당하고 있습니다. 이럴 때 소대장 보충을 위한 학교기관을 설치하게 된 것은 아주 훌륭한 생각이십니다."

"김 장군도 그렇게 생각해주니 고맙소. 그래서 나는 김 장군을 그 학교 총장으로 기용하고 싶어 부른 것이오."

김홍일 장군은 내심으로 흡족하게 생각하였다. 왜냐하면 전시에 있어서 전투력의 핵심인 소대장 양성이야말로 바로 승리의 필수 조건이라고 생각하였기 때문이었다. 또 한 가지 이유는 나이가 54세이고 보니 계속되는 야전생활에 피로감을 느꼈기 때문이었다.

그 나이에 20대의 팔팔한 장병들과 같이 기거를 하면서 굶는 것을 예사로 하다 보니 자신만만하던 그의 건강이 이상이 있다고 느낀 적이 가끔 생겼던 것이다.

"각하, 고맙습니다. 전심전력을 다하여 훌륭한 지휘관을 양성하겠습니다."

이승만 대통령은 그가 만족하는 모습을 보고 활짝 웃음

지었다.

김홍일 장군을 육군종합학교 총장으로 발탁하게 된 이유는 두 가지가 있었다. 하나는 김홍일 장군의 인격과 덕망 그리고 야전경력이 누구도 따라갈 수 없는 탁월한 존재이기 때문이고 두 번째는 미군에 의하여 추천되어 총사령관으로 임명된 30대의 정일권 소장 밑에 50대의 역전의 지장(智將)을 그대로 두기에는 너무나 커다란 정신적 부담을 갖게 되어 이승만 대통령은 노심초사(勞心焦思) 끝에 결정하게 된 것이었다.

김홍일 장군은 국군 내에서 독보적인 장군으로서 뚜렷한 군인관과 군사사상, 그리고 자기 나름대로의 철학이 서있었기 때문에 당시 세도가 당당한 미군 장성이나 미군 고문관들은 그를 경원(敬遠)하였다.

더구나 김홍일 장군은 다른 젊은 장군들과 같이 미군 장교와 같이 어울리고 그들의 지시나 충고를 고분고분 받아주기는커녕 때로는 미군 장성을 나무라기도 하고 미군 고문관은 아예 상종조차 하지 않았다.

특히 한강 방어선에서부터 시작하여 중부전선의 안동에 이르기까지 장장 2개월간 제1군단을 지휘하면서 인민군을 효과적으로 막아내고 성공적인 지연작전을 전개하여 방어선을 유지하였다. 후퇴나 철수작전은 미군의 붕괴로 전선 정리를 위한 경우에만 실시하는 등 전쟁에 있어서 탁월한 지휘력이 인정됨에 따라 시기와 질투를 한 몸에 받고 있었던 것이다.

이승만 대통령은 웃으며,

"내일 10시에 동래중학교에서 개교식이 있는데 나하고 같이 갑시다. 나도 한마디 격려하리다."

라고 말하였다.

김홍일 장군은 깜짝 놀랐다.

"각하께서 개교식에 참석하시겠습니까?"

"그럼, 내가 김 장군을 소개해야지 누구에게 맡기겠소?"

김홍일 장군은 매우 고맙게 생각하였다. 그날은 이승만 대통령과 함께 점심을 들었다. 그리고 내일 아침에 다시 찾아와 같이 학교로 갈 것을 약속하고 대통령 임시 관저를 나왔다.

김홍일 장군은 오래간만에 홀가분한 마음으로 동래 온천장에서 목욕을 하고 부근 식당에서 된장찌개에 김치 깍두기를 곁들여 배불리 밥을 먹었다.

참으로 오래간만에 자유스럽고 편안한 시간을 누렸다.

1950년 9월 3일 오전 10시.

동래중학교 강당.

육군사관학교와 보병학교를 합쳐 육군종합학교를 개교하는 식장이다.

강당 안에는 이미 와 있는 정일권 소장을 비롯한 한국군 장성과 한미연합군의 총지휘를 맡은 미 제8군 사령관 워커 중장 등 미군 장성들이 기다리고 있었다.

식장 중앙에는 육군사관학교 생도 2기생과 보병학교 간부 후보생 등 356명의 장교 후보생이 정렬하고 있었다.

이윽고 군악대의 연주가 시작되고 이승만 대통령이 김홍일 장군과 같이 입장하였다. 식순이 계획대로 진행되고 대통령 식사(式辭) 차례가 되자 이례적으로 김홍일 장군이 있는 곳으로 가서 그를 데리고 중앙 강단에 나란히 섰다.

"지금 이 자리에서 오늘의 이순신 장군이신 김홍일 장군을 소개하게 된 것을 나 이승만은 무한히 영광스럽게 생각합니다. 또한 김 장군이 오늘 개교하는 종합학교의 총장으로 부임하게 된 것은 우리 모두의 자랑이요, 기쁨이 아닐 수 없습니다. 김 장군은 내가 상해에서 독립운동을 할 때 중국군의 장교로서 나에게는 물론 독립운동가들에게 많은 도움을 주었습니다. 특히, 윤봉길 의사와 이봉창 의사를 직접 훈련시켜 일본 사람들에게 대한의 얼을 인식하게 하는 의거를 일으켰습니다. 당시 상해와 동경 한복판에서 터진 폭탄은 바로 김홍일 장군이 만들어 준 것입니다.

그리고 김 장군은 중국군의 사단장과 집단군 사령부 참모처장으로서 일본군 토벌에 빛나는 무공을 세웠습니다.

이러한 독립운동가요, 애국자요, 군사전략가인 김 장군이 조국에 돌아와 한강 방어선을 맡아 적을 6일간이나 막아내어 김일성의 적화통일 망상을 분쇄하는데 크게 기

여하여 대한민국을 붕괴 직전에서 구하고 여기 있는 워
커 장군 휘하의 미군 사단들이 참전할 수 있는 기회를
보장하여 주었습니다.

　이어서 한국군 최초의 제1군단장으로서 장장 두 달간이
나 적을 막아내어 조국을 구하고 국군의 빛나는 전통을
세웠습니다. 이러한 훌륭한 분을 이 학교 총장으로 모시
게 되니 얼마나 다행스러운 일인지, 나 이승만은 하느님
께 감사하는 마음이올시다.”

이 대통령은 말을 멈추고 김홍일 장군을 다시 먼저 있던
자리에 앉혔다. 그리고 연설을 다시 이어갔다.

　“오늘 내가 직접 나오게 된 것은 또 한 가지 뜻이 있습
니다. 그것은 여기에 서있는 장교 후보생들에게 사과하
기 위해서입니다.”

장내는 이상한 분위기에 휩싸였다. 대통령이 후보생에게
사과하다니……. 모두 의아한 표정을 지으며 다음 말을 기
다렸다.

　“누가 저지른 잘못이건 간에 나이 어린 소년 사관생도
들을 싸움터에 내보낸 것은 대통령인 나 이승만이 부덕
한 때문이요, 미련한 탓이었습니다. 보고를 들은 바에
의하면 330명의 생도 중에서 89명이 전사하였다하니
이 어찌 통탄할일이 아니겠습니까? 유명을 달리한 어린
소년들과 그의 부모형제, 그리고 여기 서있는 어린 생도
여러분에게 진심으로 사죄를 드리는 바입니다.”

기독교 신자인 이 대통령으로서는 좀처럼 보기 힘든 합장을 하면서 말을 잠시 멈추었다. 그는 이어서,

"오늘 또 그 어린 생도들을 모아 장교로 임관시키기 위하여 학교의 문을 열었으니 또다시 여러분에게 송구스럽기 그지없습니다. 어린 여러분에게 나라를 구해달라고 부탁드리는 이 늙은이의 가슴은 메어지는 것같이 아픕니다."

생도들은 한결같이 감격에 복받쳐 숙연해졌다.

"나 이승만은 언제나 생각한 것처럼 공산당을 싫어합니다.

왜냐하면 공산당은 인간의 기본권리가 주어지지 않고 오직 목적달성을 위한 도구 역할밖에 못하는 가엾은 삶이기 때문입니다.

부모의 정이 없고 형제간의 우애도 없는 삶은 삶이 아니라 단순한 생명의 연장입니다.

바로 짐승의 생활과 같은 것입니다. 따라서 여러분은 이 겨레를 구해야 되는 역사의 소명 앞에 섰습니다.

여러분은 바로 부모의 사랑과 형제간의 우애, 그리고 인간의 참다운 삶을 찾아주기 위하여 민족의 정통성을 지키는 파수꾼이기도 한 것입니다.

항간에 소대장을 소모품이라 하여 빈정대는 유행어가 있다고 합디다. 그것은 소대장이 위험한 최전선에서 희생자가 많다는 뜻을 빗댄 말이겠지만 그만큼 전쟁에서

꼭 필요한 존재라는 뜻도 있습니다.

 따라서 여러분이야말로 이 나라를 구하고 겨레를 살리는 가장 숭고한 사명을 가진 의사(義士)요, 열사(烈士)요 애국자입니다.

 거듭 여러분의 노고에 경의를 표하며 잘 싸워줄 것을 당부하는 바입니다. 건투를 기원합니다."

연설은 끝났다. 장내는 숙연한 장교 후보생과 장교들 때문에 한동안 정적이 감돌았다.

 이어서 김홍일 장군이 강단에 섰다. 감개무량한 듯한 표정으로 연설을 시작하였다.

"대통령 각하의 분에 넘치는 칭찬을 받고 보니 본인으로서는 기쁨과 아울러 매우 송구스럽게 생각합니다.

 사심 없이 국가와 민족에게 충성을 다하는 것으로 보답을 하기로 맹세하겠습니다.

 후보생 여러분!

 여러분을 다시 이곳에서 대하게 되니 감개가 무량합니다. 화랑대에서 헤어져 불과 몇 개월 안 되는 짧은 시간과 공간 속에서 우리나라와 국군과 그리고 여러분들은 몇 년 아니 몇 십 년을 겪어야 될 고통과 시련을 경험하였습니다.

 이 자리에 참가하지 못한 사관생도와 간부 후보생들에게 머리 숙여 명복을 비는 바입니다. 그들은 비록 나이가 어렸지만 국가와 민족을 위하여 꽃같이 떨어진 화랑입니다.

그들의 희생이 있었으므로 오늘 대한민국은 반도의 한 구석이지만 경상도 땅에 남은 것입니다. 그 옛날 신라가 삼국을 통일하듯 우리는 옛 신라 땅에서 발돋움하여 적 화통일의 야욕을 분쇄하고 통일을 이룩해야할 것입니다. 그런 뜻에서 숨져간 젊은 화랑의 죽음은 헛된 것이 아니 라 위대한 업적을 남긴 것입니다.

지금 이 시간에도 계속되고 있는 전쟁은 얼마나 많은 상처를 남겼는지 모릅니다.

이 엄청난 민족상잔의 비극은 공산주의자에 의하여 감 행되었음을 우리는 기억하고 있습니다.

오늘 우리는 낙동강 선에서 방어를 하고 있습니다. 우 방 미국의 도움으로 공세이전(攻勢移轉)을 준비하고 있 는 중요한 시기에 있습니다.

따라서 국군은 확장되어야 하고 이를 움직이는 간부가 필요하게 되었습니다.

여러분은 이 대열에 지휘관으로서 참여해야 됩니다.

이것은 나라와 겨레가 여러분에게 당부하는 피맺힌 절 규입니다. 군대의 지휘관은 나라가 위기에 처했을 때 분 연히 일어나 목숨을 걸고 전투에 참가하여 적을 무찌르 는 데 그 목적이 있습니다.

그것은 바로 지휘관의 길이요, 사명인 것입니다.

여러분에게 거는 기대는 태산보다 더 크고 높습니다.

그러므로 짧은 시일이나마 전술을 배우고 전기를 익혀 실전경험을 더욱 값지게 가꾸어서 탁월한 지휘관이 될 것을 당부하는 바입니다."

개교식은 김홍일 장군의 연설을 끝으로 막을 내렸다.

종합학교는 개교 다음날부터 장교 양성을 위한 교육과 훈련이 시작되었다.

한편 대구, 부산 등에서는 계속해서 후보생을 모집하여 종합학교로 보냈다. 김홍일 장군은 총장으로서 헌신적인 노력을 다하였다.

매주 월요일 후보생을 강당에 모아놓고 육사 교장 때와 마찬가지로 정신훈화를 실시하였다. 그 자리에서 후보생에게, '항상 조국과 민족을 위한 헌신적이고도 진정한 애국심'을 강조하였다.

후보생들은 그의 정신훈화를 듣고 마음에 새기면서 전장으로 나갔다.

그리고 조국을 위하여 몸을 아낌없이 바쳤다.

육군종합학교는 6주간의 단기교육을 시키고 제1기생을 10월 5일에 123명을 졸업 임관시키고 이어서 제2기생을 10월 23일에 125명을 졸업 임관시켜 제9사단과 제11사단의 창설 지휘관으로 배치하여 북진대열에 참가시키기에 이르렀다.

그 후에도 계속 후보생을 모집하여 매주 250명씩 임관시켰다. 얼마 후 육군종합학교가 전쟁 중 육군 소위로 임관시켜 배출한 장교는 32기까지 총 7,267명이고 이중 1,077명이 전사하고 2,256명의 부상자를 냈다.

1950년 10월 15일부터 1953년 7월 27일 휴전 당시까지 3년간 이들은 소총 소대장과 중대장으로 전투의 최첨단에서 조국을 지켰다.

특히 중공군의 한국전쟁 개입으로 전쟁이 확대되면서 이들 소대장들은 용감히 싸워 중공군을 몰아내는데 주역을 담당하였다.

오늘날의 막강한 국군의 성장 이면에는 이들의 피와 땀이 얼룩져 있음을 기억하지 않을 수 없다.

1951년 3월 17일.

이 날은 김홍일 장군 자신과 그를 존경하고 아끼는 많은 사람들에게 있어서 섭섭한 날이기도 하다. 김홍일 장군은 육군 소장을 끝으로 예비역에 편입되었다. 나라를 사랑하고 군을 아끼던 많은 사람들은 깜짝 놀랐다. 그의 예편이 너무나 뜻밖의 일이었기 때문이다.

흔히 김홍일 장군의 예비역 편입을 임진왜란 중 모함을 받아 장수의 직위에서 해제되어 교도소에 갇히고 백의종군을 했던 이순신 장군의 경우에 비유하기도 한다.

고고한 품격.

탁월한 식견.

불굴의 군인정신과 활활 불타는 애국심.

청렴결백한 생활태도.

강자에게 아부하지 않고 굽실거리지 않는 곧은 자세.

불의와 부정에 타협하지 않는 정의감. 그는 그와 같이 뛰어난 인격 때문에 세파에 휩쓸려 영화를 누리고자 하는 사람들에게는 눈의 가시였다.

더구나 군대가 확장되면서 고위직이 늘어나자 30대 젊은 장군이 많이 생겨났다. 출세욕에 사로잡힌 그들에게는 김홍일 장군이 모든 면에서 훼방이 되었다.

또한 어느 면에서도 그를 따라잡을 수 없었다. 그리하여 질투와 시기심에 가득 찬 일부 젊은 장군들은 그를 헐뜯고 모함하였다. 여기에 평소 그를 못 마땅하게 생각하던 신성모 국방장관이 가세한 것이다.

6.25전쟁 전후를 통하여 그에게 눌려 빛을 보지 못하고 움츠려 지냈던 신성모로서는 좋은 기회가 왔다고 생각하고는 젊은 장군들과 더불어 마침내 이승만 대통령에게 무고를 하게 되었다.

중국 대륙에서부터 절친한 이범석 장군과의 관계를 조작하여 족청계(族青系-민족청년단의 세력)와의 유착관계를 내세웠다.

그리고 신익희 국회의장과의 관계를 곡해하며 무엇인가 마치 대권(大權)을 노리는 것과 같은 허무맹랑한 방향으로 말이 이어지자 이승만 대통령의 얼굴은 경련을 일으켰다.

신성모는 진지한 표정으로,

"예비역에 편입시켜야 후환이 없을 것입니다."
라고 건의하니 마침내 이승만도 고개를 끄떡이었다. 이렇게 하여 신성모는 예편 명령을 내렸던 것이다.

전속부관 이창희 대위를 통하여 예편명령서를 받은 김홍일 장군은 아무 표정 없이,

"오늘 중으로 예편식을 준비하게."
하고 간단히 지시를 내렸다.

오후 2시.

학교 본부 강당(동래 중학교 강당)에 전 장교가 모였다.

그는 강단에 서서 마지막 인사를 하였다.

"친애하는 장교 여러분, 본인은 오늘부로 예비역에 편입되었습니다. 담담한 마음으로 물러납니다.

군인은 언제나 명령에 살고 명령에 죽어야 합니다.

따라서 본인은 섭섭한 마음이 없는 것은 아니나 명령을 지켜야 한다는 대의명분(大義名分)에 충실하기로 결심하였습니다.

조국에서의 군대복무는 불과 2년 반밖에 안 되지만 육군사관학교에 있는 동안 정규사관학교로 발족시킨 것과 그 생도들이 전선에 투입되어 많은 희생자가 나게 한 것을 비롯하여 한강방어선, 중부전선에서의 지연전 등 몇십 년이 흐른 것과 같은 희비애락을 경험하였습니다.

본인은 언제나 최선을 다하였습니다. 그러므로 흘러간 과거는 보람 속에서 살았다고 자부할 수 있습니다.

본인은 오늘 군복을 벗고 물러나지만 항상 마음만은 여러분과 같이 할 것 입니다. 그리고 국군의 발전을 위하여 기원할 것입니다.

친애하는 장교 여러분!

여러분은 가장 중요한 시기에 중요한 곳에 서있습니다.

여러분은 바로 전쟁에서 승리하기 위한 지휘관을 양성하는 책무가 있습니다. 이들 지휘관들이 전장에 나가 국가관과 민족의식을 뚜렷하게 가지고 적을 무찔렀을 때 우리는 공산당을 물리치고 통일을 바라볼 수 있는 것입니다.

역사는 거짓말을 안 합니다. 여러분의 업적이 뚜렷하였을 때 반드시 그 빛은 영원히 남는 것입니다. 따라서 역사라는 거울에 자신을 비추어 보면서 결코 부끄럽지 않은 장교가 되어 줄 것을 당부합니다.

여러분의 행복을 빌면서 군대를 떠나는 인사로 대신합니다.”

장내는 숙연하였다. 전속부관 이창희 대위는 한구석에 서서 울고 있었다.

김홍일 장군은 강당을 나왔다. 하늘은 맑았지만 어두운 것같이 음산한 기운이 감돌았다.

“안녕히!”

그는 손을 흔들면서 교문을 벗어났다. 정모를 벗어 들고 떠나가는 그의 모습은 고독한 빛이 엿보였다. 그의 하얀 머리카락은 3월의 세찬 바람에 나부끼고 있었다.

김홍일 장군이 느닷없이 예편되자 그의 독립운동 경력과 한강 방어선에서의 전공을 아는 사람들은 이승만 대통령을 나무랐다. 그리고 몇몇 정치가들은 대통령을 찾아가 그를 면박하였다. 너무나 엉뚱한 모함이라는 것을 낱낱이 일깨웠다.

한 달이 지나서야 이승만 대통령은 김홍일 장군이 누명을 쓰고 예비역에 편입된 것을 알게 되었다.

그러나 미군과의 관계를 고려해서 젊은 장군들이 군대를 이끌어 가는 기세를 유지하기로 하고 그를 다시 현역으로 소집하지는 않았다. 그 대신 명예를 회복시키기로 결심하고 이례적으로 김홍일 장군을 대통령 관저에 불러,

"내가 잘못했네……."

라는 정중한 사과와 함께 중장 계급장을 손수 달아주었다.

그리하여 3월 5일로 소급 적용하여 예편일자 3월 17일까지 13일간의 중장 복무를 인정하도록 법적조치를 취하였다.

세상 사람들은 또 한 번 놀랐다. 예비역 장성을 소급하여 진급시킨 일이 한 번도 없었기 때문이다.

따라서 김홍일 장군은 국군 최초의 3성 장군이 되었다.

신성모는 거창 사건과 국민 방위군 사건을 이유로 국방장관직에서 해임되었다. 그러나 내면적인 이유 가운데 하나는

김홍일 장군을 무고한 데 대한 책임을 물은 것이었다.

이승만 대통령은 곧이어 김홍일 장군을 자유중국주재 대
사로 임명하였다. 주중대사 10년 후 외무장관을 끝으로 관
직에서 물러나 야인(野人)생활에 들어갔다.

그 무렵, 박정희 대통령의 장기집권에 대한 국민의 소리
가 높아지자 야당계 정치인들은 깨끗하고 곧은 성격의 김홍
일 장군을 야당의 총수인 신민당 당수로 옹립하였다.

그러나 유진산을 비롯한 권모술수에 능란한 정치인들 틈
바구니 속에서 별로 빛을 보지 못하고 상징적인 존재로서만
의 직위를 지켰다. 그러나 국가 이익을 위해서는 단연히 야
당 노선을 이탈, 독자적인 주장을 내세워 야당은 물론 여당
의 정치인들까지 놀라게 했다.

예를 들면 예비군 설치 문제에 대해서 신민당은 결사적인
반대를 결의하였지만 김홍일 당수는 예비군의 필요성을 누
구보다 강조하고 나섰다.

"공산당과 대치하고 있는 현 시점에서 예비군 설치는
꼭 필요하다. 오히려 늦은 감이 있다."
고 강력한 찬성을 표시했다.

특히 월남전 국군 파병 문제가 국회에 상정되자 야권에서
는 일제히 파병을 반대했다. 그러나 김홍일은 야권 대열에
서 이탈, 국군 월남전 파병을 적극 지지하고 나섰다.

김홍일은 국군 현대화와 대북 우위의 군사력 확보를 위한

월남전 파병은 하늘이 내린 기회라는 논리를 폈다.

이때의 김홍일 당수를 보고 많은 사람들은,

"김홍일은 정치인이 아니고 역시 장군이야!"

라고 말하면서 그의 바른 태도를 찬양하였다.

1980년 8월 8일

김홍일 장군은 83세를 맞는 해, 노환으로 효창동 자택에서 조용히 눈을 감았다.

그의 찬란한 발자취는 중국대사나 외무부장관, 더욱이 반독재 투쟁을 부르짖던 야당당수로서의 직무수행에서 남은 것은 아니다.

조국의 독립을 염원하면서 일본군을 찾아 헤매던 저 중국대륙의 산하에,

조출한 집무실이 있는 화랑대에,

한강 방어선의 노량진 사육신묘소 언덕에,

청주에,

괴산에,

안동에,

바로 조국을 위하여 땀 흘려 누비던 풀냄새 나는 산야에 소박한 모양으로 들꽃과 함께 새겨진 것이다.

그의 생애는 고난의 연속이요, 험난한 가시밭길이었다. 그는 영원히 사라졌지만 이 땅과 이 겨레 위에서 언제나 밝

은 빛을 내는 별이 되어 남아 있을 것이다.

다른 많은 이름 없는 별과 함께.

조국이 나에게 건국과 건군 이후의 최초의 대한민국 명예
원수를 추천하라면 단연코 단 한 분 '5성장군 김홍일'이라고
자신 있게 대답할 것이다. 〈끝〉

김홍일 장군 연보

1898년 9월 평북 용천 출생

1920년 1월 중국 귀주강무학교 졸업 및 소위 임관

1926년 1월 중국 국민혁명군 북벌에 참여 (동로군 인사참모 소령)

1927년   중국 국민혁명군 대령 진급

1927년   중국 국민혁명군 독립경비연대 부연대장 및 1대대장

1928년   중국 국민혁명군 22사단 독립경비연대장, 용담전투 승리공훈, (공로장 수여받음)

　　　　　오송요새사령부 참모장, 상해 병공창 병기창주임, 19로군 후방 정보국장

1932년   대한민국 임시정부의 김구를 도와 거사에 쓸 폭탄을 구해 주다.

1933년   중국군 제2로군 총지휘부 참모

1938년   중국군 제4군단 102사단 참모장

1939년   중국 중앙군 소장진급 (중앙군 최초 한국인 장성), 중국군 19집단군 참모처장 부임

1941년   중국군 19집단군 19사단장 대리로 부임하여 중일전쟁 상고회전을 승리로 이끔 (대 일본군 33, 34사단)

1943년   중국군 육군대학 졸업

1944년   중국군 신편 2병단 참모장, 중국 지식청년군 부참모장

1945년 4월 한국광복군사령부 참모장

1945년 11월 중국군 육군 소장으로 복귀, 동북보안사령부 고급 참모
　　　　　　및 한교사무처장 부임
1947년　　　　중국군 중장 진급 및 중화민국 국방부 정치부전문위원
1948년　　　　귀국
1948년 12월 국군 입대 및 육군준장 임관 (창군 최초 장군임관자)
1949년　1월 육군사관학교 교장
1949년　3월 육군소장 (육군 최초)
1950년　6월 육군참모학교 교장
1950년　6월 시흥지구 전투사령관으로 한강선 방어
1950년　7월 육군 제 1군단장
1951년　3월 육군중장 진급
1951년　3월 예편, 자유중국(현 대만) 대사 10년 연임.
1961년　5월 외무부 장관
1980년　8월 타계

훈장　　　　태극무공훈장, 을지무공훈장, 건국훈장독립장 외 다수

지은이 약력

대전고등학교, 육군사관학교, 미국 육군보병학교, 육군대학, 국방대학원 등을 거친 전형적인 야전지휘관이었다. 6·25전쟁 발발 당일 대한민국 첫 4년제 정규 육사생도 신분으로 포천전투에 투입되어 사선을 넘은 뒤, 육군 소위로 임관, 소총소대장으로 참전, 중상을 입고 인민군의 포로가 되었으나 포로수용소에서 탈출 복귀, 전선근무를 이었다.

1965년 육군중령 시절 월남전 맹호사단 제1진 초대 在求大隊長으로 참전, 발군의 전공을 세웠다. 작가는 건국 이래 모든 전역에 전투 지휘관으로 참전, 을지무공훈장, 충무무공훈장, 화랑무공훈장, 보국훈장 천수장, 보국훈장 삼일장 등 11개의 훈장을 수훈, 국가를 보위하고 국위를 선양했다. 12·12 직후, 8년차 육군준장의 군복을 벗은 뒤 작가 시인, 소설가, 군사평론가로 활약 83권의 저서를 남겼다. 저자는 육군소령 시절 필명 韓史郎으로 시와 소설로 등단한바 있다. 특히 서울 용산 전쟁기념관에 세워진 '서시', '조국' 두 시비는 한국의 명시로 유명하다.

작가는 고향인 대전에 귀향하여 창작을 계속하고 있다.

작가가 무보수 봉사한 직위는 한국참전시인협회 회장/전쟁문학회 회장/국제펜클럽 이사/한국문인협회 이사/한국소설가협회 이사/한국군사학회 회장/군사평론가협회 회장

5성장군 김홍일   20,000원

신 판 발행 / 2016년 6월 15일
개정판 발행 / 2020년 8월 15일
지은이 / 박 경 석
펴낸이 / 최 석 로
펴낸곳 / 서 문 당
주소 / 경기도 고양시 일산서구 가좌동 630
전화 / 031-923-8258 팩스 / 031-923-8259
창립일자 1968년 12월 24일
창업등록 / 1968.12.26 No.가2367
출판등록 제 406-313-2001-000005호
ISBN 978-89-7243-802-1